DOMINIQUE

EUGÈNE FROMENTIN

DOMINIQUE

Pré-dossier, introduction,
notes, variantes et commentaires
par
Pierre Barbéris
professeur à l'université de Caen

GF
FLAMMARION

On trouvera en fin de volume des variantes et commentaires, une chronologie et un dossier de lectures.

© 1987, FLAMMARION, Paris
ISBN 2-08-070479-6
Imprimé en France

PRÉ-DOSSIER

PRÉ-DOSSIER

PRÉSENTATION DU TEXTE

Il existe deux versions extrêmes de *Dominique* : celle
du manuscrit (incomplet, lacunaire, conservé dans les
archives familiales), et celle de la seconde édition,
publiée chez Plon en 1876, après la mort de l'auteur
mais qui tenait compte de ses ultimes corrections.
Entre les deux existent le texte de la *Revue des Deux
Mondes* (1862) et celui de la première édition en
librairie, chez Hachette (1863). L'édition Plon n'a pu
être revue sur épreuves par l'auteur et il s'y est glissé
des erreurs typographiques qu'il n'a pu corriger. Pour
cette raison, Guy Sagnes a décidé, dans la Pléiade, de
donner le texte Hachette, avec en notes les variantes
Plon. Par contre, Barbara Wright, dans son édition de
la *Société des textes français modernes*, avait choisi,
conformément à toute une tradition éditoriale, de
donner le dernier texte paru et qui peut être considéré
comme représentant l'ultime intention de l'auteur.
Une publication intégrale du manuscrit (qui ferait
faire l'économie de la lecture de notes et variantes
dispersées en fin de texte) serait hautement souhaita-
ble. Il ne pouvait en être question ici. Une reproduction de l'originale (mais celle de la revue, ou celle de la
Librairie Hachette ?) serait certainement émouvante ;
elle pourrait intéresser des bibliophiles, surtout si elle
était exécutée en reproduction photographique. Mais
enfin, elle ne satisfaisait pas Fromentin, qui l'a ensuite
corrigée. Il a donc été décidé de s'en tenir à la tradition

la mieux établie et de donner l'édition de 1876. C'était la solution la moins arbitraire. Contrairement à ce qui se passe pour Balzac, le roman de Fromentin n'a pas été bouleversé, ni dans l'édition Hachette ni dans l'édition Plon. La seule « perte » concerne donc le manuscrit. Une innovation a été ici adoptée : les notes, en citant les passages les plus significatifs — modifications, suppressions surtout — commenteront l'écart qui sépare le manuscrit du texte finalement retenu. Elles seront évidemment hautement redevables au travail effectué par Barbara Wright et par Guy Sagnes pour le collationnement du manuscrit, mais elles iront plus loin puisque, au fil du texte, le lecteur, au lieu de ne se voir proposé que des documents bruts, se verra proposer une lecture du travail de censure parfois opéré par Fromentin sur son premier jet. On constatera cependant que bien des passages elliptiques ou obscurs du roman n'étaient pas plus clairs dans le manuscrit, infiniment moins satisfaisants, en ce sens que, par exemple, le manuscrit de *Lucien Leuwen* ou certains manuscrits de Balzac. Là où l'on attend une explication, le manuscrit ne la donne guère. Exception faite de quelques rares passages (mais importants), il n'y a donc guère de « refoulé » du manuscrit au niveau du texte imprimé, et le travail de Fromentin est, pour l'essentiel, d'ordre stylistique. Pour tout travail plus détaillé et plus approfondi, on se reportera aux éditions Wright et Sagnes. Mais on a voulu ici aider le lecteur bénévole à entrer un peu mieux, au niveau d'une lecture cursive, mais informée, dans l'univers de *Dominique*. On a voulu qu'ainsi l'érudition serve à quelque chose et contribue à faire vivre le texte au lieu de simplement l'escorter.

Sigles utilisés :
MS : manuscrits.
R.D.M : *Revue des Deux Mondes*, 1862.
H. : édition Hachette de 1863.

I. *Textes et documents*
— Eugène Fromentin, *Dominique,* introduction, notes et appendice critique avec les variantes du manuscrit original par Barbara Wright, Société des textes français modernes, Librairie Marcel Didier, 1966.
— Eugène Fromentin, *Œuvres complètes,* textes établis, présentés et annotés par Guy Sagnes, Bibliothèque de la Pléiade, Gallimard, 1984.

Ces deux éditions contiennent une masse considérable de documents et d'informations. Elles font un *choix* dans l'interprétation de *Dominique.*

II. *Etudes critiques*
— Préface d'Emile Henriot (Classiques Garnier), Bernard Pingault (Folio) et Roland Barthes (Nouveaux essais critiques).

A lire pour les interprétations récentes et le statut de *Dominique.*
— « Les cas Dominique », *Romantisme* n° 23, 1979 (textes provenant d'un séminaire tenu à l'E.N.S. de Saint-Cloud et à l'université de Caen de 1975 à 1978 ; Yves Ansel, Michel Erre, Marie-Anne Barbéris, Gisèle Valensi, Pierre Barbéris).

Essai de relecture aussi bien de la sémiologie formelle du texte et de ses procédés d'écriture que de son historicité, traditionnellement non vue ou gommée.

— Claude Hertzfeld, *Dominique, de Fromentin, Thème et structure*, Nizet, 1977.

A partir d'une étude textuelle serrée et formalisée, à la lumière aussi de Bachelard, cette étude établit le « non-bouclage » final du texte et son « refus du monde mercantile ». Elle met en cause la « mesure » dont on a loué traditionnellement le roman de Fromentin, et insiste sur le rôle qu'y joue *le désir*.

— Pierre Barbéris, « Trois réactions à Juillet », *Romantisme*, 1980.

Etude sur la « sémiologie du tricolore ».

INTRODUCTION

Nous utiliserons dans cette introduction la trigraphie inaugurée dans Le Prince et le marchand *(1980),* HISTOIRE *(la réalité historique),* Histoire *(le discours des historiens),* histoire *(le récit).*

A nouveau, pour le familier du *Rouge et le Noir* :
Monsieur le maire...

Mais ce par-delà toute une retombée de l'histoire et
de tout un romanesque de l'ascension.

Dominique-Temps perdu ?

La comparaison n'est pas neuve. Mais elle a toujours quelque peu manqué d'arguments sérieux, *historiques*. Les mouillures et le palpé des heures et des
saisons ne suffisent quand même pas. *Dominique* est
une histoire où les villes ont perdu leurs acropoles,
leurs chemins de désir vers la ville haute, de ces villes
où, simplement, tourne et coule le temps qu'on perd,
malgré les découpures grises sur le fond du ciel.
Dominique roman du temps ? Mais de *quel* temps ? Le
héros aristocratique, qui vient de loin, le héros de la
qualité, retrouve ici la terre nourricière pour dire
quelles folies ont piégé ses frères comme lui-même.
Dominique, roman du renoncement ? Mais du renoncement *à quoi*, et *pourquoi*, sinon *pour quoi* ? Avec quelles
conséquences ? Et quelles issues ou promesses ?

Dominique est l'un des plus grands romans *politiques*
français.

En apparence, pourtant (une apparence à laquelle
on nous a *habitués*), *Dominique* conte l'histoire d'un
homme qui a aimé une femme, qui en a été aimé, qui
l'a perdue, qui a renoncé, et qui vit aujourd'hui
(quand ?) dans la retraite et dans la résignation en se

consacrant à sa famille et à son village. Il se raconte,
pourtant aussi, demande qu'on le comprenne, et cela
prouve sans doute que quelque chose n'est pas réglé,
qu'il y a encore quelque chose à dire à quelqu'un. A
qui ? La faille, déjà. Laquelle ?

Pour toute une tradition (mondaine, culturelle,
universitaire, scolaire), *Dominique* aurait idéalisé,
transposé un amour et un adultère de province. La
biographie de son auteur peut, si l'on veut, « vérifier »
cette interprétation. A partir de là, tout suit : peu
d'aventures, confession, auto-analyse et autoreprésen-
tation, pessimisme discret, brouillards et saisons ;
l'une des valeurs sûres du roman psychologique
« français ». Une légère historisation peut alors per-
fectionner l'entreprise : *Dominique*, ce serait la fin du
romantisme et de ses illusions, un texte de la sagesse.
Mais on n'insiste pas trop. On demeure dans l'intem-
porel, dans le transhistorique, on n'entre pas dans le
politique. Pour ce faire, il avait fallu cependant ne pas
voir, d'abord, tout un explicite du texte, tout un
ensemble de *nominations* en clair, plus de nombreuses
allusions dont la lecture est cependant possible ; plus
(surtout) toute une structuration qui n'est que semi-
visible. De même qu'on n'avait pas vu, qu'on n'avait
pas voulu voir dans l'*Armance* de Stendhal la machine
à vapeur aujourd'hui « reine du monde », ni que
Julien Sorel entrait chez les Rênal au moment où
Villèle allait perdre les élections de 1827, on n'a pas
vu, on n'a pas voulu voir que *Dominique* est l'histoire
d'un homme qui a participé, comme il a pu, à tout le
mouvement du siècle ; qu'il a écrit puis publié des
poèmes dans le genre lamartinien, puis des ouvrages
de politique à la veille de la révolution de 1848 ; et qui
a fini maire de sa commune, nommé (inévitablement)
par Napoléon III : le même qui, à la fin de *Madame
Bovary* avait « déjà » décoré Homais de la Légion
d'honneur. On n'a pas vu, on n'a pas voulu voir que
Dominique, comme texte, était sous-tendu par toute
une chronologie, par tout un système de repérage
historique et idéologique qui, même voilé (mais

pourquoi ?) proposait, au moins, l'un des sens du roman et de ses pulsions. *Dominique* est le roman de M. le Maire. M. le Maire a connu l'amour. Mais il n'a pas connu *que* l'amour, et ce à quoi il a renoncé, c'est à bien plus que cette Madeleine, si totalement *disparue*, alors que tant de choses subsistent. Aujourd'hui, marié, père de famille, notable responsable, il s'enferme encore dans ce cabinet couvert de graffiti, bourré de livres et de souvenirs d' « avant », où personne n'entre que lui, excepté ce narrateur, un moment, à qui il raconte son histoire pour qu'elle soit racontée à Paris. Or, cette histoire, elle est donnée à lire pour la première fois dans la *Revue des Deux Mondes* en 1862, et le lecteur d'alors, lorsqu'il lit la temporalité, les quelques datations du texte, il ne peut pas ne pas les construire, les comprendre sans partir de cette date de 1862, à partir de cet aujourd'hui qui, seul, donne son sens à cet hier. De même, en 1856, le lecteur de *Madame Bovary* dans la *Revue de Paris*, ne pouvait-il pas ne pas lire, d'une manière qui nous échappe un peu, le fameux « Il *vient* de recevoir la croix d'honneur ». En 1863, lorsque le roman de Fromentin paraît en volume chez Hachette, l'effet ne s'est sans doute pas encore trop atténué, encore que la publication sous forme de livre séparé commence déjà d'arracher le récit à cet aspect de « chronique » qu'il avait dans la revue. Mais, lorsque Plon, en 1876, au lendemain de la mort de l'auteur, réédite un livre désormais célèbre, l'arrachement est consommé, la lisibilité originale se perd : que peut signifier, désormais, le présent de l'indicatif des premières lignes, en ce lendemain de la victoire de la République ? Que peut signifier cet autre présent — imparfait à la fin du livre, qui concerne Augustin ? Il n'a pas, alors, déserté, lui ; il est « de ces innombrables courages qui luttent, là même où [Dominique] n'a pas su demeurer ». Oui : quelque chose s'est perdu. MAIS ON S'EN EST ARRANGE. Pourquoi ? On y reviendra. La migration de *Dominique* vers l'éternel et vers l'abstrait avait commencé, comme pour *Madame*

Bovary. Inévitable ? Peut-être pas. Il y a eu consentement. Mais il y a eu aussi et il y a *opération*. Une fois de
plus, un roman bourré d'Histoire, né de l'HIS-
TOIRE, à un moment précis de cette HISTOIRE, se
voyait installé de force, et au mépris du texte, dans la
non-Histoire. Et pourtant : dans un épisode saisissant
(mais dont le sens et l'utilité immédiate échappent) du
centre du roman, on voyait passer Louis-Philippe,
escorté de cuirassiers sabre au clair, qui se rendait à
l'Opéra. Qu'est-ce, qu'était-ce que ce roi qui passe ?
Qu'est-ce que ces rois qui sont passés ? On préférait
chercher le modèle de Madeleine et chercher à savoir
si oui ou non Fromentin avait couché avec Léocadie
Chessé. L'opération *Dominique* s'inscrivait dans une
autre, plus vaste, dont avaient « bénéficié » l'aventure
de Lamartine à Aix avec Mme Charles ou celle des
amants de Venise : l'anecdote plus l'éternel. Il faut
revenir. Une voie s'offre, très simple, contraignante :
reconstituer la chronologie du roman, sa temporalité
interne, précise, mais occultée. Madeleine, sur le
moment, semblera n'y pas gagner grand-chose. Mais
ce ne sera qu'une illusion. Rien ne se perd jamais à ce
genre d'exactitude, et l'absence même fait sens.

En 1862, donc, le lecteur se voit présenter un
homme ayant quelque peu dépassé la quarantaine. Le
voilà né avant 1820. En 1827 (la date est presque en
clair) se situe l'épisode des pièges (p. 94). André est
aux Trembles « depuis plus de soixante ans ». La vie
chez Mme de Ceyssac, à Villeneuve, se situe évidemment au lendemain de la chute de la royauté légitime,
dans les toutes premières années de la monarchie de
Juillet, après l'équipée de la duchesse de Berry en
Vendée (1832). Quelques indications d'âge sont four-
nies à propos de l'entrée du héros au collège puis de sa
sortie. On peut aussi, de temps à autre, compter les
hivers, les printemps, les étés, les automnes. On nous
parle d'un moment de la vie française (que l'on peut
dater de manière assez précise compte tenu d'autres
indications : par exemple, les livres politiques de
Dominique ont été publiés « il y a quinze ou vingt

ans », soit, si l'on remonte à partir de 1862, entre les
années 1842 et 1847, ce qui serre d'assez près un
événement qu'il n'est nul besoin de nommer plus
précisément) où la politique s'enflamme. Un cadre
d'ensemble se précise, s'impose. On peut, sans grand
risque d'erreur, le construire ainsi, si l'on compte
1862 comme année zéro et plancher à partir de
laquelle on remonte [1] :

Avant 1800 : Mme de Ceyssac et les siens en émigration.
1800 : André aux Trembles. Naissance du comte de
   Nièvres.
1805 : Naissance d'Augustin.
1816 : Naissance de Madeleine d'Orsel.
1817 : Naissance de Dominique de Bray. Mort de sa
   mère.
1825 : Mort du père de Dominique (?)
1827 : Episode des pièges. Dominique a dix ans.
1829 : Arrivée d'Augustin aux Trembles.
1831 : Arrivée de Charles Bovary au collège de
   Rouen (?) Etudes aux Trembles avec Augustin.
   Augustin écrit des pièces de théâtre.
1833 : Augustin part pour Paris. Entrée au collège de
   Villeneuve. Classe de seconde. Crise violente chez
   Dominique.
1835 : Mariage de Madeleine. Classe de rhétorique.
   Classe de philosophie. Dominique premier prix.
1836 : Sortie du collège. Départ pour Paris.
1838 : Augustin entre dans le journalisme et dans la
   politique. Mariage d'Emma Rouault (?) Publication
   des poésies de Dominique.
1842 : Séjour de Madeleine aux Trembles. Comices
   agricoles d'Yonville.
1843 : Rodolphe abandonne Emma Bovary. Dominique publie deux livres de politique et participe aux
   travaux d'un cénacle politique.

1. Toutes les justifications sont dans les notes. On a ajouté
quelques interférences avec une autre chronologie.

1848 : Mort d'Emma Bovary. Catastrophe avec Madeleine. Dominique s'en va. Mort de Charles Bovary.
1851 : Dominique nommé maire de son village.
Dominique se marie.
1856 : Berthe Bovary à l'usine. Homais vient de
recevoir la Légion d'honneur.
1862 : Dominique vient de raconter son histoire au
narrateur. Augustin a cinquante-sept ans. Fromentin publie *Dominique*. Hugo publie *Les Misérables*.

Quatre grandes périodes apparaissent :
1. AUTOUR DE 1800 : temps lointains de l'après-
Révolution.
2. DE 1820 A 1836-37 : l'enfance et l'adolescence
sous la Restauration et au début de la monarchie de
Juillet. La révolution de Juillet n'est pas nommée.
3. DE 1836-37 A LA VEILLE DE LA REVOLU-
TION DE 1848 : séjour à Paris (coupé par le séjour de
Madeleine aux Trembles), participation à la vie politique. Retraite.
4. DEPUIS 1848 ET SOUS L'EMPIRE : Dominique dans sa retraite. La vie à Paris continue. Ni la
révolution de 1848 ni l'avènement de l'Empire n'ont
été nommés. On est *aujourd'hui*.
Cette périodisation appelle plusieurs remarques.

1. *La rareté et l'imprécision des notations historiques et
politiques*. Le lecteur de 1862 comprenait sans doute
de lui-même une histoire encore proche. Mais il
semble aussi que Fromentin ait tenu à maintenir sa
chronologie dans un certain flou. Il y a là un voilage,
peut-être une censure qu'il convient d'interroger [1].
2. *Une relative précision pour les époques les plus
anciennes, mais une imprécision croissante à mesure qu'on
approche du moment de l'énonciation*. L'émigration,
l'après-1830 sont désignés avec une certaine exactitude. Puis on a Louis-Philippe en voiture (non

---

1. « Des indications chronologiques ont été effacées [du manus-
crit] » (Guy Sagnes).

nommé, mais reconnaissable) et le bouillonnement politique des années quarante. Mais tout 1848, et l'après-1848 se fondent dans l'innommé : ici encore, le lecteur comprenait. Mais il est également probable que, sous l'Empire, il y a des choses dont on ne parle pas, dont on ne parle plus.

3. *Les générations successives sont indiquées.* Génération de l'émigration (vieillie, sans prise sur le réel : Mme de Ceyssac, M. d'Orsel). Génération de M. de Nièvres (trente-cinq ans lorsqu'il épouse Madeleine ; il est donc né vers 1800 ; c'est un homme d'ordre de la Restauration et il n'a qu'une politesse glacée pour les travaux politiques de Dominique, amoureux de sa femme et quelque peu « avancé » en politique, en tout cas remuant). Génération d'Augustin (âgé de dix ans de plus que Dominique, donc né vers 1807, il a mieux perçu, sans doute, 1830 ; il est de la génération des héros balzaciens et stendhaliens ; il a dépassé Lamartine et le premier romantisme ; il a voulu faire du théâtre ; il jette un pont vers les nouvelles élites politiques de la fin de l'Empire et même de la Troisième République). Génération de Dominique (celle de Flaubert, né en 1822, mais aussi celle de Fromentin lui-même, né en 1820 ; vingt ans vers 1840, comme le Frédéric Moreau de *L'Education sentimentale* ; pour eux, tout un début du siècle, de Lamartine à Juillet, est antérieur à leur entrée dans la vie ; ils se sont formés sous Louis-Philippe et ils ont vécu le grand écroulement de 1848-1851 ; Olivier, lui, du même âge que Dominique, continue, sur le mode du dégradé, un certain style aristocratique ; il ne s'est pas renouvelé, et il sort du monde sans l'avoir compris). On a donc une sorte de parcours du siècle.

4. *Madeleine, et d'une manière générale les femmes, ne sont guère concernées par cette évolution historique :* Madeleine est une fille d'ordre qui accepte tout et ne s'interroge sur rien ; elle vit d'une vie exclusivement familiale et mondaine ; son affectivité n'a pour horizon que l'horizon privé. De même pour sa sœur Julie. De même la fugitive maîtresse de Dominique (que lui a

procurée Olivier) n'est absolument « de rien » comme
aurait dit Saint-Simon. Mme de Ceyssac, qui disparaît
vite, n'a plus aucune des radiances qui, par exemple
chez Balzac, s'attachaient aux survivantes de l'Ancien
Régime. Mme de Bray, qui couronne le tout, n'est
qu'une épouse, une mère et une bienfaitrice hors-
HISTOIRE. Il n'y a pas (plus) de femmes romantiques dans *Dominique*.

5. *Le personnage du narrateur-présentateur, est, lui
aussi, hors-HISTOIRE.* Faiblement caractérisé, il se
contente de transmettre au lecteur parisien le récit de
Dominique, sans autres commentaires que de sympathie pour son ami de rencontre. Son constat final
(« C'était Augustin ») est comme un appel neutre et
blanc au lecteur pour qu'il juge. Il représente une
sorte d'instance « objective » et comme désormais non
concernée, dégagée, une histoire arrêtée, qui est là.

6. *Le romancier lui-même se réinscrit, par contre, dans
l'HISTOIRE :* il date de novembre 1862 sa dédicace
à George Sand (« Madame George Sand » : elle est
désormais une institution), et il lui signifie respectueu-
sement qu'il n'a pas tenu compte de ses remarques
prudentes et même pudibondes (il a tout au plus
accepté de mettre deux femmes à la place d'une seule
dans la voiture où Olivier fait monter Dominique ;
voir p. 185). Ce qui signifie que Fromentin a des
choses à dire et que, si elles choquent Madame Sand,
quelque peu rangée, il les dira quand même. Il refuse
le simple roman bien fait et décent et il accepte le
risque de publier ce livre, malgré ses « défauts »,
formule dont personne n'est dupe. Sur ce point, à la
différence de son héros, le romancier ne se rallie pas,
et ce non-ralliement donne sans doute à comprendre
ce qu'a d'ambigu le ralliement du héros, qui n'a pas
plus effacé les graffiti sur les murs de son cabinet (voir
note de la p. 81) que Fromentin n'a effacé de son
livre ce qui avait pu effaroucher la patronne de
Nohant devenue dame d'œuvres. Malgré les apparences : non récupérable. Fromentin prend parti.

Il s'ensuit plusieurs conséquences.

D'abord, Dominique (pas plus que René, pas plus que l'Octave de Musset ou, déjà, celui de Stendhal) n'est pas *seul*. Même fortement favorisé par l'ensemble du roman, il est un parmi d'autres. Deux esquisses de romans parallèles encadrent le sien : le roman d'Olivier et le roman d'Augustin. Et Augustin comme Olivier sont plus que des faire-valoir. Ils sont des représentations du siècle, des figures signifiantes sans lesquelles celle de Dominique serait quasi sans signification. Dominique n'est que *l'une* des figures, du siècle, ou des « solutions » que cherche le siècle.

Ensuite, ce Dominique, précisément, n'est pas seulement le rêveur, le velléitaire, l'inventeur d'une nouvelle mémoire (on va en reparler). Né en milieu légitimiste, sans grande attirance pour ses « valeurs », rétif à cette formation scolaire à laquelle désormais chacun défère et qui ne conduit qu'à des carrières et réussites qui ne l'intéressent pas, il se passionne un moment pour les affaires publiques et pour la politique (ses « rêves anticipés de gouvernement ».

S'il abandonne et s'il s'en va, est-ce seulement parce qu'il lui a fallu renoncer à Madeleine, qu'il allait tuer ? Poser ainsi la question c'est tomber dans le piège du personnage comme personne. La vraie personne, c'est l'auteur, qui a décidé que Dominique s'en irait, et qui a construit son roman de manière qu'il s'en aille, avec ce sous-entendu de tout le livre : il n'y a peut-être plus rien à faire, à moins (et la question est immense) que l'on ne soit Augustin, bâtard, plébéien, *pauvre*, et qui n'a d'autre issue que l'entreprise et l'action, ou Fromentin, auteur de *Dominique*. Dominique, qu'on le veuille ou non, est le héros d'une dépolitisation, dont il faudra interroger le sens.

Enfin, et ce n'est pas rien, la mélancolie de Dominique (bien antérieure à la rencontre avec Madeleine, et qui, après elle, ne se nourrit pas que de son souvenir) est profondément liée à l'histoire du siècle. Elle n'est, en rien, intemporelle. Mais qui, ici, bannit la politique et le temporel ?

On pourrait ajouter qu'il y a, dans cette chronologie, d'immenses plages vides, des trous énormes. Mais ces trous ne font-ils pas sens ?

Il en va de *Dominique* comme de deux autres grands romans du XIXe siècle, *La Confession d'un enfant du siècle* et *Madame Bovary :* pas de chronologie interne précise, mais quelques indications éparses, et un aujourd'hui du lecteur à partir duquel il est invité (?) à reconstruire l'HISTOIRE et le temps, comme volontairement gommés, ou éloignés du texte. Aujourd'hui, en 1862 comment faire autrement ? Il faut y insister : c'est aujourd'hui l'inévitable destinataire.

Dominique est retiré en son château des Trembles. Mais d'où vient cet « aujourd'hui » ? De quoi est-il, historiquement, l'aboutissement ? Au lecteur, s'il le désire, de trouver la réponse. Ce n'est pas l'auteur qui l'aidera. Pourquoi ? *Dominique* pose ici un problème important, concernant l'esthétique romanesque et son idéologie au XIXe siècle : la filière Musset-Flaubert-Fromentin est celle d'une certaine déshistorisation, systématiquement conduite, du récit romanesque. On est de l'autre côté de choses qui ne sont jamais nommées (ici évidemment la répression de juin et le coup d'Etat ; d'une manière générale les révolutions du siècle). Pourquoi ?

Il existe des chronologies romanesques triomphantes, triomphalistes. Ce sont celles des romans pour lesquels l'histoire et la politique ont valeur d'éclairage et d'intelligence, d'illumination, d'enthousiasme : l'entrée des Français à Milan en 1796 et la construction de l'église de Verrières en 1822 chez Stendhal, les coupures de 1814-1815 ou 1830 chez Balzac fournissent au lecteur comme aux personnages des points de repères sûrs, des ancrages, des butées. Il y avait *avant*. Il y a toujours *après* et surtout *depuis*. Ces romans sont optimistes, aussi bien dans le domaine des combats politiques et sociaux que dans le domaine intellectuel de la connaissance du réel.

Michel Chrestien meurt en 1832 à Saint-Merry, tué
par un négociant qui fut sans doute son frère d'armes
en juillet 1830, et Julien Sorel, après l'arrivée de
Villèle au pouvoir, comprend que le temps n'est plus
de rêver aux beaux régiments qui partaient pour
l'Italie. Ce ne sont pas là seulement des « événements » mais des fractures et des redéparts, des
éléments indispensables à la lecture : celle du livre,
celle du réel. Mais quand la politique et l'HISTOIRE
deviennent le cadavre dans le placard, la mort du père,
la honte de la classe, de la famille ou de l'humanité,
lorsque la grande coupure est sale (juin 1848 bien sûr,
mais aussi décembre 1851), lorsqu'on n'a plus de quoi
être fier, lorsqu'on aimerait mieux ne pas avoir à en
parler, lorsque, comme le disait Baudelaire, « il n'y a
plus d'idées générales » parce que le coup d'Etat vous
a « dépolitiqué », lorsque le lieu et le temps d'où l'on
vient s'obscurcissent de l'obscurité du temps et du lieu
où l'on est, où l'on va, la chronologie, alors, se cache.
Elle n'a rien à dire ou elle en dirait trop. Elle devient
l'un des refoulés, l'un des non-dits du texte où règne
désormais la litote. Les contemporains comprenaient
peut-être à demi-mot, mais pour les lecteurs qui
suivent, la lisibilité, et aussi la censure, la méconnais-
sance, se perdent. A nous de lire cette perte de
lisibilité. *Dominique* est daté par sa non-datation
même.
   La datation quand même, qu'on essaie ici de
réimposer et de réhabiliter, n'est pas que bricolage ou
curiosité : non seulement elle relie l'histoire de Dominique à l'histoire concrète du XIXᵉ siècle, mais elle
induit l'interprétation d'innombrables passages du
roman et la lecture de certains de ses thèmes. Et
d'abord, par exemple, la faiblesse (avant le retour
d'une certaine signifiance, à défaut d'une signification
claire) du thème « de droite », que semble d'abord
exhiber l'historiographie interne et certaines caractéri-
sations du texte, et son remplacement par autre chose.
Quoi ? Quel est le *passage* qui s'opère ?
   Aux origines, en effet, deux dates, deux repères,

qui établissent (négativement ?) la modernité du texte. Le vieil André, conforme au prototype de l'intendant fidèle de tous les romans « aristocratiques » (voir le vieux Chesnel dans *Le Cabinet des antiques* de Balzac) est aux Trembles depuis « plus de soixante ans », ce qui nous ramène aux environs de 1800. Et Mme de Ceyssac, comme ses amis et commères, évoque fréquemment, dans le salon de Villeneuve, cette haute et dramatique époque de l'émigration :

> Son salon, comme tout le reste de ses habitudes, était une sorte d'asile ouvert et de rendez-vous pour ses réminiscences ou ses affections héréditaires, chaque jour un peu plus menacées. Elle y réunissait, particulièrement le dimanche soir, les quelques survivants de son ancienne société. Tous appartenaient à l'ancienne monarchie tombée, et s'étaient retirés du monde avec elle. La révolution, qu'ils avaient vue de près, et qui leur fournissait un fonds commun d'anecdotes et de griefs, les avait tous aussi façonnés de même en les trempant dans la même épreuve. On se souvenait des durs hivers passés ensemble dans la citadelle de ***, du bois qui manquait, des dortoirs de caserne où l'on couchait sans lit, des enfants qu'on habillait avec des rideaux, du pain noir qu'on allait acheter en cachette. On se surprenait à sourire de ce qui jadis avait été terrible. La mansuétude de l'âme avait calmé les plus vives colères. La vie avait repris son cours, fermant les blessures ; réparant les désastres, ou les apaisant sous des regrets plus récents. On ne conspirait point, on médisait à peine, on attendait (p. 112-113).

Vendée du pauvre. Et même plus le Nancy de *Lucien Leuwen*... Les parents de Dominique avaient-ils émigré ? On ne le saura jamais, ce qui, de toute manière, prive le héros et le texte d'une certaine aura et dramatisation héroïque que connaissent bien, par exemple, les personnages du *Lys dans la vallée*. L'épique et l'héroïque se sont réfugiés dans ces conversations de salons provinciaux qui ne concernent ni le héros ni, fait capital, la jeunesse. Pesons bien la fin du passage cité plus haut :

> Enfin, dans un coin du salon, il y avait une table de jeu pour les enfants, et c'est là que chuchotaient, tout en

remuant les cartes, le parti de la jeunesse et les représentants de l'avenir, c'est-à-dire de l'inconnu (p. 113).

Une « Jeune France », comme on disait dans ces milieux légitimistes de 1832 (année de la « conspiration » de Madame en Vendée et de l'arrestation de Chateaubriand) est ici bien marginalisée, bien silencieuse, bien amortie par le texte, et cet avenir qui est l'inconnu n'a plus rien à voir avec d'exaltantes et émoustillantes perspectives ou rêveries de Restauration (« Madame, votre fils est mon roi ! ») pas plus d'ailleurs qu'avec celles à l'inverse, pour l'instant, de n'importe quelle République. *Dominique* est un texte politiquement, désormais, sans absolu : nul avenir ni ne s'y tricolorise. Ni ne s'y fleurdelyse.

Il y a là pour tout un avant-texte, pour toute une avant-Histoire et avant-Histoire, une sorte de chute dans le hors romanesque. Pourquoi ? Pour deux raisons, semble-t-il. D'abord, le temps passe et continue de passer. L'époque 1789-1814 s'éloigne et cesse de signifier pour des générations nouvelles. Comme la douceur de vivre pour les enfants du siècle de 1820 ou 1830, la Révolution, l'Empire, la Restauration, c'est désormais un passé perdu, qui ne commande plus aux fables ni aux biographies, romanesques ou non. C'est une manière, pour le roman de Fromentin, de *se dater* lui-même.

Ensuite, parce que la problématique du texte et du héros ne plonge plus nulles racines dans le socle idéologique et politique Révolution-pas Révolution. A Clochegourde, Félix de Vendenesse était « Monsieur l'envoyé du Roi », et son partenaire du tric-trac un rescapé quasi mort et fantomatique, sauvage aussi, de l'émigration, de l'errance, et qui ne s'était jamais remis, vraiment, à la vie des autres. C'était sa femme, et non pas lui, qui faisait valoir le domaine et tentait de recommencer Clarens. Lui, était une sorte de M. de Chateaubriand aggravé. Balzac, dans *Le Lys*, construisait tout un édifice symbolique qui ne pouvait *être* sans le recours, massif, profond, obsessionnel, à la

fantasmatique « émigrée » et, pour Félix, « jeune
lévite », de la monarchie restaurée. Pour Dominique,
et pour *Dominique,* la page est tournée, et c'est à
d'autres sources que s'alimente la fiction et la symbolisa-
tion : liquidation des illusions du prométhéisme
romantique, prise de mesure du monde moderne,
ouverture du côté de la « philanthropie », solution
trouvée, du moins apparemment, dans l'exercice du
métier de propriétaire terrien faisant valoir, réflexions
sur le progrès, sur ses diverses manières, fausses et
vraies, de se vivre et de se faire, de se définir aussi. S'il
y a un héroïsme dans *Dominique* et chez Dominique, il
ne doit rien à un enracinement dans une problématique qui a cessé de rayonner, de parler, de dire.
Dominique n'est pas et ne cherche pas à être un roman
« blanc » (quel sens sous l'Empire ?), un roman des
châteaux malheureux et héroïques : les Trembles sont
un château nouveau, doublement consacrés par le
souvenir du passage de Madeleine et par le travail d'un
homme qui a pris son parti d'être au monde et dans le
siècle d'une certaine manière ; les Trembles n'ont ni
tourelles, ni mâchicoulis gothiques, ni girouettes
symboliques à la Vigny (*La Mort du loup*). *Le conflit
s'est déplacé :* autrefois, ce pouvait être droite légitimiste contre monde moderne, pureté contre impu-
reté, honneur contre intérêts ; c'est désormais (sauf
de manière dégradée chez Olivier), sagesse contre
parisianité, patriarcat contre affairisme ou politicaille,
lucidité contre jobardise ou complicité. Les souvenirs des lys n'ont rien à voir dans tout cela, et de
« cabinet des antiques », désormais confiné chez les
Ceyssac et comme hors roman, ne verra naître nul
Calyste du Guénic. Pour *Dominique,* comme pour
Dominique, le thème ultra est devenu comme résolument rétro, et ce n'est plus là, désormais, qu'on va
chercher des moyens d'analyse, d'explication, de
caractérisation critique. Les compagnons de Mme de
Ceyssac, André arrivant aux Trembles : autant donc
de *renvois,* mais délavés, et à des choses qui ne
concernent plus ni le héros ni le roman. Il y aura là,

certes, de quoi faciliter, littérairement, le ralliement à
l'Empire, un René aux Trembles, ou un chevalier du
Vissart [1] ne s'imaginant guère maire et notable. Mais
cette raison n'est qu'annexe, non contradictoire tout
au plus avec la raison profonde : l'échelle des valeurs a
changé. La tranche d'âge, d'ailleurs, attribuée à
Dominique pour son enfance (1817-1827) est significative, dans son choix comme dans ses silences : pas
d'église neuve comme à Verrières, pas de processions
insultées comme dans *Madame Bovary*, pas de mis-
sions à la Villèle et de reprise en main des campagnes
par les « hommes noirs » dont parlait Musset. Dominique n'apparaît, épanoui, espèce de petit paysan
sauvage posant ses pièges et vivant dans la nature,
qu'en 1827. Entre les deux dates, silence. Or rien de
tout cela n'est sans portée ni signification possible.
C'est qu'en effet, de 1817 à 1827 beaucoup d'eau a
coulé sous de nombreux ponts. 1817 c'est la Restauration para-libérale, centre gauche, doctrinaire (libéra-
tion du territoire par Richelieu, loi Gouvion-Saint-
Cyr, qui brise les nostalgies et les désirs de revanche
de la noblesse dans le domaine militaire). C'est le
règne, en apparence du moins, de la parole, de la
presse, de la culture. Relire ici ce qu'écrira Hugo
dans *Les Misérables* à propos de *L'Année 1817*... Et
1827, c'est avec des élections perdues, la fin du
ministère Villèle ; la droite, l'extrême droite se sont
épuisées au pouvoir ; il y a eu les tentatives de
législation vengeresse ; il y a eu la seconde Terreur
blanche, l'exécution des quatre de La Rochelle. On va
vers Martignac, et la fin de la Restauration ultra.
Lorsque Augustin, le démocrate, le matérialiste,
l'homme de gauche, arrive aux Trembles, en 1829, on
est à la veille de l'affrontement décisif et libérateur (?).

1. *Mademoiselle de Vissart*, récit demeuré inachevé de Balzac qui
devait être la suite des *Chouans* : alors que tout le monde, en
Bretagne, se prépare à signer son ralliement au Premier Consul
victorieux, seul résiste un pur jeune homme (Bibliothèque de la
Pléiade, tome XI).

C'est à ce moment que Julien Sorel quitte Verrières et qu'Octave, chez Musset, connaît le premier choc qui va marquer sa vie. Mais rien n'obscurcit l'adolescence du petit noble charentais. Au collège, en 1833, il découvre, avec son ami d'Orsel, qu'il lui faut se mettre en rang comme tout le monde, obéir, comme un fils de bourgeois, aux ordres de quelqu'un, accepter une discipline. Les luttes de classes, cependant, sont ici infiniment plus feutrées que chez Vigny ou chez Balzac. Le premier raconte dans ses *Mémoires* comment dans la cour du lycée, des fils de plébéiens riches se moquaient de lui parce qu'il était noble, et Félix de Vandenesse a dû plus d'une fois subir les affronts, lui aussi, des riches qui lui demandaient s'il n'avait pas « de quoi »... Autant de drames qui n'ont plus leur place ici, le collège n'étant ni l'enfer scolaire du *Lys* et des *Mémoires* ni le haut lieu intellectuel de *Louis Lambert*. La Restauration et sa couture à l'Empire, en tant que moment dramatique et tendu de l'HISTOIRE, ne compte plus : *c'est ailleurs qu'est la faille, l'affrontement*. Dès lors, quasi-silence sur 1830, qui se produit pendant que Dominique est aux Trembles. Le nouveau régime ne sera désigné qu'indirectement à propos de Villeneuve et plus directement lors de l'arrivée à Paris : Olivier montrera à Dominique le roi allant à l'Opéra, sans que le passage fasse clairement sens (plate acceptation de « Philippe » par un Orsel dépolitisé, ou narquoise remarque sur un roi sans majesté, qui passe dans la nuit, escorté de cavaliers comme quelqu'un qui a peur pour aller à l'Opéra ?) Dominique était sorti du collège en lançant ses couronnes par-dessus le mur : fini le temps des grands lycées et collèges ; fini le temps de l'Université. On est presque au collège de Rouen. L'HISTOIRE s'est refroidie, l'HISTOIRE politique de la droite comme de la gauche du temps du libéralisme. Et qu'est-ce donc qui l'a déclassée, sinon les souvenirs, les traumatismes de quarante-huit, qui en étaient sortis ?

(Presque) rien donc sur 1830. Mais absolument rien

sur 1848 et rien sur 1851. Le seul affleurement un peu
net (mais c'était peut-être beaucoup que cette allusion,
en 1862 !) concerne cette certaine ébullition politique à
laquelle Dominique a participé sous la monarchie de
Juillet :

> On faisait beaucoup de politique alors partout, et particu-
> lièrement dans le monde observateur et un peu chagrin où je
> vivais [1].
> Il y avait dans l'air de cette époque une foule d'idées à
> l'état nébuleux, de problèmes à l'état d'espérances, de
> générosités en mouvement qui devaient se condenser plus
> tard et former ce qu'on appelle aujourd'hui le ciel orageux
> de la politique moderne. [...] Je fis d'abord une sorte de
> stage dans l'antichambre même des affaires publiques, je
> veux dire au milieu d'un petit parlement composé de jeunes
> volontés ambitieuses, de très jeunes dévouements tout prêts
> à s'offrir, où se reproduisait en diminutif une partie des
> débats qui agitaient alors l'Europe (p. 256).

Augustin précise :

> « La politique, à l'heure qu'il est, touche à tant d'idées,
> élabore tant de problèmes : [MS : et peut faire d'un moment
> à l'autre éclater des faits si considérables] qu'il n'y a pas
> d'étude plus instructive ni de meilleur carrefour pour une
> ambition qui cherche un débouché ».

Puis c'est le trou absolu jusqu'au dernier pilotis, à la
fin du livre :

> Je ne crois pas d'ailleurs que l'activité réduite où je vis soit
> un mauvais point de vue pour juger les hommes en
> mouvement. Je m'aperçois que le temps a fait justice au
> profit de mes opinions de beaucoup d'apparences qui jadis
> auraient pu me causer l'ombre d'un doute, et comme il a
> vérifié la plupart de mes conjectures, il se pourrait qu'il eût
> aussi confirmé quelques-unes de mes amertumes. Je me
> rappelle avoir été sévère pour les autres à un âge où je
> considérais comme un devoir de l'être beaucoup pour moi-

---

1. Monde des « intellectuels » petit-bourgeois tenus à l'écart ?
Mais Dominique de Bray a dû faire un sacré saut pour se trouver
parmi ces gens... C'est l'un des problèmes que pose l'aristocratisation de l'auteur plébéien en héros de l'aristocratie.

même. Chaque génération plus incertaine qui succède à des générations déjà fatiguées, chaque grand esprit qui meurt sans descendance, sont des signes auxquels on reconnaît, dit-on, un abaissement dans la température morale d'un pays. J'entends dire qu'il n'y a pas grand espoir à tirer d'une époque où les ambitions ont tant de mobiles et si peu d'excuses, où l'on prend communément le viager pour le durable, où tout le monde se plaint de la rareté des œuvres, où personne n'ose avouer la rareté des hommes (p. 285).

Condamnations, quand même, de la crapulerie impériale ? De la dégénérescence affairiste et politicienne du siècle ? Peut-être, et Dominique, alors, ne serait pas tout entier dans son renoncement, dans son automne, dans son acharnement à se trouver des raisons contre le progrès ? L'ellipse, en tout cas, est impressionnante et significative, comme l'ambiguïté :

Il n'appartient pas à un déserteur de faire fi des innombrables courages qui luttent, là même où il n'a pas su demeurer (p. 286).

S'agit-il des hommes de gauche ? S'agit-il simplement de ceux qui se sont lancés dans la foire aux places et aux fortunes ? Et où est Augustin dans tout cela ? A qui s'adresse ce signal ? Au lecteur, sans doute, de faire le choix ou le tri. Les arcanes et les hiéroglyphes du cabinet de travail sont la figure matricielle du livre. Où est ici le sens, que ne saurait fournir une HISTOIRE décomptée, une chronologie à elle seule indicatrice et structurante ? Sur quelle HISTOIRE règne ou feint de régner M. le Maire ? Il fut un temps où les sages, les sachems, ceux de Chateaubriand (*Atala*), ceux de Balzac (*Le Médecin de campagne*) même rescapés des passions, organisaient des bouts d'utopie, fournissaient les signes d'une autre chose, d'un *autrement* social : petite colonie « communiste » pour le Père Aubry, village savoyard trans-libéral pour Benassis. Il n'y aura pas ici de *Traité de civilisation moderne* et le récit ne déduira pas les « améliorations » apportées par M. de Bray sur ses terres : à quoi bon ? L'à-faire n'est plus dans une relation nouvelle homme-nature, homme-hommes : sur ce point Dominique ne peut être que parfaitement conformiste puisqu'il travaille dans une HISTOIRE déhistorisée. Sera-t-on étonné d'avoir à constater que cette même HISTOIRE est, comme du même coup, parfaitement *déféminisée*, que la femme a radicalement cessé d'y jouer le rôle de médiatrice positive possible et d'inductrice à plus et autre chose qui avait été si longtemps le sien ? Sur ce point encore il serait facile d'amplifier dans l'abstrait : *Dominique* fin du romantisme et de la vision romantique de la femme ? Mais *pourquoi* ? Et quel *comment* nous y conduit ? Interrogée, la chronologie silencieuse de *Dominique* conduit décidément à bien des choses.

Madeleine...

A son sujet se pose une première question : de quoi est-elle la cause dans tout cela ? A quoi sert-elle ? Aussi bien le premier jet manuscrit que le texte retenu se gardent bien de la mettre au centre de tout (comme Manon, par exemple, ou Blanche de Mortsauf, dont la fille s'appellera Madeleine...) :

Je ne suis rien, je n'ai rien été. Je n'ai rien imaginé, rien créé, rien produit. Après avoir vainement attendu une inspiration qui jamais ne s'est révélée la volonté et la vigueur de devenir ou de produire quelque chose, j'ai compris tard, mais j'ai compris que je représentais à peine une unité de plus dans la foule immense de mes semblables, et je m'y suis résigné. Je me suis servi tant bien que mal et pour mon usage des idées de mon siècle et de mon pays. Je ne laisserai comme un témoignage de moi-même que la courte *mémoire* qui s'attache à tout être humain qui passe et meurt obscurément [MS ; passage supprimé après « je me suis mis d'accord avec moi-même ».

Rien sur Madeleine. Il ne s'agit que d'un échec intellectuel et social. C'est l'Augustin raté qui parle ici, et lui seul.

Madeleine fait sa première apparition (mais le lecteur ne peut encore comprendre ; il s'agit là d'un

texte d'attente) lorsque Jacques fait allusion à cette
année d'il y a vingt ans, « où il y avait tout ce monde
au château » (p. 78), ce qui provoque un mouvement
d'humeur puis de rêverie de Dominique. Puis, c'est le
D sur les murs du cabinet, enlacé à une autre
majuscule (p. 81). Autre pierre d'attente. Lorsque
Dominique, enfin, commence à parler, il désigne,
comme ayant joué un rôle dans sa vie *trois personnes :*
Olivier (qui vient de se tuer), Augustin (pas encore
nommé), une troisième enfin, « dont le contact, dit-il,
eut une vive influence sur ma jeunesse ». Et il ajoute :

Elle est placée maintenant [N.B. le féminin, que justifie le
mot *personne,* est ambigu et ne désigne pas encore clairement
une femme] dans des conditions de sécurité, de bonheur et
d'oubli, à défier tout rapprochement entre les souvenirs de
celui qui vous parlera d'elle [N.B. encore le même féminin
ambigu] et des siens (p. 92).

C'est clair : bien sûr, vous ne trouverez jamais (ô
biographes !) cette personne ; elle n'est pas reconnaissable ; mais aussi, elle n'a eu qu'une « vive influence »
sur ma jeunesse ; elle n'est qu'une partie d'un tout
plus vaste. Madeleine n'est nullement installée dans
une position centrale, royale, comme Mme de Mortsauf
l'était par Félix de Vandenesse dans son récit à
Nathalie de Manerville dans *Le Lys dans la vallée.*
Madeleine est marginalisée par l'*incipit* même de la
confession, et le récit ne s'annonce en aucune manière
comme essentiellement construit autour d'une figure
de femme. Madeleine dira plus tard qu'elle sera, dans
quelques années, « heureuse ou morte » (p. 277). Est-
elle heureuse ? Rien ne dit qu'elle soit morte, au
contraire. Mais elle n'a plus d'histoire. Elle n'existe
plus. On ne saura jamais quelle fut la fin de Madeleine
(pas de : « Et Madeleine ? ») Elle s'efface. Or, toute la
suite du récit va vérifier cette négativité de Madeleine,
cette sorte de non-présence ou de présence *faible,* pour
ne pas dire nulle. Madeleine ne sera jamais médiatrice
et n'apportera jamais *rien.* Elle ne passera jamais à
plus. Elle n'aura jamais sur Dominique qu'une très

courte longueur d'avance : celle que lui donnait son âge et son statut de jeune mariée (mais non de femme mariée) au moment de la distribution des prix. Pensionnaire informe, jeune fille conformiste qui ne met jamais en cause le projet de mariage dont elle est l'objet, sacrifiée (au pire sens du terme, puisqu'elle consent au sacrifice, puisqu'elle ne se révolte pas et n'a aucune raison de se révolter, *puisque le texte ne lui en attribue aucune*), vendue dans le cadre d'un arrangement d' « intérêts » (le mot est dans le texte, violée (voir p. 155 l'extraordinaire passage sur la nuit de noces, avec le double cri des courlis dans la nuit glaciale), froide, stérile (là encore, le texte dit clairement que c'est son problème), prisonnière ossifiée du portrait que Dominique découvre au salon, elle n'est qu'objet et n'appartient jamais qu'au passé, elle ne figure jamais pour un avenir. Absolument pas concernée par les problèmes intellectuels, c'est son mari qui par un simple mot de remerciement froid, répond à l'envoi du livre de Dominique. Cela ne la *regarde* pas. Elle avait en elle, pourtant, une ardeur possible : celle qui se manifeste lorsqu'elle revient de voyage, brunie, comme plus vive à la suite de ses courses dans la montagne (p. 136), et qui se retrouvera dans la chevauchée à la très claire signification érotique (p. 268) et dans le jet du demi-bouquet de violette au visage de Dominique (p. 251). Mais cette ardeur ne trouvera jamais sa parole. Madeleine n'est jamais vraiment un être de désir. Le texte lui refuse d'être vraiment un être de désir. Par là même (il faut y insister), elle n'introduit personne à rien et ne conduit personne nulle part, pas même le lecteur. Madeleine, c'est bien la fin des femmes romantiques, de Julie d'Etanges à Mme de Mortsauf. Et les femmes qui l'entourent et l'accompagnent dans le roman sont de la même espèce : *absente*. Que ce soit la première femme aimée par Augustin à Villeneuve (le roman tourne court); que ce soit Julie, qui se consume pour rien et n'accède jamais à nulle grandeur; que ce soit la plate épouse d'Augustin; que ce

soit l'éphémère maîtresse de Dominique, tout juste
capable de se remettre à sa toilette ; que ce soit
l'inconsistante, la non-dessinée Mme de Bray (à qui
George Sand, pas folle, eût souhaité un peu plus de
consistance, un peu plus d'être, et qu'elle eût en
conséquence, souhaiter voir paraître plus tôt dans le
récit), les femmes dans *Dominique*, « préparées » par
la mort (guère dramatique, et comme effacée) de la
mère et par l'inexistence de Mme de Ceyssac, sont
nulles, et aucune n'a droit à la moindre transfiguration, à la moindre héroïsation, que ce soit par le don
sauvage et transgresseur de soi (George Sand n'avait
pas à s'inquiéter : le lecteur ne soupçonnerait certes
pas que Madeleine ait pu se donner, et l'auteur n'avait
jamais songé à lui prêter une telle magnificence ; voir
p. 291, note 1), que ce ne soit pas l'une de ces morts
qui, d'*Adolphe* aux grands romans balzaciens (*Le Lys*,
Le Curé de village) en passant par *Volupté* et par
Jocelyn, sans oublier *Atala*, consacraient la femme
comme image royale du monde. Madeleine n'a jamais
joui, et Madeleine n'a transmis aucun sens, aucun
message, n'a jamais rien fait trembler. Serait-elle une
première Mme Arnoux ? Le texte lui refuse même ces
enfants pour lesquels, un moment, celle qu'aime
Frédéric Moreau, devient une demi-héroïne (voir
l'épisode du croup dans *L'Education sentimentale*),
avant de devenir la mère d'un jeune homme en
garnison à Mostaganem (idée des *Carnets* abandonnée
dans la version définitive).

Mais tout cela, *pourquoi* ?

Sans doute, tout simplement, parce que l'HIS-
TOIRE nouvelle a les femmes qu'elle mérite. Toute
crise, toute aporie, tout appauvrissement au niveau de la
femme dans un roman dit toujours la perte de sens au
niveau de l'HISTOIRE. La femme de trente ans, dans
l'univers apparemment étroit de la « vie privée », était
une héroïne. Lorsqu'il n'y a plus d'héroïnes, c'est que
l'HISTOIRE a cessé d'être héroïque ou héroïsable. Ce
n'est pas la « faute » des femmes ni des personnages
féminins. C'est un choix, explicable et déterminé, du

romancier. Aragon, dans *Les Cloches de Bâle*, fera resurgir la femme positive, la femme nouvelle, qui, par l'intermédiaire de Bérénice, conduira aux *Communistes* (évidemment au féminin). On est loin d'en être là. On n'en est pas encore, il est vrai, à la Mme de Marelles de *Bel Ami*, et Dominique refuse, à plusieurs reprises, la « corruption ». Madeleine demeure « noble », personnage d'un roman distingué, mais sur lequel s'étend quand même l'ombre de la mort de la femme et de sa non-signifiance. Ici encore nous sommes bien dans l'HISTOIRE.

Et pourtant voici bien, depuis « toujours » (c'est-à-dire depuis la prise de l'enseignement bourgeois de la littérature) l'une des plus sûres valeurs du roman psychologique et « français », à la suite (mais il ne s'agit pas ici d'inter-texte, il s'agit de la proclamation d'une « nature » et d'une tendance « essentielle ») de la *Princesse de Clèves*, de *René*, de *Volupté*, etc. Ce roman « psychologique » ne serait-il pas venu, à temps, fermer une époque de révolte et d'inquiétude, de prométhéisme dangereux (*Excelsior ! Excelsior !*) ? Faire quelque chose de rien, c'est-à-dire de ce *rien* que définit l'après-« socialisme » et l'après-romantisme ; bannir l'ostentation et la proclamation, toutes fautes de goût et marques infamantes des hommes de foi et de révolution : *Dominique* avait, en apparence, tout pour plaire, et là-dessus, toute une pédagogie, toute une propagande ont pu broder. C'est que le « classicisme » ne s'arrête pas, on le sait, au XVIIIe siècle. Il est l'une des constantes de la « race », de la « nation », de « nos » écrivains, condamnés aux morceaux choisis (bien que tout ne soit pas citable, on le verra, dans *Dominique*). Les meilleurs auteurs du stupide XIXe siècle seront ainsi « classiques », même ce Balzac qui, avec Grandet, a donné à la France une nouvelle incarnation de l'avarice. La galerie de famille (portraits et maximes) s'enrichit, qui expose, avec nos infirmités, la puissance d'analyse et d'expression, toujours, de « nos » écrivains. Les sujets de dissertations pleuvaient, et les préfaces. Il suffira, pour faire « moderne » et complet, de découvrir dans *Dominique* un peu de Proust avant la lettre. L'homme éternel se porte toujours bien et tout demeure dans tout.

Rien de tout cela ne devrait prêter à sourire, car on tient là une nouvelle preuve des truquages dont sont victimes désignées les textes littéraires : quoi qu'on en dise ce ne sont évidemment pas les textes qui sont, en tant que tels, vecteurs d'idéologie. Le rôle qu'on a voulu faire jouer à *Dominique*, *Dominique* n'y est pour rien. Et la question qui se pose avant tout est bien, une fois encore, celle de la *lecture*. Et la lecture est une lutte. Une *pratique*. Toute pratique a besoin d'armes, de perspectives, de choix. Je propose ici de décensurer *Dominique*, en partant, par exemple, de ces quelques mots fondateurs qui s'inscrivent au début du texte : lorsque M. de Bray, quittant sa maison mais aussi son cabinet couvert de graffiti, se rend à la mairie pour célébrer un mariage, il part « avec son écharpe dans sa poche » et il la ceint « en entrant dans la salle des séances ». Or, cette écharpe, à la fois assumée et dissimulée, cette écharpe nécessairement *tricolore*, elle n'est plus, évidemment, aux couleurs de Valmy en 1792 ni aux couleurs de Delacroix en 1830. Elle est aux couleurs du drapeau conservé par l'Empire, ce drapeau qui flottait sur la mairie d'Yonville, ce drapeau qui avait servi d'emblème, en juin 48, dans la lutte contre le drapeau rouge, et qui servira à nouveau en 1871. C'est le drapeau que Bel Ami verra flotter sur la Chambre des députés lorsque, au son des orgues de l'ordre moral, il descendra les marches de la Madeleine au bras de son épouse qui lui ouvre les portes du pouvoir « républicain ». Malaise, dès lors, chez cet homme qui avait été quelque peu quarante-huitard, et dont l'ami, Augustin, avait été le secrétaire de quelqu'un comme Armand Marrast (voir p. 324 et p. 325) ? Réduction du texte ? Ou sa réouverture ? De même que Homais n'est pas qu'un voltairien caracté-

riel et folklorique mais une figure typique de bourgeois naguère « progressif », passé de la gauche libérale et « patriote » au parti de l'ordre et au service du
préfet, Dominique n'est pas un pur pèlerin néo-
tristanien de l'amour et de l'absolu. Dominique,
homme d'ordre, est aussi un homme des naufrages.
Quels naufrages ? Ceux de la nature humaine, ou ceux
du siècle ? Une seconde récupération, après la récupération « psychologique » est ici possible.

Il est entendu, du moins il peut l'être, que *Dominique* est un roman de la *liquidation* (quel plaisir dans ce
mot !) du romantisme : finies les ardeurs ; finis les
rêves ; finis les désirs prométhéens ; on se range ; on se
calme ; on prend son *parti* (lequel ? Stendhal, ici,
aurait été indiscret) ; on intériorise sa défaite et son
acceptation de l'ordre ; on a écrit autrefois, après avoir
griffonné tant de choses çà et là y compris sur les murs
de son cabinet de travail, des poèmes et des livres de
politique ; on n'est plus aujourd'hui qu'un notable
local, un père de famille aspirant au repos et n'ayant
plus d'autre avenir que son fils anémique ; on est,
évidemment, et l'on demeure secrètement blessé, car
rien n'est sûr, mais on a cessé de faire des vagues et
l'on condamne désormais toute ambition. Il n'y a plus
ici ni Rastignac ni Byron. Un peu comme *La Princesse
de Clèves* liquidait les illusions héroïques du temps de
Corneille, *Dominique* signe la mort d'une certaine
modernité exubérante et encombrante. Mais encombrante et exubérante *pour qui ?* Et *pourquoi ?* Le
romantisme, d'une certaine manière, n'a jamais été
bien vu par l'ordre établi parce qu'il était *signe* et
conscience de la crise *interne* de la modernité (la société
révolutionnée est à nouveau contradictoire et déchi-
rée ; l'HISTOIRE à nouveau pleine de bruit et de
fureur, non pas, non plus promise à quelque évangile ;
la bourgeoisie et son ordre sont cimetières des rêves,
tremplins pour des révoltes ou des révolutions nouvelles) mais aussi parce qu'il avait, par le texte, par les
conduites, par l'action, initié ou justifié des entreprises aussi désordonnantes que lui, des entreprises

déhiérarchisantes et dangereuses. Dès lors tout texte qui, comme *Dominique* vient signifier explicitement (par les déclarations de son héros, par la mise en scène de la confession) ou implicitement (par des structures narratives et par des thèmes romanesques) que ce romantisme est « fini », qu'il a « échoué », sera le bienvenu. On ne craindra pas, on ne craindra plus du coup, d'historiser, de sérialiser, de finaliser la littérature puisque toutes ces merveilleuses opérations peuvent ici alimenter un effort en faveur du « bon sens » et du « bon » sens, et de l'acceptation de l' « ordre », c'est-à-dire d'abord de notre humaine limite et condition...

Et pourtant Dominique lui-même ne se qualifie-t-il pas de « déserteur » ? N'a-t-il pas, sur les murs de son cabinet, année après année, reproduit « la même indication [comme] s'il se fût astreint, jour après jour, peut-être heure par heure, à constater je ne sais quoi d'identique, soit sa présence physique au même lieu, soit la présence de sa pensée sur le même objet » ? Pourquoi tout ce « travail de réflexion sur l'identité humaine dans le progrès » ? Contre quelles obsessions ? Contre quelles résistances ? Qu'est-ce donc qui est si mal liquidé ? Pourquoi cette lutte muette, sur les murs, entre les cercles et les triangles, d'une part, et l'*Excelsior* de Longfellow d'autre part ? Cercles et triangles, c'était l'inscription ou la réinscription dans un ordre. *Excelsior*, c'était le cri romantique, l'appel des révolutions...

Bel exemple, ici, de recouvrement réciproque du champ freudien et du champ historique. Du refoulé politique ! Oui, qu'est-ce donc d'initial qui est si mal liquidé et qui *revient* ? Dominique ne parle-t-il pas, avec quelque secrète admiration, à la fin du livre, de ceux qui, comme Augustin, sont restés à Paris pour « continuer la lutte » ? Quelle lutte ? Devant qui, ici, le héros se cherche-t-il des justifications ? Qui, secrètement, l'accuse ? Pourquoi, aussi, se raconte-t-il, accepte-t-il de se raconter, de s'écrire à nouveau par personne interposée ? Pourquoi le narrateur est-il

chargé d'aller expliquer Dominique, là-bas, à Paris ?
Pourquoi cette faille ? cette hémorragie ? ce plaidoyer ?
Devant quel tribunal ? Voilà certes des questions
d'importance, et s'il y a récusation du romantisme, ce
ne peut être qu'une récusation dramatique, dialectique, en aucun cas résolutive ni propre à fonder une
pédagogie du renoncement. Dominique a, de toute
évidence, du mal à tuer en lui les illusions politiques,
et la confession, en direction du narrateur ou du
lecteur, a souvent des allures d'autojustification.
« On » n'avait accepté de mettre en perspective ce
roman « psychologique » que dans la mesure où son
historisation pouvait servir une vision idéologique
précise de l'HISTOIRE. Peut-être faut-il s'y prendre
autrement et, puisqu'on parle ici d'HISTOIRE, aller
jusqu'au bout, parler du destin politique du siècle, et
de certaines réactions qu'il engendre chez des hommes
qui, à leur manière, ont refusé de se coucher. Ce qu'a
déserté Dominique, ce n'est pas seulement Madeleine.
Ce qui lui a été pris, ce n'est pas seulement Madeleine.
Et ce qui travaille, en lui ce n'est pas seulement le
souvenir et le regret de Madeleine. Ce qui est mort,
mais ce qui vit quand même et par rapport à quoi, le
texte se situe, c'est une autre image. Et les réponses
que donne le texte sont des réponses à tout autre chose
qu'a des questions sur un amour hors HISTOIRE.

Il semble qu'il existe dans *Dominique* une triple
conjuration des démons, la délivrance d'un triple
message ou bouteille à la mer. Rien de tout cela n'est
jamais totalement conscient ni totalement inconscient.
Il s'agit des latences du texte qui sont à lire.
Il y a d'abord, on vient de le voir, la conjuration par
l'écriture, par une certaine manière d'écrire et de construire, d'une HISTOIRE qui se voudrait « aujour-
d'hui, sous l'Empire, sans histoire, et damnée,
Toute la chronologie qui structure le texte en contre-
bande, les allusions voilées aux événements politiques

et aux tensions de naguère, à ce qui repart peut-être
et, au moins se maintient (ceux qui continuent la
lutte), c'est d'abord une manière de dire non à la *doxa*
régnante, alors même qu'on semble s'y soumettre.
Aujourd'hui est immobile, mais autrefois tout bougeait. Et tout bouge peut-être encore. Mais quoi ? En
filigrane se lira donc un historique que tout refoule
mais auquel on ne renonce pas quand même. En
apparence : une histoire d'amour et l'histoire d'un
renoncement. Plus authentiquement peut-être ; cette
idée, cette image, souvent, d'une évolution historique
qui conduit au non-sens (comme dans *Madame
Bovary*), mais à un non-sens auquel on ne se fait pas.
L'architecture chronologique et historique invisible
ou peu visible, l'architecture chronologique et historique quand même sont la première réponse aux
arrêteurs d'HISTOIRE. Si la non-datation de *Dominique,* sa datation quand même, sa datation cryptique, le
date aussi.

Il y a, ensuite, deux autres entreprises conjura-
toires, mais plus subtiles et dont le sens est encore plus
fuyant, encore que la lecture, là aussi, puisse le
(re)construire : la constitution de Dominique en héros
de la terre et d'une certaine aristocratie ; l'élaboration
d'une écriture de l'existentiel contre les forces d'institution. Dans les deux cas, c'est par la littérature et par
la poésie que l'*Excelsior* refoulé refuse de s'inscrire à
jamais dans les cercles et dans les triangles d'un ordre
auquel on ne se soumet qu'à demi.

« La sagesse », écrivait Guy Sagnes, « n'est venue
ici qu'ordonner une mélancolie. » Mais *quelle* sagesse ?
Quelle mélancolie ? Et née (puisque l'on a tant
commenté le propos de Gide, autant qu'il serve à
quelque chose) de la retombée de *quelle* ferveur ? Et
l'ordre produit, de quoi au juste est-il productif ?
Quelle est la fonction, quel est le sens, de la réussite
esthétique, qui a assuré à l'œuvre son impact et en a
structuré le message ? Il est sûr que, déjà, les saisons
lamartiniennes sont ici devenues au moins partielle-
ment réalistes, quotidiennes, romanesques, et cela

compte. Dominique de Bray *travaille* (on comparera
les vendanges du début avec celles de Rousseau, dans
La Nouvelle Héloïse ou celles de Balzac dans *Le Lys
dans la vallée :* ici il y a le pressoir, la machinerie ; on
ne voit pas la cueillette, qui toujours implique, en
termes de fête ou de cérémonie, quelque Cérès-Julie
ou Madame de Mortsauf, mais la vinification). On est
loin également des décors abstraits d'élégie pour
promeneurs distingués, encore engluée dans le XVIIIe
siècle et dans Delille. Le style « campagne » et
« nature » est descendu de son empyrée. Le réalisme
est passé par là, y compris *Les Scènes de la vie de
campagne* avec leurs paysans. Mais on est quand même
ici, par l'exclusion de la ville, en présence d'un
premier *choix* du romancier, d'une première mise en
forme donc en sens : le style aristocrate et terrien.
Dominique n'est ni chef de service dans un ministère
ni ingénieur, et il y a là quelque chose qui ne va pas de
soi. On n'est ni chez *Bouvard et Pécuchet* ni chez
Stendhal, et face à *Dominique, Madame Bovary*, avec
son prosaïsme social, et sa déruralisation littéraire, fait
figure de roman démystificateur. Quelle est ici, si c'en
est une, la mystification, ou plus exactement la
mythification, la mise en mythe ?

Comme souvent déjà dans le roman romantique,
on a ici un auteur, un plébéien, un homme né dans les
classes moyennes où il a fait ses expériences et sa
carrière, qui s'habille en aristocrate, en fils des classes
nobles et bannies de l'histoire par 1789-1815 mais qui
ont trouvé à se refaire dans le cadre du grand
compromis antipopulaire des années post-1830. Dans
Madame Bovary aussi, les nobliaux et les hobereaux
« revenaient » après avoir boudé, faisant le bien, ayant
des activités sociales, présidant comices agricoles et
autres concours, songeant aux élections, ayant accepté
de toute façon les nouveaux pouvoirs qui ont besoin
d'eux pour la grande résistance. Et qui, mieux que les
classes moyennes, sait mater le peuple ? Cela permet
toujours aux féodaux d'évoquer le passé de la bonne
alliance châteaux-chaumières avant la bourgeoisie et *sa*

révolution. Tout bénéfice. Balzac avait déjà raconté
comment Maxime de Trailles était devenu agent
électoral de Louis-Philippe et s'était vu fixer pour
tâche, en Champagne, de battre le rappel des châteaux
en faveur des candidats officiels [1]. Il n'y a pas cependant que cet aspect « ralliement » qui compte.

Dominique de Bray, en effet, né dans un milieu
légitimiste et triste, un peu exclu, un peu marginal et
impuissant de par sa naissance même, est une figure
littéraire, un instrument littéraire pour son auteur, un
moyen de se dire et, dans une certaine limite, de se
faire. Où sont, dans le texte de Fromentin, les grandes
fiertés libérales, industrielles et « populaires », des
grands banquiers d'*Armance* ? Où sont les fiertés et les
énergies plébéiennes, à la Julien Sorel ? Bourgeois,
petit-bourgeois, personne ne s'assume plus comme tel
depuis bien longtemps, à moins d'être tout stupide-
ment Joseph Prudhomme ou Jérôme Paturot. A
Villeneuve, l'industrie est « nulle », le commerce
« mort », et la bourgeoisie se contente de « vivre
étroitement de ses ressources » : le récit, en son
« réalisme », qu'on ne peut ici négliger, signifie
son congé à l'un des langages du siècle, le constitue en
absence. La différence, la faille, le vouloir, même
dégradé, ne se peuvent dire que si l'on devient
littérairement M. de quelque chose, avec jeunesse
blessée, terres disponibles et morale ancestrale de
repli. Balzac (Félix de Vandenesse dans *Le Lys dans la
vallée*), Sainte-Beuve (Amaury dans *Volupté*) et même
dès le début Stendhal (avec son Octave) avaient mis en
place le système : on se faisait René, pour mieux dire
l'exclusion et le manque dans l'univers révolutionné.
Seul Flaubert refusera d'user de ce code littéraire,
cantonnant son aristocratie dans ses magouillages avec
le préfet, dans les fantasmes d'Emma, dans les
élégances parfaitement vaines du petit Cisy. Comment
lire ici *Dominique*, et Dominique ?

L'aristocratie, ce peut être, par-delà les accommo-

---

1. *Le Député d'Arcis.*

dements, le refus distingué et intellectuel de l'Empire, si vulgaire avec ses parvenus et sa police. Les châteaux sont toujours un bon endroit d'où et pour bouder, dire sa réserve. Mais cela ne suffit pas. Il y a trop longtemps que cela dure et un sens s'impose : noblesse de race dit ici noblesse de l'esprit et du cœur, *qualité*, au sens fort et ancien de ce terme, et donc exclusion. Les premières lignes ne trompent pas : « être quelque chose », « se plaindre », les « désirs » et les « mérites », « l'ambition », « une vie finalement faite et bien faite », « rustique, ce qui ne lui messied pas » : il s'agit de toute la problématique et de tout le vocabulaire bien connus depuis le XVIIe siècle (Saint-Simon, Alceste, les poètes de la « retraite ») de l'homme qui, de naissance avait « droit » d'être quelque chose, qui a tenté le jeu des nouveaux pouvoirs (la cour, aujourd'hui la « civilisation ») et qui en a mesuré la vanité ou la nocivité. Le monde moderne et ses carrières sont lieux d'illusions : nul ne le perçoit et ne le dit mieux que ceux qui, dès l'origine, lui étaient étrangers. On retrouve ici la fonction critique et distanciatrice de l'aristocratie *littéraire*, qui est l'une des données stables depuis Alceste, de la littérature romantique et de la littérature du romantisme. L'aristocratisation des héros est l'un des moyens de la connaissance et du dit littéraires. Le mythe aristocratique et terrien cependant ne va pas sans risques : un négatif accompagne le positif, qui est écrit et qu'il faut lire. Un effet de brouillage.

Certes la France contemporaine de Fromentin demeure essentiellement et profondément rurale. Et malgré l'urbanisation, malgré les analyses et les remarques de Michelet dans *Le Peuple* (1846), malgré juin 1848, les ouvriers demeurent à la périphérie de la réalité française. Il faut tout de même comprendre qu'il y a une véritable conjuration littéraire, esthétique, idéologique, pour que la France de référence, pour que la France écrite, lue et donnée à lire, *enseignée*, demeure aussi massivement rurale et campagnarde. *Dominique* est l'un des exemples de cette littérature qui fait tout pour que le modèle humain central, celui auquel on revient toujours, soit celui du propriétaire, du paysan, du récoltant, celui de l'homme des saisons et des moissons, des vendanges et des soirs à la campagne, l'homme des vieilles amitiés et des solidarités (inter-classes) de la terre, l'homme du temps cyclique, non du temps « industriel » et vectoriel. L'homme aussi des beautés et des rites de cette terre identifiée à une *nature* (la chasse ici, par exemple, qui permet la rencontre du narrateur et du héros), l'homme de l'automne. L'école publique suivra, avec ses textes choisis pour livres de lectures, où papa n'est jamais ouvrier, ni la maison un appartement de faubourg citadin, sans arbres et sans herbe, où toujours le poète, M. *de,* est triste quand tombent les feuilles. Et pourtant, hors du texte, hors des livres, l'industrie est là, on le sait bien, qui absorbe à la fin de *Madame Bovary* la petite Berthe, misérable rejeton de deux êtres qui avaient cru tous deux de manière différente et convergente échapper à leur classe, à leurs origines, aux fatalités et aux vulgarités « naturelles ». L'industrie, c'étaient déjà les tristes soirs d'été de Charles à Rouen, tandis que la campagne était, là-bas, si lointaine. Mais l'industrie c'est la honte. C'est elle qui, par Napoléon III interposé, récompense Homais d'une Légion d'honneur que n'a certes pas volée l'ancien homme de gauche rallié à Guizot puis au coup d'Etat. C'est elle qui (Chateaubriand l'avait prédit) a massacré les pauvres, d'abord dans ses usines, ensuite dans les rues. Le roman rural, le roman terrien, est l'un des moyens de conjurer cette honte, de ne pas poser ce problème, de ne pas le *voir.* Il y avait bien eu ce regard furtif, pendant le séjour de Dominique à Paris : « Je revins par des rues désertes. Il y avait là de grands ateliers d'industrie, clos et bruyants, des usines dont les cheminées fumaient, où l'on entendait bouillonner des chaudières, gronder des rouages. Je pensais à ces effervescences qui me consumaient depuis des mois, à ce foyer intérieur toujours allumé, toujours brûlant, mais pour une

application qui n'était pas prévue. Je regardais les
vitres noires, le reflet des fourneaux ; j'écoutais le
bruit des machines... » Quel changement, depuis
René et les rues de Londres ! Mais désormais, c'est
fini. Paradis perdu, paradis retrouvé, mais surtout pas
ces laideurs, ces déchirures ; surtout pas les luttes de
classes ! Aux Trembles les paysans n'ont aucun conflit
avec leur maître et l'innocence du monde est refaite
hors HISTOIRE ; la machine, la mécanique redevient
le pressoir en bois... *Dominique* ne voit donc pas
l'industrie.

La chose n'est pas simple à apprécier, la bouteille
pouvant être, comme toujours, à moitié vide ou à
moitié pleine. Passéisme terrien qui efface le réel et les
luttes de classes ? Ou moyen littéraire de dire non à ce
qui les a produites, c'est-à-dire à l'industrialisation, à
l'urbanisation sous leur inévitable forme bourgeoise ?
Combourg, déjà, était un recours contre le libéralisme. En fait, il en va du semi-utopisme rural de
Dominique comme il en va toujours de tous les
utopismes de ce genre : refuge ? ou refus ? Machine
de fuite ? ou machine de guerre ? Le ruralisme et
l'aristocratisme de *Dominique* sont à lire, de manière
inséparable de la faillite d'Olivier, aristocrate mondain
et, lui, à sa manière, si fort entré dans le siècle malgré
son cynisme et ses grimaces d' « avant ». Gentilhomme de campagne, préservé des corruptions pari-
siennes, Dominique reste *pur* et refuse ainsi la foire
impériale. De ce côté-là, Dominique s'est *gardé*. Mais
il lui faut aussi se garder, le texte doit aussi se garder
d'un autre côté. Fromentin, plébéien, a construit son
gentilhomme du réel contre la vulgarité d'un plébéia-
nisme dégradé en course aux fétiches. Mais il l'a
construit aussi contre ce qui, « aujourd'hui », se veut
politiquement réponse à l'Empire, lutte contre l'Empire, et dont apparaissent tant de composantes inquiétantes. C'est ici qu'on retrouve Augustin, symétrique
d'Olivier dans l'encadrement du héros.

Le « romantisme » de *Dominique,* en effet (malgré
son antiromantisme par ailleurs, antiromantisme en

tant que mise en cause des illusions d'autrefois qui ont
été tuées) fonctionne contre tout un positivisme,
contre tout un progressisme à bonne conscience qui,
pourtant, lutte contre l'Empire et maintient le cap
d'un certain « démocratisme ». On sait qu'avec son
ami Paul Bataillard, Fromentin avait rédigé, à Paris,
un long travail sur Edgar Quinet, et qu'il avait salué
avec enthousiasme une Révolution de 1848 qu'à sa
manière il avait « préparée », ce qui aide à donner
leur coloration exacte aux livres de politique publiés
par Dominique. Quinet !... Ardent opposant à l'Empire, banni après le coup d'Etat ! Nous voilà bien sur
une piste, mais beaucoup moins triomphale qu'on
pourrait l'imaginer. En effet, Quinet conduit à ce
Collège de France, à ce cabinet d'Hyppolyte Taine,
où se maintient et s'élabore certes toute une pensée qui refuse la dictature et son clientélisme,
mais où se maintient et s'élabore aussi tout un
réalisme, tout un utilitarisme, tout un « matéria-
lisme » dont on sait le rôle qu'ils pourront jouer
lorsque se constituera l'idéologie « républicaine ». Or,
par avance, c'est ce que *Dominique* refuse et récuse,
par la contemplation, par l'art, par l'aptitude à lire les
messages muets, par « la formation [en moi] de je ne
sais quelle mémoire spéciale assez peu sensible aux
faits, mais d'une aptitude singulière à se pénétrer des
impressions » (p. 94). Ce qui intéresse Dominique,
ce n'est pas « la chasse, le plaisir de faire des pièges, de
les tendre le long des buissons, de guetter l'oiseau ; et
la preuve, c'est que le seul témoignage un peu vif qui
me soit resté de ces continuelles embuscades, c'est la
vision très nette de certains lieux, la note exacte de
l'heure et de la saison, et jusqu'à la perception de
certains bruits qui n'ont pas cessé depuis de se faire
entendre » (p. 93). De même, pendant la rédaction
du discours latin sur Hannibal quittant l'Italie : ce à
quoi pense Dominique dans une sorte de vertige
absent, c'est à Hannibal malheureux, à Zama (mot qui
résonne mystérieusement) ; et ce qu'il voit, ce sont les
lézards qui se promènent sur la pierre tiède à côté de

sa main sous un soleil doux (p. 103). Un attendrissement subit monte en lui, et Augustin le surprend en
larmes. Augustin n'y comprend rien et commente le
devoir, *explique* la perte de la bataille de Zama...
Quelle lumière ici se fait ! De la grive de Monboisier
chez Chateaubriand à la madeleine de Proust en
passant par *Dominique*, c'est toute une nouvelle hiérar-
chisation du réel qui s'opère, un nouveau type de
perception et d'appétence qui se définit, une nouvelle
définition de l'objet vrai et de la relation vraie. Il en va
de même lors de la contemplation du portrait de
Madeleine, que, nécessairement, Dominique voit
autrement que tous ceux qu'il écarte pour mieux le
regarder. Cette autre mémoire, cet autre regard,
Augustin ne les comprend pas. Mais s'agit-il seulement d'Augustin ? Ce qui se trouve mis en cause ici, ce
n'est plus le romantisme traditionnel, que Dominique
retravaille et relance dans une autre direction. C'est
tout ce qui se met en place, non plus du côté des
images salvatrices et des révolutions illuminantes,
mais du côté de cet « avenir de la science » dont parlait
Renan. On vient de voir disparaître, avec les Béatrice,
la grande République montrant du doigt les cieux. Un
moment, Dominique avait pu y croire :

> Le souvenir acharné de Madeleine bourdonnait au fond
> de mes soi-disant ambitions, et il y avait des moments où je
> ne savais plus distinguer *dans mes rêves anticipés de gouverne-
> ment*, ce qui venait du philanthrope ou de l'amoureux
> (p. 257).

Mais la dissociation, désormais, est faite, le divorce
accompli entre la politique et l'affectivité, entre la
science et la vérité. Dominique *revient* à ses percep-
tions d'autrefois, à cette autre manière de voir, et le
livre qu'il va écrire, ou qu'il va faire écrire, ce ne sera
plus un livre de gouvernement, mais ce sera le roman
d'un homme. Mais pourquoi et comment le *roman*, en
cette époque si peu romanesque ? Pourquoi et
comment le roman (jamais programmé, ni par Augustin ni par Dominique lui-même, comme mode d'écri-

ture et d'expression de soi) au moment où triomphe,
du côté de « ceux qui continuent la lutte », l'idéologie
scientiste et si peu « idéale » dont se réclame Augustin
et qui structure toute sa pratique ? Un romanesque est
mort. Un autre est en train de naître : non tant le
romanesque narratif et chargé de messages clairs
qu'un romanesque qui valide un autre langage et une
autre prise sur les choses. Un romanesque qui par là,
et à sa manière, *continue*. Continue quoi ?

Enfermer *Dominique* dans une série quelconque
(roman d'analyse ou roman de sensations, roman
d'idées, roman des images) c'est toujours le stériliser,
en écrêter le sens critique, le pouvoir de connaissance,
le *dit*. Je veux bien qu'aujourd'hui les amours ou les
adultères de province d'alors, on s'en moque, ainsi
que des itinéraires des derniers enfants du siècle. Mais
le vrai sujet de *Dominique* est peut-être ailleurs : dans
le pouvoir et dans la signification de l'écriture. Un
Dominique vraiment rallié n'aurait jamais parlé. Ce n'est
pas lui, formellement, qui écrit le récit dont il est le
personnage essentiel ; mais le narrateur est évidemment son double, celui qui le regarde et se regarde. Or
écrire, ou se donner à écrire dit que la charge de maire
n'est qu'un costume. Dominique *joue* au propriétaire,
au magistrat de village, au père de famille. Mme de
Bray a-t-elle lu *Dominique ?* ou comme celle du sonnet
d'Arvers le lira-t-elle un jour, sans voir et sans
comprendre ce que, de toute façon, elle ne peut pas
comprendre ? Les apories du roman au plan politique
disent que dans une faillite tout le monde est marqué,
qu'on n'échappe pas au réel. Mais prenons bien garde
à ceci : Augustin, qui voulut être écrivain (ses mauvais
drames romantiques, évidemment si fabriqués) et qui
demeure fidèle à quelque idéal politique formel, est
l'homme aussi, d'une certaine écriture mystifiée, celle
qui a pu croire à sa propre utilité *directe ;* Augustin est
un disciple évident de Comte, Taine, Renan, lui qui
explique si bien Zama par le soleil qu'Hannibal avait
dans le dos ; mais Dominique, lui, qui refuse si
vivement la lecture positiviste du monde et son

« dernier recours » (il préfère les lézards), Dominique
qui, par Fromentin interposé, écrit *pour rien*, pour un
horizon et pour des hommes en tout cas invisibles,
Dominique, par là-même, n'est pas, n'est plus un
homme d'ordre. Augustin, lui, se sclérose et se
fossilise en sa « réussite », tendant la main, en démocrate sans complexe, à son ancien élève noble, et tout
prêt pour la Troisième et pour son « démocratisme »
négateur de l'écriture. Sourd au message de la
« culture » et de la « science », Dominique qui n'a
pas, au collège, connu d'héroïques apprentissages à la
Louis Lambert et n'a jamais écrit des livres que par
raccroc, Dominique qui ne *reçoit*, comme message,
que le message pictural du portrait de Madeleine,
Dominique tend la main à tout ce qui, sous cette
même Troisième République, à partir des sensations,
des images et des mots, à partir par exemple des
impressions, atteindra si souvent l'essence des choses
au travers des apparences utiles et quotidiennes.
Baudelaire saluait en Chateaubriand le grand gentilhomme d'une certaine authenticité, d'une décadence
qui fonctionnait contre le « progrès » des installés.
C'est que la faille, le manque, le trou, l'interdit, l'à-
jamais irrécupérable, la dialectique de la vie qui
continue et refuse la fin de l'HISTOIRE (c'est-à-dire
l'affirmation de la fin des luttes de classes et des
conflits profonds), sont l'arme vraie contre l'idéologie
du « c'est gagné ». « Je n'ai jamais revu Madame de
Nièvres » et l'histoire que l'on raconte au narrateur
dans le secret du cabinet, c'est l'affirmation, déjà, sous
le règne de Morny, Fould, Rouher, que le sens de la
vie n'est pas un produit de grande consommation
diffusé par les sociétés de l'abondance. *Dominique*,
c'est le *non possumus* au veau d'or, comme le prouve
bien l'épisode du portrait : pur objet mondain, mar-
chandise commandée par le comte de Nièvres, mais
aussi pur objet de bavardage pour les « amateurs » et
les professionnels qui se pressent (choqués ?) autour
de lui au salon, le portrait ne parle qu'à Dominique,
cependant ignorant en peinture (p. 260)... Et quand

ce portrait aura quitté le salon, lorsque un peu comme
le trésor de Pons dans le salon des Camusot, il sera allé
orner le salon de celui qui l'a *payé* mais à qui l'artiste a
fait une farce, lorsque ce portrait sera devenu objet,
prendra fin le seul vrai dialogue (le « fantastique
entretien d'un homme avec une peinture ») dans
lequel ait été engagé et impliqué Dominique. Mais
Dominique, c'est aussi le *non possumus* à l'idéologie
utilitariste qui en viendra toujours à couvrir l'économie de marché et s'achèvera en Belle Epoque : le
démocrate bourgeois Augustin, purement *politique,* ne
peut pas mieux comprendre cela que les hommes de
l'Empire qu'il combat. Seulement cela, le texte (en
tant que système s'assurant à partir de lui-même et
cherchant en lui-même, à son simple niveau d'énonciation, sa propre cohérence) ne peut clairement le
dire, constitué qu'il est d'une série d'impasses, étant
finalement lui-même impasse, existant et fonctionnant
d'être impasse. C'est à nous, lecteurs du texte et
lecteurs de ses lectures, de le faire devenir et fonction-
ner, accéder à une lisibilité supérieure. *Dominique* lu
au seul niveau de l'intrigue et de la « psychologie » des
personnages est, ou peut être, un roman de la
désertion. Mais alors, en son sein, quelle attitude
contraire, *quelle non-désertion,* quelle présence référer
et valoriser ? Augustin, l'homme des carrières et d'un
certain progrès, Augustin, le pâle Bianchon, finalement, de ce roman qui n'a plus de Rastignac, est là
pour nous dire que ce ne peut être, certes, la sienne, et
cette contre-épreuve apparaît décisive. *Dominique*
serait-il, dès lors, et de manière inattendue, un roman,
quand même, de la présence ? Et si oui, laquelle ? Il
suffit pour cela de ne pas se tromper sur la manière
dont la littérature *intervient :* non tant par la conduite
ou la psychologie d'un héros, seul repère, que par la
manière d'être d'ensemble du texte, personnages,
motifs, thèmes. Dominique a bien déserté la scène
parisienne où avaient combattu les héros de Stendhal
et de Balzac ; il a bien déserté la scène idéologique et
théorique (« Je me suis mis d'accord avec moi-même,

ce qui est bien la plus grande victoire que nous puissions remporter sur l'impossible »), où le prométhéisme moderne avait tant cru pouvoir vaincre et s'imposer. Mais de savoir s'il a eu tort ou raison n'a pas plus de sens que de se demander si Emma Bovary a eu tort ou raison de coucher avec Rodolphe puis avec Léon, ou si Léon a eu tort de revenir de Paris en province au lieu d'y rester pour s'affirmer et faire fortune, etc. Ce qui compte c'est la nécessité à l'intérieur de laquelle *Dominique,* en tant que manifestation littéraire (ce qui inclut et implique Dominique personnage) élabore comme il peut une liberté : ici celle de l'écriture, celle de la perception, celle des impressions, des souvenirs et des exigences que rien ne saurait vaincre ni déclasser. *Dominique* est comme une immense arcane ou comme une immense « archive » à déchiffrer, et cela commence sur les murs du cabinet où le héros reçoit le narrateur. Il y a plus de choses sur la terre et dans le ciel que n'en rêve notre philosophie. L'idéologie dominante voudrait bien, toujours, que les choses soient simples, ramenables à quelques constatations de bon sens, que tout ait une limite et une fin. On pourrait, alors, parler valablement de sagesse. Sainte-Beuve aimait à répéter sous l'Empire que la maladie romantique et socialisante était un peu passée et que les rêveurs d'autrefois étaient tous plus ou moins convertis par le « positif » de la société nouvelle. Erreur, Monsieur le Sénateur ! La littérature continue. Il lui arrive même, comme le dit Fromentin lui-même à propos de *Dominique,* d'imiter *Volupté.* C'est que le monde reste à lire, à interroger, contradictoire, mystérieux, donc, malgré les apparences, *historique.* Il nous importe au plus haut point de reprendre aujourd'hui *Dominique* aux vrais professeurs de désertion, et cet automne, ces cieux brouillés, de leur faire parler leur vrai langage. Fromentin était peintre et critique d'art ? Mais son roman, le dernier roman romantique, en un sens, par l'intrigue, n'est-il pas le premier roman impressionniste et même un peu proustien ? Et qu'est-il rien

de plus éloigné de l'impressionnisme et de Proust que
cet Augustin à qui est, en apparence, commis le soin
de « conclure » ? La confession est terminée, l'avenir
béant, le temps à jamais irrattrapable, les saisons
réduites à se succéder jusqu'à la mort, ramenant
chaque année l'image de Madeleine, mais pas seulement. Malgré les apparences, Dominique n'est pas
rallié, récupéré, guéri et comme René il va chaque
soir, à sa manière, rêver sur son rocher au soleil
couchant, là où il mourra. L'hémorragie continue.
Augustin arrive, alors, bien payé de ses peines,
presque (pourquoi pas ?) la Légion d'honneur de
Homais à la boutonnière ; il a réussi. « Bonjour, de
Bray ! » claironne-t-il démocratiquement et « perdant »
le prénom. Eh bien, non. Dominique n'est qu'en apparence M. de Bray ; il s'habille en M. de Bray comme
René s'habillait parfois en M. de Chateaubriand,
noble vicomte, ambassadeur et pair de France. *De
Bray ?* On voudrait bien. Mais le roman, que n'a pas
lu, et que ne lira pas Augustin, l'homme pourtant qui
comprend tout, s'intitulera *Dominique,* Existence et
écriture, androgynie, prénom polysémique se suffisant à
soi-même, jeté à la face des essences, des institutions,
des valeurs de l'ordre. Cette mise hors circuit finale
d'Augustin malgré le coup de chapeau qui lui est
accordé, symétrique et complémentaire de la mise
hors circuit initiale du dandy Olivier, est significative.
Il n'y a pour savoir, pour échapper à la comédie, que
Dominique, le narrateur et le lecteur. Le porte-parole
de la sagesse sociale et bourgeoise est exclu par la
construction littéraire même, comme l'avait été le
Byron de province. Augustin échappant pour toujours
à l'intériorité, est aussi pour toujours enfermé dans
l'objectivité. Alors, qui a trahi ? Le roman se termine
ainsi par un message muet de Dominique et de
l'auteur de *Dominique* au lecteur. Mais un message, il
ne suffit pas qu'il soit produit, émis. Il faut encore
qu'il soit recevable, et reçu ; il lui faut un public
potentiel et un public qui, pour lire, fasse effort contre
les pesanteurs obscurcissantes de l'idéologie. Pour

lire, il faut pouvoir lire mais il faut aussi vouloir lire, prendre le risque. En l'occurrence, pour comprendre le message de *Dominique*, non pas message d'une âme mais message d'un système, d'un ensemble signifiant, il faut d'abord le lire *en entier*. Et puisque aucune lecture, pas plus la présente que n'importe quelle autre, ne saurait être définitive, assurée, clôturante, on pourrait, sur le point de laisser le lecteur en tête à tête avec Dominique et avec *Dominique*, se poser et poser une question nouvelle : pourquoi *Dominique*, lu de près, est-il un texte aussi *laïque* ? Sujet terrien, aristocratique, renoncement, et rien, absolument rien sur Dieu, l'Eglise, la foi, l'espérance et le reste ? Nul envers ni lendemain religieux du monde ? Quelle laïcisation, depuis *Volupté* et depuis les romans balzaciens de la retraite ! On voit bien un clocher, toujours le même, celui des Trembles, mais où est l'église ? Et qui y entre jamais ? Le clocher des Trembles n'est pas plus religieux que celui de Martainville. Les bons exemples d'agriculture donnés par le châtelain des Trembles se suffiraient-ils à eux-mêmes ? Silencieusement, une autre page est ici tournée, celle d'une ancienne définition confortable de la charité et de l'action sociale, malgré Mme de Bray qui s'y attarde encore un peu en apparence : mais c'est *par la mairie* qu'elle fait la charité. Un ancien recours ici n'a plus de sens, et décidément ce texte s'ouvre sur plus qu'on n'imaginait. Ce qui compte, une fois de plus, dans un texte, ce sont les trous.

On comprend que ce dernier Monsieur le Maire-là ne soit pas montré en majesté comme M. de Rênal, descendant la grande rue d'un village que d'ailleurs il n'habite pas et où il ne rencontrera nul Julien Sorel. *A nouveau Monsieur le Maire* : c'est la fin radicale de certains fétiches, de certains fantoches. Il est utile, dans un premier temps, de repérer le ralliement de M. de Bray, ancien républicain et pourquoi pas socialiste (ça ne coûtait pas cher dans les années quarante) à l'Empire, qui n'a quand même pas des gens partout et qui doit bien faire avec les notables.

Mais il est encore plus utile de repérer que ce ralliement, finalement, coûte très cher à ses apparents bénéficiaires. Une lecture volontariste pourrait « reprocher » à Dominique son renoncement, lui opposer tel héros de Stendhal, de Balzac : outre que ce serait là preuve d'avoir assez mal lu Balzac et Stendhal, ce serait passer à côté du sens de ce renoncement, et de l'acharnement subséquent à autre chose. De chez lui, Dominique voit le monde et le juge. Il est plein, ce monde, de tâcherons, de ménagères, de rationalistes, de gens qui travaillent ; il a allègrement dépassé ce premier XIXe siècle qui semble son enfance, avec ses amours, avec ses idées. Mais (y a-t-on pris garde ?) Dominique n'a pas *vieilli* ; il n'est pas devenu *un sage*, et il ne dispense à nul jeune homme les leçons de son expérience. Il est resté un jeune homme, un vieux jeune homme si l'on veut, mais un jeune homme, de la pire espèce et qu'il faut nommer : un intellectuel et un écrivain. Augustin, député, ministre, défendra en tout bon droit les valeurs à la Zola sans doute, de progrès, de travail, de fécondité. Mais Augustin, malgré les apparences de tous ses efforcements, n'aura jamais été un intellectuel, encore moins un écrivain, tout au plus un écrivant. Dominique, lui, écrit ou fait écrire. Il peint ; il demeure près de la grande nature (oubliée par les autres) de son enfance, et il laisse aux autres le sentiment illusoire d'avoir gagné. Il leur fait même la bonne farce de pouvoir passer pour l'un de ces incorrigibles héros de roman psychologique. Ça leur plaît. Ils le diront dans leurs écoles, dans leurs manuels de « littérature ». Lui, il sait bien que la « psychologie » ça n'existe pas, et qu'il n'y a que ce temps devant nous, que chacun, comme il peut, remplit, utilise et fait signifier, un temps non d'événements, puisqu'ils nous échappent et puisqu'on les récuse, mais un temps de qualité que seuls certains, peut-être, parmi les visiteurs des Trembles et de *Dominique*, sauront comprendre.

Pierre BARBÉRIS.

DOMINIQUE

A MADAME GEORGE SAND

Madame,

   Voici ce petit livre[1] que vous avez lu. A mon grand regret je le publie sans y rien changer, c'est-à-dire avec toutes les inexpériences qui peuvent trahir une œuvre d'essai. De pareils défauts m'ont paru sans remède : désespérant de les corriger, je les constate. Si le livre était meilleur, je serais parfaitement heureux de vous l'offrir. Tel qu'il est, me pardonnerez-vous, Madame, comme au plus humble de vos amis, de le placer sous la protection d'un nom qui déjà m'a servi de sauvegarde, et pour lequel j'ai autant d'admiration que de gratitude et de respect ?

EUG. FROMENTIN.

Paris, novembre 1862.

I

« Certainement je n'ai pas à me plaindre [2] — me disait celui dont je rapporterai les confidences dans le récit très simple et trop peu romanesque [3] qu'on lira tout à l'heure — car, Dieu merci, je ne suis plus rien, à supposer que j'aie jamais été quelque chose, et je souhaite à beaucoup d'ambitieux [4] de finir ainsi. J'ai trouvé la certitude et le repos, ce qui vaut mieux que toutes les hypothèses. Je me suis mis d'accord avec moi-même, ce qui est bien la plus grande victoire que nous puissions remporter sur l'impossible. Enfin, d'inutile à tous, je deviens utile à quelques-uns [5], et j'ai tiré de ma vie, qui ne pouvait rien donner de ce qu'on espérait d'elle, le seul acte peut-être qu'on n'en attendît pas, un acte de modestie, de prudence et de raison. Je n'ai donc pas à me plaindre. Ma vie est faite et bien faite selon mes désirs et mes mérites. Elle est rustique, ce qui ne lui messied pas. Comme les arbres de courte venue, je l'ai coupée en tête : elle a moins de port, de grâce et de saillie ; on la voit de moins loin, mais elle n'en aura que plus de racines et n'en répandra que plus d'ombre autour d'elle. Il y a maintenant trois êtres à qui je me dois et qui me lient par des devoirs précis, par des responsabilités qui n'ont rien de trop lourd, par des attachements sans erreurs ni regrets. La tâche est simple, et j'y suffirai. Et s'il est vrai que le but de toute existence humaine soit moins encore de s'ébruiter que de se transmettre, si le bonheur consiste dans l'égalité des désirs et des forces, je marche aussi droit que possible dans les voies de la sagesse, et vous pourrez témoigner[6] que vous avez vu un homme heureux. »

Quoiqu'il ne fût pas le premier venu autant qu'il le prétendait, et qu'avant de rentrer dans les effacements de sa province il en fût sorti par un commencement de célébrité, il aimait à se confondre avec la multitude des inconnus, qu'il appelait *les quantités négatives*. A ceux qui lui parlaient de sa jeunesse et lui rappelaient les quelques lueurs assez vives qu'elle avait jetées[7], il répondait que c'était sans doute une illusion des autres et de lui-même, qu'en réalité il n'était personne, et la preuve, c'est qu'il ressemblait aujourd'hui à tout le monde[8], résultat de toute équité dont il s'applaudissait comme d'une restitution légitime faite à l'opinion. Il répétait à ce sujet qu'il n'est donné qu'à bien peu de gens de se dire une exception, que ce rôle de privilégié est le plus ridicule, le moins excusable, et le plus vain, quand il n'est pas justifié par des dons supérieurs ; que l'envie audacieuse de se distinguer du commun de ses semblables n'est le plus souvent qu'une tricherie commise envers la société[9] et une injure impardonnable faite à tous les gens modestes qui ne sont rien ; que s'attribuer un lustre auquel on n'a pas droit, c'est usurper les titres d'autrui, et risquer de se faire prendre tôt ou tard en flagrant délit de pillage dans le trésor public de la renommée.

Peut-être se diminuait-il ainsi pour expliquer sa retraite[10] et pour ôter le moindre prétexte de retour à ses propres regrets comme aux regrets de ses amis. Etait-il sincère ? Je me le suis demandé souvent[11], et quelquefois j'ai pu douter qu'un esprit comme le sien, épris de perfection, fût aussi complètement résigné dans sa défaite. Mais il y a tant de nuances dans la sincérité la plus loyale ! il y a tant de manières de dire la vérité sans la dire tout entière ! L'absolu détachement des choses n'admettrait-il aucun regard jeté de loin sur les choses qu'on désavoue ? Et quel est le cœur assez sûr de lui pour répondre qu'il ne se glissera jamais un regret entre la résignation, qui dépend de nous, et l'oubli, qui ne peut vous venir que du temps ?

Quoi qu'il en soit de ce jugement porté sur un passé qui ne s'accordait pas très bien avec sa vie présente, à l'époque dont je parle du moins, il était arrivé à ce degré de démission de lui-même et d'obscurité qui semblait lui donner tout à fait raison. Aussi ne fais-je que le prendre au mot en le traitant à peu près comme un inconnu. Il était devenu, d'après ses propres termes, si peu quelqu'un, et tant d'autres que lui pourraient à la rigueur se reconnaître dans ces pages [12], que je ne vois pas la moindre indiscrétion à publier de son vivant le portrait d'un homme dont la physionomie se prête à tant de ressemblances. Si quelque chose le distingue un peu du grand nombre de ceux qui volontiers retrouveraient en lui leur propre image, c'est que, par une exception qui, je le crois, ne fera envie à personne, il avait eu le courage assez rare de s'examiner souvent, et la sévérité plus rare encore de se juger médiocre. Enfin il existe si peu, quoiqu'il existe, qu'il est presque indifférent de parler de lui soit au présent, soit au passé.

La première fois que je le rencontrai, c'était en automne [13]. Le hasard me le faisait connaître à cette époque de l'année qu'il aime le plus, dont il parle le plus souvent, peut-être parce qu'elle résume assez bien toute existence modérée qui s'accomplit ou qui s'achève dans un cadre naturel de sérénité, de silence et de regrets. « Je suis un exemple, m'a-t-il dit maintes fois depuis lors, de certaines affinités malheureuses qu'on ne parvient jamais à conjurer tout à fait. J'ai fait l'impossible pour n'être point un mélancolique, car rien n'est plus ridicule à tout âge et surtout au mien ; mais il y a dans l'esprit de certains hommes je ne sais quelle brume élégiaque toujours prête à se répandre en pluie sur leurs idées. Tant pis pour ceux qui sont nés dans les brouillards d'octobre ! » ajoutait-il en souriant à la fois et de sa métaphore prétentieuse et de cette infirmité de nature dont il était au fond très humilié.

Ce jour-là, je chassais [14] aux environs du village qu'il

habite. Je m'y trouvais arrivé de la veille et sans
aucune autre relation que l'amitié de mon hôte le
docteur ***, fixé depuis quelques années seulement
dans le pays. Au moment où nous sortions du village,
un chasseur parut en même temps que nous sur un
coteau planté de vignes qui borne l'horizon de Villeneuve au levant. Il allait lentement et plutôt en
homme qui se promène, escorté de deux grands chiens
d'arrêt, un épagneul à poils fauves, un braque à robe
noire, qui battaient les vignes autour de lui. C'étaient
ordinairement, je l'ai su depuis, les deux seuls compagnons qu'il admît à le suivre dans ces expéditions
presque journalières, où la poursuite du gibier n'était
que le prétexte d'un penchant plus vif, le désir de
vivre au grand air et surtout le besoin d'y vivre seul.
« Ah! voici M. Dominique qui chasse », me dit le
docteur en reconnaissant à toute distance l'équipage
ordinaire de son voisin. Un peu plus tard, nous
l'entendîmes tirer, et le docteur me dit : « Voilà
M. Dominique qui tire. » Le chasseur battait à peu
près le même terrain que nous et décrivait autour de
Villeneuve la même évolution, déterminée d'ailleurs
par la direction du vent, qui venait de l'est, et par les
remises assez fixes du gibier. Pendant le reste de la
journée, nous l'eûmes en vue, et, quoique séparés par
plusieurs cents mètres d'intervalle, nous pouvions
suivre sa chasse comme il aurait pu suivre la nôtre. Le
pays était plat, l'air très calme, et les bruits en cette
saison de l'année portaient si loin, que même après
l'avoir perdu de vue, on continuait d'entendre très
distinctement chaque explosion de son fusil et jusqu'au son de sa voix quand, de loin en loin, il
redressait un écart de ses chiens ou les ralliait. Mais
soit discrétion, soit, comme un mot du docteur me
l'avait fait présumer, qu'il eût peu de goût pour la
chasse à trois, celui que le docteur appelait M. Dominique ne se rapprocha tout à fait que vers le soir, et la
commune amitié qui s'est formée depuis entre nous
devait avoir ce jour-là pour origine une circonstance
des plus vulgaires. Un perdreau partit à l'arrêt de mon

chien juste au moment où nous nous trouvions à peu près à demi-portée de fusil l'un de l'autre. Il occupait la gauche, et le perdreau parut incliner vers lui.

« A vous, monsieur », lui criai-je.

Je vis, à l'imperceptible temps d'arrêt qu'il mit à épauler son fusil, qu'il examinait d'abord si rigoureusement ni le docteur ni moi n'étions assez près pour tirer ; puis, quand il se fut assuré que c'était un coup perdu pour tous s'il ne se décidait pas, il ajusta lestement et fit feu. L'oiseau, foudroyé en plein vol, sembla se précipiter plutôt qu'il ne tomba, et rebondit, avec le bruit d'une bête lourde, sur le terrain durci de la vigne.

C'était un coq de perdrix rouge magnifique, haut en couleur, le bec et les pieds rouges et durs comme du corail, avec des ergots comme un coq et large de poitrail presque autant qu'un poulet bien nourri.

« Monsieur, me dit en s'avançant vers moi M. Dominique, vous m'excuserez d'avoir tiré sur l'arrêt de votre chien ; mais j'ai bien été forcé, je crois, de me substituer à vous pour ne pas perdre une fort belle pièce, assez peu commune en ce pays. Elle vous appartient de droit. Je ne me permettrais pas de vous l'offrir, je vous la rends. »

Il ajouta quelques paroles obligeantes pour me déterminer tout à fait, et j'acceptai l'offre de M. Dominique comme une dette de politesse à payer.

C'était un homme d'apparence encore jeune, quoiqu'il eût alors passé la quarantaine [15], assez grand, à peau brune, un peu nonchalant de tournure, et dont la physionomie paisible, la parole grave et la tenue réservée ne manquaient pas d'une certaine élégance sérieuse. Il portait la blouse et les guêtres d'un campagnard chasseur. Son fusil seul indiquait l'aisance, et ses deux chiens avaient au cou un large collier garni d'argent sur lequel on voyait un chiffre. Il serra courtoisement la main du docteur et nous quitta presque aussitôt pour aller, nous dit-il, rallier ses vendangeurs, qui, ce soir-là même, achevaient sa récolte.

On était aux premiers jours d'octobre. Les vendanges allaient finir[16], il ne restait plus dans la
campagne, en partie rendue à son silence, que deux ou
trois groupes de vendangeurs, ce que dans le pays on
appelle des *brigades*, et un grand mât surmonté d'un
pavillon de fête, planté dans la vigne même où se
cueillaient les derniers raisins, annonçait en effet que
la brigade de M. Dominique se préparait joyeusement
à *manger l'oie*, c'est-à-dire à faire le repas de clôture et
d'adieu où, pour célébrer la fin du travail, il est de
tradition de manger, entre autres plats extraordinaires, une oie rôtie.

Le soir venait. Le soleil n'avait plus que quelques
minutes de trajet pour atteindre le bord tranchant de
l'horizon. Il éclairait longuement, en y traçant des
rayures d'ombre et de lumière, un grand pays plat,
tristement coupé de vignobles, de guérets et de
marécages, nullement boisé, à peine onduleux, et
s'ouvrant de distance en distance, par une lointaine
échappée de vue, sur la mer. Un ou deux villages
blanchâtres, avec leurs églises à plates-formes et leurs
clochers saxons, étaient posés sur un des renflements
de la plaine, et quelques fermes, petites, isolées,
accompagnées de maigres bouquets d'arbres et
d'énormes meules de fourrage, animaient seules ce
monotone et vaste paysage, dont l'indigence pittoresque eût paru complète sans la beauté singulière qui lui
venait du climat, de l'heure et de la saison. Seulement,
à l'opposé de Villeneuve et dans un pli de la plaine, il y
avait quelques arbres un peu plus nombreux qu'ailleurs et formant comme un très petit parc autour
d'une habitation de quelque apparence. C'était un
pavillon de tournure flamande, élevé, étroit, percé de
rares fenêtres irrégulières et flanqué de tourelles à
pignons d'ardoise[17]. Aux abords étaient agglomérées
quelques constructions plus récentes, maison de ferme
et bâtiment d'exploitation, le tout au surplus très
modeste. Un brouillard bleu qui s'élevait à travers les
arbres indiquait qu'il y avait exceptionnellement dans
ce bas-fond du pays quelque chose au moins comme

un cours d'eau ; une longue avenue marécageuse, sorte de prairie mouillée bordée de saule, menait directement de la maison à la mer.

« Ce que vous voyez là, me dit le docteur en me montrant cet îlot de verdure isolé dans la nudité des vignobles, c'est le château des Trembles et l'habitation de M. Dominique. »

Cependant M. Dominique allait rejoindre ses vendangeurs et s'éloignait paisiblement, son fusil désarmé, suivi cette fois de ses chiens à bout de forces ; mais à peine avait-il fait quelque pas dans le sentier labouré d'ornières qui menait à ses vignes que nous fûmes témoins d'une rencontre qui me charma.

Deux enfants dont on entendait les voix riantes, une jeune femme dont on voyait seulement la robe d'étoffe légère et l'écharpe rouge, venaient au-devant du chasseur [18]. Les enfants lui faisaient des gestes joyeux et se précipitaient de toute la vitesse de leurs petites jambes ; la mère arrivait plus lentement et de la main agitait un des bouts de son écharpe couleur de pourpre. Nous vîmes M. Dominique prendre à son tour chacun de ses enfants dans ses bras. Ce groupe animé de couleurs brillantes demeura un moment arrêté dans le sentier vert, debout au milieu de la campagne tranquille, illuminé des feux du soir et comme enveloppé de toute la placidité du jour qui finissait. Puis la famille au complet reprit le chemin des Trembles, et le dernier rayon qui venait du couchant accompagna jusque chez lui ce ménage heureux.

Le docteur m'apprit alors en quelques mots que M. Dominique de Bray — on l'appelait M. Dominique tout court en vertu d'un usage amical adopté par les familiarités du pays — était un gentilhomme de l'endroit, maire de la commune, et qui devait cette charge de confiance moins encore à son influence personnelle, car il ne l'exerçait que depuis peu d'années, qu'à l'ancienne estime attachée à son nom ; qu'il était très secourable aux malheureux, très aimé et fort bien vu de tous, quoiqu'il n'eût de ressemblance avec ses administrés que par la blouse, quand il en portait.

« C'est un aimable homme, ajouta le docteur, seulement un peu sauvage, excellent, simple et discret, qui se répand beaucoup en services, peu en paroles. Tout ce que je puis vous dire de lui, c'est que je lui connais autant d'obligés qu'il y a d'habitants dans la commune. »

La soirée qui suivit cette journée champêtre fut si belle et si parfaitement limpide, qu'on aurait pu se croire encore au milieu de l'été. Je m'en souviens surtout à cause d'un certain accord d'impressions qui fixe à la fois les souvenirs, même les moins frappants, sur tous les points sensibles de la mémoire. Il y avait de la lune, un clair de lune éblouissant, et la route crayeuse de Villeneuve, avec ses maisons blanches, en était éclairée comme en plein midi, d'un éclat plus doux, mais avec autant de précision. La grande rue droite qui traverse le village était déserte. On entendait à peine, en passant devant les portes, des gens qui soupaient en famille derrière leurs volets déjà clos [19]. De distance en distance, partout où les habitants ne dormaient pas, un étroit rayon de lumière s'échappait par les serrures ou par les *chattières*, et jaillissait comme un trait rouge à travers la blancheur froide de la nuit. Les pressoirs seuls restaient ouverts pour donner de l'air au plancher des *treuils*, et d'un bout à l'autre du village une moiteur de raisins pressés, la chaude exhalaison des vins qui fermentent, se mêlaient à l'odeur des poulaillers et des étables. Dans la campagne, il n'y avait plus de bruit, hormis la voix des coqs qui se réveillaient de leur premier sommeil, et chantaient pour annoncer que la nuit serait humide. Des grives que le vent d'est amenait, des oiseaux de passage qui émigraient du nord au sud, traversaient l'air au-dessus du village et s'appelaient constamment, comme des voyageurs de nuit. Entre huit et neuf heures, une sorte de rumeur joyeuse éclata dans le fond de la plaine, et fit aboyer subitement tous les chiens de ferme des environs : c'était la musique aigre et cadencée des cornemuses jouant un air de contredanse.

« On danse chez M. Dominique, me dit le docteur. Bonne occasion pour lui faire visite dès ce soir, si vous le voulez bien, puisque vous lui devez des remerciements. Lorsqu'on danse au *biniou* chez un propriétaire qui fait vendanges, sachez que c'est presque une soirée publique [20]. »

Nous prîmes le chemin des Trembles, et nous nous acheminâmes à travers les vignes, doucement émus par l'influence de cette nuit magnifique. Le docteur, qui la subissait à sa manière, se mit à regarder les rares étoiles que le vif éclat de la lune n'eût pas éclipsées, et se perdit dans des rêveries astronomiques, les seules rêveries qu'un pareil esprit se crût permises.

On dansait devant la grille de la ferme sur une esplanade en forme d'aire, entourée de grands arbres et parmi des herbes mouillées par l'humidité du soir, comme s'il avait plu. La lune illuminait si bien ce bal improvisé, qu'on pouvait se passer d'autres lumières. Il n'y avait guère, en fait de danseurs, que les vendangeurs de la maison, et peut-être un ou deux jeunes gens des environs que le signal de la cornemuse avait attirés [21]. Je ne saurais dire si le musicien qui jouait du biniou s'en acquittait avec talent, mais il en jouait du moins avec une violence telle, il en tirait des sons si longuement prolongés, si perçants, et qui déchiraient avec tant d'aigreur l'air sonore et calme de la nuit, que je ne m'étonnais plus, en l'écoutant, que le bruit d'un pareil instrument nous fût parvenu de si loin ; à une demi-lieue à la ronde, on pouvait l'entendre, et les jeunes filles de la plaine devaient, sans contredit, rêver contredanses dans leur lit. Les garçons avaient seulement ôté leurs vestes, les filles avaient changé de coiffes et relevé leurs tabliers de ratine ; mais tous avaient gardé leurs sabots, disons comme eux leurs *bots*, sans doute pour se donner plus d'aplomb et pour mieux marquer, avec ces lourds patins, la mesure de cette lourde et sautante pantomime appelée la *bourrée*. Pendant ce temps, dans la cour de la ferme, des servantes passaient une chandelle à la main, allant et venant de la cuisine au réfectoire, et quand l'instrument s'arrêtait pour reprendre haleine, on distinguait les craquements du treuil où les hommes de corvée pressaient la vendange [22].

C'est là que nous trouvâmes M. Dominique, au milieu de ce laboratoire singulier plein de charpentes, de madriers, de cabestans, de roues en mouvement, qu'on appelle un pressoir. Deux ou trois lampes dispersées dans ce grand espace, encombré de volumineuses machines et d'échafaudages, l'éclairaient aussi peu que possible. On était en train de couper la *treuillée*, c'est-à-dire qu'on équarrissait [23] de nouveau la vendange écrasée par la pression des machines, et qu'on la reconstruisait en plateau régulier pour en exprimer tout le jus restant [24]. Le moût, qui ne s'égouttait plus que faiblement, descendait avec un bruit de fontaine épuisée dans les auges de pierre, et un long tuyau de cuir, pareil aux tuyaux d'incendie, le prenait aux réservoirs et le conduisait dans les profondeurs d'un cellier où la saveur sucrée des raisins foulés se changeait en odeur de vin, et aux approches duquel la chaleur était très forte. Tout ruisselait de vin nouveau. Les murs transpiraient humectés de vendanges. Des vapeurs capiteuses formaient un brouillard autour des lampes. M. Dominique était parmi ces vignerons, montés sur les étais du treuil, et les éclairant lui-même avec une lampe de main qui nous le fit découvrir dans ces demi-ténèbres. Il avait gardé sa tenue de chasse, et rien ne l'eût distingué des hommes de peine, si chacun d'eux ne l'eût appelé monsieur notre maître.

« Ne vous excusez pas, dit-il au docteur qui lui demandait grâce pour l'heure et le moment choisi de notre visite, sans quoi j'aurais trop moi-même à m'excuser. »

Et je crois bien, tant il fut parfaitement aisé et poli en nous faisant, sa lampe à la main, les honneurs de son pressoir, qu'il n'éprouva d'autre embarras que celui de nous faire asseoir commodément en pareil lieu.

Je n'ai rien à dire de notre entretien, le premier qui m'ait fait écouter un homme avec lequel j'ai beaucoup causé depuis. Je me souviens seulement qu'après avoir parlé vendange, récolte, chasse et campagne, seuls sujets qui nous fussent communs, le nom de Paris se présenta tout à coup comme une inévitable antithèse à toutes les simplicités comme à toutes les rusticités de la vie.

« Ah! c'était le beau temps! dit le docteur, que ce nom de Paris réveillait toujours en sursaut.

— Encore des regrets! » répondit M. Dominique. Et cela fut dit avec un accent particulier, plus significatif que les paroles, et qui me donna l'envie d'en chercher le sens.

Nous sortîmes au moment où les vendangeurs allaient souper. Il était tard : nous n'avions plus qu'à regagner Villeneuve. M. Dominique nous fit parcourir l'allée tournante d'un jardin dont les limites se confondaient vaguement avec les arbres du parc, puis une longue terrasse en tonnelle occupant toute la façade de la maison, et à l'extrémité de laquelle on voyait la mer. En passant devant une chambre éclairée, dont la fenêtre était ouverte à l'air tiède de la nuit, j'aperçus la jeune femme à l'écharpe rouge, assise et brodant près de deux lits jumeaux. Nous nous séparâmes à la grille. La lune éclairait en plein la large cour d'honneur, où le mouvement de la ferme ne parvenait plus. Les chiens, las d'une journée de chasse, y dormaient devant leurs niches, la chaîne au cou, étendus à plat sur le sable. Des oiseaux se remuaient dans des massifs de lilas, comme si la grande clarté de la nuit leur eût fait croire à la venue du jour. On n'entendait plus rien du bal interrompu par le souper ; la maison des Trembles et les environs reposaient déjà dans le plus grand silence, et cette absence de tout bruit soulageait du bruit du biniou.

Très peu de jours après, nous trouvions, en rentrant au logis, deux cartes de M. Dominique de Bray, qui s'était présenté dans la journée pour nous faire sa visite, et le lendemain même un billet d'invitation nous arrivait des Trembles. C'était une prière aimable signée du mari, mais écrite au nom de Mme de Bray ; il s'agissait d'un dîner de famille offert en voisins, et qu'on serait heureux de nous voir accepter de même.

Cette nouvelle entrevue, la première, à vrai dire, qui m'ait donné entrée dans la maison des Trembles, n'eut rien non plus de bien mémorable, et je n'en parlerais pas si je n'avais à dire un mot tout de suite de la famille de M. Dominique. Elle se composait des trois personnes dont j'avais déjà vu de loin la silhouette fugitive au milieu des vignes : une petite fille brune qu'on appelait Clémence, un garçon blond, fluet, grandissant trop vite et qui déjà promettait de porter avec plus de distinction que de vigueur le nom moitié féodal et moitié campagnard de Jean de Bray[25]. Quant à leur mère, c'était une femme et une mère dans la plus excellente acception de ces deux mots, ni matrone ni jeune fille, très jeune d'âge peut-être, avec la maturité et la dignité puisées dans le sentiment bien compris de son double rôle ; de très beaux yeux dans un visage indécis, beaucoup de douceur, je ne sais quoi d'ombrageux d'abord qui tenait sans doute à l'isolement accoutumé de sa vie, mais avec infiniment de grâce et de manières.

Cette année-là, nos relations n'allèrent pas beaucoup plus loin : une ou deux chasses auxquelles M. de Bray me pria de prendre part, quelques visites reçues ou rendues, et qui me firent mieux connaître les chemins de son village qu'elles ne m'ouvrirent les avenues discrètes de son amitié. Puis novembre arriva, et je quittai Villeneuve sans avoir autrement pénétré dans l'intimité de l'heureux ménage : c'est ainsi que le docteur et moi nous désignions dorénavant les châtelains des Trembles.

II

L'absence a des effets siguliers. J'en fis l'épreuve pendant cette première année d'éloignement qui me sépara de M. Dominique, sans qu'aucun souvenir direct parût nous rappeler l'un à l'autre. L'absence unit et désunit, elle rapproche aussi bien qu'elle divise, elle fait se souvenir, elle fait oublier ; elle relâche certains liens très solides, elle les tend et les éprouve au point de les briser ; il y a des liaisons soi-disant indestructibles dans lesquelles elle fait d'irré-médiables avaries ; elle accumule des mondes d'indif-férence sur des promesses de souvenirs éternels. Et puis d'un germe imperceptible, d'un lien inaperçu, d'un *adieu, monsieur,* qui ne devait pas avoir de lendemain, elle compose, avec des riens, en les tissant je ne sais comment, une de ces trames vigoureuses sur lesquelles deux amitiés viriles peuvent très bien se reposer pour le reste de leur vie, car ces attaches-là sont de toute durée. Les chaînes composées de la sorte à notre insu, avec la substance la plus pure et la plus vivace de nos sentiments, par cette mystérieuse ouvrière, sont comme un insaisissable rayon qui va de l'un à l'autre, et ne craignent plus rien, ni des distances ni du temps. Le temps les fortifie, la distance peut les prolonger indéfiniment sans les rompre. Le regret n'est, en pareil cas, que le mouve-ment un peu plus rude de ces fils invisibles attachés dans les profondeurs du cœur et de l'esprit, et dont l'extrême tension fait souffrir. Une année se passe. On s'est quitté sans se dire au revoir ; on se retrouve, et pendant ce temps l'amitié a fait en nous de tels progrès que toutes les barrières sont tombées, toutes les précautions ont disparu. Ce long intervalle de douze mois, grand espace de vie et d'oubli, n'a pas contenu un seul jour inutile, et ces douze mois de silence vous ont donné tout à coup le besoin mutuel des confidences, avec le droit plus surprenant encore de vous confier.

Il y avait juste un an que j'avais mis le pied dans Villeneuve pour la première fois, quand j'y revins attiré par une lettre du docteur, qui m'écrivait : « On parle de vous dans le voisinage, et l'automne est superbe, venez. » J'arrivai sans me faire attendre, et quand un soir de vendanges, par une journée tiède, par un soleil doux, au milieu des mêmes bruits, je montai sans être annoncé le perron des Trembles, je vis bien que l'union dont je parle était formée, et que l'ingénieuse absence avait agi sans nous et pour nous.

J'étais un hôte attendu qui revenait, qui devait revenir, et qu'un usage ancien avait rendu le familier de la maison. Ne m'y trouvais-je pas moi-même on ne peut plus à l'aise ? Cette intimité qui commençait à peine était-elle ancienne ou nouvelle ? C'était à ne plus le savoir, tant l'intuition des choses m'avait longuement fait vivre avec elles, tant le soupçon que j'avais d'elles ressemblait d'avance à des habitudes. Bientôt les gens de service me connurent ; les deux chiens n'aboyèrent plus quand je parus dans la cour ; la petite Clémence et Jean s'habituèrent vite à me voir, et ne furent pas les derniers à subir l'effet certain du retour et l'inévitable séduction des faits qui se répètent.

Plus tard on m'appela par mon nom, sans supprimer tout à fait la formule de *monsieur*, mais en la négligeant fréquemment. Puis il arriva qu'un jour *M. de Bray* (je disais ordinairement M. de Bray) ne se trouva plus d'accord avec le ton de nos entretiens, et chacun de nous s'en aperçut à la fois, comme d'une note qui résonnait faux. En réalité, rien aux Trembles ne paraissait changé, ni les lieux, ni nous-mêmes, et nous avions l'air, tant autour de nous tout se trouvait identique, les choses, l'époque, la saison et jusqu'aux plus petits incidents de la vie, de fêter jour par jour l'anniversaire d'une amitié qui n'avait plus de date.

Les vendanges se firent et s'achevèrent comme les précédentes, accompagnées des mêmes danses, des mêmes festins, au son de la même cornemuse maniée par le même musicien. Puis, la cornemuse remise au clou, les vignes désertes, les celliers fermés, la maison rentra dans son calme ordinaire. Il y eut un mois pendant lequel les bras se reposèrent un peu et les champs chômèrent. Ce fut ce mois de répit et comme de vacances rurales qui s'écoule d'octobre à novembre, entre la dernière récolte et les semailles. Il résume à peu près les derniers beaux jours. Il conduit, comme une défaillance aimable de la saison, des chaleurs tardives aux premiers froids. Puis un matin les charrues sortirent ; mais rien ne ressemblait moins aux bruyantes bacchanales des vendanges que le morne et silencieux monologue du bouvier conduisant ses bœufs de labour, et ce grand geste sempiternel du semeur semant son grain dans des lieues de sillons.

La propriété des Trembles était un beau domaine, d'où Dominique tirait une bonne partie de sa fortune, et qui le faisait riche. Il l'exploitait lui-même, aidé de Mme de Bray, qui, disait-il, possédait tout l'esprit de chiffres et d'administration qui lui manquait[26]. Pour auxiliaire secondaire, avec moins d'importance et presque autant d'action, dans ce mécanisme compliqué d'une exploitation agricole, il avait un vieux serviteur hors rang dans le nombre de ses domestiques, qui remplissait en fait les fonctions de régisseur ou d'intendant des fermes. Ce serviteur, dont le nom reviendra plus tard dans ce récit, s'appelait André[27]. En qualité d'enfant du pays et je crois bien d'enfant de la maison, il avait, vis-à-vis de son maître, autant de privautés que de tendresse. « Monsieur notre maître », disait-il toujours, soit qu'il parlât de lui ou qu'il lui parlât, et le maître à son tour le tutoyait par une

habitude qu'il avait gardée de sa jeunesse et qui
perpétuait des traditions domestiques assez tou-
chantes entre le jeune chef de famille et le vieux
André. André était donc, après le maître et la
maîtresse du logis, le principal personnage des Trembles et le mieux écouté. Le reste du personnel, assez
nombreux, se distribuait dans les multiples recoins de
la maison et de la ferme. Le plus souvent tout
paraissait vide, excepté la basse-cour, où remuaient
tout le jour durant des troupeaux de poules, le grand
jardin où les filles de la ferme ramassaient des faix
d'herbes, et la terrasse exposée au midi, où, quand il
faisait beau, Mme de Bray et ses enfants se tenaient
dans l'ombre, chaque matin plus rare, des treilles,
dont les pampres tombaient. Quelquefois des journées
entières se passaient sans qu'on entendît quoi que ce
fût qui rappelât la vie dans cette maison où tant de
gens vivaient cependant dans l'activité des soins ou du
travail.

La mairie n'était point aux Trembles, quoique
depuis deux ou trois générations les de Bray eussent
toujours été, comme par un droit acquis, maires de la
commune [28]. Les archives étaient déposées à Villeneuve. Une maison de paysan des plus rustiques
servait à la fois d'école primaire [29] et de maison
communale. Dominique s'y rendait deux fois par mois
pour présider le conseil et de loin en loin pour les
mariages. Ce jour-là, il partait avec son écharpe dans
sa poche [30], et la ceignait en entrant dans la salle des
séances. Il accompagnait volontiers les formalités
légales d'une petite allocution qui produisait d'excellents effets. Il me fut donné de l'entendre à l'époque
dont je parle, deux fois de suite dans la même
semaine. Les vendanges amènent infailliblement les
mariages ; c'est, avec les veillées de carême, la saison
de l'année qui rend les garçons entreprenants, attendrit le cœur des filles et fait le plus d'amoureux.

Quant aux distributions de bienfaisance, c'était
Mme de Bray qui en avait tout le soin. Elle tenait les
clefs de la pharmacie, du linge, du gros bois, des

sarments ; les bons de pain, signés du maire, étaient
écrits de sa main. Et si elle ajoutait du sien aux
libéralités officielles de la commune, personne n'en
savait rien ; et les pauvres en recueillaient les bénéfices
sans jamais apercevoir la main qui donnait. De vrais
pauvres d'ailleurs, grâce à un pareil voisinage, il n'y en
avait que très peu dans la commune. Les ressources de
la mer voisine qui venaient en aide à la charité
publique, les levées de marais et quelques prairies
banales où les plus gênés menaient pacager leurs
vaches, un climat très doux qui rendait les hivers
supportables, tout cela faisait que les années passaient
sans trop de détresse, et que personne ne se plaignait
du sort qui l'avait fait naître à Villeneuve.

Telle était à peu près la part que Dominique prenait
à la vie publique de son pays [31] : administrer une très
petite commune perdue loin de tout grand centre,
enfermée de marais, acculée contre la mer qui rongeait
ses côtes et lui dévorait chaque année quelques pouces
de territoire ; veiller aux routes, aux desséchements ;
tenir les levées en état ; penser aux intérêts de
beaucoup de gens dont il était au besoin l'arbitre, le
conseil et le juge ; empêcher les procès et les discordes
aussi bien que les disputes ; prévenir les délits ;
soigner de ses mains, aider de sa bourse ; donner de
bons exemples d'agriculture [32] ; tenter des essais rui-
neux pour encourager les petites gens à en faire
d'utiles ; expérimenter à tout risque, avec sa terre et
ses capitaux, comme un médecin essaie des médica-
ments sur sa santé, et tout cela le plus simplement du
monde, non pas même comme une servitude, mais
comme un devoir de position, de fortune et de
naissance.

Il s'éloignait aussi peu que possible du cercle étroit
de cette existence active et cachée qui ne mesurait pas
une lieue de rayon. Aux Trembles, il recevait peu,
sinon quelques voisins de campagne, venus pour
chasser des extrêmes limites du département, et le
docteur et le curé de Villeneuve, pour lesquels il y
avait le dîner régulier des dimanches.

Quand il avait, dès son lever, expédié les affaires de la commune, s'il lui restait une heure ou deux pour s'occuper de ses propres affaires, il donnait un coup d'œil à ses charrues, distribuait le blé des semailles, faisait livrer le fourrage, ou bien il montait à cheval, lorsqu'une nécessité de surveillance l'appelait un peu plus loin. A onze heures, la cloche des Trembles annonçait le déjeuner : c'était le premier moment de la journée qui réunît la famille au complet et mît les deux enfants sous les yeux de leur père. L'un et l'autre apprenaient à lire, modeste début surtout pour un garçon dont Dominique avait, je crois, l'ambition de faire la réussite de sa propre vie manquée.

L'année se trouvait giboyeuse, et nous passions la plupart de nos après-midi à la chasse, ou bien nous faisions dans ces campagnes nues une promenade rapide, sans autre but le plus souvent que de côtoyer la mer. Je remarquais que ces longues chevauchées coupées de silences, dans un pays qui ne prêtait nullement au rire, le rendaient plus sérieux que de coutume. Nous allions au pas, côte à côte, et souvent il oubliait que j'étais là pour suivre dans une sorte de demi-sommeil un peu vague la monotone allure de son cheval ou son piétinement sur les galets roulants du rivage. Des gens de Villeneuve ou d'ailleurs croisaient notre route et le saluaient. Tantôt c'était M. le maire et tantôt M. Dominique. La formule variait avec le domicile des gens, le plus ou moins de rapports avec le château, ou d'après le degré de servage.

« Bonjour, monsieur Dominique », lui criait-on à travers champs. C'étaient des laboureurs, gens de main-d'œuvre, pliés en deux sur le dos de leurs sillons. Ils relevaient tant bien que mal leurs reins faussés, et découvraient de grands fronts frisés de cheveux courts, bizarrement blancs, dans un visage embrasé de soleil. Quelquefois un mot dont le sens n'était nullement défini pour moi, un souvenir d'un autre temps, rappelé par un de ceux qui l'avaient vu naître, et qui lui disaient à tout propos : « Vous souvenez-vous ? » quelquefois, dis-je, un mot suffisait pour le faire changer de visage et le jeter dans un silence embarrassant.

Il y avait un vieux gardeur de moutons, très brave homme, qui tous les jours, à la même heure, menait ses bêtes brouter les herbes salées de la falaise. On l'apercevait, quelque temps qu'il fît, debout comme une sentinelle à deux pieds du bord escarpé : son chapeau de feutre attaché sous les oreilles, les pieds dans ses gros sabots remplis de paille, le dos abrité sous une limousine de feutre grisâtre. « Quand on pense, m'avait dit Dominique, qu'il y a trente-cinq ans [33] que je le connais et que je le vois là ! » Il était grand causeur, comme un homme qui n'a que de rares occasions de se dédommager du silence, et qui en profite. Presque toujours il se mettait devant nos chevaux, leur barrait le passage et très ingénument nous obligeait à l'écouter. Il avait lui aussi, mais plus que tous les autres, la manie des *vous souvenez-vous ?* comme si les souvenirs de sa longue vie de gardeur de moutons ne formaient qu'un chapelet de bonheurs sans mélange. Ce n'était pas, je l'avais remarqué dès le premier jour, la rencontre qui plaisait le plus à Dominique. La répétition de cette même image, à la même place, le renouvellement des choses mortes, inutiles, oubliées, venant tous les jours pour ainsi dire à la même heure se poser indiscrètement devant lui, tout cela le gênait évidemment comme une importunité réelle dans ses promenades. Aussi, quoique excellent pour tout ceux qui l'aimaient, et le vieux berger l'aimait beaucoup, Dominique le traitait un peu comme un vieux corbeau bavard. « C'est bon, c'est bon, père Jacques, lui disait-il, à demain », et il tâchait de passer outre ; mais l'obstination stupide du père Jacques était telle, qu'il fallait, coûte que coûte, prendre son mal en patience et laisser souffler les chevaux pendant que le vieux berger causait.

Un jour, Jacques avait, comme de coutume, enjambé le talus de la falaise du plus loin qu'il nous avait aperçus, et, planté comme une borne sur l'étroit sentier, il nous avait arrêtés court. Il était plus que

jamais en humeur de parler du temps qui n'est plus,
de rappeler des dates : la saveur du passé lui montait
ce jour-là au cerveau comme une ivresse.

« Salut bien, monsieur Dominique, salut bien,
messieurs, nous dit-il en nous montrant toutes les
rides de son visage dévasté épanouies par la satisfaction de vivre. Voilà du beau temps, comme on n'en
voit pas souvent, comme on n'en a pas vu peut-être
depuis vingt ans. Vous souvenez-vous, monsieur
Dominique, il y a vingt ans[34] ? Ah ! quelles vendanges, quelle chaleur pour ramasser..., et que le
raisin *moûtait* comme une éponge et qu'il était doux
comme du sucre, et qu'on ne suffisait pas à cueillir
tout ce que le sarment portait !... »

Dominique écoutait impatiemment, et son cheval se
tourmentait sous lui comme s'il eût été piqué par les
mouches.

« C'était l'année où il y avait tout ce monde au
château, vous savez... Ah ! comme... »

Mais un écart du cheval de Dominique coupa la
phrase et laissa le père Jacques tout ébahi. Dominique
cette fois avait passé quand même. Il partait au galop
et cinglait son cheval avec sa cravache, comme pour le
corriger d'un vice subit ou le punir d'avoir eu peur.
Pendant le reste de la promenade, il fut distrait, et
garda le plus longtemps possible une allure rapide.

Dominique avait assez peu de goût pour la mer : il
avait grandi, disait-il, au milieu de ses gémissements,
et s'en souvenait avec déplaisir, comme d'une
complainte amère ; c'était faute d'autres promenades
plus riantes que nous avions adopté celle-ci. D'ailleurs, vu de la côte élevée que nous suivions, ce double
horizon plat de la campagne et des flots devenait d'une
grandeur saisissante à force d'être vide. Et puis, dans
ce contraste du mouvement des vagues et de l'immobilité de la plaine, dans cette alternative de bateaux qui
passent et de maisons qui demeurent, de la vie
aventureuse et de la vie fixée, il y avait une intime
analogie dont il devait être frappé plus que tout autre,
et qu'il savourait secrètement, avec l'âcre jouissance

propre aux voluptés d'esprit qui font souffrir. Le soir
approchant, nous revenions au petit pas, par des
chemins pierreux enclavés entre des champs fraîche-
ment remués dont la terre était brune. Des alouettes
d'automne se levaient à fleur de sol et fuyaient avec un
dernier frisson de jour sur leurs ailes. Nous attei-
gnions ainsi les vignes, l'air salé des côtes nous
quittait. Une moiteur plus molle et plus tiède s'élevait
du fond de la plaine. Bientôt après nous entrions dans
l'ombre bleue des grands arbres, et le plus souvent le
jour était fini quand nous mettions pied à terre au
perron des Trembles[35].

La soirée nous réunissait de nouveau, en famille,
dans un grand salon garni de meubles anciens, où
l'heure monotone était marquée par une longue
horloge, au timbre éclatant, dont la sonnerie retentissait jusque dans les chambres hautes. Il était impossible de se soustraire à ce bruit, qui nous réveillait la
nuit, en plein sommeil, non plus qu'à la mesure battue
bruyamment par le balancier, et quelquefois nous
nous surprenions, Dominique et moi, écoutant sans
mot dire ce murmure sévère qui, de seconde en
seconde, nous entraînait d'un jour dans un autre.
Nous assistions au coucher des enfants, dont la toilette
de nuit se faisait, par indulgence, au salon, et que leur
mère emportait tout enveloppés de blanc, les bras
morts de sommeil et les yeux clos. Vers dix heures, on
se séparait. Je rentrais alors à Villeneuve, ou bien plus
tard, quand les soirées devinrent pluvieuses, les nuits
plus sombres, les chemins moins faciles, quelquefois
on me gardait aux Trembles pour la nuit. J'avais ma
chambre au second étage, à l'angle du pavillon
touchant à la tourelle. Dominique l'avait occupée
autrefois pendant une grande partie de sa jeunesse. De
la fenêtre on découvrait toute la plaine, tout Villeneuve et jusqu'à la haute mer, et j'entendais en
m'endormant le bruit du vent dans les arbres et ce
ronflement de la mer dont l'enfance de Dominique
avait été bercée. Le lendemain, tout recommençait
comme la veille, avec la même plénitude de vie, la

même exactitude dans les loisirs et dans le travail. Les
seuls accidents domestiques dont j'eusse encore été
témoin, c'étaient, pour ainsi dire, des accidents de
saison [36] qui troublaient la symétrie des habitudes,
comme par exemple un jour de pluie venant quand on
avait pris quelques dispositions en vue du beau temps.

Ces jours-là, Dominique montait à son cabinet [37]. Je
demande pardon au lecteur de ces menus détails, et de
ceux qui vont suivre ; mais ils le feront pénétrer peu à
peu, et par les voies indirectes qui m'y conduisirent
moi-même, de la vie banale du gentilhomme fermier
dans la conscience même de l'homme, et peut-être y
trouvera-t-on des particularités moins vulgaires. Ces
jours-là, dis-je, Dominique montait à son cabinet,
c'est-à-dire qu'il revenait de vingt-cinq ou trente ans
en arrière, et cohabitait pour quelques heures avec son
passé. Il y avait là quelques miniatures de famille, un
portrait de lui, jeune visage au teint rosé, tout
papilloté de boucles brunes, qui n'avait plus un trait
reconnaissable, quelques cartons étiquetés parmi des
monceaux de papiers, et une double bibliothèque,
l'une ancienne, l'autre entièrement moderne, et qui
manifestait par un certain choix de livres les prédilections qu'il appliquait en fait dans sa vie [38]. Un petit
meuble enseveli dans la poussière contenait uniforme-
ment ses livres de collège, livres d'études et livres de
prix. Joignez encore un vieux bureau criblé d'encre et
de coups de canif, une fort belle mappemonde datant
d'un demi-siècle [39], et sur laquelle étaient tracés à la
main de chimériques itinéraires à travers toutes les
parties du monde [40]. Outre ces témoignages de sa vie
d'écolier, respectés et conservés, je le crois, avec
attachement par l'homme qui se sentait vieillir, il y
avait d'autres attestations de lui-même, de ce qu'il
avait été, de ce qu'il avait pensé, et que je dois faire
connaître, quoique le caractère en fût bizarre autant
que puéril. Je veux parler de ce qu'on voyait sur les
murs, sur les boiseries, sur les vitres, et des innombrables confidences qu'on pouvait y lire.

On y lisait surtout des dates, des noms de jours avec

la mention précise du mois et de l'année. Quelquefois
la même indication se reproduisait en série avec des
dates successives quant à l'année, comme si, plusieurs
années de suite, il se fût astreint, jour par jour, peut-
être heure par heure, à constater je ne sais quoi
d'identique, soit sa présence physique au même lieu,
soit plutôt la présence de sa pensée sur le même objet.
Sa signature était ce qu'il y avait de plus rare ; mais,
pour demeurer anonyme, la personnalité qui présidait
à ces sortes d'inscriptions chiffrées n'en était pas
moins évidente. Ailleurs il y avait seulement une
figure géométrique élémentaire. Au-dessous, la même
figure était reproduite, mais avec un ou deux traits de
plus qui en modifiaient le sens sans en changer le
principe, et la figure arrivait ainsi, et en se répétant
avec des modifications nouvelles, à des significations
singulières qui impliquaient le triangle ou le cercle
originel, mais avec des résultats tout différents. Au
milieu de ces allégories dont le sens n'était pas
impossible à deviner [41], il y avait certaines maximes
courtes et beaucoup de vers, tous à peu près contemporains de ce travail de réflexion sur l'identité
humaine dans le progrès [42]. La plupart étaient écrits
au crayon, soit que le poète eût craint, soit qu'il eût
dédaigné de leur donner trop de permanence en les
gravant à perpétuité dans la muraille. Des chiffres
enlacés, mais très rares, où une même majuscule se
nouait avec un D [43], accompagnaient presque toujours
quelques vers d'une acception mieux définie, souvenirs d'une époque évidemment plus récente. Puis tout
à coup, et comme un retour vers un mysticisme plus
douloureux ou plus hautain, il avait écrit — sans doute
par une rencontre fortuite avec le poète Longfellow —
Excelsior ! Excelsior ! Excelsior [44] ! répétés avec un
nombre indéfini de points d'exclamation. Puis, à dater
d'une époque qu'on pouvait calculer approximative-
ment par un rapprochement facile avec son mariage, il
devenait évident que, soit par indifférence, soit plutôt
résolument, il avait pris le parti de ne plus écrire.
Jugeait-il que la dernière évolution de son existence

était accomplie ? Ou pensait-il avec raison qu'il n'avait
plus rien à craindre désormais pour cette identité de
lui-même qu'il avait pris jusque-là tant de soin
d'établir ? Une seule et dernière date très apparente
existait à la suite de toutes les autres, et s'accordait
exactement avec l'âge du premier enfant qui lui était
né : son fils Jean.

Une grande concentration d'esprit, une active et
intense observation de lui-même, l'instinct de s'élever
plus haut, toujours plus haut, et de se dominer en ne
se perdant jamais de vue, les transformations entraî-
nantes de la vie avec la volonté de se reconnaître à
chaque nouvelle phase, la nature qui se fait entendre,
des sentiments qui naissent et attendrissent ce jeune
cœur égoïstement nourri de sa propre substance, ce
nom qui se double d'un autre nom et des vers qui
s'échappent comme une fleur de printemps fleurit,
des élans forcenés vers les hauts sommets de l'idéal,
enfin la paix qui se fait dans ce cœur orageux,
ambitieux peut-être, et certainement martyrisé de
chimères ; voilà, si je ne me trompe, ce qu'on pouvait
lire dans ce registre muet, plus significatif dans sa
mnémotechnie confuse que beaucoup de mémoires
écrits. L'âme de trente années d'existence palpitait
encore émue dans cette chambre étroite, et quand
Dominique était là, devant moi, penché vers la
fenêtre, un peu distrait et peut-être encore poursuivi
par un certain écho des rumeurs anciennes, c'était une
question de savoir s'il venait là pour évoquer ce qu'il
appelait l'ombre de lui-même ou pour l'oublier.

Un jour il prit un paquet de plusieurs volumes
déposés dans un coin obscur de sa bibliothèque ; il me
fit asseoir, ouvrit un des volumes, et sans autre
préambule se mit à lire à demi-voix. C'étaient des vers
sur des sujets trop épuisés depuis longues années, de
vie champêtre, de sentiments blessés ou de passions
triste. Les vers étaient bons, d'un mécanisme ingénieux, libre, imprévu, mais peu lyrique en somme,
quoique les intentions du livre le fussent beaucoup.
Les sentiments étaient fins, mais ordinaires, les idées

débiles. Cela ressemblait, moins la forme, qui, je le
répète, à cause de qualités rares, formait un désaccord
assez frappant avec la faiblesse incontestable du fond,
cela ressemblait, dis-je, à tout essai de jeune homme
qui s'épanouit sous forme de vers, et qui se croit poète
parce qu'une certaine musique intérieure le met sur la
voie des cadences et l'invite à parler en mots rimés[45].
Telle était du moins mon opinion, et, sans avoir à
ménager l'auteur, dont j'ignorais le nom, je la fis
connaître à Dominique aussi crûment que je l'écris.

« Voilà le poète jugé, dit-il, et bien jugé, ni plus ni
moins que par lui-même. Auriez-vous eu la même
franchise, ajouta-t-il, si vous aviez su que ces vers sont
de moi ?

— Absolument, lui répondis-je, un peu décon-
certé.

— Tant mieux, reprit Dominique, cela me prouve
qu'en bien comme en mal vous m'estimez ce que je
vaux. Il y a là deux volumes de pareille force. Ils sont
de moi. J'aurais le droit de les désavouer, puisqu'ils ne
portent point de nom[46], mais ce n'est pas à vous que je
tairai des faiblesses, tôt ou tard il faudra que vous les
sachiez toutes. Je dois peut-être à ces essais manqués,
comme beaucoup d'autres, un soulagement et des
leçons utiles. En me démontrant que je n'étais rien,
tout ce que j'ai fait m'a donné la mesure de ceux qui
sont quelque chose. Ce que je dis là n'est qu'à demi
modeste ; mais vous me pardonnerez de ne plus
distinguer la modestie de l'orgueil, quand vous saurez
à quel point il m'est permis de les confondre. »

Il y avait deux hommes en Dominique, cela n'était
pas difficile à deviner. « Tout homme porte en lui un
ou plusieurs morts », m'avait dit sentencieusement le
docteur, qui soupçonnait aussi des renoncements dans
la vie du campagnard des Trembles. Mais celui qui
n'existait plus avait-il du moins donné signe de vie ?
Dans quelle mesure ? à quelle époque ? N'avait-il
jamais trahi son incognito que par deux livres ano-
nymes et ignorés ?

Je pris ceux des volumes que Dominique n'avait

point ouverts : cette fois le titre m'en était connu.
L'auteur, dont le nom estimé n'avait pas eu le temps
de pénétrer bien avant dans la mémoire des gens qui
lisent, occupait avec honneur un des rangs moyens de
la littérature politique d'il y a quinze ou vingt ans[47].
Aucune publication plus récente ne m'avait appris
qu'il vécût ou écrivît encore. Il était du petit nombre
de ces écrivains discrets qu'on ne connaît jamais que
par le titre de leurs ouvrages, dont le nom entre dans
la renommée sans que leur personne sorte de l'ombre,
et qui peuvent parfaitement disparaître ou se retirer
du monde sans que le monde, qui ne communique
avec eux que par leurs écrits, sache ce qu'il est arrivé
d'eux.

Je répétai le titre des volumes et le nom de l'auteur,
et je regardai Dominique, qui se mit à sourire en
comprenant que je le devinais.

« Surtout, me dit-il, ne flattez pas le publiciste pour
consoler la vanité du poète. La plus réelle différence
peut-être qu'il y ait entre les deux, c'est que la
publicité s'est occupée du premier, tandis qu'elle n'a
pas fait le même honneur au second. Elle a eu raison
de se taire avec celui-ci ; n'a-t-elle pas eu tort de si bien
accueillir l'autre ? J'avais plusieurs motifs, continua-
t-il, pour changer de nom comme j'en avais eu de
graves d'abord pour garder tout à fait l'anonyme, des
raisons diverses et qui toutes ne tenaient pas seulement à des considérations de prudence littéraire et de
modestie bien entendue. Vous voyez que j'ai bien fait,
puisque nul ne sait aujourd'hui que celui qui signait
mes livres a fini platement par se faire maire de sa
commune et vigneron.

— Et vous n'écrivez plus ? lui demandai-je.

— Oh ! pour cela, non, c'est fini ! D'ailleurs,
depuis que je n'ai plus rien à faire, je puis dire que je
n'ai plus le temps de rien. Quant à mon fils, voici
quelles sont mes idées sur lui. Si j'avais été ce que je ne
suis pas, j'estimerais que la famille des de Bray a assez
produit, que sa tâche est faite, et que mon fils n'a plus
qu'à se reposer ; mais la Providence en a décidé

autrement, les rôles sont changés. Est-ce tant mieux ou tant pis pour lui ? Je lui laisse l'ébauche d'une vie inachevée, qu'il accomplira, si je ne me trompe. Rien ne finit, reprit-il, tout se transmet, même les ambitions. »

Une fois descendu de cette chambre dangereuse, hantée de fantômes, où je sentais que les tentations devaient l'assiéger en foule, Dominique redevenait le campagnard ordinaire des Trembles. Il adressait un mot tendre à sa femme et à ses enfants, prenait son fusil, sifflait ses chiens, et, si le ciel s'embellissait, nous allions achever la journée dans la campagne trempée d'eau.

Cette existence intime dura jusqu'en novembre, facile, familière, sans grands épanchements, mais avec l'abandon sobre et confiant que Dominique savait mettre en toutes choses où sa vie intérieure n'était pas mêlée. Il aimait la campagne en enfant et ne s'en cachait pas ; mais il en parlait en homme qui l'habite, jamais en littérateur qui l'a chantée. Il y avait certains mots qui ne sortaient jamais de sa bouche, parce que, plus qu'aucun autre homme que j'aie connu, il avait la pudeur de certaines idées, et l'aveu des sentiments dits poétiques était un supplice au-dessus de ses forces. Il avait donc pour la campagne une passion si vraie, quoique contenue dans la forme, qu'il demeurait à ce sujet-là plein d'illusions volontaires, et qu'il pardonnait beaucoup aux paysans, même en les trouvant pétris d'ignorance et de défauts, quand ce n'est pas de vices. Il vivait avec eux dans de continuels contacts, quoiqu'il ne partageât, bien entendu, ni leurs mœurs, ni leurs goûts, ni aucun de leurs préjugés. La simplicité extrême de sa mise, celle de ses manières et de toute sa vie auraient au besoin servi d'excuses à des supériorités que personne au surplus ne soupçonnait. Tous à Villeneuve l'avaient vu naître, grandir, puis, après quelques années d'absence, revenir au pays et s'y fixer. Il y avait des vieillards pour lesquels, à quarante-cinq ans tout à l'heure, il était encore le petit Dominique, et parmi ceux qui passaient près des

Trembles et reconnaissaient au second étage, à droite,
la chambre qui avait été la sienne, nul assurément ne
s'était jamais douté du monde d'idées et de sentiments
qui la séparait d'eux.

J'ai parlé des visites que Dominique recevait aux
Trembles, et je dois y revenir à cause d'un événement
dont je fus en quelque sorte témoin et qui le frappa
profondément.

Au nombre des amis qui se réunirent aux Trembles
cette année-là et selon l'usage, pour fêter la Saint-
Hubert, se trouvait un de ses plus anciens camarades,
fort riche, et qui vivait retiré, disait-on, sans famille,
dans un château éloigné d'une douzaine de lieues. On
l'appelait d'Orsel. Il était du même âge que Dominique, quoique sa chevelure blonde et son visage
presque sans barbe lui donnassent par moments des
airs de jeunesse qui pouvaient faire croire à quelques
années de moins. C'était un garçon de bonne tournure, très soigné de tenue, de formes séduisantes et
polies, avec je ne sais quel dandysme invétéré dans les
gestes, les paroles et l'accent, qui, au milieu d'un
certain monde un peu blasé, n'eût pas manqué d'un
attrait réel. Il y avait en lui beaucoup de lassitude, ou
beaucoup d'indifférence, ou beaucoup d'apprêt. Il
aimait la chasse, les chevaux. Après avoir adoré les
voyages, il ne voyageait plus. Parisien d'adoption,
presque de naissance, un beau jour on avait appris
qu'il quittait Paris, et, sans qu'on pût déterminer le
vrai motif d'une pareille retraite, il était venu s'ensve-
lir, au fond de ses marais d'Orsel, dans la plus
inconcevable solitude[48]. Il y vivait bizarrement,
comme en un lieu de refuge et d'oubli, se montrant
peu, ne recevant pas du tout, et dans les obscurités de
je ne sais quel parti pris morose qui ne s'expliquait que
par un acte de désespoir de la part d'un homme jeune,
riche, à qui l'on pouvait supposer sinon de grandes
passions, du moins des ardeurs de plus d'un genre.
Très peu lettré, quoiqu'il eût passablement appris par
ouï-dire, il témoignait un certain mépris hautain pour
les livres et beaucoup de pitié pour ceux qui se

donnaient la peine de les écrire. A quoi bon ? disait-il ;
l'existence était trop courte et ne méritait pas qu'on en
prît tant de souci. Et il soutenait alors, avec plus
d'esprit que de logique, la thèse banale des découragés, quoiqu'il n'eût jamais rien fait qui lui donnât le
droit de se dire un des leurs. Ce qu'il y avait de plus
sensible dans ce caractère un peu effacé comme sous
des poussières de solitude, et dont les traits originaux
commençaient à sentir l'usure, c'était comme une
passion à la fois mal satisfaite et mal éteinte pour le
grand luxe, les grandes jouissances et les vanités
artificielles de la vie. Et l'espèce d'hypocondrie froide
et élégante qui perçait dans toute sa personne prouvait
que si quelque chose survivait au découragement de
beaucoup d'ambitions si vulgaires, c'était à la fois le
dégoût de lui-même avec l'amour excessif du bien-
être. Aux Trembles, il était toujours le bienvenu, et
Dominique lui pardonnait la plupart de ses bizarreries
en faveur d'une ancienne amitié dans laquelle d'Orsel
mettait au surplus tout ce qu'il avait de cœur.

Pendant les quelques jours qu'il passa aux Trembles, il se montra ce qu'il savait être dans le monde,
c'est-à-dire un compagnon aimable, beau chasseur,
bon convive, et, sauf un ou deux écarts de sa réserve
ordinaire, rien à peu près ne parut de tout ce que
contenait l'homme ennuyé.

Mme de Bray avait entrepris de le marier, entreprise
chimérique, car rien n'était plus difficile que de
l'amener à discuter raisonnablement des idées pareilles. Sa réponse ordinaire était qu'il avait passé l'âge où
l'on se marie par entraînement, et que le mariage,
comme tous les actes capitaux ou dangereux de la vie,
demandait un grand élan d'enthousiasme.

« C'est un jeu, le plus aléatoire de tous, disait-il, qui
n'est excusable que par la valeur, le nombre, l'ardeur
et la sincérité des illusions qu'on y engage, et qui ne
devient amusant que lorsque de part et d'autre on y
joue gros jeu. »

Et comme on s'étonnait de le voir s'enfermer à
Orsel, dans une inaction dont ses amis s'affligeaient, à

cette observation, qui n'était pas nouvelle, il
répondit :

« Chacun fait selon ses forces. »

Quelqu'un dit :

« C'est de la sagesse.

— Peut-être, reprit Orsel. En tout cas, personne ne
peut dire que ce soit une folie de vivre paisiblement
sur ses terres et de s'en trouver bien.

— Cela dépend, dit Mme de Bray.

— Et de quoi, je vous prie, madame ?

— De l'opinion qu'on a sur les mérites de la
solitude, et d'abord du plus ou moins de cas qu'on fait
de la famille, ajouta-t-elle en regardant involontairement ses deux enfants et son mari.

— Vous saurez, interrompit Dominique, que ma
femme considère une certaine habitude sociale, souvent discutée d'ailleurs, et par de très bons esprits,
comme un cas de conscience et comme un acte
obligatoire. Elle prétend qu'un homme n'est pas libre,
et qu'il est coupable de se refuser à faire le bonheur de
quelqu'un quand il le peut.

— Alors vous ne vous marierez jamais ? reprit
encore Mme de Bray.

— C'est probable, dit d'Orsel sur un ton beaucoup
plus sérieux. Il y a tant de choses que j'aurais dû faire
avec moins de danger pour d'autres et d'appréhen-
sions pour moi-même et que je n'ai pas faites ! Risquer
sa vie n'est rien, engager sa liberté, c'est déjà plus
grave ; mais épouser la liberté et le bonheur d'une
autre[49] !... Il y a quelques années que je réfléchis là-
dessus, et la conclusion, c'est que je m'abstiendrai. »

Le soir même de cette conversation, qui mettait en
relief une partie des sophismes et des impuissances de
M. d'Orsel, celui-ci quitta les Trembles. Il partit à
cheval, suivi de son domestique. La nuit était claire et
froide.

« Pauvre Olivier ! » dit Dominique en le voyant
s'éloigner au galop de chasse dans la direction d'Orsel.

Quelques jours plus tard, un exprès, accouru d'Orsel à toute bride, remit à Dominique une lettre

cachetée de noir dont la lecture le bouleversa, lui, si parfaitement maître de ses émotions.

Olivier venait d'éprouver un grave accident. De quelle nature ? Ou le billet tristement scellé ne le disait pas, ou Dominique avait un motif particulier pour ne l'expliquer qu'à demi. A l'instant même il fit atteler sa voiture de voyage, envoya prévenir le docteur en le priant de se tenir prêt à l'accompagner ; et, moins d'une heure après l'arrivée de la mystérieuse dépêche, le docteur et M. de Bray prenaient en grande hâte la route d'Orsel.

Ils ne revinrent qu'au bout de plusieurs jours, vers le milieu de novembre, et leur retour eut lieu pendant la nuit. Le docteur, qui le premier me donna des nouvelles de son malade, fut impénétrable, comme il convient aux hommes de sa profession. J'appris seulement que les jours d'Olivier n'étaient plus en danger, qu'il avait quitté le pays, que sa convalescence serait longue et l'obligerait probablement à un séjour prolongé dans un climat chaud. Le docteur ajoutait que cet accident aurait au surplus pour résultat d'arracher cet incorrigible solitaire à l'affreux isolement de son château, de le faire changer d'air, de résidence et peut-être d'habitudes.

Je trouvai Dominique fort abattu, et la plus vive expression de chagrin se peignit sur son visage au moment où je me permis de lui adresser quelques questions de sincère intérêt sur la santé de son ami.

« Je crois inutile de vous tromper, me dit-il. Tôt ou tard la vérité se fera jour sur une catastrophe trop facile à prévoir et malheureusement impossible à conjurer. »

Et il me remit la lettre même d'Olivier.

« Orsel, novembre 18...

« Mon cher Dominique,

« C'est bien véritablement un mort qui t'écrit. Ma vie ne servait à personne, on me l'a trop répété, et ne pouvait plus qu'humilier tous ceux qui m'aiment. Il était temps de l'achever moi-même. Cette idée, qui ne date pas d'hier, m'est revenue l'autre soir en te quittant. Je l'ai mûrie pendant la route. Je l'ai trouvée raisonnable, sans aucun inconvénient pour personne, et mon entrée chez moi, la nuit, dans un pays que tu connais, n'était pas une distraction de nature à me faire changer d'avis. J'ai manqué d'adresse, et n'ai réussi qu'à me défigurer. N'importe, j'ai tué *Olivier*. Le peu qui reste de lui attendra son heure. Je quitte Orsel et n'y reviendrai plus. Je n'oublierai pas que tu as été, je ne dirai pas mon meilleur ami, je dis mon seul ami. Tu es l'excuse de ma vie. Tu témoigneras pour elle. Adieu, sois heureux, et si tu parles de moi à ton fils, que ce soit pour qu'il ne me ressemble pas.

Olivier. »

Vers midi, la pluie se mit à tomber. Dominique se retira dans son cabinet, où je le suivis. Cette demi-mort d'un compagnon de jeunesse, du seul ami de vieille date que je lui connusse, avait amèrement ravivé certains souvenirs qui n'attendaient qu'une circonstance décisive pour se répandre. Je ne lui demandai point ses confidences ; il me les offrit. Et comme s'il n'eût fait que traduire en paroles les mémoires chiffrés que j'avais sous les yeux, il me raconta sans déguisements, mais non sans émotion, l'histoire suivante.

III

Ce que j'ai à vous dire de moi est fort peu de chose, et cela pourrait tenir en quelques mots : un campagnard qui s'éloigne un moment de son village, un écrivain mécontent de lui qui renonce à la manie d'écrire, et le pignon de sa maison natale figurant au début comme à la fin de son histoire. Le plat résumé que voici, le dénouement bourgeois[50] que vous lui connaissez, c'est encore ce que cette histoire contiendra de meilleur comme moralité, et peut-être de plus romanesque comme aventure. Le reste n'est instructif pour personne, et ne saurait émouvoir que mes souvenirs. Je n'en fais pas mystère, croyez-le bien ; mais j'en parle le moins possible, et cela pour des raisons particulières qui n'ont rien de commun avec l'envie de me rendre plus intéressant que je ne le suis.

Des quelques personnes qui se trouvent mêlées à ce récit, et dont je vous entretiendrai presque autant que de moi-même, l'un est un ami ancien, difficile à définir, plus difficile encore à juger sans amertume, et dont vous avez lu tout à l'heure la lettre d'adieu et de deuil. Jamais il ne se serait expliqué sur une existence qui n'avait pas lieu de lui plaire. C'est presque la réhabiliter que de la mêler à ces confidences. L'autre n'a aucune raison d'être discret sur la sienne. Il appartient à des situations qui font de lui un homme public[51] : ou vous le connaissez, ou il vous arrivera probablement de le connaître, et je ne crois pas le

diminuer du plus petit de ses mérites en vous avertis-
sant de la médiocrité de ses origines. Quant à la
troisième personne dont le contact eut une vive
influence sur ma jeunesse, elle est placée maintenant
dans des conditions de sécurité, de bonheur et d'oubli,
à défier tout rapprochement entre les souvenirs de
celui qui vous parlera d'elle et les siens.

Je puis dire que je n'ai pas eu de famille, et ce sont
mes enfants qui me font connaître aujourd'hui la
douceur et la fermeté des liens qui m'ont manqué
quand j'avais leur âge. Ma mère eut à peine la force de
me nourrir et mourut[52]. Mon père vécut encore
quelques années, mais dans un état de santé si
misérable que je cessai de sentir sa présence longtemps
avant de le perdre, et que sa mort remonte pour moi
bien au-delà de son décès réel, en sorte que je n'ai
pour ainsi dire connu ni l'un ni l'autre, et que le jour
où, en deuil de mon père, qui venait de s'éteindre, je
demeurai seul, je n'aperçus aucun changement notable qui me fît souffrir. Je n'attachai qu'un sens des
plus vagues au mot d'orphelin qu'on répétait autour
de moi comme un nom de malheur, et je comprenais
seulement, aux pleurs de mes domestiques, que j'étais
à plaindre.

Je grandis au milieu de ces braves gens, surveillé de
loin par une sœur de mon père, Mme Ceyssac, qui ne
vint qu'un peu plus tard s'établir aux Trembles, dès
que les soins de ma fortune et de mon éducation
réclamèrent décidément sa présence. Elle trouva en
moi un enfant sauvage, inculte, en pleine ignorance,
facile à soumettre, plus difficile à convaincre, vaga-
bond dans toute la force du terme, sans nulle idée de
discipline et de travail, et qui, la première fois qu'on
lui parla d'étude et d'emploi du temps, demeura
bouche béante, étonné que la vie ne se bornât pas au
plaisir de courir les champs. Jusque-là je n'avais pas
fait autre chose. Les derniers souvenirs qui m'étaient
restés de mon père étaient ceux-ci : dans les rares
moments où la maladie qui le minait lui laissait un peu
de répit, il sortait, gagnait à pied le mur extérieur du

parc, et là, pendant de longs après-midi de soleil, appuyé sur un grand jonc et avec la démarche lente qui me le faisait paraître un vieillard, il se promenait des heures entières. Pendant ce temps, je parcourais la campagne et j'y tendais mes pièges à oiseaux. N'ayant jamais reçu d'autres leçons, à une légère différence près, je croyais imiter assez exactement ce que j'avais vu faire à mon père. Et quant aux seuls compagnons que j'eusse alors, c'étaient des fils de paysans du voisinage, ou trop paresseux pour suivre l'école, ou trop petits pour être mis au travail de la terre, et qui tous m'encourageaient de leur propre exemple dans la plus parfaite insouciance en fait d'avenir. La seule éducation qui me fût agréable, le seul enseignement qui ne me coûtât pas de révolte, et, notez-le bien, le seul qui dût porter des fruits durables et positifs, me venait d'eux. J'apprenais confusément, de routine, cette quantité de petits faits qui sont la science et le charme de la vie de campagne. J'avais, pour profiter d'un pareil enseignement, toutes les aptitudes désirables : une santé robuste, des yeux de paysan, c'est-à-dire des yeux parfaits, une oreille exercée de bonne heure aux moindres bruits, des jambes infatigables, avec cela l'amour des choses qui se passent en plein air, le souci de ce qu'on observe, de ce qu'on voit, de ce qu'on écoute, peu de goût pour les histoires qu'on lit, la plus grande curiosité pour celles qui se racontent ; le merveilleux des livres m'intéressait moins que celui des légendes, et je mettais les superstitions locales bien au-dessus des contes de fées.

A dix ans [53], je ressemblais à tous les enfants de Villeneuve : j'en savais autant qu'eux, j'en savais un peu moins que leurs pères ; mais il y avait entre eux et moi une différence, imperceptible alors, et qui se détermina tout à coup : c'est que déjà je tirais de l'existence et des faits qui nous étaient communs des sensations qui toutes paraissaient leur être étrangères. Ainsi, il est bien évident pour moi, lorsque je m'en souviens, que le plaisir de faire des pièges, de les tendre le long des buissons, de guetter l'oiseau, n'était pas ce qui me captivait le plus dans la chasse ; et la preuve, c'est que le seul témoignage un peu vif qui me soit resté de ces continuelles embuscades, c'est la vision très nette de certains lieux, la note exacte de l'heure et de la saison, et jusqu'à la perception de certains bruits qui n'ont pas cessé depuis de se faire entendre. Peut-être vous paraîtra-t-il assez puéril de me rappeler qu'il y a trente-cinq ans tout à l'heure [54], un soir que je relevais mes pièges dans un guéret labouré de la veille, il faisait tel temps, tel vent, que l'air était calme, le ciel gris, que des tourterelles de septembre passaient dans la campagne avec un battement d'ailes très sonore, et que tout autour de la plaine, les moulins à vent, dépouillés de leur toile, attendaient le vent qui ne venait pas. Vous dire comment une particularité de si peu de valeur a pu se fixer dans ma mémoire, avec la date précise de l'année [55] et peut-être bien du jour, au point de trouver sa place en ce moment dans la conversation d'un homme plus que mûr, je l'ignore ; mais si je vous cite ce fait entre mille autres, c'est afin de vous indiquer que quelque chose se dégageait déjà de ma vie extérieure, et qu'il se formait en moi je ne sais quelle mémoire spéciale assez peu sensible aux faits, mais d'une aptitude singulière à se pénétrer des impressions.

Ce qu'il y avait de plus positif, surtout pour ceux que mon avenir eût intéressés, c'est que cette éducation soi-disant vigoureuse était détestable. Tout dissipé que je fusse, et coudoyé et tutoyé par des camaraderies de village, au fond j'étais seul, seul de ma race, seul de mon rang, et dans des désaccords sans nombre avec l'avenir qui m'attendait. Je m'attachais à des gens qui pouvaient être mes serviteurs, non mes amis ; je m'enracinais sans m'en apercevoir, et Dieu sait par quelles fibres résistantes, dans des lieux qu'il faudrait quitter, et quitter le plus tôt possible ; je prenais enfin des habitudes qui ne menaient à rien qu'à faire de moi le personnage ambigu que vous connaîtrez plus tard, moitié paysan et moitié *dilettante*,

tantôt l'un, tantôt l'autre, et souvent les deux ensemble, sans que jamais ni l'un ni l'autre ait prévalu.

Mon ignorance, je vous l'ai déjà dit, était extrême ;
ma tante le sentit ; elle se hâta d'appeler aux Trembles
un précepteur[56], jeune maître d'étude du collège
d'Ormesson. C'était un esprit bien fait, simple, direct,
précis, nourri de lectures, ayant un avis sur tout,
prompt à agir, mais jamais avant d'avoir discuté les
motifs de ses actes, très pratique et forcément très
ambitieux. Je n'ai vu personne entrer dans la vie avec
moins d'idéal et plus de sang-froid[57], ni envisager sa
destinée d'un regard plus ferme, en y comptant aussi
peu de ressources. Il avait l'œil clair, le geste libre, la
parole nette, et juste assez d'agrément de tournure et
d'esprit pour se glisser inaperçu dans les foules. Il
dépendait d'un tel caractère, aux prises avec le mien,
qui lui ressemblait si peu, de me faire beaucoup
souffrir ; mais j'ajouterai qu'avec une bonté d'âme
réelle, il avait une droiture de sentiments et une
rectitude d'esprit à toute épreuve. C'était le propre de
cette nature incomplète, et pourtant sans trop de
lacunes, de posséder certaines facultés dominantes qui
lui tenaient lieu des qualités absentes, et de se
compléter elle-même en n'y laissant pas supposer le
moindre vide. On lui eût donné tout près de trente
ans[58], quoiqu'il n'eût tout juste vingt-quatre. Son
nom de baptême était Augustin ; jusqu'à nouvel ordre,
je l'appellerai ainsi[59].

Aussitôt qu'il fut installé près de nous, ma vie
changea, en ce sens du moins qu'on en fit deux parts.
Je ne renonçai point aux habitudes prises, mais on
m'en imposa de nouvelles[60]. J'eus des livres, des
cahiers d'étude, des heures de travail ; je n'en contractai qu'un goût plus vif pour les distractions permises
aux heures du repos, et ce que je puis appeler ma
passion pour la campagne ne fit que grandir avec le
besoin de divertissements.

La maison des Trembles était alors ce que vous la
voyez. Etait-elle plus gaie ou plus triste ? Les enfants
ont une disposition qui les porte à tellement égayer

comme à grandir ce qui les entoure, que plus tard, tout diminue et s'attriste sans cause apparente, et seulement parce que le point de vue n'est plus le même. André, que vous connaissez, et qui n'est pas sorti de la maison depuis soixante ans[61], m'a dit bien souvent que chaque chose s'y passait à peu près comme aujourd'hui. La manie, que je contractai de bonne heure, d'écrire mon chiffre, et à tout propos de poser des scellés commémoratifs, servirait au reste, à redresser mes souvenirs, si mes souvenirs sur ce point n'étaient pas infaillibles. Aussi il y a des moments, vous comprenez cela, où les longues années qui me séparent de l'époque dont je vous parle disparaissent, où j'oublie que j'ai vécu depuis, qu'il m'est venu des soins plus graves, des causes de joie ou de tristesse différentes, et des raisons de m'attendrir beaucoup plus sérieuses. Les choses étant demeurées les mêmes, je vis de même ; c'est comme une ancienne ornière où l'on retombe, et, permettez-moi cette image, un peu plus conforme à ce que j'éprouve, comme une ancienne plaie parfaitement guérie, mais sensible, qui tout à coup se ranime, et, si l'on osait, vous ferait crier. Imaginez qu'avant de partir pour le collège, où j'allai tard, pas un seul jour je ne perdis de vue ce clocher que vous voyez là-bas, vivant aux mêmes lieux, dans les mêmes habitudes, que je retrouve aujourd'hui les objets d'autrefois comme autrefois, et dans l'acception qui me les fit connaître et me les fit aimer. Sachez que pas un seul souvenir de cette époque n'est effacé, je devrais dire affaibli. Et ne vous étonnez pas si je divague en vous parlant de réminiscences qui ont la puissance certaine de me rajeunir au point de me rendre enfant. Aussi bien il y a des noms, des noms de lieux surtout, que je n'ai jamais pu prononcer de sang-froid : le nom des Trembles est de ce nombre.

Vous auriez beau pu connaître les Trembles aussi bien que moi, je n'en aurais pas moins beaucoup de peine à vous faire comprendre ce que j'y trouvais de délicieux. Et pourtant tout y était délicieux, tout, jusqu'au jardin, qui, vous le savez cependant, est bien modeste. Il y avait des arbres, chose rare dans notre pays, et beaucoup d'oiseaux, qui aiment les arbres et qui n'auraient pu se loger ailleurs. Il y avait de l'ordre et du désordre, des allées sablées faisant suite à des perrons, menant à des grilles, et qui flattaient un certain goût que j'ai toujours eu pour les lieux où l'on se promène avec quelque apparat, où les femmes d'une autre époque auraient pu déployer des robes de cérémonie. Puis des coins obscurs, des carrefours humides où le soleil n'arrivait qu'à peine, où toute l'année des mousses verdâtres poussaient dans une terre spongieuse, des retraites visitées de moi seul, avaient des airs de vétusté, d'abandon, et sous une autre forme me rappelaient le passé, impression qui dès lors ne me déplaisait pas. Je m'asseyais, je m'en souviens, sur de hauts buis taillés en banquettes qui garnissaient le bord des allées. Je m'informais de leur âge, ils étaient horriblement vieux, et j'examinais avec des curiosités particulières ces petits arbustes, aussi âgés, me disait André, que les plus vieilles pierres de la maison, que mon père n'avait pas vu planter, ni mon grand-père, ni le père de celui-ci. Puis, le soir, il arrivait une heure où tout ébat cessait. Je me retirais au sommet du perron[62], et de là je regardais au fond du jardin, à l'angle du parc, les amandiers, les premiers arbres dont le vent de septembre enlevât les feuilles, et qui formaient un transparent bizarre sur la tenture flamboyante du soleil couchant. Dans le parc, il y avait beaucoup d'arbres blancs, de frênes et de lauriers, où les grives et les merles habitaient en foule pendant l'automne ; mais ce qu'on apercevait de plus loin, c'était un groupe de grands chênes, les derniers à se dépouiller comme à verdir, qui gardaient leurs frondaisons roussâtres jusqu'en décembre et quand déjà le bois tout entier paraissait mort, où les pies nichaient, où perchaient les oiseaux de haut vol, où se posaient toujours les premiers geais et les premiers corbeaux que l'hiver amenait régulièrement dans le pays.

Chaque saison[63] nous ramenait ses hôtes, et chacun d'eux choisissait aussitôt ses logements, les oiseaux de printemps dans les arbres à fleurs, ceux d'automne un peu plus haut, ceux d'hiver dans les broussailles, les buissons persistants et les lauriers. Quelquefois en plein hiver ou bien aux premières brumes, un matin, un oiseau plus rare s'envolait à l'endroit du bois le plus abandonné avec un battement d'ailes inconnu, très bruyant et un peu gauche, quoique rapide. C'était une bécasse arrivée la nuit ; elle montait en battant les branches et se glissait entre les rameaux des grands arbres nus ; à peine apparaissait-elle une seconde, de manière à montrer son long bec droit. Puis on n'en rencontrait plus que l'année suivante, à la même époque, au même lieu, à ce point qu'il semblait que c'était le même émigrant qui revenait.

Des tourterelles de bois arrivaient en mai, en même temps que les coucous. Ils murmuraient doucement à de longs intervalles, surtout par des soirées tièdes, et quand il y avait dans l'air je ne sais quel épanouissement plus actif de sève nouvelle et de jeunesse. Dans les profondeurs des feuillages, sur la limite du jardin, dans les cerisiers blancs, dans les troènes en fleur, dans les lilas chargés de bouquets et d'arômes, toute la nuit, pendant ces longues nuits où je dormais peu, où la lune éclairait, où la pluie quelquefois tombait, paisible, chaude et sans bruit, comme des pleurs de joie —, pour mes délices et pour mon tourment, toute la nuit les rossignols chantaient. Dès que le temps était triste, ils se taisaient ; ils reprenaient avec le soleil, avec les vents plus doux, avec l'espoir de l'été prochain. Puis, les couvées faites, on ne les entendait plus. Et quelquefois, à la fin de juin, par un jour brûlant, dans la robuste épaisseur d'un arbre en pleines feuilles, je voyais un petit oiseau muet et de couleur douteuse, peureux, dépaysé, qui errait tout seul et prenait son vol : c'était l'oiseau du printemps qui nous quittait.

Au-dehors, les foins blondissaient prêts à mûrir. Le bois des plus vieux sarments éclatait ; la vigne mon-

trait ses premiers bourgeons. Les blés étaient verts ; ils
s'étendaient au loin dans la plaine onduleuse, où les
sainfoins se teignaient d'amarante, où les colzas
éblouissaient la vue comme des carrés d'or. Un monde
infini d'insectes, de papillons, d'oiseaux agrestes,
s'agitait, se multipliait à ce soleil de juin dans une
expansion inouïe. Les hirondelles remplissaient l'air,
et le soir, quand les martinets avaient fini de se
poursuivre avec leurs cris aigus, alors les chauves-
souris sortaient, et ce bizarre essaim, qui semblait
ressuscité par les soirées chaudes, commençait ses
rondes nocturnes autour des clochetons. La récolte
des foins venue, la vie des campagnes n'était plus
qu'une fête. C'était le premier grand travail en
commun qui fît sortir les attelages au complet et réunît
sur un même point un grand nombre de travailleurs.

J'étais là quand on fauchait, là quand on relevait les
fourrages, et je me laissais emmener par les chariots
qui revenaient avec leurs immenses charges. Etendu
tout à fait à plat sur le sommet de la charge, comme un
enfant couché dans un énorme lit, et balancé par le
mouvement doux de la voiture roulant sur des herbes
coupées, je regardais de plus haut que d'habitude un
horizon qui me semblait n'avoir plus de fin. Je voyais
la mer s'étendre à perte de vue par-dessus la lisière
verdoyante des champs ; les oiseaux passaient plus
près de moi ; je ne sais quelle enivrante sensation d'un
air plus large, d'une étendue plus vaste, me faisait
perdre un moment la notion de la vie réelle. Presque
aussitôt les foins rentrés, c'étaient les blés qui jaunis-
saient. Même travail alors, même mouvement, dans
une saison plus chaude, sous un soleil plus cru : — des
vents violents alternant avec des calmes plats, des
midis accablants, des nuits belles comme des aurores,
et l'irritante électricité des jours orageux. Moins
d'ivresse avec plus d'abondance, des monceaux de
gerbes tombant sur une terre lasse de produire et
consumée de soleil : voilà l'été. Vous connaissez
l'automne dans nos pays, c'est la saison bénie. Puis
l'hiver arrivait ; le cercle de l'année se refermait sur

lui. J'habitais un peu plus ma chambre ; mes yeux, toujours en éveil, s'exerçaient encore à percer les brouillards de décembre et les immenses rideaux de pluie qui couvraient la campagne d'un deuil plus sombre que les frimas.

Les arbres entièrement dépouillés, j'embrassais mieux l'étendue du parc. Rien ne le grandissait comme un léger brouillard d'hiver qui en bleuissait les profondeurs et trompait sur les vraies distances. Plus de bruit, ou fort peu ; mais chaque note plus distincte. Une sonorité extrême dans l'air, surtout le soir et la nuit. Le chant d'un roitelet de muraille se prolongeait à l'infini dans des allées muettes et vides, sans obstacles au son, imbibées d'air humide et pénétrées de silence. Le recueillement qui descendait alors sur les Trembles était inexprimable ; pendant quatre mois d'hiver, j'amassais dans ce lieu où je vous parle, je condensais, je concentrais, je forçais à ne plus jamais s'échapper, ce monde ailé, subtil, de visions et d'odeurs, de bruit et d'images qui m'avait fait vivre pendant les huit autres mois de l'année d'une vie si active et qui ressemblait si bien à des rêves.

Augustin s'emparait de moi. La saison lui venait en aide, je lui appartenais alors presque sans partage, et j'expiais de mon mieux ce long oubli de tant de jours sans emploi. Etaient-ils sans profit ?

Très peu sensible aux choses qui nous entouraient, tandis que son élève en était à ce point absorbé, assez indifférent au cours des saisons pour se tromper de mois comme il se serait trompé d'heure, invulnérable à tant de sensations dont j'étais traversé, délicieusement blessé dans tout mon être, froid, méthodique, correct et régulier d'humeur autant que je l'étais peu, Augustin vivait à mes côtés sans prendre garde à ce qui se passait en moi, ni le soupçonner[64]. Il sortait peu, quittait rarement sa chambre, y travaillait depuis le matin jusqu'à la nuit, et ne se permettait de relâche que dans les soirées d'été, où l'on ne veillait point, et parce que la lumière du jour venait à lui manquer. Il lisait, prenait des notes : pendant des mois entiers, je

le voyais écrire. C'était de la prose, et le plus souvent
de longues pages de dialogues. Un calendrier lui
servait à choisir des séries de noms propres. Il les
alignait sur une page blanche avec des annotations à la
suite ; il leur donnait un âge, il indiquait la physionomie de chacun, son caractère, une originalité, une
bizarrerie, un ridicule. C'était là, dans ses combinaisons variables, le personnel imaginé pour des drames
ou des comédies[65]. Il écrivait rapidement, d'une
écriture déliée, symétrique, très nette à l'œil, et
semblait se dicter à lui-même à demi-voix. Quelquefois il souriait quand une observation plus aiguë
naissait sous sa plume, et après chaque couplet un peu
long, où sans doute un de ses personnages avait
raisonné juste et serré, il réfléchissait un moment, le
temps de reprendre haleine, et je l'entendais qui
disait : « Voyons, qu'allons-nous répondre ? » Lorsque par hasard il était en humeur de confidence, il
m'appelait près de lui et me disait : « Ecoutez donc
cela, monsieur Dominique. » Rarement j'avais l'air de
comprendre. Comment me serais-je intéressé à des
personnages que je n'avais pas vus, que je ne connaissais point ?

Toutes ces complications de diverses existences si
parfaitement étrangères à la mienne me semblaient
appartenir à une société imaginaire où je n'avais nulle
envie de pénétrer. « Allons, vous comprendrez cela
plus tard », disait Augustin. Confusément j'apercevais
bien que ce qui délectait ainsi mon jeune précepteur,
c'était le spectacle même du jeu de la vie, le mécanisme des sentiments, le conflit des intérêts, des
ambitions, des vices ; mais, je le répète, il était assez
indifférent pour moi que ce monde fût un échiquier,
comme me le disait encore Augustin, que la vie fût
une partie jouée bien ou mal, et qu'il y eût des règles
pour un pareil jeu[66]. Augustin écrivait souvent des
lettres. Il en recevait quelquefois ; plusieurs portaient
le timbre de Paris. Il décachetait celles-ci avec plus
d'empressement, les lisait à la hâte ; une légère
émotion animait un moment son visage, ordinaire-

ment très discret, et la réception de ces lettres était toujours suivie, soit d'un abattement qui ne durait jamais plus de quelques heures, soit d'un redoublement de verve qui l'entraînait à toute bride pendant plusieurs semaines.

Une ou deux fois je le vis faire un paquet de certains papiers, les mettre sous enveloppe avec l'adresse de Paris et les confier avec des recommandations pressantes au facteur rural de Villeneuve. Il attendait alors dans une anxiété visible une réponse à son envoi, réponse qui venait ou ne venait pas ; puis il reprenait du papier blanc, comme un laboureur passe à un nouveau sillon. Il se levait tôt, courait à son bureau de travail comme il se serait mis à un établi, se couchait fort tard, ne regardait jamais à sa fenêtre pour savoir s'il pleuvait ou s'il faisait beau temps ; et je crois bien que le jour où il a quitté les Trembles il ignorait qu'il y eût sur les tourelles des girouettes sans cesse agitées qui indiquaient le mouvement de l'air et le retour alternatif de certaines influences. « Qu'est-ce que cela vous fait ? » me disait-il lorsqu'il me voyait m'inquiéter du vent. Grâce à une prodigieuse activité dont sa santé ne se ressentait point et qui semblait son naturel élément, il suffisait à tout, à mon travail en même temps qu'au sien. Il me plongeait dans les livres, me les faisait lire et relire, me faisait traduire, analyser, copier, et ne me lâchait en plein air que lorsqu'il me voyait trop étourdi par cette immersion violente dans une mer de mots. J'appris avec lui rapidement, et d'ailleurs sans trop d'ennuis, tout ce que doit savoir un enfant dont l'avenir n'est pas encore déterminé, mais dont on veut d'abord faire un collégien. Son but était d'abréger mes années de collège en me préparant le plus vite possible aux hautes classes. Quatre années se passèrent de la sorte, au bout desquelles il me jugea prêt à me présenter en seconde [67]. Je vis approcher avec un inconcevable effroi le moment où j'allais quitter les Trembles.

Jamais je n'oublierai les derniers jours qui précédérent mon départ : ce fut un accès de sensibilité maladive qui n'avait plus aucune apparence de raison ;

un vrai malheur ne l'aurait pas développée davantage.
L'automne était venu ; tout y concourait. Un seul
détail vous en donnera l'idée.

Augustin m'avait imposé, comme essai définitif de
ma force, une composition latine dont le sujet était le
départ d'Annibal quittant l'Italie. Je descendis sur la
terrasse ombragée de vignes, et c'est en plein air, sur
la banquette même qui borde le jardin, que je me mis
à écrire. Le sujet était du petit nombre des faits
historiques qui, dès lors, avaient par exception le don
de m'émouvoir beaucoup. Il en était ainsi de tout ce
qui se rattachait à ce nom, et la bataille de Zama
m'avait toujours causé la plus personnelle émotion,
comme une catastrophe où je ne regardais que l'héroïsme sans m'occuper du droit[68]. Je me rappelai tout
ce que j'avais lu, je tâchai de me représenter l'homme
arrêté par la fortune ennemie de son pays, cédant à des
fatalités de race plutôt qu'à des défaites militaires,
descendant au rivage, ne le quittant qu'à regret, lui
jetant un dernier adieu de désespoir et de défi, et tant
bien que mal j'essayai d'exprimer ce qui me paraissait
être la vérité, sinon historique, au moins lyrique.

La pierre qui me servait de pupitre était tiède[69] ;
des lézards s'y promenaient à côté de ma main sous un
soleil doux. Les arbres, qui déjà n'étaient plus verts, le
jour moins ardent, les ombres plus longues, les nuées
plus tranquilles, tout parlait, avec le charme sérieux
propre à l'automne, de déclin, de défaillance et
d'adieux. Les pampres tombaient un à un, sans qu'un
souffle d'air agitât les treilles. Le parc était paisible.
Des oiseaux chantaient avec un accent qui me remuait
jusqu'au fond du cœur. Un attendrissement subit,
impossible à motiver, plus impossible encore à contenir, montait en moi comme un flot prêt à jaillir, mêlé
d'amertume et de ravissement. Quand Augustin descendit sur la terrasse, il me trouva tout en larmes.

« Qu'avez-vous ? me dit-il. Est-ce Annibal qui vous
fait pleurer ? »

Mais je lui tendis, sans répondre, la page que je
venais d'écrire.

Il me regarda de nouveau avec une sorte de surprise, s'assura qu'il n'y avait autour de nous personne à qui il pût attribuer l'effet d'une aussi singulière émotion, jeta un coup d'œil rapide et distrait sur le parc, sur le jardin, sur le ciel, et me dit encore :

« Mais qu'avez-vous donc ? »

Puis il reprit la page et se mit à lire.

« C'est bien, me dit-il quand il eut achevé, mais un peu mou. Vous pouvez mieux faire, quoiqu'une pareille composition vous classe à un bon rang dans une seconde de force moyenne. Annibal exprime trop de regrets ; il n'a pas assez de confiance dans le peuple qui l'attend en armes de l'autre côté de la mer. Il devinait Zama, direz-vous ; mais s'il a perdu Zama, ce n'est pas sa faute. Il l'aurait gagné, s'il avait eu le soleil à dos. D'ailleurs, après Zama, il lui restait Antiochus. Après la trahison d'Antiochus, il avait le poison. Rien n'est perdu pour un homme tant qu'il n'a pas dit son dernier mot [70]. »

Il tenait à la main une lettre tout ouverte qu'il venait à la minute même de recevoir de Paris. Il était plus animé que de coutume ; une certaine excitation forte, joyeuse et résolue éclairait ses yeux, dont le regard était toujours très direct, mais qui s'illuminaient peu d'habitude.

« Mon cher Dominique, reprit-il en faisant avec moi quelques pas sur la terrasse, j'ai une bonne nouvelle à vous annoncer, une nouvelle qui vous fera plaisir, car je sais l'amitié que vous avez pour moi. Le jour où vous entrerez au collège, je partirai pour Paris [71]. Il y a longtemps que je m'y prépare. Tout est prêt aujourd'hui pour assurer la vie que je dois y mener. J'y suis attendu. En voici la preuve. »

Et en disant cela il me montrait la lettre.

« Aujourd'hui le succès ne dépend que d'un petit effort, et j'en ai fait de plus grands ; vous êtes là pour le dire, vous qui m'avez vu à l'œuvre. Ecoutez-moi, mon cher Dominique : dans trois jours, vous serez un collégien de seconde, c'est-à-dire un peu moins qu'un homme, mais beaucoup plus qu'un enfant. L'âge est indifférent. Vous avez seize ans[72]. Dans six mois, si vous le voulez bien, vous pouvez en avoir dix-huit. Quittez les Trembles et n'y pensez plus. N'y pensez jamais que plus tard, et quand il s'agira de régler vos comptes de fortune. La campagne n'est pas faite pour vous, ni l'isolement, qui vous tuerait. Vous regardez toujours ou trop haut ou trop bas. Trop haut, mon cher, c'est l'impossible; trop bas, ce sont les feuilles mortes. La vie n'est pas là; regardez directement devant vous à hauteur d'homme, et vous la verrez. Vous avez beaucoup d'intelligence, un beau patrimoine, un nom qui vous recommande; avec un pareil lot dans son trousseau de collège, on arrive à tout. — Encore un conseil : attendez-vous à n'être pas très heureux pendant vos années d'études. Songez que la soumission n'engage à rien pour l'avenir, et que la discipline imposée n'est rien non plus quand on a le bon esprit de se l'imposer soi-même. Ne comptez pas trop sur les amitiés de collège, à moins que vous ne soyez libre absolument de les choisir; et quant aux jalousies dont vous serez l'objet, si vous avez des succès, ce que je crois, prenez-en votre parti d'avance et tenez-les pour un apprentissage. Maintenant, ne passez pas un seul jour sans vous dire que le travail conduit au but, et ne vous endormez pas un seul soir sans penser à Paris, qui vous attend, et où nous nous reverrons. »

Il me serra la main avec une autorité de geste tout à fait virile, et ne fit qu'un bond jusqu'à l'escalier qui menait à sa chambre.

Je descendis alors dans les allées du jardin, où le vieux André sarclait des plates-bandes.

« Qu'y a-t-il donc, monsieur Dominique ? me demanda André en remarquant que j'étais dans le plus grand trouble.

— Il y a que je vais partir dans trois jours pour le collège, mon pauvre André. »

Et je courus au fond du parc, où je restai caché jusqu'au soir.

IV

Trois jours après, je quittai les Trembles en compagnie de Mme Ceyssac et d'Augustin. C'était le matin de très bonne heure. Toute la maison était sur pied. Les domestiques nous entouraient. André se tenait à la tête des chevaux, plus triste que je ne l'avais jamais vu depuis le dernier événement qui avait mis la maison en deuil ; puis il monta sur le siège, quoiqu'il ne fût pas dans ses habitudes de conduire, et les chevaux partirent au grand trot. En traversant Villeneuve, où je connaissais si bien tous les visages, j'aperçus deux ou trois de mes petits compagnons d'autrefois, jeunes garçons, déjà presque des hommes, qui s'en allaient du côté des champs, leurs outils de travail sur le dos. Ils tournèrent la tête au bruit de la voiture, et, comprenant qu'il s'agissait de quelque chose de plus qu'une promenade, ils me firent des signes joyeux pour me souhaiter un heureux voyage. Le soleil se levait. Nous entrâmes en pleine campagne. Je cessai de reconnaître les lieux ; je vis passer de nouveaux visages. Ma tante avait les yeux sur moi et me considérait avec bonté. La physionomie d'Augustin rayonnait. J'éprouvais presque autant d'embarras que j'avais de chagrin.

Il nous fallut une longue journée pour faire les douze lieues qui nous séparaient d'Ormesson, et le soleil était tout près de se coucher, quand Augustin, qui ne quittait pas la portière, dit brusquement à ma tante :

« Madame, voici qu'on aperçoit les tours de Saint-Pierre. »

Le pays était plat, pâle, fade et mouillé. Une ville basse, hérissée de clochers d'église, commençait à se montrer derrière un rideau d'oseraies [73]. Les marécages alternaient avec des prairies, les saules blanchâtres avec les peupliers jaunissants. Une rivière coulait à droite et roulait lourdement des eaux bourbeuses entre des berges souillées de limon. Au bord et parmi des joncs pliés en deux par le cours de l'eau, il y avait des bateaux amarrés chargés de planches et de vieux chalands échoués dans la vase, comme s'ils n'eussent jamais flotté. Des oies descendaient des prairies vers la rivière et couraient devant la voiture en poussant des cris sauvages. Des brouillards fiévreux enveloppaient de petites métairies qu'on voyait de loin, perdues dans des chanvrières, sur le bord des canaux et une humidité qui n'était plus celle de la mer me donnait le frisson, comme s'il eût fait très froid. La voiture atteignit un pont que les chevaux passèrent au petit pas, puis un long boulevard où l'obscurité devint complète, et le premier pas des chevaux qui résonna sur un pavé plus dur m'avertit que nous entrions dans la ville. Je calculai que douze heures me séparaient déjà du moment du départ, que douze lieues me séparaient des Trembles ; je me dis que tout était fini, irrévocablement fini, et j'entrai dans la maison de Mme Ceyssac comme on franchit le seuil d'une prison.

C'était une vaste maison, située dans le quartier non pas le plus désert, mais le plus sérieux de la ville, confinant à des couvents, avec un très petit jardin qui moisissait dans l'ombre de ses hautes clôtures, de grandes chambres sans air et sans vue, des vestibules sonores, un escalier de pierre tournant dans une cage obscure, et trop peu de gens pour animer tout cela. On y sentait la froideur des mœurs anciennes et la rigidité des mœurs de province, le respect des habitudes, la loi de l'étiquette, l'aisance, un grand bien-être et l'en-

nui[74]. A l'étage supérieur, on avait vue sur une partie
de la ville, c'est-à-dire sur des toitures fumeuses, sur
des dortoirs de couvent et sur des clochers. C'est là
qu'était ma chambre.

Je dormis mal, ou je ne dormis pas. Toutes les
demi-heures, ou tous les quarts d'heure, les horloges
sonnaient chacune avec un timbre distinct ; pas une ne
ressemblait à la sonnerie rustique de Villeneuve, si
reconnaissable à sa voix rouillée. Des pas résonnaient
dans la rue. Une sorte de bruit pareil à celui d'une
crécelle agitée violemment retentissait dans ce silence
particulier des villes qu'on pourrait appeler le sommeil
du bruit, et j'entendais une voix singulière, une voix
d'homme lente, scandée, un peu chantante, qui disait,
en s'élevant de syllabe en syllabe : « Il est une heure, il
est deux heures, il est trois heures, trois heures
sonnées. »

Augustin entra dans ma chambre au petit jour. « Je
désire, me dit-il, vous introduire au collège et faire
entendre au proviseur le bien que je pense de vous.
Une pareille recommandation serait nulle, ajouta-t-il
avec modestie, si elle ne s'adressait pas à un homme
qui m'a témoigné jadis beaucoup de confiance et qui
paraissait apprécier mon zèle. »

La visite eut lieu comme il avait dit ; mais j'étais
absent de moi-même. Je me laissai conduire et ramener, je traversai les cours, je vis les classes d'étude avec
une indifférence absolue pour ces sensations nouvelles.

Ce jour-là même, à quatre heures, Augustin, en
tenue de voyage, portant lui-même tout son bagage
contenu dans une petite valise de cuir, se rendit sur la
place, où tout attelée et déjà prête à partir, stationnait
la voiture de Paris.

« Madame, dit-il à ma tante, qui l'accompagnait
avec moi, je vous remercie encore une fois d'un intérêt
qui ne s'est pas démenti pendant quatre années. J'ai
fait de mon mieux pour donner à M. Dominique
l'amour de l'étude et les goûts d'un homme. Il est
certain de me retrouver à Paris, quand il y viendra, et

assuré de mon dévouement, à quelque moment que ce soit, comme aujourd'hui.

— Ecrivez-moi, me dit-il en m'embrassant avec une véritable émotion. Je vous promets d'en faire autant. Bon courage et bonnes chances ! Vous les avez toutes pour vous. »

A peine était-il installé sur la haute banquette que le postillon rassembla les rênes.

« Adieu ! » me dit-il encore avec une expression moitié tendre et moitié radieuse.

Le fouet du postillon cingla les quatre chevaux d'attelage, et la voiture se mit à rouler vers Paris.

Le lendemain, à huit heures, j'étais au collège. J'entrai le dernier pour éviter le flot des élèves et ne pas me faire examiner dans la cour de cet œil jamais tout à fait bienveillant dont on regarde les nouveaux venus [75]. J'y marchai droit devant moi, l'œil fixé sur une porte peinte en jaune, au-dessus de laquelle il y avait écrit : *Seconde*. Sur le seuil se tenait un homme à cheveux grisonnants, blême et sérieux, à visage usé, sans dureté ni bonhomie.

« Allons, me dit-il, allons un peu plus vite. »

Ce rappel à l'exactitude, le premier mot de discipline qu'un inconnu m'eût encore adressé, me fit lever la tête et le considérer [76]. Il avait l'air ennuyé, indifférent, et ne songeait déjà plus à ce qu'il m'avait dit. Je me rappelai la recommandation d'Augustin. Un éclair de stoïcisme et de décision me traversa l'esprit.

« Il a raison, pensai-je, je suis d'une demi-minute en retard », et j'entrai.

Le professeur monta dans sa chaire et se mit à dicter. C'était une composition de début. Pour la première fois mon amour-propre avait à lutter contre des ambitions rivales [77]. J'examinai mes nouveaux camarades, et me sentis parfaitement seul. La classe était sombre ; il pleuvait. A travers la fenêtre à petits carreaux, je voyais des arbres agités par le vent et dont les rameaux trop à l'étroit se frottaient contre les murs noirâtres du préau. Ce bruit familier du vent pluvieux dans les arbres se répandait comme un murmure intermittent au milieu du silence des cours. Je l'écoutais sans trop d'amertume dans une sorte de tristesse frissonnante et recueillie dont la douceur par moments devenait extrême.

« Vous ne travaillez donc pas ? me dit tout à coup le professeur. Cela vous regarde... »

Puis il s'occupa d'autre chose. Je n'entendis plus que les plumes courant sur des papiers.

Un peu plus tard, l'élève auprès de qui j'étais placé me glissait adroitement un billet. Ce billet contenait une phrase extraite de la dictée, avec ces mots :

« Aidez-moi, si vous le pouvez ; tâchez de m'épargner un contresens. »

Tout aussitôt je lui renvoyai la traduction, bonne ou mauvaise, mais copiée sur ma propre version, moins les termes, avec un point d'interrogation qui voulait dire :

« Je ne réponds de rien, examinez. »

Il me fit un sourire de remerciement, et sans examiner davantage il passa outre. Quelques instants après il m'adressait un second message et celui-ci portait :

« Vous êtes nouveau [78] ? »

La question me prouvait qu'il l'était aussi. J'eus un mouvement de joie véritable en répondant à mon compagnon de solitude :

« Oui. »

C'était un garçon de mon âge à peu près, mais de complexion plus délicate, blond, mince, avec de jolis yeux bleus douceureux et vifs, le teint pâle et brouillé d'un enfant élevé dans les villes, une mise élégante et des habits d'une forme particulière où je ne reconnaissais pas l'industrie de nos tailleurs de province.

Nous sortîmes ensemble.

« Je vous remercie, me dit mon nouvel ami quand il se trouva seul avec moi. J'ai horreur du collège, et maintenant je m'en moque. Il y a là toute une rangée de fils de boutiquiers qui ont les mains sales, et dont jamais je ne ferai mes amis [79]. Ils nous prendront en

grippe, cela m'est égal. A nous deux nous en vien-
drons à bout. Vous les primerez, ils vous respecteront.
Disposez de moi pour tout ce que vous voudrez,
excepté pour vous trouver le sens des phrases. Le latin
m'ennuie, et si ce n'était qu'il faut être reçu bachelier,
je n'en ferais de ma vie. »

Puis il m'apprit qu'il s'appelait Olivier d'Orsel,
qu'il arrivait de Paris, que des nécessités de famille
l'avaient amené à Ormesson, où il finirait ses études,
qu'il demeurait rue des Carmélites avec son oncle et
deux cousines, et qu'il possédait à quelques lieues
d'Ormesson une terre d'où lui venait son nom d'Orsel.

« Allons, reprit-il, voilà une classe de passée, n'y
pensons plus jusqu'à ce soir. »

Et nous nous quittâmes. Il marchait lestement,
faisait craquer de fines chaussures en choisissant avec
aplomb les pavés les moins boueux, et balançait son
paquet de livres au bout d'un lacet de cuir étroit et
bouclé comme un bridon anglais.

A part ces premières heures, qui se rattachent,
comme vous le voyez, aux souvenirs posthumes d'une
amitié contractée ce jour-là, tristement et définitivement morte aujourd'hui, le reste de ma vie d'études ne
nous arrêtera guère. Si les trois années [80] qui vont
suivre m'inspirent à l'heure qu'il est quelque intérêt,
c'est un intérêt d'un autre ordre, où les sentiments du
collégien n'entrent pour rien. Aussi, pour en finir avec
ce germe insignifiant qu'on appelle un écolier, je vous
dirai en termes de classe que je devins un bon élève, et
cela malgré moi et impunément, c'est-à-dire sans y
prétendre ni blesser personne ; qu'on m'y prédit, je
crois, des succès futurs ; qu'une continuelle défiance
de moi, trop sincère et très visible, eut le même effet
que la modestie, et me fit pardonner des supériorités
dont je faisais moi-même assez peu de cas ; enfin que
ce manque total d'estime personnelle annonçait dès
lors les insouciances ou les sévérités d'un esprit qui
devait s'observer de bonne heure, se priser à sa juste
valeur et se condamner.

La maison de Mme Ceyssac n'était pas gaie, je vous

l'ai dit, et le séjour d'Ormesson l'était encore moins. Imaginez une très petite ville, dévote, attristée, vieillotte, oubliée dans un fond de province, ne menant nulle part, ne servant à rien, d'où la vie se retirait de jour en jour, et que la campagne envahissait ; une industrie nulle, un commerce mort, une bourgeoisie vivant étroitement de ses ressources, une aristocratie qui boudait[81] ; le jour, des rues sans mouvement ; la nuit, des avenues sans lumières ; un silence hargneux, interrompu seulement par des sonneries d'église ; et tous les soirs, à dix heures, la grosse cloche de Saint-Pierre sonnant le couvre-feu sur une ville déjà aux trois quarts endormie plutôt d'ennui que de lassitude. De longs boulevards, plantés d'ormeaux très beaux, très sombres, l'entouraient d'une ombre sévère. J'y passais quatre fois par jour, pour aller au collège et pour en revenir. Ce chemin, non pas le plus direct, mais le plus conforme à mes goûts, me rapprochait de la campagne : je la voyais s'étendre au loin dans la direction du couchant, triste ou riante, verte ou glacée, suivant la saison. Quelquefois j'allais jusqu'à la rivière, le spectacle n'y variait pas : l'eau jaunâtre en était constamment remuée en sens contraire par les mouvements de la marée, qui se faisait sentir jusque-là. On y respirait, dans les vents humides, des odeurs de goudron, de chanvre, et de planches de sapin. Tout cela était monotone et laid, et rien au fond ne me consolait des Trembles.

Ma tante avait le génie de sa province, l'amour des choses surannées, la peur des changements, l'horreur des nouveautés qui font du bruit. Pieuse et mondaine, très simple avec un assez grand air, parfaite en tout, même en ses légères bizarreries, elle avait réglé sa vie d'après deux principes qui, disait-elle, étaient des vertus de famille : la dévotion aux lois de l'Eglise, le respect des lois du monde ; et telle était la grâce facile qu'elle savait mettre dans l'accomplissement de ces deux devoirs, que sa piété, très sincère, semblait n'être qu'un nouvel exemple de son savoir-vivre. Son salon, comme tout le reste de ses habitudes, était une

sorte d'asile ouvert et de rendez-vous pour ses réminiscences ou ses affections héréditaires, chaque jour
un peu plus menacées. Elle y réunissait, particulièrement le dimanche soir, les quelques survivants de son
ancienne société. Tous appartenaient à la monarchie
tombée, et s'étaient retirés du monde avec elle [82]. La
révolution, qu'ils avaient vue de près, et qui leur
fournissait un fonds commun d'anecdotes et de griefs,
les avait tous aussi façonnés de même en les trempant
dans la même épreuve. On se souvenait des durs
hivers passés ensemble dans la citadelle de ***, du
bois qui manquait, des dortoirs de caserne où on
couchait sans lit, des enfants qu'on habillait avec des
rideaux, du pain noir qu'on allait acheter en
cachette [83]. On se surprenait à sourire de ce qui jadis
avait été terrible. La mansuétude de l'âge avait calmé
les plus vives colères. La vie avait repris son cours,
fermant les blessures, réparant les désastres, amortis-
sant les regrets, ou les apaisant sous des regrets plus
récents. On ne conspirait point, on médisait à peine,
on attendait [84]. Enfin, dans un coin du salon, il y avait
une table de jeu pour les enfants, et c'est là que
chuchotaient, tout en remuant les cartes, le parti de la
jeunesse et les représentants de l'avenir, c'est-à-dire de
l'inconnu [85].

Le jour même de ma rencontre avec Olivier, en
rentrant du collège, je m'étais empressé de dire à ma
tante que j'avais un ami.

« Un ami ! m'avait dit Mme Ceyssac ; vous vous
hâtez peut-être un peu, mon cher Dominique. Savez-
vous son nom ; quel âge a-t-il ? »

Je racontai ce que je savais d'Olivier, et le peignis
sous les couleurs aimables qui à première vue
m'avaient séduit ; mais le nom seul avait suffi pour
rassurer ma tante.

« C'est un des plus anciens noms et des meilleurs de
notre pays, me dit-elle. Il est porté par un homme
pour lequel j'ai moi-même beaucoup d'estime et
d'amitié. »

Très peu de semaines après ce nouveau lien formé,

l'union des deux familles était complète, et le premier mois de l'hiver inaugura nos réunions soit chez Mme Ceyssac, soit à *l'hôtel d'Orsel*, comme Olivier disait en parlant de la maison de la rue des Carmélites, habitée sans grand apparat par son oncle et ses cousines.

De ces deux cousines, l'une était une enfant appelée Julie ; l'autre, plus âgée que nous d'un an à peu près, s'appelait Madeleine, et sortait du couvent. Elle en gardait la tenue comprimée, les gaucheries de geste, l'embarras d'elle-même ; elle en portait la livrée modeste ; elle usait encore, au moment dont je vous parle, une série de robes tristes, étroites, montantes, limées au corsage par le frottement des pupitres, et fripées aux genoux par les génuflexions sur le pavé de la chapelle. Blanche, elle avait des froideurs de teint qui sentaient la vie à l'ombre et l'absence totale d'émotions, des yeux qui s'ouvraient mal comme au sortir du sommeil [86], ni grande, ni petite, ni maigre, ni grasse, avec une taille indécise qui avait besoin de se définir et de se former ; on la disait déjà fort jolie, et je le répétais volontiers sans y prendre garde et sans y croire.

Quant à Olivier, que je ne vous ai montré que sur les bancs, imaginez un garçon aimable, un peu bizarre, très ignorant en fait de lectures, très précoce dans toutes les choses de la vie, aisé de gestes, de maintien, de paroles, ne sachant rien du monde et le devinant, le copiant dans ses formes, en adoptant déjà les préjugés ; représentez-vous je ne sais quoi d'inusité, comme une ardeur un peu singulière, jamais risible, d'anticiper sur son âge et de s'improviser un homme à seize ans à peine ; quelque chose de naissant et de mûr, d'artificiel et de très séduisant, et vous comprendrez comment Mme Ceyssac en fut charmée au point de pardonner à ses défauts d'écolier, comme au seul reste d'enfantillage qu'il y eût en lui. Olivier d'ailleurs arrivait de Paris, et c'était là la grande supériorité d'où lui venaient toutes les autres, et qui, sinon pour ma tante, au moins pour nous, les résumait toutes.

Aussi loin que je retourne en arrière à travers ces souvenirs si médiocres à leur source, si tumultueux plus tard, et dont j'ai quelque peine à remonter le cours, je retrouve à leur place accoutumée, autour de la table en drap vert, sous le jour des lampes, ces trois jeunes visages, souriants alors, sans l'ombre d'un souci réel, et que des chagrins ou des passions devaient un jour attrister de tant de manières : la petite Julie avec des sauvageries d'enfant boudeur ; Madeleine encore à demi pensionnaire ; Olivier causeur, distrait, quinteux, élégant sans viser à l'être, mis avec goût à une époque et dans un pays où les enfants s'habillaient on ne peut plus mal, maniant les cartes vivement, prestement, avec l'aplomb d'un homme qui jouera beaucoup et qui saura jouer, puis tout à coup, dix fois en deux heures, quittant le jeu, jetant les cartes, bâillant, disant : Je m'ennuie, et allant s'enfouir dans une profonde bergère. On l'appelait, il ne bougeait pas. A quoi pense Olivier ? disait-on. Il ne répondait à personne, et continuait de regarder devant lui sans dire un mot, avec cet air d'inquiétude qui lui-même était un attrait, et cet étrange regard qui flottait dans la demi-obscurité du salon comme une étincelle impossible à fixer. Assez peu régulier d'ailleurs dans ses habitudes, déjà discret comme s'il avait eu des mystères à cacher, inexact à nos réunions, introuvable chez lui, actif, flâneur, toujours partout et nulle part, cette sorte d'oiseau mis en cage avait trouvé le moyen de se créer des imprévus dans la vie de province, et de voler comme en plein air dans sa prison. Il se disait d'ailleurs exilé, et comme s'il eût quitté la Rome d'Auguste pour venir en Thrace, il avait appris par cœur quelques lambeaux d'une latinité de décadence qui le consolaient, disait-il, d'habiter chez les bergers[87].

Avec un pareil compagnon, j'étais fort seul. Je manquais d'air, et j'étouffais dans ma chambre étroite, sans horizon, sans gaieté, la vue barrée par cette haute barrière de murailles grises où couraient des fumées, au-dessus desquelles par hasard des goélands de

rivière volaient. C'était l'hiver, il pleuvait des
semaines entières, il neigeait ; puis un dégel subit
emportait la neige, et la ville apparaissait de plus en
plus noire après ce rapide éblouissement qui l'avait
couverte un moment des fantaisies de cette âpre
saison. Un matin, longtemps après, des fenêtres
s'ouvraient et faisaient revivre des bruits ; on entendait des voix s'appeler d'une maison à l'autre ; des
oiseaux privés, qu'on exposait à l'air, chantaient ; le
soleil brillait ; je regardais d'en haut l'entonnoir de
notre petit jardin, des bourgeons pointaient sur les
rameaux couleur de suie. Un paon, qu'on n'avait pas
vu de tout l'hiver, escaladait lentement le faîte d'une
toiture et s'y pavanait, le soir surtout, comme s'il eût
choisi pour ses promenades les tiédeurs modérées d'un
soleil bas. Il épanouissait alors sur le ciel la gerbe
constellée de sa queue énorme, et se mettait à crier de
sa voix perçante, enrouée comme tous les bruits qu'on
entend dans les villes. J'apprenais ainsi que la saison
changeait. Le désir de m'échapper ne m'entraînait pas
bien loin. Et moi aussi j'avais lu dans les *Tristes* des
distiques que je disais tout bas, en pensant à Villeneuve, le seul pays que je connusse et qui me laissât
des regrets cuisants.

J'étais tourmenté, agité, désœuvré surtout, même
en plein travail[88], parce que le travail occupait un
surplus de moi-même qui déjà ne comptait pour rien
dans ma vie. J'avais dès lors deux ou trois manies,
entre autres celle des catégories et celle des dates. La
première avait pour but de faire une sorte de choix
dans mes journées, toutes pareilles en apparence, et
sans aucun accident notable qui les rendît meilleures
ni pires, et de les classer d'après leur mérite. Or le seul
mérite de ces longues journées de pur ennui, c'était un
degré de plus ou de moins dans les mouvements de vie
que je sentais en moi. Toute circonstance où je me
reconnaissais plus d'ampleur de forces, plus de sensibilité, plus de mémoire, où ma conscience, pour ainsi
dire, était d'un meilleur timbre et résonnait mieux,
tout moment de concentration plus intense ou

d'expansion plus tendre était un jour à ne jamais
oublier. De là cette autre manie des dates, des
chiffres, des symboles, des hiéroglyphes, dont vous
avez la preuve ici, comme partout où j'ai cru nécessaire d'imprimer la trace d'un moment de plénitude et
d'exaltation [89]. Le reste de ma vie, ce qui se dissipait
en tiédeurs, en sécheresses, je le comparais à ces bas-
fonds taris qu'on découvre dans la mer à chaque marée
basse et qui sont comme la mort du mouvement.

Une pareille alternative ressemblait assez aux feux à
éclipse des fanaux tournants, et j'attendais incessamment je ne sais quel réveil en moi, comme j'aurais
attendu le retour du signal.

Ce que je vous raconte en quelques mots n'est, bien
entendu, que le très court abrégé de longues, obscures
et multiples souffrances. Le jour où je trouvai dans
des livres, que je ne connaissais pas alors, le poème ou
l'explication dramatique de ces phénomènes très spon-
tanés [90], je n'eus qu'un regret, ce fut de parodier peut-
être en les rapetissant ce que de grands esprits avaient
éprouvé avant moi. Leur exemple ne m'apprit rien,
leur conclusion, quand ils concluent, ne me corrigea
pas non plus. Le mal était fait, si l'on peut appeler un
mal le don cruel d'assister à sa vie comme à un
spectacle donné par un autre, et j'entrai dans la vie
sans la haïr, quoiqu'elle m'ait fait beaucoup pâtir, avec
un ennemi inséparable, bien intime et positivement
mortel : c'était moi-même.

V

Toute une année s'écoula de la sorte. Du fond de la ville, je vis l'automne qui rougissait les arbres et reverdissait les pâturages, et le jour où le collège se rouvrit, j'y ramenai comme à l'ordinaire un être agité, malheureux, une sorte d'esprit plié en deux, comme un fakir attristé qui s'examine.

Cette perpétuelle critique exercée sur moi-même, cet œil impitoyable, tantôt ami, tantôt ennemi, toujours gênant comme un témoin et soupçonneux comme un juge, cet état de permanente indiscrétion vis-à-vis des actes les plus ingénus d'un âge où d'habitude on s'observe peu, tout cela me jeta dans une série de malaises, de troubles, de stupeurs ou d'excitations qui me conduisaient tout droit à une crise.

Cette crise arriva vers le printemps, au moment même où je venais d'atteindre mes dix-sept ans[91].

Un jour, c'était vers la fin d'avril, et ce devait être un jeudi, jour de sortie, je quittai la ville de bonne heure et m'en allai seul, au hasard, me promener sur les grandes routes. Les ormeaux n'avaient point encore de feuilles, mais ils se couvraient de bourgeons ; les prairies ne formaient qu'un vaste jardin fleuri de marguerites ; les haies d'épines étaient en fleur ; le soleil, vif et chaud, faisait chanter les alouettes et semblait les attirer plus près du ciel, tant elles pointaient en ligne droite et volaient haut. Il y avait partout des insectes nouveau-nés que le vent balançait comme des atomes de lumière à la pointe des grandes herbes, et des oiseaux qui, deux à deux, passaient à tire-d'aile et se dirigeaient soit dans les foins, soit dans les blés, soit dans les buissons, vers des nids qu'on ne voyait pas. De loin en loin se promenaient des malades ou des vieillards que le printemps rajeunissait ou rendait à la vie ; et dans les endroits plus ouverts au vent, des troupes d'enfants lançaient des cerfs-volants à longues banderoles frissonnantes, et les regardaient à perte de vue, fixés dans le clair azur comme des écussons blancs, ponctués de couleurs vives.

Je marchais rapidement, pénétré et comme stimulé par ce bain de lumière, par ces odeurs de végétations naissantes, par ce vif courant de puberté printanière dont l'atmosphère était imprégnée. Ce que j'éprouvais était à la fois très doux et très ardent. Je me sentais ému jusqu'aux larmes, mais sans langueur ni fade attendrissement. J'étais poursuivi par un besoin de marcher, d'aller loin, de me briser par la fatigue, qui ne me permettait pas de prendre une minute de repos. Partout où j'apercevais quelqu'un qui pût me reconnaître, je tournais court, prenais un biais, et je m'enfonçais à perte d'haleine dans les sentiers étroits coupant les blés verts, là où je ne voyais plus personne. Je ne sais quel sentiment sauvage, plus fort que jamais, m'invitait à me perdre au sein même de cette grande campagne en pleine explosion de sève. Je me souviens que d'un peu loin j'aperçus les jeunes gens du séminaire défilant deux à deux le long des haies fleuries, conduits par de vieux prêtres qui, tout en marchant, lisaient leur bréviaire. Il y avait de longs adolescents rendus bizarres et comme amaigris davantage par l'étroite robe noire qui leur collait au corps, et qui en passant arrachaient des fleurs d'épines et s'en allaient avec ces fleurs brisées dans la main. Ce ne sont point des contrastes que j'imagine, et je me rappelle la sensation que fit naître en moi en pareille circonstance, à pareille heure, en pareil lieu, la vue de ces tristes jeunes gens, vêtus de deuil et déjà tout semblables à des veufs. De temps en temps je me retournais du côté de la ville ; on ne voyait plus à la limite lointaine des prairies que la ligne un peu sombre de ses boulevards et l'extrémité de ses clochers d'église. Alors je me demandais comment j'avais fait pour y demeurer si longtemps, et comment il m'avait été possible de m'y consumer sans y mourir ; puis j'entendis sonner les vêpres, et ce bruit de cloches, accompagné de mille souvenirs, m'attrista, comme un rappel à des contraintes sévères. Je pensais qu'il faudrait revenir, rentrer avant la nuit, m'enfermer de nouveau, et je repris avec plus d'emportement ma course du côté de la rivière.

Je revins, non pas épuisé, mais plus excité au contraire par ce vagabondage de plusieurs heures au grand air, dans la tiédeur des routes, sous l'âpre et mordant soleil d'avril. J'étais dans une sorte d'ivresse, rempli d'émotions extraordinaires, qui sans contredit se manifestaient sur mon visage, dans mon air, dans toute ma personne [92].

« Qu'avez-vous, mon cher enfant ? me dit Mme Ceyssac en m'apercevant.

— J'ai marché très vite », lui dis-je avec égarement.

Elle m'examina de nouveau, et, par un geste de mère inquiète, elle m'attira sous le feu de ses yeux clairs et profonds. J'en fus horriblement troublé ; je ne pus supporter ni la douceur de leur examen, ni la pénétration de leur tendresse ; je ne sais quelle confusion me saisit tout à coup, qui me rendit la vague interrogation de ce regard insupportable.

« Laissez-moi, je vous prie, ma chère tante », lui dis-je.

Et je montai précipitamment à ma chambre.

Je la trouvai tout illuminée par les rayons obliques du soleil couchant, et je fus comme ébloui par le rayonnement de cette lumière chaude et vermeille qui l'envahissait comme un flot de vie. Pourtant je me sentis plus calme en m'y voyant seul, et me mis à la fenêtre, attendant l'heure salutaire où ce torrent de clarté allait s'éteindre. Peu à peu la face des hauts clochers rougit, les bruits devinrent plus distincts dans l'air un peu humide, des barres de feu se formèrent au couchant, du côté où s'élevaient, au-dessus des toitures, les mâts des navires amarrés dans la rivière. Je restai là jusqu'à la nuit, me demandant ce que j'éprouvais, ne sachant que répondre, écoutant, voyant, sentant, étouffé par des pulsations d'une vie extraordinaire, plus émue, plus forte, plus active, moins compressible que jamais. J'aurais souhaité que quelqu'un fût là[93] ; mais pourquoi ? Je n'aurais pu le dire. Et qui ? Je le savais encore moins. S'il m'avait fallu choisir à l'heure même un confident parmi les êtres qui m'étaient alors le plus chers, il m'eût été impossible de nommer personne[94].

Quelques minutes seulement avant que le dernier rayon du jour eût disparu, je descendis. Je me glissai par les rues que je savais désertes jusqu'aux endroits du boulevard où l'herbe poussait en pleine solitude. Je longeai la place où j'entendis commencer les premières sonneries de la retraite militaire. Puis le bruit des clairons s'éloigna, et j'en suivis la marche de loin par les rues sinueuses, d'après des échos plus distincts ou plus confus suivant la largeur de l'espace où, dans l'air tranquille du soir, le son se déployait. Seul, tout seul, dans le crépuscule bleu qui descendait du ciel, sous les ormeaux garnis de frondaisons légères, aux lueurs des premières étoiles qui s'allumaient à travers les arbres, comme des étincelles de feu semées sur la dentelle des feuillages, je marchais dans la longue avenue, écoutant cette musique si bien rythmée, et me laissant conduire par ses cadences. J'en marquais la mesure ; mentalement je la répétai quand elle eut fini de se faire entendre. Il m'en resta dans l'esprit comme un mouvement qui se continua, et cela devint une sorte de mode et d'appui mélodique sur lequel involontairement je mis des paroles. Je n'ai plus aucun souvenir des paroles, ni du sujet, ni du sens des mots, je sais seulement que cette exhalaison singulière sortit de moi, d'abord comme un rythme, puis avec des mots rythmés, et que cette mesure intérieure tout à coup se traduisit, non seulement par la symétrie des mesures, mais par la répétition double ou multiple de certaines syllabes sourdes ou sonores se correspondant et se faisant écho. J'ose à peine vous dire que c'étaient là des vers, et cependant ces paroles chantantes y ressemblaient beaucoup.

A ce moment même, et pendant que je faisais cette réflexion, je reconnus devant moi, dans l'allée que je suivais, notre ami de tous les jours, M. d'Orsel, et ses deux filles. J'étais trop près d'eux pour les éviter, et la préoccupation même où j'étais plongé ne m'en eût pas laissé la force. Je me trouvais donc face à face avec le regard paisible et le blanc visage de Madeleine.

« Comment ! vous ici ? » me dit-elle.

J'entends encore cette voix nette, aérienne, avec un léger accent du Midi qui me fit frissonner. Je pris machinalement la main qu'elle me tendait, sa petite main fine et fraîche, et la fraîcheur de ce contact me fit sentir que la mienne était brûlante. Nous étions si près l'un de l'autre, et je distinguais si nettement les contours de son visage que je fus effrayé de penser qu'elle me voyait aussi.

« Nous vous avons fait peur ? » ajouta-t-elle.

Je compris au changement de sa voix à quel point mon trouble était visible. Et comme rien au monde n'aurait pu me retenir une seconde de plus dans cette situation sans issue, je balbutiai je ne sais quoi de déraisonnable, et, perdant tout à fait la tête, étourdiment, sottement, je pris la fuite.

Ce soir-là, je ne passai point par le salon de ma tante, et je m'enfermai dans ma chambre, de peur qu'on ne m'y surprît. Là, sans réfléchir à quoi que ce fût, sans le vouloir, absolument comme un homme attiré par je ne sais quelle irrésistible entreprise qui l'épouvante autant qu'elle le séduit, d'une haleine, sans me relire, presque sans hésiter, j'écrivis toute une série de choses inattendues, qui parurent me tomber du ciel[95]. Ce fut comme un trop-plein qui sortit de mon cœur, et dont il était soulagé au fur et à mesure qu'il se désemplissait. Ce travail fiévreux m'entraîna bien avant dans la nuit. Puis il me sembla que ma tâche était faite ; toutes les fibres irritées se calmèrent, et vers le matin, à l'heure où s'éveillent les premiers oiseaux, je m'endormis dans une lassitude délicieuse [96].

Le lendemain, Olivier me parla de ma rencontre avec ses cousines, de mon embarras, de ma fuite.

« Tu fais le mystérieux, me dit-il, tu as tort ; si j'avais un secret, je le partagerais avec toi. »

J'hésitai d'abord à lui dire la vérité. C'était ce qu'il y avait de plus simple, et cela certainement aurait mieux valu ; mais il y avait dans un pareil aveu mille embarras réels ou imaginaires, qui me le représentaient comme impossible. En quels termes d'ailleurs lui faire comprendre ce que j'éprouvais depuis longtemps, sans que personne en eût le soupçon ? Comment lui parler de sang-froid de ces pudeurs extrêmes que le grand jour offusquait, qui ne supportaient aucun examen, pas plus le mien que celui des autres, et qui demandaient, comme une plaie trop vive ou trop récente, à n'être pas même effleurées du regard ? Comment lui raconter cette crise de sensibilité inexplicable et cet ensorcellement de la nuit, dont j'avais trouvé le matin même à mon réveil le témoignage écrit ?

Je répondis par un mensonge : j'étais souffrant depuis quelques jours, la chaleur de la veille m'avait donné une sorte de vertige, et je priais Madeleine d'excuser la sotte figure que j'avais faite en la rencontrant.

« Madeleine ! reprit Olivier ; mais nous n'avons pas de comptes à rendre à Madeleine... Il y a des choses qui ne la regardent plus [97]. »

Il avait en disant cela un singulier sourire, avec un regard des plus pénétrants et des plus vifs. Quelque effort qu'il fît cependant pour lire au fond de ma pensée, j'étais bien sûr qu'il n'y verrait rien ; mais je comprenais aussi qu'il y cherchait quelque chose, et si je ne devinais pas quels étaient les sentiments très

présumables qu'Olivier me supposait en raisonnant
d'après lui-même, je me vis l'objet d'une investigation
qui me fit réfléchir et d'un soupçon qui m'embarrassa.

J'étais si parfaitement candide et ignorant que le
premier éveil qui m'ait surpris au milieu de mes
ingénuités me vint ainsi d'un regard inquiet de ma
tante, d'un sourire équivoque et curieux d'Olivier. Ce
fut l'idée qu'on me surveillait qui me donna le désir
d'en chercher la cause, et ce fut un faux soupçon qui
pour la première fois de ma vie me fit rougir. Je ne sais
quel indéfinissable instinct me gonfla le cœur d'une
émotion tout à fait nouvelle. Une lueur bizarre éclaira
tout à coup ce verbe enfantin, le premier que nous
avons tous conjugué soit en français, soit en latin, dans
les grammaires[98]. Deux jours après ce vague avertissement donné par une mère prudente et par un camarade émancipé, je n'étais pas loin d'admettre, tant
mon cerveau roulait de scrupules, de curiosités et
d'inquiétudes, que ma tante et Olivier avaient raison
en me supposant amoureux, mais de qui ?

La soirée du dimanche suivant nous réunit tous
comme à l'ordinaire dans le salon de Mme Ceyssac. J'y
vis paraître Madeleine avec un certain trouble ; je ne
l'avais pas revue depuis le jeudi soir. Sans doute elle
attendait une explication : moins que jamais je me
sentais en disposition de la lui donner, et je me tus.
J'étais affreusement embarrassé de ma personne et
distrait. Olivier, qui ne se croyait aucune raison d'être
charitable, me harcelait de ses épigrammes. Rien
n'était plus inoffensif, et cependant j'en étais atteint,
tant l'état d'extrême irritabilité nerveuse où je me
trouvais depuis quelques jours me rendait vulnérable
et me prédisposait à souffrir sans motif. J'étais assis
près de Madeleine, d'après une ancienne habitude où
la volonté de l'un et de l'autre n'entrait pour rien.
Tout à coup l'idée me vint de changer de place.
Pourquoi ? Je n'aurais pu le dire. Il me sembla
seulement que la lumière directe des lampes me
blessait, et qu'ailleurs je me trouverais mieux. En
levant les yeux qu'elle tenait abaissés sur son jeu,

Madeleine me vit assis de l'autre côté de la table, précisément vis-à-vis d'elle.

« Eh bien ! » dit-elle avec un air de surprise.

Mais nos yeux se rencontrèrent ; je ne sais ce qu'elle aperçut d'extraordinaire dans les miens qui la troubla légèrement et ne lui permit pas d'achever.

Il y avait plus de dix-huit mois que je vivais près d'elle, et pour la première fois je venais de la regarder, comme on regarde quand on veut voir. Madeleine était charmante, mais beaucoup plus qu'on ne le disait, et bien autrement que je ne l'avais cru. De plus, elle avait dix-huit ans [99]. Cette illumination soudaine, au lieu de m'éclairer peu à peu, m'apprit en une demi-seconde tout ce que j'ignorais d'elle et de moi-même. Ce fut comme une révélation définitive qui compléta les révélations des jours précédents, les réunit pour ainsi dire en un faisceau d'évidences, et, je crois, les expliqua toutes.

VI

Quelques semaines après, M. d'Orsel se rendait à une ville d'eaux, sous prétexte de promenade et de santé, mais en réalité pour des raisons particulières que tout le monde ignorait, et que je ne connus qu'un peu plus tard. Madeleine et Julie l'accompagnaient.

Cette séparation, dont un autre aurait gémi comme d'un déchirement, me délivra d'un grand embarras. Je ne pouvais plus vivre à côté de Madeleine, à cause de timidités soudaines qui toutes me venaient de sa présence. Je la fuyais. L'idée de lever les yeux sur elle était un trait d'audace. A la voir si calme, quand je ne l'étais plus, à la trouver si parfaitement jolie, tandis que j'avais tant de motifs pour me déplaire avec ma tenue de collège et mon teint de campagnard mal débarbouillé, j'éprouvais je ne sais quel sentiment subalterne, comprimé, humiliant, qui me remplissait de défiance et transformait la plus paisible des camaraderies en une sorte de soumission sans douceur et d'asservissement mal enduré. C'était ce qu'il y avait eu de plus clair et de fort troublant dans l'effet instantané produit par la soirée que je vous ai dite. Madeleine en un mot me faisait peur. Elle me dominait avant de me séduire : le cœur a les mêmes ingénuités que la foi. Tous les cultes passionnés commencent ainsi.

Le lendemain de son départ, je courais rue des Carmélites. Olivier habitait une petite chambre perdue dans un pavillon élevé de l'hôtel. Habituellement

je venais le prendre aux heures du collège, et l'appelais
du jardin pour qu'il descendît. Je me souvins qu'à
pareille heure, presque tous les jours, une autre voix
me répondait, que Madeleine alors mettait la tête à sa
fenêtre et me disait bonjour ; je pensais à l'émoi que
me causait cette entrevue quotidienne, autrefois sans
charme ni dangers, devenue si subitement un vrai
supplice ; et j'entrai hardiment, presque joyeux,
comme si quelque chose en moi de craintif et de
surveillé prenait ses vacances.

La maison était vide. Les domestiques allaient et
venaient, comme étonnés, eux aussi de n'avoir plus à
se contraindre. On avait ouvert toutes les fenêtres, et
le soleil de mai jouait librement dans les chambres, où
toutes choses étaient remises en place. Ce n'était pas
l'abandon, c'était l'absence. Je soupirai. Je calculai ce
que cette absence devait durer. Deux mois ! Cela me
paraissait tantôt très long, tantôt très court. J'aurais
souhaité, je crois, tant j'avais besoin de m'appartenir,
que ce mince répit n'eût plus de fin.

Je revins le lendemain, les jours suivants : même
silence et même sécurité. Je me promenai dans toute la
maison, je visitai le jardin allée par allée ; Madeleine
était partout. Je m'enhardis jusqu'à m'entretenir
librement avec son souvenir. Je regardai sa fenêtre, et
j'y revis sa jolie tête. J'entendis sa voix dans les allées
du parc, et je me mis à fredonner, pour retrouver
comme un écho de certaines romances qu'elle se
plaisait à chanter en plein air, que le vent rendait si
fluides et que le bruit des feuilles accompagnait. Je
revis mille choses que j'ignorais d'elle ou qui ne
m'avaient pas frappé, certains gestes qui n'étaient rien
et qui devenaient charmants ; je trouvai pleine de
grâce l'habitude un peu négligée qu'elle avait de
tordre ses cheveux en arrière et de les porter relevés
sur la nuque et liés par le milieu comme une gerbe
noire. Les moindres particularités de sa mise ou de sa
tournure, une odeur exotique qu'elle aimait et qui me
l'eût fait reconnaître les yeux fermés, tout, jusqu'à ses
couleurs adoptées depuis peu, le bleu qui la parait si

bien et qui faisait valoir avec tant d'éclat sa blancheur sans trouble, tout cela revivait avec une lucidité surprenante, mais en me causant une autre émotion que sa présence, comme un regret, agréable à caresser, des choses aimables qui n'étaient plus là. Peu à peu, je me pénétrai sans beaucoup de chaleur, mais avec un attendrissement continu, de ces réminiscences, le seul attrait presque vivant qui me restât d'elle, et moins de quinze jours après le départ de Madeleine ce souvenir envahissant ne me quittait plus.

Un soir, je montais chez Olivier, et comme à l'ordinaire je passais devant la chambre de Madeleine. Bien souvent déjà j'en avais trouvé la porte grande ouverte sans que la pensée me fût jamais venue d'y pénétrer. Ce soir-là, je m'arrêtai court, et après quelques hésitations accordées à des scrupules aussi nouveaux que tous les autres sentiments qui m'agitaient, je cédai à une tentation véritable, et j'entrai [100].

Il y faisait presque nuit. Le bois sombre de quelques meubles anciens se distinguait à peine, l'or des marqueteries luisait faiblement. Des étoffes de couleur sobre, des mousselines flottantes, tout un ensemble de choses pâles et douces y répandait une sorte de léger crépuscule et de blancheur de l'effet le plus tranquille et le plus recueilli. L'air tiède y venait du dehors avec les exhalaisons du jardin en fleur ; mais surtout une odeur subtile, plus émouvante à respirer que toutes les autres, l'habitait comme un souvenir opiniâtre de Madeleine. J'allai jusqu'à la fenêtre : c'était là que Madeleine avait l'habitude de se tenir, et je m'assis dans un petit fauteuil à dossier bas qui lui servait de siège. J'y demeurai quelques minutes en proie à une anxiété des plus vives, retenu malgré moi par le désir de savourer des impressions dont la nouveauté me paraissait exquise. Je ne regardais rien ; pour rien au monde, je n'aurais osé porter la main sur le moindre des objets qui m'entouraient. Immobile, attentif seulement à me pénétrer de cette indiscrète émotion, j'avais au cœur des battements si convulsifs, si précipités, si distincts, que j'appuyais les deux mains sur ma poitrine pour en étouffer autant que possible les palpitations incommodes [101].

Tout coup j'entendis dans les corridors le pas rapide et sec d'Olivier. Je n'eus que le temps de me glisser jusqu'à la porte ; il arrivait.

« Je t'attendais », me dit-il assez simplement pour me persuader, ou qu'il ne m'avait pas vu sortir de la chambre de Madeleine, ou qu'il n'y trouvait rien à redire.

Il était fort élégamment mis, en tenue légère, avec une cravate un peu lâche et des habits larges, tels qu'il aimait à les porter, surtout en été. Il avait cette démarche aisée, cette façon libre de se mouvoir dans des habits flottants qui lui donnaient à certains moments comme un air fort original de jeune homme étranger, soit anglais, soit créole. C'était l'instinct d'un goût très sûr qui l'invitait à s'habiller de la sorte. Il en tirait une grâce toute personnelle, et moi qui ai connu ses qualités en même temps que ses faiblesses, je ne puis pas dire qu'il y mît beaucoup de prétention, quoiqu'il en fît l'objet d'une réelle étude. Il considérait la composition d'une toilette, le choix des nuances, les proportions d'un habit comme une chose très sérieuse dans la conduite générale d'un homme de bon ton ; mais une fois la toilette admise il n'y pensait plus, et c'eût été lui faire injure que de le supposer préoccupé de sa mise au-delà du temps voulu par les soins ingénieux qu'il y donnait.

« Allons jusqu'aux boulevards, me dit-il en s'emparant de mon bras. Je désire que tu m'accompagnes, et voici la nuit. »

Il marchait vite et m'entraînait comme s'il eût été pressé par l'heure. Il prit le plus court, traversa lestement les allées désertes et me conduisit tout droit vers cette partie des avenues où l'on se promenait l'été à la nuit tombante. Il y avait une certaine foule, ce qu'une très petite ville comme Ormesson comptait alors de plus mondain, de plus riche et de plus élégant. Olivier s'y glissa sans s'arrêter, les yeux en éveil, excité par une secrète impatience qui l'absorbait au point de lui faire oublier que j'étais là. Tout à coup il ralentit le pas, se raffermit à mon bras pour se contraindre à modérer je ne sais quelle enfantine effervescence qui sans doute aurait manqué de mesure ou d'esprit. Je compris qu'il était au bout de ses recherches.

Deux femmes se dirigeaient vers nous, au bord de l'allée et assez mystérieusement abritées sous le plafond bas des ormeaux. L'une était jeune et remarquablement jolie ; ma très récente expérience m'avait formé le goût sur ces définitions délicates, et je ne m'y trompai plus. J'observais cette façon légère et contenue de fouler à petits pas le gazon qui s'étendait au pied des arbres, comme si elle eût marché sur les laines souples d'un tapis. Elle nous regardait fixement, avec moins de charme que Madeleine, plus de volonté que jamais celle-ci n'eût osé le faire, et, de loin, se préparait par un sourire insolite à répondre au salut d'Olivier. Ce salut fut échangé d'aussi près que possible avec la même grâce un peu négligée ; et dès que la jeune tête blonde et encore souriante eut disparu dans les dentelles de son chapeau, Olivier se tourna vers moi avec un air d'interrogation audacieuse.

« Tu connais Mme X... ? » me dit-il.

Il me nommait une personne dont on parlait un peu dans le monde où quelquefois j'accompagnais ma tante. Il n'était que très naturel qu'Olivier lui eût été présenté, et naïvement je le lui dis.

« Précisément, ajouta-t-il, j'ai dansé un soir de cet hiver avec elle, et depuis... »

Il s'interrompit, et après un silence : « Mon cher Dominique, reprit-il, je n'ai ni père ni mère, tu le sais [102] ; je ne suis que le neveu de mon oncle, et de ce côté je n'attends que les affections qui me sont dues, c'est-à-dire une bien petite part dans le patrimoine de tendresse qui revient de droit à mes deux cousines. J'ai donc besoin qu'on m'aime, et autrement que d'une amitié de collège... Ne te récrie pas ; je te suis reconnaissant de l'attachement que tu me témoignes, et je suis sûr que tu me le continueras, quoi qu'il arrive. Je te dirai aussi que tu m'es très cher. Mais enfin tu me permettras de trouver un peu tièdes les affections estimables qui me sont échues. Il y a deux mois qu'un soir, au bal, je parlais à peu près des mêmes choses à la personne que nous venons de rencontrer. Elle s'en est amusée d'abord, n'y voyant que les doléances d'un collégien que le collège ennuie ; or, comme j'avais la ferme volonté d'être écouté sérieusement quand je parlais de même, et la certitude qu'on me croirait si je le voulais bien : « Madame, lui dis-je, ce sera une prière, s'il vous plaît de le prendre ainsi ; sinon, c'est un regret que vous n'entendrez plus. » Elle me donna deux petits coups d'éventail, sans doute afin de m'interrompre ; mais je n'avais plus rien à lui dire, et pour ne pas me démentir je quittai le bal aussitôt. Depuis j'ai tenu parole, je n'ai pas ajouté un mot qui pût lui faire croire que j'eusse ou la moindre espérance ou le moindre doute. Elle ne m'entendra plus ni me plaindre ni la supplier. Je sens qu'en pareil cas j'aurai beaucoup de patience, et j'attendrai [103]. »

En me parlant ainsi, Olivier était très calme. Un peu plus de brusquerie dans son geste, un certain accent plus vibrant dans sa voix, c'était le seul signe perceptible qui trahît le tremblement intérieur, s'il tremblait au fond du cœur, ce dont je doute. Quant à moi, je l'écoutais avec une réelle et profonde angoisse. Ce langage était si nouveau, la nature de ses confidences était telle que je n'en ressentis d'abord qu'un grand trouble, comme au contact d'une idée tout à fait incompréhensible.

« Eh bien ! lui dis-je, sans trouver autre chose à répondre que cette exclamation de naïf ébahissement.

— Eh bien ! voilà ce que je voulais t'apprendre, Dominique, ceci et pas autre chose. Lorsqu'à ton tour tu me diras de t'écouter, je saurai le faire. »

Je lui répondis plus laconiquement encore par un serrement de main des plus tendres, et nous nous séparâmes.

Il en fut des confidences d'Olivier comme de toutes les leçons trop brusques ou trop fortes : cette infusion capiteuse me fit tourner l'esprit, et il me fallut beaucoup de méditations violentes pour démêler les vérités utiles ou non que contenaient des aveux si graves. Au point où j'en étais, c'est-à-dire osant à peine épeler sans émoi le mot le plus innocent et le plus usuel de la langue du cœur, mes prévisions les plus hardies n'auraient jamais dépassé toutes seules l'idée d'un sentiment désintéressé et muet. Partir de si peu pour arriver aux hypothèses ardentes où m'entraînaient les témérités d'Olivier, passer du silence absolu à cette manière libre de s'exprimer sur les femmes, le suivre enfin jusqu'au but marqué par son attente, il y avait là de quoi me beaucoup vieillir en quelques heures. Cette enjambée exorbitante, je la fis cependant, mais avec des effrois et des éblouissements que je ne saurais vous dire, et ce qui m'étonna le plus quand j'eus acquis le degré de lucidité voulu pour comprendre pleinement les leçons d'Olivier, ce fut de comparer les chaleurs qui m'en venaient avec la froide contenance et les calculs savants de ce soi-disant amoureux [104].

Quelques jours après il me montrait une lettre sans signature.

« Vous vous écrivez ? lui demandai-je.

— Cette lettre, me dit-il, est le seul billet que j'aie reçu d'elle, et je n'ai pas répondu. »

La lettre était à peu près conçue en ces termes :

« Vous êtes un enfant qui prétendez agir comme un homme, et vous avez doublement tort de vous vieillir. Les hommes, quoi que vous fassiez, seront toujours meilleurs ou pires que vous n'êtes. Je vous crois à plaindre, car vous êtes seul, et je vous estime assez pour admettre que vous devez en effet souffrir d'être privé d'une amitié vigilante et tendre ; mais vous feriez mieux de parler à cœur ouvert que de vous confier un jour à l'improviste à quelqu'un qui vous apprécie, et puis de vous taire. Je ne vois ni le bien que j'ai pu vous faire en écoutant vos confidences, ni le but que vous

vous proposez en ne les renouvelant plus. Vous avez
trop de raison pour un âge dont l'ingénuité est à la fois
le seul attrait et la seule excuse, et, si vous aviez autant
d'abandon que de sang-froid, vous seriez plus intéressant et surtout plus heureux. »

Malgré ces rares accès de franchise auxquels il
cédait par caprice, je n'étais qu'à demi dans les
confidences d'Olivier. Quoiqu'à peu près de mon âge
et inférieur à moi sur beaucoup de points sans doute, il
me trouvait un peu jeune, comme il disait, sur les
questions de conduite qui s'agitaient dans son esprit.
C'était à peine si je pouvais accepter le premier mot du
dessin qu'il entendait poursuivre jusqu'à la pleine
satisfaction de son amour-propre ou de son plaisir [105].
Je le voyais toujours aussi calme, libre d'esprit,
prompt à tout, avec son aimable visage aux accents un
peu froids, ses yeux impertinents pour tous ceux qui
n'étaient pas ses amis, et ce sourire rapide et très
séduisant dont il savait faire avec tant d'à-propos
tantôt une caresse et tantôt une arme. Il n'était
aucunement triste et pas beaucoup plus distrait, même
dans les circonstances où, de son propre aveu, son
imperturbable confiance avait un peu souffert. Le
dépit ne se traduisait chez lui que par une sorte
d'irritabilité plus aiguë, et ne faisait pour ainsi dire
qu'ajouter un ressort de trempe plus sèche à son
audace.

« Si tu crois que je vais me rendre malheureux, tu te
trompes, me disait-il à quelques temps de là, dans un
de ces moments de courtes hésitations où, comme à
plaisir, il donnait à ses paroles une expression d'hosti-
lité méchante. Si elle m'aime un jour, tôt ou tard, ceci
n'est rien. Sinon...

— Sinon ? » lui dis-je.

Sans me répondre, il fit tournoyer et siffler autour
de sa tête un petit jonc qu'il tenait à la main, comme
s'il eût voulu trancher quelque chose en fendant l'air.
Puis, tout en continuant de fouetter le vide avec une
véhémence extrême, il ajouta :

« Si je pouvais seulement lire dans ses yeux un oui

ou un non ! Je n'en connais pas d'aussi tourmentants ni d'aussi beaux, excepté ceux de mes deux cousines, qui ne me disent rien. »

Un autre jour, un accident contraire le rendait à lui-même. Il devenait sensible, agité, légèrement enthousiaste, en tout beaucoup plus naturel. Il s'abandonnait à quelques douceurs de gestes et de langage, qui, quoique toujours fort réservées, m'en apprenaient assez sur ses espérances.

« Es-tu bien sûr de l'aimer ? » lui demandai-je enfin, tant cette première condition pour qu'il se montrât exigeant me semblait indispensable et cependant douteuse.

Olivier me regarda dans le blanc des yeux, et, comme si ma question lui paraissait le comble de la niaiserie ou de la folie, il partit d'un éclat de rire insolent qui m'ôta toute envie de continuer [106].

L'absence de Madeleine dura le temps convenu. Quelques jours avant son retour, en pensant à elle, et j'y pensais à toutes les minutes, je récapitulai les changements qui s'étaient opérés en moi depuis son départ, et j'en fus stupéfait. Le cœur gros de secrets, l'âme émue d'impulsions hardies, l'esprit chargé d'expérience avant d'avoir rien connu, je me vis en un mot tout différent de celui qu'elle avait quitté. Je me persuadai que cela me servirait à diminuer d'autant l'ascendant bizarre auquel j'étais soumis, et cette légère teinte de corruption répandue sur des sentiments parfaitement candides me donna comme un semblant d'effronterie, c'est-à-dire tout juste assez de bravoure pour courir au-devant de Madeleine sans trop trembler [107].

Elle arriva vers la fin de juillet. De loin j'entendis les grelots des chevaux, et je vis approcher, encadrée dans le rideau vert des charmilles, la chaise de poste, toute blanche de poussière, qui les amena par le jardin jusque devant le perron. Ce que j'aperçus d'abord, ce fut le voile bleu de Madeleine, qui flottait à la portière de la voiture. Elle en descendit légèrement et se jeta au cou d'Olivier. Je sentis, à la vive et fraternelle étreinte de ses deux petites mains cordialement posées dans les miennes, que la réalité de mon rêve était revenue ; puis, s'emparant avec une familiarité de sœur aînée du bras d'Olivier et du mien, s'appuyant également sur l'un et sur l'autre, et versant sur tous les deux comme un rayon de vrai soleil, la limpide lumière de son regard direct et franc, comme une personne un peu lasse, elle monta les escaliers du salon.

Cette soirée-là fut pleine d'effusion. Madeleine avait tant à nous dire ! Elle avait vu de beaux pays [108], découvert toutes sortes de nouveautés, de mœurs, d'idées, de costumes. Elle en parlait dans le premier désordre d'une mémoire encombrée de souvenirs tumultueux, avec la volubilité d'un esprit impatient de répandre en quelques minutes cette multitude d'acquisitions faites en deux mois. De temps en temps elle s'interrompait, essoufflée de parler, comme si elle l'eût été de monter et de descendre encore les échelons de montagne où son récit nous conduisait. Elle passait la main sur son front, sur ses yeux, relevait en arrière de ses tempes ses épais cheveux, un peu hérissés par la poussière et le vent du voyage. On eût dit que ce geste d'une personne qui marche et qui a chaud rafraîchissait aussi sa mémoire. Elle cherchait un nom, une date, perdait et retrouvait sans cesse le fil embrouillé d'un itinéraire, puis se mettait à rire aux éclats quand, la confusion s'introduisant dans son récit, elle était obligée d'appeler à son aide la claire et sûre mémoire de Julie. Elle exhalait la vie, le plaisir d'apprendre, les curiosités satisfaites. Quoique brisée par un long voyage en voiture, il lui restait encore de ce perpétuel déplacement une habitude de se mouvoir vite qui la faisait dix fois de suite se lever, agir, changer de place, jeter les yeux dans le jardin, donner un coup d'œil de bienvenue aux meubles, aux objets retrouvés. Quelquefois elle nous regardait, Olivier et moi, attentivement, comme pour être bien assurée de se reconnaître et mieux constater son retour et sa présence au milieu de nous ; mais soit qu'elle nous trouvât l'un et l'autre un peu changés, soit que deux mois de séparation et la

vue de tant de figures nouvelles l'eussent déshabituée
de nos visages, je voyais dans sa physionomie poindre
une vague surprise.

« Eh bien ! lui disait Olivier, nous retrouves-tu ?

— Pas tout à fait, disait-elle ingénument ; je vous
voyais autrement quand j'étais loin. »

Je restais cloué sur un fauteuil. Je la regardais, je
l'écoutais, et quoi qu'elle pût penser de nous, le
changement que j'apercevais en elle était bien autrement réel, et sans contredit plus absolu, sinon plus
profond.

Elle avait bruni [109]. Son teint, ranimé par un hâle
léger, rapportait de ses courses en plein air comme un
reflet de lumière et de chaleur qui le dorait. Elle avait
le regard plus rapide avec le visage un peu plus maigre, les yeux comme élargis par l'effort d'une vie très
remplie et par l'habitude d'embrasser de grands
horizons. Sa voix, toujours caressante et timbrée pour
l'expression des mots tendres, avait acquis je ne sais
quelle plénitude nouvelle qui lui donnait des accents
plus mûrs. Elle marchait mieux, d'une façon plus
libre ; son pied lui-même s'était aminci en s'exerçant à
de longues courses dans les sentiers difficiles. Toute sa
personne avait pour ainsi dire diminué de volume en
prenant des caractères plus fermes et plus précis, et
ses habits de voyage, qu'elle portait à merveille,
achevaient cette fine et robuste métamorphose. C'était
Madeleine embellie, transformée par l'indépendance,
par le plaisir, par les mille accidents d'une existence
imprévue, par l'exercice de toutes ses forces, par le
contact avec des éléments plus actifs, par le spectacle
d'une nature grandiose. C'était toute la juvénilité de
cette créature exquise, avec je ne sais quoi de plus
nerveux, de plus élégant, de mieux défini, qui marquait un progrès dans la beauté, mais qui certainement aussi révélait un pas décisif dans la vie.

Je ne sais pas si je me rendis compte alors de tout ce
que je vous dis là ; je sais seulement que je devinais
d'elle à moi des supériorités de plus en plus manifestes [110] et jamais encore je n'avais mesuré avec tant

de certitude et d'émotion la distance énorme qui séparait une fille de dix-huit ans à peu près d'un écolier de dix-sept ans [111].

Un autre indice plus positif encore aurait dû dès ce soir-là m'ouvrir les yeux.

Il y avait parmi les bagages un admirable bouquet de rhododendrons [112] arrachés de terre avec leurs racines, et qu'une main prévoyante avait entourés de fougères et de plantes alpestres encore humides des eaux de la montagne. Ce bouquet, apporté de si loin, et dont M. d'Orsel paraissait prendre un soin particulier, leur avait été envoyé, disait Madeleine, en souvenir d'une excursion faite au pic de *** par un compagnon de voyage qu'on désignait vaguement comme un homme aimable, poli, prévenant, rempli d'égards pour M. d'Orsel. Au moment où Julie défaisait les enveloppes, une carte s'en détacha. Olivier la vit tomber, s'en empara prestement, la retourna une ou deux fois, afin d'en examiner en quelque sorte la physionomie, puis il y lut un nom : *Comte Alfred de Nièvres*.

Personne ne releva ce nom, qui résonna sèchement au milieu d'un silence absolu et résolu. Madeleine eut l'air de ne pas entendre. Julie ne sourcilla pas. Olivier se tut. M. d'Orsel prit la carte et la déchira. Quant à moi, le plus intéressé de tous à préciser les moindres circonstances de ce voyage, que vous dirai-je ? J'avais besoin d'être heureux : là est le secret de beaucoup d'aveuglements moins explicables encore que celui-ci [113].

Entre Madeleine presque femme et l'adolescent à peine émancipé que je vous montre, entre ses brillantes années et les miennes, il y avait mille obstacles connus ou inconnus, flagrants ou cachés, nés ou à naître. N'importe, je m'obstinais à n'en voir aucun. J'avais regretté Madeleine, je l'avais désirée, attendue, et vous devinez que plus d'une fois depuis son départ j'avais maudit le misérable esprit de rébellion qui m'avait aigri contre la plus enviable, la plus douce, et la moins calculée des servitudes. Elle revenait enfin,

affectueuse à me ravir, séduisante à m'émerveiller ; je
la possédais ; et, comme il arrive aux gens dont un
excès de lumière a troublé la vue, je n'apercevais rien
au-delà du confus éblouissement qui m'aveuglait.

Grâce à cette absence de raison, je devrais dire à
cette cécité, je me plongeai dans les mois qui suivirent,
comme si j'étais entré dans un infini. Imaginez un vrai
printemps, rapide et déjà très ardent, comme toutes
les saisons tardives, plein de riantes erreurs, de
floraisons généreuses, d'imprévoyances, de joies par-
faites. Autant je m'étais étroitement replié sur moi-
même avant cette subite éclosion qui me surprenait
dans l'engourdissement de la véritable enfance, autant
je mis de promptitude à m'épanouir. Je ne demandai
point s'il m'était permis de m'offrir ; je me donnai sans
réserve, et dans des effusions où je prodiguai ce qu'il y
avait en moi de sincèrement intelligent, de meilleur,
surtout de plus inflammable. Je vous peindrais mal ce
rare et court moment de désintéressement total qui
peut servir d'excuse à bien des accès d'égoïsme où je
tombai depuis, et pendant lequel ma vie brûla tout
entière en manière d'offrande, et flamba sous les pieds
de Madeleine, pure et seulement parfumée de bons
instincts, comme un feu d'autel.

Nous reprîmes nos vieilles habitudes. C'était le
cadre ancien embelli par le prodigieux éclat d'une vie
nouvelle. Je m'étonnai de trouver tout si dissembla-
ble, et qu'une seule influence eût pu changer la
physionomie des choses au point de rajeunir tant de
décrépitudes et de remplacer des aspects si moroses
par de pareilles gaietés. Les veillées étaient courtes, les
soirées chaudes. On ne se réunissait plus guère au
salon. On veillait soit sous les arbres du jardin d'Orsel,
soit en pleine campagne au bord des prés humides.
Quelquefois je donnai le bras à Julie pendant de lentes
promenades faites en commun. Les grands-parents
suivaient. La nuit venait et faisait descendre entre
nous de longs silences, autorisés par ces heures
douteuses où l'on parle moins et plus bas. La ville
enfermait l'horizon de ses silhouettes graves ; le bruit

des cloches, des sonneries gothiques accompagnaient ces sortes de promenades allemandes où je n'étais pas Werther, ou je crois que Madeleine aurait valu Charlotte. Je ne lui parlais point de Klopstock, et jamais ma main ne se posa sur la sienne autrement que comme une main de frère[114].

La nuit, je continuais d'écrire avec fureur[115], car je ne faisais plus rien à demi. Il me semblait parfois, tant je ne sais quel amas d'illusions se donnaient rendez-vous dans ma tête, que j'étais près d'enfanter des chefs-d'œuvre. J'obéissais à une force étrangère à ma volonté, comme toutes celles qui me possédaient. Si, avec les souvenirs de cette époque, j'avais conservé de même la moindre des ignorances qui la rendirent si belle et si stérile, je vous dirais que cette faculté singulière, toujours dominante et jamais soumise, inégale, indisciplinable, impitoyable, venant à son heure et s'en allant comme elle était venue, ressemblait, à s'y méprendre à ce que les poètes nomment l'inspiration et personnifient dans la Muse. Elle était impérieuse et infidèle, deux traits saillants qui me la firent prendre pour l'inspiratrice ordinaire des esprits vraiment doués, jusqu'au jour où, plus tard, je compris que la visiteuse à qui je dus tant de joies d'abord et puis tant de mécomptes n'avait rien des caractères de la Muse, sinon beaucoup d'inconstance et de cruauté.

Cette double vie de fièvre de cœur, de fièvre d'esprit, faisait de moi un être fort équivoque. Je le sentis. Il y avait là plus d'un danger auquel je voulus parer, et je crus le moment venu de me débarrasser d'un secret sans valeur, pour en sauver un plus précieux.

« C'est singulier... me dit Olivier ; où cela te mènera-t-il ?... Au fait, tu as raison, si cette occupation t'amuse. »

Courte réponse qui contenait pas mal de dédain et peut-être beaucoup d'étonnement.

Au milieu de ces diversions, mes études allaient comme elles pouvaient. Une grâce d'état continuait de me donner des succès que je dédaignais en les comparant à des hauteurs de sentiments qui faisaient de moi un si petit jeune homme et, je l'imaginais, un cœur si grand[116]. De loin en loin cependant je recevais du dehors une impulsion qui me rendait ces succès moins méprisables. Depuis le jour où nous nous étions séparés, Augustin ne m'avait jamais perdu de vue. Autant qu'il le pouvait, il continuait à distance ses enseignements commencés aux Trembles. Avec la supériorité que lui donnait l'expérience de la vie[117] abordée par ses côtés les plus difficiles, sur le plus grand des théâtres, et d'après les progrès d'esprit qu'il supposait aussi dans son élève, il avait peu à peu élevé le ton de ses conseils. Ses leçons devenaient presque des conversations d'homme à homme. Il me parlait peu de lui, excepté dans des termes vagues et pour me dire qu'il travaillait, qu'il rencontrait de grands obstacles, mais qu'il espérait en venir à bout. Quelquefois un tableau rapide, un aperçu du monde, des faits, des ambitions qui l'entouraient[118], venait après des encouragements tout personnels, comme pour m'éprouver d'avance et me préparer aux leçons pratiques que j'étais exposé plus tard à recevoir des réalités les plus brutales. Il s'inquiétait de ce que je faisais, de ce que je pensais, et me demandait sans cesse ce que j'avais enfin résolu d'entreprendre après ma sortie de province[119].

« J'apprends, me disait-il, que vous êtes à la tête de votre classe. C'est bien. Ne faites pas fi de pareils avantages. L'émulation au collège est la forme ingénue[120] d'une ambition que vous connaîtrez plus tard. Habituez-vous à garder le premier rang, et tenez-vous-y, afin de n'être jamais satisfait de vous dans la suite, s'il vous arrivait de n'occuper que le second. Surtout ne vous trompez pas de mobile, et ne confondez pas l'orgueil avec le sentiment modeste de ce que vous pouvez. Ne considérez en toutes choses, surtout dans les choses de l'esprit, que l'extrême élévation du but, la distance où vous en êtes et la nécessité d'en approcher le plus possible ; cela vous rendra très humble et très fort. L'impossibilité, presque égale pour tous, d'atteindre l'extrémité de certains rêves, vous fera paraître estimable et digne de pitié l'effort que tout homme de bonne foi tentera vers la perfection [121]. Si vous vous en sentez plus près que lui, calculez de nouveau ce qui vous reste à faire, et vos découragements vaudront mieux au point de vue moral, et vous profiteront plus que vos vanités. »

Au reste, laissez-moi vous rapporter quelques extraits des lettres d'Augustin ; il vous sera facile, en supposant les réponses, de comprendre l'esprit général de notre correspondance, et vous y verrez plus complètement ce qu'étaient alors sa vie et la mienne.

« Paris, 18... »

« Déjà dix-huit mois que je suis ici [122] ! Oui, mon cher Dominique, il y a dix-huit mois que je vous ai quitté sur cette petite place où nous nous sommes dit *au revoir*. Vingt-quatre heures après, chacun de nous se mettait à l'œuvre. Je vous souhaite, mon cher ami, d'être plus satisfait de vous que je ne le suis de moi. La vie n'est facile pour personne, excepté pour ceux qui l'effleurent sans y pénétrer. Pour ceux-là, Paris est le lieu du monde où l'on peut le plus aisément avoir l'air d'exister. Il suffit de se laisser aller dans le courant, comme un nageur dans une eau lourde et rapide. On y flotte et l'on ne s'y noie pas. Vous verrez cela un jour, et vous serez témoin de bien des succès qui ne tiennent qu'à la légèreté des caractères, et de certaines catastrophes qui n'auraient point eu lieu avec un poids différent dans les convictions. Il est bon de se familiariser de bonne heure avec le spectacle vrai des causes et des résultats [123]. J'ignore quelles idées vous avez sur tout cela, si même vous en avez. En tout cas, il est peu probable qu'elles soient justes, et ce qu'il y a de plus triste, c'est que vous avez raison. Le monde devrait être tout pareil à ce que vous l'imaginez. Si vous saviez pourtant comme il est différent [124]. En attendant que vous en jugiez par vous-même, accoutumez-vous à ces deux idées : qu'il y a des vérités et qu'il y a des hommes [125]. Ne variez jamais sur le sentiment natif que vous avez des unes ; quant aux autres, attendez-vous à tout pour le jour où vous les connaîtrez. »

« Ecrivez-moi plus souvent. Ne dites pas que je connais d'avance votre vie et que vous n'avez rien à m'en apprendre. A l'âge que vous avez et dans un esprit comme le vôtre, il y a chaque jour du nouveau. Vous souvenez-vous de l'époque où vous mesuriez les feuilles naissantes et me disiez de combien de lignes elles avaient grandi sous l'action d'une nuit de rosée ou d'une journée de fort soleil ? Il en est de même pour les instincts d'un garçon de votre âge. Ne vous étonnez pas de cet épanouissement rapide, qui, si je vous connais bien, doit vous surprendre et peut-être vous effrayer. Laissez agir des forces qui n'auront chez vous rien de dangereux : parlez-moi seulement pour que je vous connaisse ; permettez-moi de vous voir tel que vous êtes, et c'est moi, à mon tour, qui vous apprendrai de combien vous aurez grandi. Surtout soyez naïf dans vos sensations. Qu'avez-vous besoin de les étudier ? N'est-ce point assez d'en être ému ? La sensibilité est un don admirable ; dans l'ordre des créations que vous devez produire, elle peut devenir une rare puissance, mais à une condition, c'est que vous ne la retournerez pas contre vousmême. Si d'une faculté créatrice, éminemment spontanée et subtile, vous faites un sujet d'observations, si vous raffinez, si vous examinez, si la sensibilité ne vous suffit pas et qu'il vous faille encore en étudier le mécanisme, si le spectacle d'une âme émue est ce qui vous satisfait le plus dans l'émotion, si vous vous entourez de miroirs convergents pour en multiplier l'image à l'infini, si vous mêlez l'analyse humaine aux dons divins, si de sensible vous devenez sensuel, il n'y a pas de limites à de pareilles perversités, et, je vous en préviens, cela est très grave. Il y a dans l'Antiquité une fable charmante qui se prête à beaucoup de sens et que je vous recommande. Narcisse devint amoureux de son image ; il ne la quitta point des yeux, ne put la saisir et mourut de cette illusion même qui l'avait charmé. Pensez à cela, et quand il vous arrivera de vous apercevoir agissant, souffrant, aimant, vivant, si séduisant que soit le fantôme de vous-même, détournez-vous. »

« Vous vous ennuyez, dites-vous. Cela veut dire que vous souffrez : l'ennui n'est fait que pour les esprits vides et pour les cœurs qui ne sauraient être blessés de rien ; mais de quoi souffrez-vous ? Cela peut-il se dire ? Si j'étais près de vous, je le saurais. Quand vous m'aurez donné le droit de vous interroger plus positivement, je vous dirai ce que j'imagine. Si je ne me trompe pas et s'il est vrai que vous ignoriez vous-même ce qui commence à vous faire souffrir, tant mieux, c'est un signe que votre cœur a retenu toute la naïveté que votre esprit n'a plus [126]. »

« Ne me demandez pas que je vous parle de moi ; mon moi n'est rien jusqu'à présent. Qui le connaît, excepté vous ? Il n'est vraiment intéressant pour personne. Il travaille, il s'efforce, il ne se ménage point, ne s'amuse guère, espère quelquefois, et quand même continue de vouloir. Cela suffit-il ? Nous verrons...

« J'habite un quartier qui probablement ne sera pas le vôtre, car vous aurez le droit de choisir [127]. Tous ceux qui comme moi partent de rien pour arriver à quelque chose viennent où je suis [128], dans la ville des livres, en un coin désert, consacré par quatre ou cinq siècles d'héroïsmes, de labeurs, de détresses, de sacrifices, d'avortements, de suicides et de gloire. C'est un très triste et très beau séjour. J'aurais été libre que je n'en aurais pas choisi d'autre. Ne me plaignez donc pas d'y vivre, j'y suis à ma place. »

« Vous écrivez [129] cela devait être. Que vous en fassiez un secret pour ceux qui vous entourent, c'est une timidité que je comprends, et je vous sais d'autant plus gré de vous ouvrir à moi. Le jour où votre besoin de confidences ira jusque-là, envoyez-moi les fragments que vous pourrez me communiquer, sans trop effaroucher vos premières pudeurs d'écrivain...

« Autre renseignement qu'il me plairait bien
d'avoir : que devient cet ami dont vous ne me parlez
presque plus ? Le portrait que vous me faisiez de lui
était séduisant. Si je vous ai bien compris, ce doit être
un charmant mauvais écolier. Il prendra la vie par les
côtés faciles et brillants [130]. Conseillez-lui, dans ce cas,
de vivre sans ambition, les ambitions qu'il aurait étant
de la pire espèce. Et dites-lui bien qu'il n'a qu'une
chose à faire, c'est d'être heureux. Il serait impardonnable d'introduire des chimères dans des satisfactions
si positives, et de mêler ce que vous appelez l'idéal à
des appétits de pure vanité.

« Votre Olivier ne me déplaît pas ; il m'inquiète. Il
est évident que ce jeune homme précoce, positif,
élégant, résolu, peut faire fausse route et passer à côté
du bonheur sans s'en douter. Il aura, lui aussi, ses
fantasmagories, et se créera des impossibilités. Quelle
folie ! Il a du cœur, j'aime à le croire, mais quel usage
en fera-t-il ?... N'a-t-il pas deux cousines, m'avez-vous
dit, ce Chérubin qui aspire à devenir un don Juan ?...
Mais j'oublie, en vous citant ces deux noms, que vous
ne connaissez peut-être encore ni l'un ni l'autre. Votre
professeur de rhétorique vous a-t-il déjà permis Beau-
marchais et le *Festin de pierre* [131] ? Quant à Byron, j'en
doute, et sans inconvénient vous pouvez atten-
dre... »

Plusieurs mois s'étaient écoulés sans aucun trouble,
l'hiver approchait, quand je crus apercevoir sur le
visage de Madeleine une ombre et comme un souci qui
n'y avait jamais paru. Sa cordialité, toujours égale,
contenait autant d'affection, mais plus de gravité. Une
appréhension, un regret peut-être, quelque chose dont
l'effet seul était visible venait de s'introduire entre
nous comme un premier avis de désunion. Rien de
net, mais un ensemble de désaccords, d'inégalités, de
différences, qui la transfiguraient en quelque sorte en
une personne absente et déjà lui donnaient le charme
particulier des choses que le temps ou la raison nous
dispute, et qui s'en vont. Par des silences, par des

retraites soudaines, par de multiples réticences qui détachaient tout lentement et sans rien briser, on eût dit qu'elle s'appliquait, avec des ménagements extrêmes, à dénouer des liens que la familiarité de nos habitudes avait rendus trop étroits. Je pensais à son âge ; je la comparais à beaucoup de femmes qui n'avaient pas beaucoup plus d'années. Tout à coup un souvenir oublié, un nom étranger que je n'avais entendu qu'une fois, bref une supposition positive et menaçante me traversait le cœur ; puis cette sensation aiguë se dissipait elle-même au moindre retour de sécurité, pour revivre l'instant d'après avec la vivacité d'une évidence.

Un dimanche, on attendit en vain Madeleine et Julie. Le lendemain, Olivier ne vint point au collège. Trois jours se passèrent ainsi sans nouvelles. J'étais horriblement inquiet. Le soir, je courus droit à la rue des Carmélites, et je demandai Olivier.

« M. Olivier est au salon, me dit le domestique.

— Seul ?

— Non, monsieur, il y a quelqu'un.

— Alors je vais l'attendre. »

A peine engagé dans l'escalier qui menait à la chambre d'Olivier, je n'allai pas plus loin, arrêté sur place par un battement de cœur inexprimable. Je redescendis, je traversai sans bruit l'antichambre déserte, et me glissai par une des allées latérales qui conduisaient de la cour au jardin. Le salon s'ouvrait au rez-de-chaussée par trois fenêtres élevées au-dessus du parterre de toute la hauteur du perron. Sous chacune des fenêtres, il y avait un banc de pierre. J'y montai. La nuit était noire ; personne ne pouvait se douter que j'étais là ; je plongeai les yeux dans le salon [132].

Toute la famille était réunie, toute, y compris Olivier, qui, droit et ferme, habillé de noir, se tenait debout près de la cheminée. Deux personnes se faisaient face au coin du foyer. L'une était M. d'Orsel ; l'autre, un homme jeune encore, grand, correct, de mise irréprochable ; Olivier à trente-cinq ans, avec moins de finesse et plus de roideur. Je distinguais le

geste un peu lent dont il accompagnait ses paroles et la
grâce sérieuse avec laquelle il se tournait de temps à
autre vers Madeleine. Madeleine était assise près
d'une table de travail. Je la vois encore, la tête un peu
penchée sur sa tapisserie, le visage envahi par l'ombre
de ses cheveux bruns, enveloppée dans le reflet
rougissant des lampes. Julie, les deux mains posées
sur ses genoux, immobile, avec l'expression de la plus
intense curiosité, tenait ses grands yeux taciturnes
fixés sur l'étranger.

Ce que je vous dis là, je m'en rendis compte en
quelques secondes. Puis il me sembla que les lumières
s'éteignaient. Mes jambes fléchirent. Je tombai sur le
banc. De la tête aux pieds, je fus pris d'un tremblement affreux. Je sanglotais dans un état de douleur à
faire pitié, me tordant les mains et répétant :

« Madeleine est perdue, et je l'aime ! »

VII

Madeleine était perdue pour moi, et je l'aimais. Une secousse un peu moins vive ne m'aurait peut-être éclairé qu'à demi sur l'étendue de ce double malheur, mais la vue de M. de Nièvres, en m'atteignant à ce point, m'avait tout appris. Je restai anéanti, n'ayant plus qu'à subir une destinée qui fatalement s'accomplissait, et comprenant trop bien que je n'avais ni le droit d'y rien changer ni le pouvoir de la retarder d'une heure.

Je vous ai dit comment j'aimais Madeleine, avec quelle étourderie de conscience et quel détachement de tout espoir précis. L'idée d'un mariage, idée cent fois déraisonnable d'ailleurs, n'avait pas même encouragé le naïf élan d'une affection qui se suffisait presque à elle-même, se donnait pour se répandre, et cherchait un culte uniquement afin d'adorer. Quels étaient les sentiments de Madeleine ? Je n'y songeais pas non plus. A tort ou à raison, je lui prêtais des indifférences et des impassibilités d'idole ; je la supposais étrangère à tous les attachements qu'elle inspirait ; je la plaçais ainsi dans des isolements chimériques, et cela suffisait au secret instinct qui, malgré tout, se loge au fond des cœurs les moins occupés d'eux-mêmes, au besoin d'imaginer que Madeleine était insensible et n'aimait personne.

Madeleine, j'en étais certain, ne pouvait ressentir

aucun intérêt pour un étranger que le hasard avait jeté dans sa vie comme un accident. Il était possible qu'elle regrettât son passé de jeune fille, et qu'elle ne vît pas approcher sans alarmes le moment d'adopter un parti si grave. Mais il n'était pas douteux non plus, en admettant qu'elle fût libre de toute affection sérieuse, que le désir de son père, les considérations de rang, de position, de fortune[133], ne la décidassent pour une union où M. de Nièvres apportait, en outre de tant de convenances, des qualités sérieuses et attachantes.

Je n'éprouvais contre l'homme qui me rendait si malheureux ni ressentiment, ni colère, ni jalousie. Déjà il représentait l'empire de la raison avant de personnifier celui du droit. Aussi le jour où, dans le salon de Mme Ceyssac, M. d'Orsel nous présenta l'un à l'autre en disant de moi que j'étais le meilleur ami de sa fille, je me souviens qu'en serrant la main de M. de Nièvres, loyalement, je me dis : « Eh bien ! s'il en est aimé, qu'il l'aime ! » Et tout aussitôt j'allai m'asseoir au fond du salon ; et là, les regardant tous deux, bien convaincu de mon impuissance, plus que jamais condamné à me taire, sans aucune irritation contre l'homme qui ne me prenait rien, puisqu'on ne m'avait rien donné, je revendiquai pourtant le droit d'aimer comme inséparable du droit de vivre, et je me disais avec désespoir : « Et moi ! »

A partir de ce jour, je m'isolai beaucoup. Moins qu'à personne, il m'appartenait de gêner des tête-à-tête d'où devait sortir l'intelligence de deux cœurs sans doute assez loin de se connaître. Je n'allai plus que le moins possible à l'hôtel d'Orsel. J'y jouais dorénavant un si petit rôle au milieu des intérêts qui s'y débattaient qu'il n'y avait pas le moindre inconvénient à m'y faire oublier[134].

Aucun de ces changements de conduite n'échappa certainement à Olivier ; mais il eut l'air de les trouver tout naturels, ne me parla de rien, ne s'étonna de rien, et ne s'expliqua pas davantage sur les faits qui se passaient dans sa famille. Une seule fois, une fois pour toutes, avec une habileté qui me dispensait presque d'un aveu, il avait établi que nous nous comprenions au sujet de M. de Nièvres.

« Je ne te demande pas, me dit-il, comment tu trouves mon futur cousin. Tout homme qui, dans un petit monde aussi restreint et aussi uni que le nôtre, vient prendre une femme, c'est-à-dire nous enlever une sœur, une cousine, une amie, apporte par cela même un certain trouble, fait un trou dans nos amitiés, et dans aucun cas ne saurait être le bienvenu. Quant à moi, ce n'est pas précisément le mari que j'aurais voulu pour Madeleine. Madeleine est de sa province. M. de Nièvres me semble n'être de nulle part, comme beaucoup de gens de Paris ; il la transplantera et ne la fixera pas. A cela près, il est fort bien.

— Fort bien ! lui dis-je : je suis convaincu qu'il fera le bonheur de Madeleine... et c'est après tout...

— Sans doute, reprit Olivier sur un ton de négligence affectée, sans doute, avec désintéressement ; c'est tout ce que nous pouvons souhaiter. »

Le mariage avait été fixé pour la fin de l'hiver, et nous y touchions. Madeleine était sérieuse ; mais cette attitude toute de convenance ne laissait plus le moindre doute sur l'état de ses résolutions. Elle gardait seulement cette mesure exquise qui lui servait à limiter avant tant de finesse l'expression des sentiments les plus délicats. Elle attendait en pleine indépendance, au milieu de délibérations loyales, l'événement qui devait la lier pour toujours et de son propre aveu. De son côté, pendant cette épreuve aussi difficile à diriger qu'à subir, M. de Nièvres avait beaucoup plu et déployé les ressources du savoir-vivre le plus sûr unies aux qualités du plus galant homme.

Un soir qu'il causait avec Madeleine, dans l'entraînement d'un entretien à demi-voix, on le vit faire le geste amical de lui présenter les deux mains. Madeleine alors jeta un rapide regard autour d'elle, comme pour nous prendre tous à témoin de ce qu'elle allait faire ; puis elle se leva, et, sans prononcer une seule parole, mais en accompagnant ce mouvement d'abandon du plus candide et du plus beau des sourires, elle

posa ses deux mains dégantées [135] dans les mains du
comte.

Ce soir-là même, elle m'appela près d'elle, et,
comme si la netteté de sa situation nouvelle lui
permettait dorénavant de traiter en toute franchise les
questions relatives à des affections secondaires :

« Asseyez-vous là que nous causions, me dit-elle. Il
y a longtemps que je ne vous vois plus. Vous avez cru
devoir vous retirer un peu de nous, ce dont je suis
fâchée pour M. de Nièvres, car, grâce à votre discrétion, vous ne le connaissez guère... Enfin je me marie
dans huit jours, et c'est le moment ou jamais de nous
entendre. M. de Nièvres vous estime ; il sait le prix
des affections que je possède ; il est et sera votre ami,
vous serez le sien : c'est un engagement que j'ai pris
en votre nom, et que vous tiendrez, j'en suis certaine [136]... »

Elle continua de la sorte simplement, librement,
sans aucune ambiguïté de langage, parlant du passé,
réglant en quelque sorte les intérêts de notre amitié
future, non pour y mettre des conditions, mais pour
me convaincre que les liens en seraient plus étroits ;
puis elle ramenait entre nous le nom de M. de Nièvres
qui, disait-elle, ne désunissait rien, mais consolidait au
contraire des relations qu'un autre mariage peut-être
aurait pu briser. Son but évident, en m'intéressant de
la sorte aux garanties offertes par M. de Nièvres, était
d'obtenir de moi quelque chose comme une adhésion
au choix qu'elle avait fait et de s'assurer que sa
détermination, prise en dehors de tout conseil d'ami,
ne me causait aucun déplaisir.

Je fis de mon mieux pour la satisfaire, je lui promis
que rien ne serait changé entre nous, et je lui jurai de
demeurer fidèle à des sentiments mal exprimés, c'était
possible, mais trop évidents pour qu'elle en doutât.
Pour la première fois peut-être j'eus du sang-froid, de
l'audace, et je réussis à mentir impudemment. Les
mots d'ailleurs se prêtaient à tant de sens, les idées à
tant d'équivoques, qu'en toute autre circonstance les
mêmes protestations auraient pu signifier beaucoup

plus. Elle les prit dans le sens le plus simple, et m'en remercia si chaudement qu'elle faillit m'ôter tout courage.

« A la bonne heure. J'aime à vous entendre parler ainsi. Répétez encore ce que vous avez dit, pour que j'emporte de vous ces bonnes paroles qui consolent de vos ennuyeux silences et réparent bien des oublis qui blessent sans que vous le sachiez. »

Elle parlait vite, avec une effusion de gestes et de paroles, une ardeur de physionomie qui rendaient notre entretien des plus dangereux.

« Ainsi voilà qui est convenu, continua-t-elle. Notre bonne et vieille amitié n'a plus rien à craindre. Vous en répondez pour ce qui vous regarde. C'est tout ce que je voulais savoir. Il faut qu'elle nous suive et qu'elle ne se perde pas dans ce grand Paris, qui, dit-on, disperse tant de bons sentiments et rend oublieux les cœurs les plus droits. Vous savez que M. de Nièvres a l'intention de s'y fixer, au moins pendant les mois d'hiver. Olivier et vous, vous y serez à la fin de l'année. J'emmène avec moi mon père et Julie. J'y marierai ma sœur. Oh ! j'ai pour elle toutes sortes d'ambitions, les mêmes à peu près que pour vous, dit-elle en rougissant imperceptiblement [137]. Personne ne connaît Julie. C'est encore un caractère fermé, celui-là ; mais moi, je la connais. Et maintenant je vous ai dit, je crois, tout ce que j'avais à vous dire, excepté sur un dernier point que je vous recommande. Veillez sur Olivier. Il a le meilleur cœur du monde ; qu'il en soit économe, et qu'il le réserve pour les grands moments. — Et ceci est mon testament de jeune fille », ajouta-t-elle assez haut pour que M. de Nièvres l'entendît. Et elle l'invita à se rapprocher.

Très peu de jours après, le mariage eut lieu. C'était vers la fin de l'hiver, par une gelée rigoureuse [138]. Le souvenir d'une réelle douleur physique se mêle encore aujourd'hui, comme une souffrance ridicule, au sentiment confus de mon chagrin. Je donnais le bras à Julie, et c'est moi qui la conduisis à travers la longue église encombrée de curieux, suivant l'usage importun des provinces. Elle était pâle comme une morte, tremblante de froid et d'émotion. Au moment où fut prononcé le oui irrévocable qui décidait du sort de Madeleine et du mien, un soupir étouffé me tira de la stupeur imbécile où j'étais plongé. C'était Julie qui se cachait le visage dans son mouchoir et qui sanglotait. Le soir, elle était encore plus triste, si c'est possible ; mais elle faisait des efforts inouïs pour se contraindre devant sa sœur.

Quelle étrange enfant c'était alors : brune, menue, nerveuse, avec son air impénétrable de jeune sphinx, son regard qui quelquefois interrogeait, mais ne répondait jamais, son œil absorbant ! Cet œil, le plus admirable et le moins séduisant peut-être que j'aie jamais vu, était ce qu'il y avait de plus frappant dans la physionomie de ce petit être ombrageux, souffrant et fier. Grand, large, avec de longs cils qui n'y laissaient jamais paraître un seul point brillant, voilé d'un bleu sombre qui lui donnait la couleur indéfinissable des nuits d'été, cet œil énigmatique se dilatait sans lumière, et tous les rayonnements de la vie s'y concentraient pour n'en plus jaillir.

« Prenons garde à Madeleine », me disait-elle dans une angoisse où perçaient des perspicacités qui m'effrayaient.

Puis elle essuyait ses joues avec colère, et s'en prenait à moi de cet excès d'insurmontable faiblesse contre lequel les vigoureux instincts de sa nature se révoltaient.

« C'est aussi votre faute si je pleure. Regardez Olivier, comme il se tient bien. »

Je comparais cette douleur innocente à la mienne, je lui enviais amèrement le droit qu'elle avait de la laisser paraître, et ne trouvais pas un mot pour la consoler.

La douleur de Julie, la mienne, la longueur des cérémonies, la vieille église où tant de gens indifférents chuchotaient gaiement autour de ma détresse, la maison d'Orsel transformée, parée, fleurie, pour cette fête unique, des toilettes, des élégances inusitées, un excès de lumière et d'odeurs troublantes à me faire évanouir, certaines sensations poignantes dont le ressentiment a persisté longtemps comme la trace d'inguérissables piqûres, en un mot les souvenirs incohérents d'un mauvais rêve : voilà tout ce qui reste aujourd'hui de cette journée qui vit s'accomplir un des malheurs de ma vie les moins douteux. Une figure apparaît distinctement sur le fond de ce tableau quasi imaginaire et le résume : c'est le spectre un peu bizarre lui-même de Madeleine, avec son bouquet, sa couronne, son voile et ses habits blancs [139]. Encore y a-t-il des moments, tant la légèreté singulière de cette vision contraste avec les réalités plus crues qui la précèdent et qui la suivent, où je la confonds pour ainsi dire avec le fantôme de ma propre jeunesse, vierge, voilée et disparue.

J'étais le seul qui n'eût point osé embrasser Mme de Nièvres au retour de l'église. En fit-elle la remarque ? Y eut-il chez elle un mouvement de dépit, ou céda-t-elle tout simplement à l'élan plus naturel d'une amitié dont elle avait voulu, quelques jours auparavant, régler elle-même les engagements très sincères ? Je ne sais ; mais dans la soirée M. d'Orsel vint à moi, me prit par le bras et m'amena plus mort que vif jusque devant Madeleine. Elle était au milieu du salon, debout près de son mari, dans cette tenue éblouissante qui la transfigurait.

« Madame... » lui dis-je.

Elle sourit à ce nom nouveau, et, j'en demande pardon à la mémoire d'un cœur irréprochable, incapable de détour et de trahison, son sourire avait à son insu des significations si cruelles qu'il acheva de me bouleverser. Elle fit un geste pour se pencher vers moi. Je ne sais plus ni ce que je lui dis, ni ce qu'elle ajouta. Je vis ses yeux effrayants de douceur tout près des miens, puis tout cessa d'être intelligible [140].

Quand il me fut possible de me reconnaître au milieu d'un cercle d'hommes et de femmes parées qui m'examinaient avec un intérêt indulgent capable de me tuer, je sentis que quelqu'un me saisissait rudement ; je tournai la tête, c'était Olivier.

« Tu te donnes en spectacle ; es-tu fou ? » me dit-il assez bas pour que personne autre que moi ne l'entendît, mais avec une vivacité d'expression qui me remplit d'épouvante.

Je restai quelques instants encore contenu par la violence de son étreinte ; puis je gagnai la porte avec lui. Arrivé là, je me dégageai.

« Ne me retiens pas, lui dis-je, et au nom de ce qu'il y a de plus sacré, ne me parle jamais de ce que tu as vu. »

Il me suivit jusque dans la cour et voulut parler.

« Tais-toi », lui dis-je encore, et je m'échappai.

Aussitôt que je fus rentré dans ma chambre et que je pus réfléchir, j'eus un accès de honte, de désespoir et de folie amoureuse qui ne me consola pas, mais qui me soulagea. Je serais bien en peine de vous dire ce qui se passa en moi pendant ces quelques heures tumultueuses, les premières qui me firent connaître avec mille pressentiments de délices, mille souffrances toutes atroces, depuis les plus avouables jusqu'aux plus vulgaires. Sensation de ce que je pouvais rêver de plus doux, crainte effoyable de m'être à jamais perdu, angoisses de l'avenir, sentiment humiliant de ma vie présente, tout, je connus tout, y compris une douleur inattendue, très cuisante, et qui ressemblait beaucoup à l'âcre frisson de l'amour-propre blessé.

Il était tard, la nuit était profonde. Je vous ai parlé de ma chambre située dans les combles, sorte d'observatoire où je m'étais créé, comme aux Trembles, de continuelles intelligences avec ce qui m'entourait, soit par la vue, soit par l'habitude constante d'écouter [141]. J'y marchai longtemps (et mes souvenirs redeviennent ici très précis) dans un abattement que je ne saurais vous peindre. Je me disais : « J'aime une femme mariée ! » Je demeurais fixé sur cette idée, vaguement aiguillonné par ce qu'elle avait d'irritant, mais atterré surtout et fasciné pour ainsi dire par ce qu'elle contenait d'impossible, et je m'étonnais de répéter le mot qui m'avait tant surpris dans la bouche d'Olivier : J'attendrai... Je me demandais : quoi ? Et à cela, je

n'avais rien à répondre, sinon des suppositions abominables dont l'image de Madeleine me paraissait aussitôt profanée. Puis j'apercevais Paris, l'avenir, et dans
les lointains en dehors de toute certitude, la main
cachée du hasard qui pouvait simplifier de tant de
manières ce terrible tissu de problèmes, et, comme
l'épée du Grec, les trancher, sinon les résoudre.
J'acceptais même une catastrophe, à la condition
qu'elle fût une issue, et peut-être, avec quelques
années de plus, j'aurais lâchement cherché le moyen
de terminer tout de suite une vie qui pouvait nuire à
tant d'autres [142].

Vers le milieu de la nuit, j'entendis à travers le toit,
à travers la distance, à toute portée de son, un cri bref,
aigu, qui, même au plus fort de ces convulsions, me fit
battre le cœur comme un cri d'ami. J'ouvris la fenêtre
et j'écoutai. C'étaient des courlis de mer qui remon-
taient avec la marée haute et se dirigeaient à plein vol
vers la rivière. Le cri se répéta une ou deux fois, mais
il fallut le surprendre au passage, puis on ne l'entendit
plus. Tout était immobile et sommeillant. Un petit
nombre d'étoiles très brillantes vibraient dans l'air
calme et bleu de la nuit. A peine avait-on le sentiment
du froid, quoiqu'il fût rendu plus intense encore par la
limpidité du ciel et l'absence de vent [143].

Je pensai aux Trembles ; il y avait si longtemps que
je n'y pensais plus ! Ce fut comme une lueur de salut.
Chose bizarre, par un retour subit à des impressions si
lointaines, je fus rappelé tout à coup vers les aspects
les plus austères et les plus calmants de ma vie
champêtre. Je revis Villeneuve avec sa longue ligne de
maison blanches à peine élevées au-dessus du coteau,
ses toits fumants, sa campagne assombrie par l'hiver,
ses buissons de prunelliers roussis par les gelées et
bordant des chemins glacés. Avec la lucidité d'une
imagination surexcitée à un point extrême, j'eus en
quelques minutes la perception rapide, instantanée de
tout ce qui avait charmé ma première enfance. Partout
où j'avais puisé des agitations, je ne rencontrais plus
que l'immuable paix. Tout était douceur et quiétude

dans ce qui m'avait autrefois causé les premiers troubles que j'aie connus. Quel changement ! pensais-je, et sous les incandescences dont j'étais brûlé, je retrouvais plus fraîche que jamais la source de mes premiers attachements.

Le cœur est si lâche, il a si grand besoin de repos, que, pendant un moment, je me jetai dans je ne sais quel espoir aussi chimérique que tous les autres de retraite absolue dans ma maison des Trembles. Personne autour de moi, des années entières de solitude avec une consolation certaine, mes livres, un pays que j'adore et le travail ; toutes choses irréalisables, et cependant cette hypothèse était la plus douce, et je retrouvai un peu de calme en y songeant.

Puis les heures voisines du matin se mirent à sonner. Deux horloges les répétèrent ensemble, presque à l'unisson, comme si la seconde eût été l'écho immédiat de la première. C'étaient le séminaire et le collège. Ce brusque rappel aux réalités dérisoires du lendemain écrasa ma douleur sous une sensation unique de petitesse, et m'atteignit en plein désespoir comme un coup de férule [144].

VIII

« Très certainement il faut que vous ayez beaucoup souffert, m'écrivait Augustin en réponse à des déclamations fort exaltées que je lui adressais très peu de jours après le départ de Madeleine et de son mari ; mais de quoi ? comment ? par qui ? J'en suis encore à me poser des questions que vous ne voulez jamais résoudre. J'entends bien en vous le retentissement de quelque chose qui ressemble à des émotions très connues, très définies, toujours uniques et sans pareilles pour celui qui les éprouve ; mais cette chose n'a pas encore de nom dans vos lettres, et vous m'obligez à vous plaindre aussi vaguement que vous vous plaignez. Ce n'est pourtant pas ce que je voudrais faire. Rien ne me coûte, vous le savez, quand il s'agit de vous, et vous êtes dans la situation de cœur ou d'esprit, comme vous le voudrez, à réclamer quelque chose de plus actif et de plus efficace que des mots, si compatissants qu'ils soient. Vous devez avoir besoin de conseils. Je suis un triste médecin pour les maux dont je vous crois atteint [145] ; je vous conseillerais pourtant un remède qui s'applique à tout, même à ces maladies de l'imagination que je connais mal : c'est une hygiène [146]. J'entends par là l'usage des idées justes, des sentiments logiques, des affections possibles, en un mot l'emploi judicieux des forces et des activités de la vie. La vie, croyez-moi, voilà la grande antithèse et le grand remède à toutes les souffrances dont le principe est une erreur. Le jour où vous mettrez le pied dans la vie, dans la vie réelle, entendez-vous bien ; le jour où vous la connaîtrez avec ses lois, ses nécessités, ses rigueurs, ses devoirs et ses chaînes, ses difficultés et ses peines, ses vraies douleurs et ses enchantements, vous verrez comme elle est saine, et belle, et forte, et féconde, en vertu même de ses exactitudes ; ce jour-là, vous trouverez que le reste est factice, qu'il n'y a pas de fictions plus grandes, que l'enthousiasme ne s'élève pas plus haut, que l'imagination ne va pas au-delà, qu'elle comble les cœurs les plus avides, qu'elle a de quoi ravir les plus exigeants, et ce jour-là, mon cher enfant, si vous n'êtes pas incurablement malade, malade à mourir, vous serez guéri.

« Quant à vos recommandations, je les suivrai. Je verrai M. et Mme de Nièvres, et je vous sais gré de me donner cette occasion de m'entretenir de vous avec des amis qui ne sont pas étrangers, je suppose, aux agitations que je déplore. Soyez sans inquiétude, au surplus, j'ai la meilleure des raisons pour être discret : j'ignore tout. »

Un peu plus tard, il m'écrivait encore :

« J'ai vu Mme de Nièvres ; elle a bien voulu me considérer comme un de vos meilleurs amis. A ce titre, elle m'a dit à propos de vous et sur vous des choses affectueuses qui me prouvent qu'elle vous aime beaucoup, mais qu'elle ne vous connaît pas très bien. Or, si votre amitié mutuelle ne vous a pas mieux éclairés l'un sur l'autre, ce doit être votre faute, et non la sienne, ce qui ne prouve pas que vous ayez eu tort de ne vous révéler qu'à demi, mais ce qui me démontrerait au moins que vous l'avez voulu. J'arrive ainsi à des conclusions qui m'inquiètent. Encore une fois, mon cher Dominique, la vie, le possible, le raisonnable ! Je vous en supplie, ne croyez jamais ceux qui vous diront que le raisonnable est l'ennemi du beau, parce qu'il est l'inséparable ami de la justice et de la vérité. »

Je vous rapporte une partie des conseils qu'Augus-

tin m'adressait, sans savoir au juste à quoi les appli-
quer, mais en le devinant.

Quant à Olivier, le lendemain même de cette soirée,
qui devait m'épargner les premiers aveux, à l'heure
même où Madeleine et M. de Nièvres partaient pour
Paris, il entrait dans ma chambre.

« Elle est partie ? lui dis-je en l'apercevant.

— Oui, me répondit-il, mais elle reviendra ; elle est
presque ma sœur ; tu es plus que mon ami, il faut tout
prévoir. »

Il allait continuer, quand le pitoyable état d'abattement où il me vit le désarma sans doute et lui fit
ajourner ses explications.

« Nous en recauserons », dit-il.

Puis il tira sa montre, et comme il était tout près de
huit heures :

« Allons, Dominique, viens au collège, c'est ce que
nous pouvons faire de plus sage [147]. »

Il devait arriver que ni les conseils d'Augustin ni les
avertissements d'Olivier ne prévaudraient contre un
entraînement trop irrésistible pour être arrêté par des
avis. Ils le comprirent et ils firent comme moi : ils
attendirent ma délivrance ou ma perte de la dernière
ressource qui reste aux hommes sans volonté ou à bout
de combinaisons, l'inconnu.

Augustin m'écrivit encore une ou deux fois pour
m'envoyer des nouvelles de Madeleine. Elle avait
visité près de Paris la terre où l'intention de M. de
Nièvres était de passer l'été. C'était un joli château
dans les bois, « le plus romantique [148] séjour, m'écrivait Augustin, pour une femme, qui peut-être partage
à sa manière vos regrets de campagnard et vos goûts de
solitaire ». Madeleine écrivait de son côté à Julie, et
sans doute avec des épanchements de sœur qui ne
parvenaient pas jusqu'à moi. Une seule fois, pendant
ces plusieurs mois d'absence, je reçus un court billet
d'elle où elle me parlait d'Augustin. Elle me remer-
ciait de le lui avoir fait connaître, me disait le bien
qu'elle pensait de lui : que c'était la volonté même, la
droiture et le plus pur courage ; et me donnait à

entendre qu'en dehors des besoins du cœur je n'aurais jamais de plus ferme et de meilleur appui. Ce billet, signé de son nom de Madeleine, était accompagné des souvenirs affectueux de son mari [149].

Ils ne revinrent qu'aux vacances, et très peu de jours avant la distribution des prix, dernier acte de ma vie de dépendance qui m'émancipait [150].

J'aurais beaucoup mieux aimé, vous le comprendrez, que Madeleine n'assistât pas à cette cérémonie. Il y avait en moi de telles disparates, ma condition d'écolier formait avec mes dispositions morales des désaccords si ridicules, que j'évitais comme une humiliation nouvelle toute circonstance de nature à nous rappeler à tous deux ces désaccords. Depuis quelque temps surtout, mes susceptibilités sur ce point devenaient très vives. C'était, je vous l'ai dit, le côté le moins noble et le moins avouable de mes douleurs, et si j'y reviens à propos d'un incident qui fit de nouveau crier ma vanité, c'est pour vous expliquer par un détail de plus la singulière ironie de cette situation [151].

La distribution avait lieu dans une ancienne chapelle abandonnée depuis longtemps, qui n'était ouverte et décorée qu'une fois par an pour ce jour-là. Cette chapelle était située au fond de la grande cour du collège ; on y arrivait en passant sous la double rangée de tilleuls dont la vaste verdure égayait un peu ce froid promenoir. De loin, je vis entrer Madeleine en compagnie de plusieurs jeunes femmes de son monde en toilette d'été, habillées de couleurs claires avec des ombrelles tendues qui se diapraient d'ombre et de soleil. Une fine poussière, soulevée par le mouvement des robes, les accompagnait comme un léger nuage, et la chaleur faisait que des extrémités des rameaux déjà jaunis une quantité de feuilles et de fleurs mûres tombaient autour d'elles, et s'attachaient à la longue écharpe de mousseline dont Madeleine était envelop-pée. Elle passa, riante, heureuse, le visage animé par la marche, et se retourna pour examiner curieusement notre bataillon de collégiens réunis sur deux lignes et

maintenus en bon ordre comme de jeunes conscrits [152].
Toutes ces curiosités de femmes, et celle-ci surtout,
rayonnaient jusqu'à moi comme des brûlures. Le
temps était admirable ; c'était vers le milieu du mois
d'août. Les oiseaux familiers s'étaient enfuis des
arbres et chantaient sur les toitures où le soleil dardait.
Des murmures de foule suspendaient enfin ce long
silence de douze mois, des gaietés inouïes épanouis-
saient la physionomie du vieux collège, les tilleuls le
parfumaient d'odeurs agrestes. Que n'aurais-je pas
donné pour être déjà libre et pour être heureux !

Les préliminaires furent très longs, et je comptais
les minutes qui me séparaient encore du moment de
ma délivrance. Enfin le signal se fit entendre. A titre
de lauréat de philosophie, mon nom fut appelé le
premier. Je montai sur l'estrade ; et quand j'eus ma
couronne d'une main, mon gros livre de l'autre,
debout au bord des marches, faisant face à l'assemblée
qui applaudissait, je cherchai des yeux Mᵐᵉ Ceyssac :
le premier regard que je rencontrai avec celui de ma
tante, le premier visage ami que je reconnus précisément au-dessous de moi, au premier rang, fut celui de
Mᵐᵉ de Nièvres [153]. Eprouva-t-elle un peu de confusion elle-même en me voyant là dans l'attitude affreusement gauche que j'essaie de vous peindre ? Eut-elle
un contrecoup du saisissement qui m'envahit ? Son
amitié souffrit-elle en me trouvant risible, ou seulement en devinant que je pouvais souffrir ? Quels
furent au juste ses sentiments pendant cette rapide
mais très cuisante épreuve qui sembla nous atteindre
tous les deux à la fois et presque dans le même sens ?
Je l'ignore ; mais elle devint très rouge, elle le devint
encore davantage quand elle me vit descendre et
m'approcher d'elle. Et quand ma tante, après m'avoir
embrassé, lui passa ma couronne en l'invitant à me
féliciter, elle perdit entièrement contenance. Je ne suis
pas bien sûr de ce qu'elle me dit pour me témoigner
qu'elle était heureuse et me complimenter suivant
l'usage. Sa main tremblait légèrement. Elle essaya, je
crois, de me dire :

« Je suis bien fière, mon cher Dominique », ou :
« C'est très bien. »

Il y avait dans ses yeux tout à fait troublés comme
une larme ou d'intérêt ou de compassion, ou seulement une larme involontaire de jeune femme timide...
Qui sait ! Je me le suis demandé souvent, et je ne l'ai
jamais su.

Nous sortîmes. Je jetai mes couronnes dans la cour
des classes avant d'en franchir le seuil pour la dernière
fois[154]. Je ne regardai pas seulement en arrière, pour
rompre plus vite avec un passé qui m'exaspérait. Et si
j'avais pu me séparer de mes souvenirs de collège aussi
précipitamment que j'en dépouillai la livrée[155], j'aurais eu certainement à ce moment-là des sensations
d'indépendance et de virilité sans égales.

« Maintenant qu'allez-vous faire ? me demanda
Mme Ceyssac à quelques heures de là.

— Maintenant ? lui dis-je, je n'en sais rien[156]. »

Et je disais vrai, car l'incertitude où j'étais s'étendait
à tout, depuis le choix d'une position qu'elle espérait
et voulait brillante jusqu'à l'emploi d'une autre partie
de mes ardeurs qu'elle ignorait.

Il était convenu que Madeleine irait d'abord se fixer
à Nièvres, puis qu'elle reviendrait achever l'hiver à
Paris. Quant à nous, nous devions nous y rendre
directement, de manière qu'elle nous y trouvât déjà
établis et dans des habitudes de travail dont le choix
dépendait de nous-mêmes, mais dont la direction
regarderait beaucoup Augustin. Ces dispositions de
départ et ces sages projets nous occupèrent ensemble
une partie de ces dernières vacances, et cependant
cette idée de travail, de but à poursuivre, ce programme très vague dont le premier article était encore
à formuler, n'avaient pas de sens bien défini, ni pour
Olivier, ni pour moi. Dès le lendemain de ma liberté,
j'avais complètement oublié mes années de collège ;
c'était la seule époque de mon passé qui me laissât
l'âme froide, le seul souvenir de moi-même qui ne me
rendît pas heureux. Quant à Paris, j'y pensais avec la
confuse appréhension qui s'attache à des nécessités

prévues, inévitables, mais peu riantes, et qu'on connaîtra toujours assez tôt. Olivier, à mon grand étonnement, ne témoignait aucune espèce de regret de s'éloigner.

« Maintenant, me dit-il avec beaucoup de sang-froid, quelques jours seulement avant notre départ, je n'ai plus rien qui me retienne en province. »

En avait-il donc si vite épuisé toutes les joies ?

IX

Nous arrivâmes à Paris le soir [157]. Partout ailleurs il eût été tard. Il pleuvait; il faisait froid. Je n'aperçus d'abord que des rues boueuses, des pavés mouillés, luisants sous le feu des boutiques, le rapide et continuel éclair de voitures qui se croisaient en s'éclaboussant, une multitude de lumières étincelant comme des illuminations sans symétrie dans de longues avenues de maisons noires dont la hauteur me parut prodigieuse. Je fus frappé, je m'en souviens, des odeurs de gaz qui annonçaient une ville où l'on vivait la nuit autant que le jour, et de la pâleur des visages qui m'aurait fait croire qu'on s'y portait mal. J'y reconnus le teint d'Olivier, et je compris mieux qu'il avait une autre origine que moi.

Au moment où j'ouvrais ma fenêtre pour entendre plus distinctement la rumeur inconnue qui grondait au-dessus de cette ville si vivante en bas, et déjà par ses sommets tout entière plongée dans la nuit, je vis passer au-dessous de moi, dans la rue étroite, une double file de cavaliers portant des torches, et escortant une suite de voitures aux lanternes flamboyantes, attelées chacune de quatre chevaux et menées presque au galop.

« Regarde vite, me dit Olivier, c'est le roi. »

Confusément je vis miroiter des casques et des lames de sabre. Ce défilé retentissant d'hommes armés et de grands chevaux chaussés de fer fit rendre au pavé sonore un bruit de métal, et tout se confondit au loin dans le brouillard lumineux des torches[158].

Olivier s'assura de la direction que prenaient les attelages ; puis, quand la dernière voiture eut disparu :

« C'est bien cela, dit-il avec la satisfaction d'un homme qui connaît bien son Paris et qui le retrouve, le roi va ce soir aux Italiens. »

Et malgré la pluie qui tombait, malgré le froid blessant de la nuit, quelque temps encore il resta penché sur cette fourmilière de gens inconnus qui passaient vite, se renouvelaient sans cesse, et que mille intérêts pressants semblaient tous diriger vers des buts contraires.

« Es-tu content ? » lui dis-je.

Il poussa une sorte de soupir de plénitude, comme si le contact de cette vie extraordinaire l'eût tout à coup rempli d'aspirations démesurées.

« Et toi ? » me dit-il.

Puis, sans attendre ma réponse :

« Oh ! parbleu, toi, tu regardes en arrière. Tu n'es pas plus à Paris que je n'étais à Ormesson. Ton lot est de regretter toujours, de ne désirer jamais. Il faudrait en prendre ton parti, mon cher. C'est ici qu'on envoie, au moment de leur majorité, les garçons dont on veut faire des hommes. Tu es de ce nombre et je ne te plains pas ; tu es riche, tu n'es pas le premier venu, et tu aimes ! » ajouta-t-il en me parlant aussi bas que possible.

Et avec une effusion que je ne lui avais jamais connue, il m'embrassa et me dit :

« A demain, cher ami, à toujours ! »

Une heure après, le silence était aussi profond qu'en pleine campagne. Cette suspension de vie, l'engourdissement subit et absolu de cette ville enfermant un million d'hommes, m'étonna plus encore que son tumulte. Je fis comme un résumé des lassitudes que supposait cet immense sommeil, et je fus saisi de peur, moins par un manque de bravoure que par une sorte d'évanouissement de ma volonté.

Je revis Augustin avec bonheur. En lui serrant la main, je sentis que je m'appuyais sur quelqu'un. Il avait déjà vieilli, quoiqu'il fût très jeune encore. Il était maigre et fort blême. Ses yeux avaient plus d'ouverture et plus d'éclat. Sa main toute blanche, à peau plus fine, s'était épurée pour ainsi dire et comme aiguisée dans ce travail exclusif du maniement de la plume. Personne n'aurait pu dire, à voir sa tenue, s'il était pauvre ou riche. Il portait des habits très simples et les portait modestement, mais avec la confiance aisée venue du sentiment assez fier que l'habit n'est rien.

Il accueillit Olivier pas tout à fait comme un ami, mais plutôt comme un jeune homme à surveiller et avec lequel il est bon d'attendre avant d'en faire un autre soi-même. Olivier, de son côté, ne se livra qu'à demi, soit que l'enveloppe de l'homme lui parût bizarre, soit qu'il sentît par-dessous la résistance d'une volonté tout aussi bien trempée que la sienne et formée d'un métal plus pur.

« J'avais deviné votre ami, me dit Augustin, au physique comme au moral. Il est charmant. Il fera, je ne dis pas des dupes, il en est incapable, mais des victimes, et cela dans le sens le plus élevé du mot. Il sera dangereux pour les êtres plus faibles que lui qui sont nés sous la même étoile. »

Quand je questionnai Olivier sur Augustin, il se borna à me répondre :

« Il y aura toujours chez lui du précepteur et du parvenu. Il sera pédant et en sueur [159], comme tous les gens qui n'ont pour eux que le vouloir et qui n'arrivent que par le travail. J'aime mieux des dons d'esprit ou de la naissance, ou, faute de cela, j'aime mieux rien. »

Plus tard leur opinion changea. Augustin finit par aimer Olivier, mais sans jamais l'estimer beaucoup. Olivier conçut pour Augustin une estime véritable, mais ne l'aima point.

Notre vie fut assez vite organisée. Nous occupions deux appartements voisins, mais séparés. Notre amitié

très étroite et l'indépendance de chacun devaient se
trouver également bien de cet arrangement. Nos
habitudes étaient celles d'étudiants libres à qui leurs
goûts ou leur position permettent de choisir, de
s'instruire un peu au hasard et de puiser à plusieurs
sources avant de déterminer celle où leur esprit devra
s'arrêter.

Très peu de jours après, Olivier reçut de sa cousine
une lettre qui nous invitait l'un et l'autre à nous rendre
à Nièvres.

C'était une habitation ancienne, entièrement
enfouie dans de grands bois de châtaigniers et de
chênes. J'y passai une semaine de beaux jours froids et
sévères, au milieu des futaies presque dépouillées,
devant des horizons qui ne me firent point oublier
ceux des Trembles, mais qui m'empêchèrent de les
regretter, tant ils étaient beaux ; et qui semblaient
destinés, comme un cadre grandiose, à contenir une
existence plus robuste et des luttes beaucoup plus
sérieuses. Le château, dont les tourelles ne dépassaient que de très peu sa ceinture de vieux chênes, et
qu'on n'apercevait que par des coupures faites à
travers le bois, avec sa façade grise et vieillie, ses
hautes cheminées couronnées de fumée, ses orangeries
fermées, ses allées jonchées de feuilles mortes, — le
château lui-même résumait en quelques traits saisis-
sants, ce caractère attristé de la saison et du lieu.
C'était toute une existence nouvelle pour Madeleine,
et pour moi c'était aussi quelque chose de bien
nouveau que de la trouver transportée si brusquement
dans des conditions plus vastes, avec la liberté d'allures, l'ampleur d'habitudes, ce je ne sais quoi de
supérieur et d'assez imposant que donnent l'usage et
la responsabilité d'une grande fortune.

Une seule personne au château de Nièvres paraissait
regretter encore la rue des Carmélites : c'était
M. d'Orsel. Quant à moi, les lieux ne m'étaient plus
rien. Un même attrait confondait aujourd'hui mon
présent et mon passé. Entre Madeleine et Mme de
Nièvres il n'y avait que la différence d'un amour

impossible à un amour coupable ; et quand je quittai
Nièvres, j'étais persuadé que cet amour, né rue des
Carmélites, devait, quoi qu'il dût arriver, s'ensevelir
ici.

Madeleine ne vint point à Paris de tout l'hiver,
diverses circonstances ayant retardé l'établissement
que M. de Nièvres projetait d'y faire. Elle était
heureuse, entourée de tout son monde ; elle avait
Julie, son père ; il lui fallait un certain temps pour
passer sans trop de secousse, de sa modeste et
régulière existence de province, aux étonnements qui
l'attendaient dans la vie du monde, et cette demi-
solitude au château de Nièvres était une sorte de
noviciat qui ne lui déplaisait pas. Je la revis une ou
deux fois dans l'été, mais à de longs intervalles et
pendant de très courts moments, lâchement surpris à
l'impérieux devoir qui me recommandait de la fuir.

J'avais eu l'idée de profiter de cet éloignement très
opportun pour tenter franchement d'être héroïque et
pour me guérir. C'était déjà beaucoup que de résister
aux invitations qui constamment nous arrivaient de
Nièvres. Je fis davantage, et je tâchai de n'y plus
penser. Je me plongeai dans le travail. L'exemple
d'Augustin m'en aurait donné l'émulation, si naturellement je n'en avais pas eu le goût. Paris développe au-
dessus de lui cette atmosphère particulière aux grands
centres d'activité, surtout dans l'ordre des activités de
l'esprit ; et, si peu que je me mêlasse au mouvement
des faits, je ne refusais pas, tant s'en faut, de vivre
dans cette atmosphère.

Quant à la vie de Paris, telle que l'entendait Olivier,
je ne me faisais point d'illusions, et ne la considérais
nullement comme un secours. J'y comptais un peu
pour me distraire, mais pas du tout pour m'étourdir,
et encore moins pour me consoler. Le campagnard en
outre persistait et ne pouvait se résoudre à se dépouiller de lui-même, parce qu'il avait changé de milieu.
N'en déplaise à ceux qui pourraient nier l'influence du
terroir, je sentais qu'il y avait en moi je ne sais quoi de
local et de résistant que je ne transplanterais jamais

qu'à demi, et si le désir de m'acclimater m'était venu,
les mille liens indéracinables des origines m'auraient
averti par de continuelles et vaines souffrances que
c'était peine inutile. Je vivais à Paris comme dans une
hôtellerie où je pouvais demeurer longtemps, où je
pourrais mourir, mais où je ne serais jamais que de
passage. Ombrageux, retiré, sociable seulement avec
les compagnons de mes habitudes, dans une constante
défiance des contacts nouveaux, le plus possible
j'évitais ce terrible frottement de la vie parisienne qui
polit les caractères et les aplanit jusqu'à l'usure. Je ne
fus pas davantage aveuglé par ce qu'elle a d'éblouissant, ni troublé par ce qu'elle a de contradictoire, ni
séduit par ce qu'elle promet à tous les jeunes appétits,
comme aux naïves ambitions. Pour me garantir contre
ses atteintes, j'avais d'abord un défaut qui valait une
qualité, c'était la peur de ce que j'ignorais, et cet
incorrigible effroi des épreuves me donnait pour ainsi
dire toutes les perspicacités de l'expérience.

J'étais seul ou à peu près, car Augustin ne s'appartenait guère, et dès le premier jour j'avais bien compris
qu'Olivier n'était pas homme à m'appartenir longtemps. Tout de suite il avait pris des habitudes qui ne
gênaient en rien les miennes, mais n'y ressemblaient
nullement. Je fouillais les bibliothèques, je pâlissais de
froid dans de graves amphithéâtres, et m'enfouissais le
soir dans des cabinets de lecture où des misérables,
condamnés à mourir de faim, écrivaient, la fièvre dans
les yeux, des livres qui ne devaient ni les illustrer, ni
les enrichir. Je devinais là des impuissances et des
misères physiques et morales dont le voisinage était
loin de me fortifier[160]. J'en sortais navré. Je m'enfer-
mais chez moi, j'ouvrais d'autres livres et je veillais.
J'entendis ainsi passer sous mes fenêtres toutes les
fêtes nocturnes du carnaval. Quelquefois, en pleine
nuit, Olivier frappait à ma porte. Je reconnaissais le
son bref du pommeau d'or de sa canne. Il me trouvait
à ma table, me serrait la main et gagnait sa chambre en
fredonnant un air d'opéra. Le lendemain, je recom-
mençais sans ostentation, sans viser au martyre, avec

la conviction ingénue que cet austère régime était
excellent.

Au bout de quelques mois passés ainsi, je n'en
pouvais plus. Mes forces étaient épuisées, et comme
un édifice élevé par miracle, un matin, en m'éveillant,
je sentis mon courage s'écrouler. Je voulus retrouver
une idée poursuivie la veille, impossible ! Je me
répétai vainement certains mots de discipline qui
m'aiguillonnaient quelquefois, comme on stimule avec
des locutions convenues les chevaux de trait qui
lâchent pied. Un immense dégoût me vint aux lèvres
rien qu'à la pensée de reprendre un seul jour de plus
cet affreux métier de fouilleur de livres. L'été était
venu. Il y avait un joyeux soleil dans les rues. Des
martinets tourbillonnaient gaiement autour d'un clocher pointu qu'on voyait de ma fenêtre. Sans hésiter
une seule minute et sans réfléchir que j'allais perdre en
un instant le bénéfice de tant de mois de sagesse,
j'écrivis à Madeleine. Ce que je lui disais était
insignifiant. De courts billets que j'avais reçus d'elle
avaient établi une fois pour toutes le ton de notre
correspondance. Je ne mis dans celui-ci rien de plus ni
rien de moins, et cependant, la lettre partie, j'attendis
la réponse comme un événement.

Il y a dans Paris un grand jardin fait pour les
ennuyés : on y trouve une solitude relative, des
arbres, des gazons verts, des plates-bandes fleuries,
des allées sombres, et une foule d'oiseaux qui paraissent s'y plaire presque autant que dans un séjour
champêtre. J'y courus. J'y errai pendant le reste de la
journée, étonné d'avoir secoué mon joug, et plus
étonné encore de l'extrême intensité d'un souvenir
que j'avais eu la bonne foi de croire assoupi. Peu à
peu, comme une flamme qui se rallume, je sentis
naître en moi cet ardent réveil. Je marchais sous les
arbres, discourant tout seul, et faisant sans le vouloir
le mouvement d'un homme enchaîné longtemps qui se
délivre.

« Comment ! me disais-je, elle ne saura pas même
que je l'ai aimée ! elle ignorera que pour elle, à cause

d'elle, j'ai usé ma vie et tout sacrifié, tout, jusqu'au bonheur si innocent de lui montrer ce que j'ai fait dans l'intérêt de son repos[161] ! Elle croira que j'ai passé à côté d'elle sans la voir, que nos deux existences auront coulé bord à bord sans se confondre ni même se toucher, pas plus que deux ruisseaux indifférents ! Et le jour où plus tard je lui dirai : « Madeleine, savez-vous que je vous ai beaucoup " aimée ? " » elle me répondra : " Est-ce possible ? " Et ce ne sera plus l'âge où elle aurait pu me croire ! »

Puis je sentais qu'en effet nos deux destinées étaient parallèles, très rapprochées, mais irréconciliables, qu'il fallait vivre côte à côte et séparés et que c'était fini de moi. Alors j'imaginais des hypothèses. Il y avait des : Qui sait ? qui surgissaient aussitôt comme des tentations. A quoi je répondais : Non, cela ne sera jamais ! Mais de ces suppositions insensées, il me restait je ne sais quelle saveur horriblement douce dont le peu de volonté que j'avais était enivré ; puis je pensais que c'était bien la peine d'avoir si courageuse-ment lutté pour en arriver là.

Je découvrais en moi une telle absence d'énergie et je concevais un tel mépris de moi-même, que ce jour-là très sérieusement je désespérai de ma vie. Elle ne me semblait plus bonne à rien, pas même à être employée à des travaux vulgaires. Personne n'en voulait, et je n'y tenais plus. Des enfants vinrent jouer sous les arbres. Des couples heureux passèrent étroite-ment liés. J'évitai leur approche, et je m'éloignai, cherchant où je pourrais aller, moi, pour n'être plus seul. Je revins par des rues désertes[162]. Il y avait là de grands ateliers d'industrie, clos et bruyants, des usines dont les cheminées fumaient, où l'on entendait bouil-lonner des chaudières, gronder des rouages. Je pensai à ces effervescences qui me consumaient depuis plusieurs mois, à ce foyer intérieur toujours allumé, toujours brûlant, mais pour une application qui n'était pas prévue. Je regardai les vitres noires, le reflet des fourneaux ; j'écoutai le bruit des machines[163].

« Qu'est-ce qu'on fait là-dedans ? me disais-je. Qui

sait ce qui doit en sortir, si c'est du bois ou du métal,
du grand ou du petit, du très utile ou du superflu ? »
— Et l'idée qu'il en était ainsi de mon esprit n'ajouta
rien à un découragement déjà complet, mais le
confirma.

J'avais couvert des rames de papier. Il y en avait une
montagne accumulée sur ma table de travail. Je ne les
considérais jamais avec beaucoup d'orgueil ; j'évitais
ordinairement d'y jeter les yeux de trop près, et je
vivais au jour le jour des illusions de la veille. Dès le
lendemain, j'en fis justice. J'en feuilletai au hasard des
lambeaux : une fade odeur de médiocrité me souleva
le cœur. Je pris le tout et le mis au feu. J'étais assez
calme en exécutant ce sacrifice, qui, en toute autre
circonstance, m'aurait coûté quelques regrets. En ce
moment même la réponse de Madeleine arriva. Sa
lettre était ce qu'elle devait être, cordiale, tendre,
exquise, et pourtant je restai stupéfait de me sentir au
cœur un espoir déçu. Le flamboiement de tant de
paperasses brûlées éclairait encore ma chambre, et
j'étais debout, tenant à la main la lettre de Madeleine,
comme un homme qui se noie tient un fil brisé, quand
par hasard Olivier rentra.

Il vit cet amas de cendres fumantes et comprit ; il
jeta un rapide coup d'œil sur la lettre.

« On se porte bien à Nièvres ? » me dit-il froidement.

Pour prévenir le moindre soupçon, je lui tendis la
lettre ; mais il affecta de ne point la lire, et comme s'il
eût décidé que le moment était venu de me parler
raison et de débrider largement une plaie qui languis-
sait sans résultat :

« Ah çà ! me dit-il, où en es-tu ? Depuis six mois, tu
veilles, tu te morfonds ; tu mènes une vie de sémina-
riste qui a fait des vœux, de bénédictin qui prend des
bains de science pour calmer la chair ; où cela t'a-t-il
mené ?

— A rien, lui dis-je.

— Tant pis, car toute déception prouve au moins
une chose : c'est qu'on s'est trompé sur les moyens de

réussir. Tu t'es imaginé que la solitude, quand on doute de soi, est le meilleur des conseillers. Qu'en penses-tu aujourd'hui ? Quel conseil t'a-t-elle donné, quel avis qui te serve, quelle leçon de conduite ?

— De me taire toujours, lui dis-je avec désespoir.

— Si telle est la conclusion, je t'engage alors à changer de système. Si tu attends tout de toi, si tu as assez d'orgueil pour supposer que tu viendras à bout d'une situation qui en a découragé de plus forts, et que tu pourras demeurer sans broncher debout sur cette difficulté effroyable où tant de braves cœurs ont défailli, tant pis encore une fois, car je te crois en danger, et sur l'honneur je ne dormirai plus tranquille.

— Je n'ai ni orgueil ni confiance, et tu le sais aussi bien que moi. Ce n'est pas moi qui veux ; c'est, comme tu le dis, une situation qui me commande. Je ne puis empêcher ce qui est, je ne puis prévoir ce qui doit être. Je reste où je suis, sur un danger, parce qu'il m'est défendu d'être ailleurs. Ne plus aimer Madeleine ne m'est pas possible, l'aimer autrement ne m'est pas permis. Le jour où sur cette difficulté, d'où je ne puis descendre, la tête me tournera, eh bien ! ce jour-là tu pourras me pleurer comme un homme mort.

— Mort ! non, reprit Olivier, mais tombé de haut. N'importe, ceci est funèbre. Et ce n'est point ainsi que j'entends que tu finisses. C'est bien assez que la vie nous tue tous les jours un peu ; pour Dieu, ne l'aidons pas à nous achever plus vite. Prépare-toi, je te prie, à entendre des choses très dures, et si Paris te fait peur comme un mensonge, habitue-toi du moins à causer en tête à tête avec la vérité.

— Parle, lui dis-je, parle. Tu ne me diras rien que je ne me sois mille fois répété.

— C'est une erreur. J'affirme que tu ne t'es jamais tenu le langage suivant : Madeleine est heureuse, elle est mariée ; elle aura l'une après l'autre les joies légitimes [164] de la famille, sans en excepter aucune, je le désire et je l'espère. Elle peut donc se passer de toi. Elle ne t'est rien qu'une amie fort tendre, tu n'es rien non plus pour elle qu'un excellent camarade qu'elle serait désespérée de perdre comme ami, impardonnable de prendre pour amant. Ce qui vous unit n'est donc qu'un lien, charmant s'il n'est qu'un lien, horrible s'il devenait une chaîne. Tu lui es nécessaire dans la mesure où l'amitié compte et pèse dans la vie ; tu n'as en aucun cas le droit de faire de toi un embarras. Je ne parle pas de mon cousin, qui, s'il était consulté, ferait valoir ses droits suivant les formes connues et avec les arguments des maris menacés dans leur honneur, ce qui est déjà grave, et dans leur bonheur, ce qui est beaucoup plus sérieux. Voilà pour Mme de Nièvres. En ce qui te regarde, la position n'est pas moins simple. Le hasard, qui t'a fait rencontrer Madeleine, t'avait fait naître aussi six ou huit ans trop tard, ce qui est certainement un grand malheur pour toi et peut-être un accident regrettable pour elle. Un autre est venu qui l'a épousée. M. de Nièvres n'a donc pris que ce qui n'était à personne : aussi n'as-tu jamais protesté, parce que tu as beaucoup de sens, même en ayant beaucoup de cœur. Après avoir décliné toute prétention sur Madeleine comme mari, voudrais-tu, peux-tu y prétendre autrement ? Et pourtant tu continues de l'aimer. Tu n'as pas tort, parce qu'un sentiment comme le tien n'a jamais tort ; mais tu n'es pas dans le vrai, parce qu'une impasse ne mène à rien. Cependant, comme il n'y a dans la vie la plus bouchée que de fausses impasses, comme des carrefours les plus étroits il faut sortir en définitive, bon gré, mal gré, sinon sans avaries, tu sortiras de celui-ci, et tu n'y laisseras rien, je l'espère, ni ton honneur ni ta vie. Encore un mot, et ne t'en offense pas : Madeleine n'est pas la seule femme en ce monde qui soit bonne, ni qui soit jolie, ni qui soit sensible, ni qui soit faite pour te comprendre et pour t'estimer. Suppose un hasard différent : Madeleine serait une autre femme, que tu aimerais de même exclusivement, et dont tu dirais pareillement : Elle, et pas une autre ! Il n'y a donc de nécessaire et d'absolu qu'une chose, le besoin et la force d'aimer. Ne t'occupe pas de savoir si je raisonne en logicien, et ne dis pas que mes théories sont affreuses. Tu aimes et tu dois aimer, le reste est le fait de la chance. Je ne connais pas de femme, pourvu que je la suppose digne de toi, qui ne soit en droit de te dire : Le véritable et l'unique objet de vos sentiments, c'est moi !

— Ainsi, m'écriai-je, il faudrait ne plus aimer ?

— Au contraire, mais une autre.

— Ainsi il faudrait l'oublier ?

— Non, mais la remplacer.

— Jamais ! lui dis-je.

— Ne dis pas : Jamais ; dis : Pas maintenant. »

Et là-dessus Olivier sortit.

J'avais les yeux secs, mais une atroce douleur me tenaillait le cœur. Je relus la lettre de Madeleine ; il s'en exhalait cette vague tiédeur des amitiés vulgaires, désespérante à sentir quand on voudrait plus. « Il a raison, cent fois raison », pensais-je en me répétant comme un arrêt sans appel l'agaçante argumentation d'Olivier. Et tout en repoussant ses conclusions de toute l'horreur d'un cœur passionnément épris, je me disais cette vérité irréfutable : « Je ne suis rien à Madeleine, rien qu'un obstacle, une menace, un être inutile ou dangereux ! »

Je regardai ma table vide. Un monceau de cendres noires encombrait le foyer. Cette destruction d'une autre partie de moi-même, cette ruine totale et de mes efforts et de mon bonheur m'abattit enfin sous la sensation sans pareille d'un néant complet.

« A quoi donc suis-je bon ? » m'écriai-je.

Et le visage caché dans mes mains, je restai là, les yeux dans le vide, ayant devant moi toute ma vie, immense, douteuse et sans fond comme un précipice.

Au bout d'une heure, Olivier me retrouva dans le même état, c'est-à-dire inerte, immobile et consterné. Très amicalement il me posa la main sur l'épaule et me dit :

« Veux-tu m'accompagner ce soir au théâtre ?

— Y vas-tu seul ? » lui demandai-je.

Il sourit et me répondit :

« Non.

— Alors tu n'as pas besoin de moi », lui dis-je, et je lui tournai le dos.

« Soit ! » dit-il avec un accent d'impatience.

Puis se ravisant tout à coup :

« Tu es stupide, injuste et insolent, reprit-il en se posant carrément devant moi. Que crois-tu donc ? que je veux te surprendre ? Joli métier que tu m'attribues ! Non, mon cher, je ne préparerai jamais la plus innocente épreuve où ta probité de cœur puisse être engagée. Ce serait un vilain calcul et de plus un procédé maladroit. Ce que je veux, m'entends-tu ? c'est que tu sortes de ta tanière, esprit chagrin, pauvre cœur blessé. Tu t'imagines que la terre a pris le deuil et que la beauté s'est voilée, et que tous les visages sont en larmes, et qu'il n'y a plus ni espérances, ni joies, ni vœux comblés, parce que dans ce moment la destinée te maltraite. Regarde donc un peu autour de toi, et mêle-toi à la foule des gens qui sont heureux ou qui croient l'être. Ne leur envie pas l'insouciance, mais apprends d'eux ceci : c'est que la Providence, en qui tu crois, a pourvu à tout, qu'elle a tout proportionné et qu'elle a disposé d'inépuisables ressources pour les besoins des cœurs affamés [165]. »

Je ne fus point ébranlé par ce flux de paroles, mais je finis par les écouter. L'affectueuse exaspération d'Olivier agit comme un calmant sur mes nerfs, affreusement tendus, et les attendrit. Je lui pris la main. Je le fis asseoir près de moi. Je lui demandai pardon d'un mot dit étourdiment, qui ne contenait nulle défiance. Je le suppliai de laisser passer cette crise de défaillance, qui ne durerait pas, lui disais-je, et qui résultait de longues fatigues. Je lui promis d'ailleurs de changer de conduite. Nous avions le même monde, j'avais le plus grand tort de n'y jamais aller. Il était de mon devoir de m'y faire connaître et de ne pas me singulariser par un éloignement systématique. Je lui dis une foule de choses sensées, comme si la raison m'était subitement revenue. Et comme il subissait lui-même l'influence d'un épanchement qui semblait nous rendre tous les deux ensemble plus souples, plus conciliants et meilleurs, je parlai de lui, de sa vie presque entièrement passée loin de moi, et me plaignis de ne pas mieux savoir ni ce qu'il faisait, ni s'il avait des raisons d'être satisfait.

« Satisfait est le mot, me dit-il avec une expression à moitié comique. Chaque homme a le vocabulaire de ses ambitions. Oui, je suis à peu près satisfait dans ce moment, et si je m'en tiens à des satisfactions qui n'ont rien de chimérique, ma vie se passera dans un équilibre parfait et sera comblée jusqu'à satiété.

— As-tu des nouvelles d'Ormesson ? lui demandai-je.

— Aucune. Tu sais comment l'histoire a fini.

— Par une rupture ?

— Par un départ, ce qui n'est pas la même chose, car nous avons gardé l'un de l'autre le seul regret qui ne gâte jamais les souvenirs.

— Et maintenant ?

— Maintenant ! Est-ce que tu sais ?...

— Je ne sais rien ; mais j'imagine que tu as dû faire ce que tu me recommandes.

— C'est vrai », dit-il en souriant.

Puis il devint sérieux, et me dit :

« Dans tout autre moment, je te raconterais, mais pas aujourd'hui. L'air de cette chambre est plein d'une émotion respectable. Il n'y a pas de promiscuité permise entre la femme dont j'aurais à t'entretenir et celle dont il ne faut pas même prononcer le nom lorsqu'il est question de la première. »

Le bruit d'un pas dans l'antichambre l'interrompit. Mon domestique annonça Augustin, qui venait rarement à pareille heure. La vue de cette ardente et inflexible physionomie me rendit en quelque sorte une lueur de courage. Il me semblait que c'était un renfort que le hasard m'envoyait dans un moment où j'en avais si grand besoin.

« Vous venez à propos, lui dis-je en faisant bonne contenance. Tenez, c'était bien la peine de me donner tant de mal. J'ai tout détruit. »

Je lui parlais toujours un peu comme un ex-disciple
à son ancien maître, et je lui reconnaissais le droit de
m'interroger sur mon travail.

« C'est à recommencer, dit-il sans s'émouvoir autrement ; je connais cela. »

Olivier se taisait. Après quelques minutes de
silence, il passa la main dans ses cheveux bouclés,
bâilla doucement et nous dit :

« Je m'ennuie, et je vais au bois. »

X

« Est-ce qu'il travaille ? me demanda Augustin quand Olivier nous eut quittés.

— Fort peu, et cependant il apprend comme s'il travaillait.

— Tant mieux ; il a séduit la fortune. Si la vie n'était qu'une loterie, reprit Augustin, ce jeune homme rêverait toujours les numéros gagnants. »

Augustin n'était pas de ceux qui séduisent la fortune, ni qu'un numéro rêvé doit enrichir. Ce que je vous ai dit de lui peut vous faire comprendre qu'il n'était pas né pour les faveurs du hasard, et que, dans toutes les combinaisons où jusqu'à présent il avait mis sa volonté pour enjeu, l'enjeu représentait beaucoup plus que le gain. Depuis le jour où vous l'avez vu quitter les Trembles, tenant à la main une lettre reçue de Paris, comme un jeune soldat muni de sa feuille de route, ses espérances avaient, je crois, reçu plus d'un échec, mais sans diminuer sa foi robuste ni le faire douter une seule minute que le succès, sinon la gloire, ne fût à Paris même et juste au bout du chemin qu'il y suivait. Il ne se plaignait point, n'accusait personne, ne désespérait de rien. Il avait, sans aucune illusion, la ténacité des espoirs aveugles, et ce qui chez d'autres aurait pu passer pour de l'orgueil n'existait chez lui que comme un sentiment très exactement déterminé de son droit. Il appréciait les choses avec le sang-froid d'un lapidaire essayant des bijoux de qualité douteuse, et se trompait rarement sur le choix de celles qui méritaient de lui de la peine et du temps.

Il avait eu des protecteurs. Il ne trouvait pas que solliciter fût un déshonneur, parce qu'il ne proposait alors qu'un échange de valeurs équivalentes, et que de pareils contrats, disait-il, n'humilient jamais celui qui, pour sa part de société, apporte l'appoint de son intelligence, de son zèle et de son talent. Il n'affectait pas de mépriser l'argent, dont il avait grand besoin, je le savais, sans qu'il en parlât. Il n'en dédaignait point les résultats, mais le mettait beaucoup au-dessous d'un capital d'idées que, selon lui, rien ne saurait ni représenter ni payer.

« Je suis un ouvrier, disait-il, qui travaille avec des outils fort peu coûteux, c'est vrai ; mais ce qu'ils produisent est sans prix, quand cela est bon. »

Il ne se considérait donc comme l'obligé de personne. Les services qu'on avait pu lui rendre, il les avait achetés et bien payés. Et dans ces sortes de marchés, qui de sa part excluaient, sinon tout savoir-vivre, du moins toute humilité, il avait une manière de s'offrir qui marquait au plus juste le haut prix qu'il entendait y mettre.

« Du moment qu'on traite avec l'argent, disait-il, ce n'est plus qu'une affaire où le cœur n'entre pour rien, et qui n'engage aucunement la reconnaissance. Donnant, donnant. Le talent même en pareil cas n'est qu'une obligation de probité. »

Il avait essayé de beaucoup de situations, tenté déjà beaucoup d'entreprises, non par aptitude, mais par nécessité. N'ayant pas le choix des moyens, il avait l'application plus encore que la souplesse qui permet de les employer tous. A force de volonté, de clairvoyance, d'ardeurs, il suppléait presque aux qualités naturelles dont il se savait privé. Sa volonté seule, appuyée sur un rare bon sens, sur une droiture parfaite, sa volonté faisait des miracles. Elle prenait toutes les formes, jusqu'aux plus élevées, jusqu'aux plus nobles, quelquefois jusqu'aux plus brillantes. Il ne sentait pas tout, mais il n'y avait rien qu'il ne

comprît. Il approchait ainsi de l'imagination par la
tension d'un esprit sans cesse en contact avec ce que le
monde des idées contient de meilleur et de plus beau,
et touchait au pathétique par la connaissance parfaite
des duretés de la vie et par l'ambition dévorante d'en
gagner les joies légitimes, fût-ce au prix de beaucoup
de combats.

Après avoir à ses débuts abordé le théâtre, pour
lequel il ne se jugeait ni assez recommandé ni assez
mûr, il s'était jeté dans le journalisme [166]. Quand je dis
jeté, le mot n'est pas exact pour un homme qui ne
faisait rien à l'étourdie, et qui se présentait sur le
champ de bataille avec cette hardiesse mêlée de
prudence qui ne risque beaucoup que pour réussir.
Plus récemment, il venait d'entrer comme secrétaire
dans le cabinet d'un homme politique éminent [167].

« J'y suis, me disait-il, au centre d'un mouvement
qui ne m'édifie point, mais qui m'intéresse et qui
m'éclaire. La politique, à l'heure qu'il est, touche à
tant d'idées, élabore tant de problèmes [168] qu'il n'y a
pas d'étude plus instructive, ni de meilleur carrefour
pour une ambition qui cherche un débouché. »

Sa situation matérielle m'était inconnue. Je la
supposais difficile ; mais c'était un des rares sujets sur
lesquels il me paraissait interdit de l'interroger.

Quelquefois seulement cet inébranlable courage
trahissait non l'hésitation, mais la souffrance. Le
stoïque Augustin n'en disait rien. Son attitude était la
même, sa ferme raison toujours aussi claire. Il continuait d'agir, de penser, de résoudre, comme s'il
n'avait jamais reçu la moindre atteinte ; mais il y avait
en lui je ne sais quoi, comme ces taches rouges qu'on
voit paraître sur les habits d'un soldat blessé. Longtemps je m'étais demandé quelle partie vulnérable,
dans cette organisation de fer, un mal quelconque
avait pu frapper ; puis je m'étais aperçu qu'Augustin,
tout comme les autres, avait un cœur, et j'avais enfin
compris que c'était ce pauvre et vaillant cœur qui
saignait.

Dès qu'il se fut assis, et que je le vis croiser ses

jambes l'une sur l'autre dans l'attitude d'un homme qui n'a rien à dire et qui entre en oubliant l'objet de sa visite, je m'aperçus bien qu'il n'était pas, lui non plus, dans des dispositions riantes.

« Et vous aussi, mon cher Augustin, lui dis-je, vous n'êtes pas heureux ?

— Vous le devinez, me dit-il, avec un peu d'amertume.

— Il le faut bien, puisque vous avez l'orgueil de ne pas l'avouer.

— Mon cher enfant, reprit-il dans ces formes un peu paternelles qu'il n'abandonnait pas et qui donnaient un certain charme à la roideur de ses conseils, la question n'est pas de savoir si l'on est heureux, mais de savoir si l'on a tout fait pour le devenir. Un honnête homme mérite incontestablement d'être heureux, mais il n'a pas toujours le droit de se plaindre quand il ne l'est pas encore. C'est une affaire de temps, de moment et d'à-propos. Il y a beaucoup de manières de souffrir : les uns souffrent d'une erreur, les autres d'une impatience. Pardonnez-moi ce peu de modestie, je suis peut-être seulement trop impatient.

— Impatient ? et de quoi ? Peut-on le savoir ?

— De n'être plus seul, me dit-il avec une singulière émotion, afin que, si j'ai jamais quelque nom, je n'en sois pas réduit à ce triste résultat d'en couronner mon égoïsme. »

Puis il ajouta :

« Ne parlons pas de ces choses-là trop tôt. Vous serez le premier que j'en instruirai quand le moment sera venu. »

« Ne restons pas ici, me dit-il au bout d'un instant, cela sent la déroute. Ce n'est pas qu'on s'y ennuie, mais on y contracte des envies de se laisser aller. »

Nous sortîmes ensemble, et chemin faisant je le mis au courant des motifs particuliers de lassitude et de découragement que j'avais. Mes lettres l'avaient averti, et le reste lui était devenu bien clair le jour où Mme de Nièvres et lui s'étaient rencontrés. Je n'avais donc pas eu l'embarras de lui expliquer les difficultés

d'une situation qu'il connaissait aussi bien que moi, ni
les perplexités d'un esprit dont il avait mesuré toutes
les résistances comme toutes les faiblesses.

« Il y a quatre ans que je vous sais amoureux, me
dit-il au premier mot que je prononçai.

— Quatre ans ? lui dis-je, mais je ne connaissais pas
alors Mme de Nièvres.

— Mon ami, me dit-il, vous rappelez-vous le jour
où je vous ai surpris pleurant sur les malheurs
d'Annibal ? Eh bien ! je m'en suis étonné d'abord,
n'admettant pas qu'une composition de collège pût
émouvoir personne à ce point. Depuis, j'ai bien pensé
qu'il n'y avait rien de commun entre Annibal et votre
émotion ; en sorte qu'à la première ouverture de vos
lettres, je me suis dit : je le savais ; et, à la première
vue de Mme de Nièvres, j'ai compris qu'il s'agissait
d'elle [169]. »

Quant à ma conduite, il la jugeait difficile, mais non
pas impossible à diriger. Avec des points de vue très
différents de ceux d'Olivier, il me conseillait aussi de
me guérir, mais par des moyens qui lui semblaient les
seuls dignes de moi.

Nous nous séparâmes après de longs circuits sur les
quais de la Seine. Le soir venait. Je me retrouvai seul
au milieu de Paris à une heure inaccoutumée, sans
but, n'ayant plus d'habitudes, plus de liens, plus de
devoirs, et me disant avec anxiété : « Que vais-je faire
ce soir ? que ferai-je demain ? » J'oubliais absolument
que depuis des mois, pendant un long hiver, les trois
quarts du temps je n'avais pas eu de compagnon. Il me
sembla que, celui qui agissait en moi m'ayant quitté, il
ne me restait plus d'auxiliaire aujourd'hui pour se
charger d'une vie qui désormais allait m'accabler de
son vide et de son désœuvrement. L'idée de rentrer
chez moi ne me vint même pas, et la pensée d'aller
feuilleter des livres m'aurait rendu malade de dégoût.

Je me rappelai qu'Olivier devait être au théâtre. Je
savais à quel théâtre et dans quelle compagnie.
N'ayant plus à me roidir contre une lâcheté de plus, je
pris une voiture et m'y fis conduire. Je louai une stalle

obscure, d'où j'espérais découvrir Olivier sans être
aperçu. Je ne le vis dans aucune des loges qui me
faisaient face. J'en conclus ou qu'il avait changé de
projet ou qu'il était placé juste au-dessus de moi dans
cette autre partie de la salle qui m'était cachée. Ce
désir bizarre et indiscret que j'avais eu de le surprendre en partie galante étant déçu, je me demandai ce
que j'étais venu faire en pareil lieu. J'y restai cependant, et j'aurais de la peine à vous expliquer pourquoi,
tant le désordre de mon esprit se compliquait de
chagrin, d'ennuis, de faiblesses et de curiosités per-
verses. Je plongeais les yeux dans toutes les loges
peuplées de femmes ; cela formait, vu d'en bas, une
irritante exposition de bustes à peu près sans corsage
et de bras nus gantés très courts. J'examinais les
chevelures, le teint, les yeux, les sourires ; j'y cherchais des comparaisons persuasives qui pourraient
nuire au souvenir si parfait de Madeleine. Je n'avais
plus qu'une idée, l'impétueuse envie de me soustraire
quand même à la persécution de ce souvenir unique.
Je l'avilissais à plaisir et le déshonorais, espérant par là
le rendre indigne d'elle et m'en débarrasser par des
salissures. A la sortie du théâtre et comme je traversais
le péristyle, une voix que j'entendis dans la foule me
fit reconnaître Olivier. Il passa tout près de moi sans
me voir. Je pus à peine apercevoir la personne élégante
et de grande allure qu'il accompagnait. Nous ren-
trâmes pour ainsi dire ensemble, et j'étais encore en
tenue de sortie quand il parut au seuil de ma chambre.

« D'où viens-tu ? » me dit-il.

— Du théâtre. »

Je lui nommai lequel.

« M'as-tu cherché ?

— Je n'y suis point allé pour te chercher, lui dis-je,
mais pour te voir.

— Je ne te comprends pas, me dit-il ; dans tous les
cas, ce sont des enfantillages ou des taquineries qu'un
autre que moi ne te pardonnerait pas ; mais tu es
malade, et je te plains. »

Je ne le vis plus pendant deux ou trois jours. Il eut

la sévérité de me tenir rigueur. Il s'informa de moi près de mon domestique, et je sus qu'il se préoccupait de mon état et me surveillait sans en avoir l'air. Chaque journée d'inaction m'épuisait et me démoralisait davantage. Je ne prenais aucun parti décisif, mais il me semblait que ma faiblesse allait s'abattre devant le premier accident qui la ferait broncher.

Très peu de jours après, dans une avenue du bois où je me promenais seul en désespéré, je vis venir une voiture légère menée doucement et parfaitement attelée. Elle contenait trois personnes : deux jeunes femmes en compagnie d'Olivier [170]. Olivier me découvrit à l'instant même où je le reconnus. Il fit arrêter, sauta lestement dans l'allée, me prit par le bras, et sans dire un mot, me poussa dans la voiture ; puis, après s'être assis à côté de moi, comme s'il se fût agi d'un enlèvement, il dit au cocher : « Continuez. » Je me sentis perdu, et je l'étais en effet, au moins pour quelque temps.

Des deux mois que dura cet inutile égarement, car il dura deux mois tout au plus, je vous dirai seulement l'incident facile à prévoir qui le termina. D'abord j'avais cru oublier Madeleine, parce que, chaque fois que son souvenir me revenait, je lui disais : « Va-t'en ! » comme on dérobe à des yeux respectés la vue de certains tableaux blessants ou honteux. Je ne prononçai pas une seule fois son nom. Je mis entre elle et moi un monde d'obstacles et d'indignités. Olivier put croire un moment que c'était bien fini ; mais la personne avec qui je tâchais de tuer cette mémoire importune ne s'y trompa pas [171]. Un jour j'appris par une étourderie d'Olivier, qui s'observait un peu moins à mesure qu'il se croyait plus sûr de ma raison, j'appris que des nécessités d'affaires rappelaient M. d'Orsel en province, et que tous les habitants de Nièvres allaient bientôt partir pour Ormesson. A la minute même, ma détermination fut prise, et je voulus rompre.

« Je viens vous dire adieu, dis-je en entrant dans un appartement où je ne devais plus remettre les pieds.

— Ce que vous faites, je l'aurais fait un peu plus tard, mais bientôt, me dit-elle, sans marquer ni surprise ni contrariété.

— Alors vous ne m'en voulez pas ?

— Aucunement. Vous ne vous appartenez pas [172]. » Elle était à sa toilette et s'y remit.

« Adieu », reprit-elle, sans tourner la tête.

Elle me regarda dans son miroir et sourit. Je la quittai sans aucune autre explication.

« Encore une sottise ! me dit Olivier quand il fut informé de ce que j'avais fait.

— Sottise ou non, me voilà libre, lui dis-je. Je pars pour les Trembles, et je t'emmène. Il ne sera pas difficile de les déterminer tous à venir y passer les vacances.

— Aux Trembles avec toi, Madeleine aux Trembles ! reprenait Olivier, dont cette brusque et téméraire décision renversait tous les plans de conduite.

— Cher ami, lui dis-je en me jetant follement dans ses bras, ne me dis rien, n'objecte rien ; je serai sage, je serai prudent, mais je serai heureux ; accorde-moi ces deux mois qui ne reviendront plus, que je ne retrouverai jamais ; c'est bien court, et c'est peut-être tout ce que j'aurai de bonheur dans ma vie. »

Je lui parlai dans l'entraînement d'un désir si vrai, il me vit si ranimé, si transformé par la perspective inattendue de ce voyage, qu'il se laissa séduire, et qu'il eut la faiblesse et la générosité de consentir à tout.

« Soit, dit-il. En définitive, cela vous regarde. Je n'ai pas charge d'âmes, et c'est trop d'avoir à gouverner tout seul deux fous comme toi et moi. »

XI

Ces deux mois de séjour avec Madeleine dans notre maison solitaire, en pleine campagne, au bord de notre mer si belle en pareille saison, ce séjour unique dans mes souvenirs fut un mélange de continuels délices et de tourments où je me purifiai. Il n'y a pas un jour qui ne soit marqué par une tentation petite ou grande, pas une minute qui n'ait eu son battement de cœur, son frisson, son espérance ou son dépit. Je pourrais vous dire aujourd'hui, moi dont c'est la grande mémoire, la date et le lieu précis de mille émotions bien légères, et dont la trace est cependant restée. Je vous montrerais tel coin du parc, tel escalier de la terrasse, tel endroit des champs, du village, de la falaise, où l'âme des choses insensibles a si bien gardé le souvenir de Madeleine et le mien, que si je l'y cherchais encore, et Dieu m'en garde, je l'y retrouverais aussi reconnaissable qu'au lendemain de notre départ.

Madeleine n'était jamais venue aux Trembles, et ce séjour un peu triste et fort médiocre lui plaisait pourtant. Quoiqu'elle n'eût pas les mêmes raisons que moi pour l'aimer, elle m'en avait si souvent entendu parler, que mes propres souvenirs en faisaient pour elle une sorte de pays de connaissance et l'aidaient sans doute à s'y trouver bien.

« Votre pays vous ressemble, me disait-elle. Je me serais doutée de ce qu'il était, rien qu'en vous voyant.

Il est soucieux, paisible et d'une chaleur douce. La vie doit y être très calme et réfléchie. Et je m'explique maintenant beaucoup mieux certaines bizarreries de votre esprit, qui sont les vrais caractères de votre pays natal. »

Je trouvais le plus grand plaisir à l'introduire ainsi dans la familiarité de tant de choses étroitement liées à ma vie. C'était comme une suite de confidences subtiles qui l'initiaient à ce que j'avais été, et l'amenaient à comprendre ce que j'étais. Outre la volonté de l'entourer de bien-être, de distractions et de soins, il y avait aussi ce secret désir d'établir entre nous mille rapports d'éducation, d'intelligence, de sensibilité, presque de naissance et de parenté, qui devaient rendre notre amitié plus légitime en lui donnant je ne sais combien d'années de plus en arrière.

J'aimais surtout à essayer sur Madeleine l'effet de certaines influences plutôt physiques que morales auxquelles j'étais moi-même si continuellement assujetti. Je la mettais en face de certains tableaux de la campagne choisis parmi ceux qui, invariablement composés d'un peu de verdure, de beaucoup de soleil et d'une immense étendue de mer, avaient le don infaillible de m'émouvoir. J'observais dans quel sens elle en serait frappée, par quels côtés d'indigence ou de grandeur ce triste et grave horizon toujours nu pourrait lui plaire. Autant que cela m'était permis, je l'interrogeais sur ces détails de sensibilité tout extérieure. Et lorsque je la trouvais d'accord avec moi, ce qui arrivait beaucoup plus souvent que je ne l'eusse espéré, lorsque je distinguais en elle l'écho tout à fait exact et comme l'unisson de la corde émue qui vibrait en moi, c'était une conformité de plus dont je me réjouissais comme d'une nouvelle alliance.

Je commençais ainsi à me laisser voir sous beaucoup d'aspects qu'elle avait pu soupçonner, mais sans les comprendre. En jugeant à peu près des habitudes normales de mon existence, elle arrivait à connaître assez exactement quel était le fond caché de ma nature. Mes prédilections lui révélaient une partie de

mes aptitudes, et ce qu'elle appelait des bizarreries lui
devenait plus clair à mesure qu'elle en découvrait
mieux les origines [173]. Rien de tout cela n'était un
calcul ; j'y cédais assez ingénument pour n'avoir aucun
reproche à me faire, si tant est qu'il y eût là la moindre
apparence de séduction ; mais que ce fût innocemment
ou non, j'y cédais. Elle en paraissait heureuse. De
mon côté, grâce à ces continuelles communications
qui créaient entre nous d'innombrables rapports, je
devenais plus libre, plus ferme, plus sûr de moi dans
tous les sens, et c'était un grand progrès, car Madeleine y voyait un pas fait dans la franchise. Cette
fusion complète, et de tous les instants, dura sans
aucun accident pendant deux grands mois. Je vous
cache les blessures secrètes, sans nombre, infinies ;
elles n'étaient rien, si je les compare aux consolations
qui aussitôt les guérissaient. Somme toute, j'étais
heureux ; oui, je crois que j'étais heureux, si le
bonheur consiste à vivre rapidement, à aimer de toutes
ses forces, sans aucun sujet de repentir et sans espoir.

M. de Nièvres était chasseur, et c'est à lui que je
dois de l'être devenu. Il me dirigeait avec beaucoup de
cordialité dans ces premiers essais d'un exercice que
depuis j'ai passionnément aimé. Quelquefois Mme de
Nièvres et Julie nous accompagnaient à distance ou
nous attendaient sur les falaises pendant que nous
faisions de longues battues dans la direction de la mer.
On les apercevait de loin, comme de petites fleurs
brillantes posées sur les galets, tout à fait au bord des
flots bleus. Quand le hasard de la chasse nous avait
entraînés trop avant dans la campagne ou retenus trop
tard, alors on entendait la voix de Madeleine qui nous
invitait au retour. Elle appelait tantôt son mari, tantôt
Olivier ou moi. Le vent nous apportait ces appels
alternatifs de nos trois noms. Les notes grêles de cette
voix, lancée du bord de la mer dans de grands espaces,
s'affaiblissaient à mesure en volant au-dessus de ce
pays sans écho. Elles ne nous arrivaient plus que
comme un souffle un peu sonore, et quand j'y
distinguais mon nom, je ne puis vous dire la sensation

de douceur et de tristesse infinies que j'en éprouvais. Quelquefois le soleil se couchait que nous étions encore assis sur la côte élevée, occupés à regarder mourir à nos pieds les longues houles qui venaient d'Amérique. Des navires passaient tout empourprés des lueurs du soir. Des feux s'allumaient à fleur d'eau : soit la vive étincelle des phares, soit le fanal rougeâtre des bateaux mouillés en rade, ou le feu résineux des canots de pêche. Et le vaste mouvement des eaux, qui continuait à travers la nuit et ne se révélait plus que par ses rumeurs, nous plongeait dans un silence où chacun de nous pouvait recueillir un monde incalculable de rêveries.

A l'extrémité du pays, sur une sorte de presqu'île caillouteuse battue de trois côtés par les lames, il y avait un phare, aujourd'hui détruit, entouré d'un très petit jardin, avec des haies de tamaris plantés si près du bord qu'ils étaient noyés d'écume à chaque marée un peu forte. C'était assez ordinairement le lieu choisi pour les rendez-vous de chasse dont je vous parle. L'endroit était particulièrement désert, la falaise y était plus haute, la mer vaste et plus conforme à l'idée qu'on se fait de ce bleu désert sans limites et de cette solitude agitée. L'horizon circulaire qu'on embrassait de ce point culminant du rivage, même sans quitter le pied de la tour, offrait une surprise grandiose dans un pays si pauvrement dessiné qu'il n'a presque jamais ni contours ni perspectives.

Je me souviens qu'un jour Madeleine et M. de Nièvres voulurent monter au sommet du phare. Il faisait du vent. Le bruit de l'air, que l'on n'entendait point en bas, grandissait à mesure que nous nous élevions, grondait comme un tonnerre dans l'escalier en spirale, et faisait frémir au-dessus de nous les parois de cristal de la lanterne. Quand nous débouchâmes à cent pieds du sol, ce fut comme un ouragan qui nous fouetta le visage, et de tout l'horizon s'éleva je ne sais quel murmure irrité dont rien ne peut donner l'idée quand on n'a pas écouté la mer de très haut. Le ciel était couvert. La marée basse laissait apercevoir entre

la lisière écumeuse des flots et le dernier échelon de la
falaise le morne lit de l'Océan pavé de roches et tapissé
de végétations noirâtres. Des flaques d'eau miroitaient
au loin parmi les varechs, et deux ou trois chercheurs
de crabes, si petits qu'on les aurait pris pour des
oiseaux pêcheurs, se promenaient au bord des vases,
imperceptibles dans la prodigieuse étendue des
lagunes. Au-delà commençait la grande mer, frémis-
sante et grise, dont l'extrémité se perdait dans les
brumes. Il fallait y regarder attentivement pour
comprendre où se terminait la mer, où le ciel commençait, tant la limite était douteuse, tant l'un et l'autre
avaient la même pâleur incertaine, la même palpita-
tion orageuse et le même infini. Je ne puis vous dire à
quel point ce spectacle de l'immensité répétée deux
fois, et par conséquent double d'étendue, aussi haute
qu'elle était profonde, devenait extraordinaire, vu de
la plate-forme du phare, et de quelle émotion
commune il nous saisit. Chacun de nous en fut frappé
diversement sans doute ; mais je me souviens qu'il eut
pour effet de suspendre aussitôt tout entretien, et que
le même vertige physique nous fit subitement pâlir et
nous rendit sérieux. Une sorte de cri d'angoisse
s'échappa des lèvres de Madeleine, et, sans prononcer
une parole, tous accoudés sur la légère balustrade qui
seule nous séparait de l'abîme, sentant très distinctement l'énorme tour osciller sous nos pieds à chaque
impulsion du vent, attirés par l'immense danger, et
comme sollicités d'en bas par les clameurs de la marée
montante, nous restâmes longtemps dans la plus
grande stupeur, semblables à des gens qui, le pied
posé sur la vie fragile, par miracle, auraient un jour
l'aventure inouïe de regarder et de voir au-delà.

C'était là comme une place marquée.

Je sentis parfaitement que, sous un pareil frisson,
une corde humaine devait se briser. Il fallait que l'un
de nous cédât ; sinon le plus ému, du moins le plus
frêle. Ce fut Julie.

Elle était immobile à côté d'Olivier, sa petite main
tremblante placée tout près de la main du jeune

homme et fortement crispée sur la rampe, la tête
penchée vers la mer, avec des yeux demi-fermés, cette
expression d'égarement que donne le vertige, et
presque la pâleur d'un enfant qui va mourir. Olivier
s'aperçut le premier qu'elle allait s'évanouir, il la prit
dans ses bras. Quelques secondes après, elle revint à
elle en poussant un soupir d'angoisse qui souleva son
mince corsage.

« Ce n'est rien », dit-elle en réagissant aussitôt
contre cet irrésistible accès de défaillance, et nous
descendîmes.

On n'eut plus à parler de cet incident, qui fut oublié
sans doute comme beaucoup d'autres. Je me le
rappelle aujourd'hui, en vous parlant de nos promenades au phare, comme étant la première indication de
certains faits très obscurs qui devaient avoir leur
dénouement beaucoup plus tard [174].

Quelquefois, quand le temps était particulièrement
calme et beau, un bateau venait nous prendre à la côte
au bout de la prairie et nous conduisait assez loin en
mer. C'était un bateau de pêche, et dès qu'il avait
gagné le large, on amenait les voiles ; puis, dans une
mer lourde, plate et blanche au soleil comme de
l'étain, le patron de la barque laissait tomber des filets
plombés. D'heure en heure on retirait les filets, et
nous voyions apparaître toute sorte de poissons aux
vives écailles et de produits étranges, surpris dans les
eaux les plus profondes ou arrachés pêle-mêle avec des
algues du fond de leurs retraites sous-marines. Chaque
nouveau sondage amenait une surprise ; puis on
rejetait le tout à la mer, et le bateau s'en allait à la
dérive, maintenu seulement par le gouvernail et
légèrement incliné du côté où les filets plongeaient.
Nous passions ainsi des journées entières à regarder la
mer, à voir s'amincir ou s'élever la terre éloignée, à
mesurer l'ombre du soleil qui tournait autour du mât
comme autour de la longue aiguille d'un cadran,
affaiblis par la pesanteur du jour, par le silence,
éblouis de lumière, privés de conscience et pour ainsi
dire frappés d'oubli par ce long bercement sur des

eaux calmes. Le jour finissait, et quelquefois c'était en
pleine nuit que la marée du soir nous ramenait à la
côte et nous déposait de plain-pied sur les galets.

Rien n'était plus innocent pour tous, et cependant
je me rappelle aujourd'hui ces heures de prétendu
repos et de langueur comme les plus belles et les plus
dangereuses peut-être que j'aie traversées dans ma vie.
Un jour entre autres le bateau ne marchait presque
plus. D'insensibles courants le conduisaient en le
faisant à peine osciller. Il filait droit et très lentement,
comme s'il eût glissé sur un plan solide ; le bruit du
sillage était nul, tant l'eau se déchirait doucement sous
la quille. Les matelots se taisaient, réunis dans le faux
pont, et tous mes compagnons, hormis Julie, som-
meillaient sur les planches chaudes de la barque, à
l'abri de la voile étendue sur l'arrière en forme de
tente. Rien ne bougeait à bord. La mer était figée
comme du plomb à demi fondu. Le ciel, limpide et
décoloré par l'éclat de midi, s'y reproduisait comme
dans un miroir terni. Il n'y avait pas un bateau de
pêche en vue. Seulement, au large et déjà coupé à
demi par la ligne de l'horizon, un navire, toutes voiles
déployées, attendait le retour de la brise de terre, et s'y
préparait, comme un oiseau de grand vol, en ouvrant
ses hautes ailes blanches.

Madeleine, à demi couchée, dormait. Ses mains
molles et légèrement ouvertes s'étaient séparées de
celles du comte. Elle avait la pose abandonnée que
donne le sommeil. La chaleur concentrée sous la tente
animait ses joues d'ardeurs un peu plus vives, et je
voyais dans l'écartement de ses lèvres briller l'extrémité de ses petites dents blanches, comme les deux
bords d'une coquille de nacre. Il n'y avait personne
autre que moi pour assister au sommeil de cet être
charmant. Julie, perdue dans je ne sais quelle confuse
aspiration, surveillait attentivement le départ du
grand navire qui appareillait. Alors je tâchai de fermer
les yeux, je voulus ne plus voir, je fis de sincères
efforts pour oublier. Je me levai, j'allai m'asseoir à
l'avant, sans ombre sur la tête, appuyé contre le

beaupré brûlant ; puis malgré moi mes yeux revenaient à la place où Madeleine dormait dans ses
mousselines légères, étendue sur la rude toile qui lui
servait de tapis. Etais-je ravi ? Etais-je torturé ? J'aurais plus de peine encore à vous dire si j'aurais
souhaité quelque chose au-delà de cette vision décente
et exquise qui contenait à la fois toutes les retenues et
tous les attraits. Pour rien au monde, je n'aurais fait le
plus petit mouvement qui pût en suspendre le charme.
Je ne sais combien dura ce véritable enchantement,
peut-être plusieurs heures, peut-être seulement plusieurs minutes ; mais j'eus le temps de beaucoup
réfléchir, autant qu'un esprit peut le faire lorsqu'il est
aux prises avec un cœur absolument privé de sang-
froid.

Quand mes compagnons s'éveillèrent, ils me trou-
vèrent occupé à regarder le sillage.

« Le beau temps ! dit Madeleine avec un épanouissement de femme heureuse.

— Et qui ferait tout oublier, ajouta Olivier, ce qui
n'est pas dommage.

— Seriez-vous homme à avoir des soucis ? demanda
en souriant M. de Nièvres.

— Qui le sait ? » répondit Olivier.

Le vent ne se leva point. La mer, absolument
morte, nous retint au large jusqu'à la nuit tombante.
Vers sept heures, au moment où la pleine lune apparut
au-dessus des terres, toute ronde et dans des brouillards chauds qui la rougissaient, on fut obligé, faute
d'air, de prendre les avirons. Ce que je vous raconte,
jadis quand j'étais jeune, plus d'une fois il m'a passé
par la tête de l'écrire, ou, comme on disait alors, de le
chanter. A cette époque, il me semblait qu'il n'y avait
qu'une langue pour fixer dignement ce que de pareils
souvenirs avaient, selon moi, d'inexprimable. Aujour-
d'hui que j'ai retrouvé mon histoire dans les livres des
autres [175], dont quelques-uns sont immortels, que
vous dirais-je ? Nous revînmes aux étoiles, au bruit
des rames, conduits, je crois, par les bateliers d'El-
vire [176].

Ce furent là les adieux de la saison ; presque aussitôt les premières brumes arrivèrent, puis les pluies qui nous avertirent que l'hiver approchait. Le jour où le soleil, qui nous avait comblés, disparut pour ne plus se montrer que de loin en loin et dans les pâleurs de son déclin, j'y vis comme un triste présage qui me serra le cœur.

Ce jour-là, et comme si le même avertissement de départ eût été donné pour chacun de nous, Madeleine me dit :

« Il est temps de penser aux choses sérieuses. Les oiseaux que nous devions si bien imiter sont partis depuis un mois déjà. Faisons comme eux, croyez-moi ; voici la fin de l'automne, retournons à Paris.

— Déjà », lui dis-je avec une expression de regret qui m'échappa.

Elle s'arrêta court, comme si pour la première fois elle eût entendu un son nouveau.

Le soir, il me sembla qu'elle était plus sérieuse, et qu'avec une adresse extrême elle me surveillait d'assez près. Je réglai ma tenue en vue de ces indications, bien légères sans doute et cependant assez inquiétantes. Les jours suivants, je m'observai davantage encore, et j'eus la joie de retrouver la confiance de Madeleine et de me tranquilliser tout à fait.

Je passai les derniers moments qui nous restaient à rassembler, à mettre en ordre pour l'avenir toutes les émotions si confusément amassées dans ma mémoire. Ce fut comme un tableau que je composai avec ce qu'elles contenaient de meilleur et de moins périssable. Ce dernier nuage exepté, on eût dit, à les voir déjà d'un peu loin, que ces jours cependant mêlés de beaucoup de soucis n'avaient plus une ombre. La même adoration paisible et ardente les baignait de lueurs continues.

Madeleine me surprit une fois dans les allées sinueuses du parc, au milieu de mes réminiscences. Julie la suivait, portant une énorme gerbe de chrysanthèmes qu'elle avait cueillie pour les vases du salon. Un clair massif de lauriers nous séparait.

« Vous faites un sonnet ? me dit-elle en m'interpel-
lant à travers les arbres.

— Un sonnet ? lui dis-je ; à quel propos ? Est-ce
que j'en suis capable ?

— Oh ! pour cela oui », dit-elle en jetant un petit
éclat de rire qui retentit dans le bois sonore comme un
chant de fauvette.

Je rebroussai chemin, et, la suivant dans la contre-
allée, toujours une épaisseur de taillis entre nous
deux :

« Olivier est un bavard ! lui criai-je.

— Nullement bavard, dit-elle. Il a bien fait de
m'avertir ; sans lui, je vous aurais cru une passion
malheureuse, et je sais maintenant ce qui vous distrait : ce sont des rimes », ajouta-t-elle en insistant de
la voix sur ce dernier mot, qui résonna de loin comme
une impertinence joyeuse.

Nous touchions au moment du départ, que je ne
pouvais encore m'y résoudre. Paris me faisait plus
peur que jamais. Madeleine allait y venir. Je l'y
verrais, mais à quel prix ? Elle présente, je ne risquais
plus de défaillir, du moins de tomber si bas ; mais
pour un danger de moins combien d'autres surgi-
raient ! Cette vie que nous avions menée ici, cette vie
de loisir et d'imprévoyance, silencieuse et exaltée, si
constamment et si diversement émue, cette vie de
réminiscences et de passions, tout entière calquée sur
d'anciennes habitudes, reprise à ses origines et renou-
velée par des sensations d'un autre âge, ces deux mois
de rêve, en un mot, m'avaient replongé plus avant que
jamais dans l'oubli des choses et dans la peur des
changements. Il y avait quatre ans que j'avais quitté
les Trembles pour la première fois, vous vous souvenez peut-être avec quel dur détachement. Et les
souvenirs de ces adieux, les premiers qu'il m'ait fallu
faire à des objets aimés, se ranimaient à la même date,
au même lieu, dans des conditions extérieures à peu
près semblables, mais cette fois combinés avec des
sentiments nouveaux, qui les rendaient bien autrement poignants.

Je proposai pour la veille même du départ une promenade qui fut acceptée. Ce devait être la dernière, et, sans prévoir l'avenir, je supposais, je ne sais trop pourquoi, que les chemins de mon village ne nous reverraient jamais ensemble. Le temps était à demi pluvieux, et par cela même, disait Madeleine, que son éducation de province avait aguerrie, très bien approprié à des visites d'adieux. Les dernières feuilles tombaient ; des débris roussâtres se mêlaient assez tristement à la rigidité des rameaux nus. La plaine, dépouillée et sévère, n'avait plus un brin de chaume sec qui rappelât ni l'été ni l'automne, et ne montrait pas une herbe nouvelle qui fît espérer le retour des saisons fertiles. Des charrues s'y promenaient encore de loin en loin, attelées de bœufs roux, d'un mouvement lent et comme embourbées dans les terres grasses. A quelque distance que ce fût, on distinguait la voix des valets de labour qui stimulaient les attelages. Cet accent plaintif et tout local se prolongeait indéfiniment dans le calme absolu de cette journée grise. De temps en temps, une pluie fine et chaude descendait à travers l'atmosphère, comme un rideau de gaze légère. La mer commençait à rugir au fond des passes. Nous suivîmes la côte. Les marais étaient sous l'eau ; la marée haute avait en partie submergé le jardin du phare et battait paisiblement le pied de la tour, qui ne reposait plus que sur un îlot.

Madeleine marchait légèrement dans les chemins détrempés. A chaque pas, elle y laissait dans la terre molle la forme imprimée de sa chaussure étroite à talons saillants. Je regardais cette trace fragile, je la suivais, tant elle était reconnaissable à côté des nôtres. Je calculais ce qu'elle pouvait durer. J'aurais souhaité qu'elle restât toujours incrustée, comme des témoignages de présence, pour l'époque incertaine où je repasserais là sans Madeleine ; puis je pensais que le premier passant venu l'effacerait, qu'un peu de pluie la ferait disparaître, et je m'arrêtais pour apercevoir encore dans les sinuosités du sentier ce singulier sillage laissé, par l'être que j'aimais le plus, sur la terre même où j'étais né.

Au moment où nous approchions de Villeneuve, je montrai de loin la route blanchâtre qui sort du village et s'étend en ligne droite jusqu'à l'horizon.

« Voilà la route d'Ormesson », dis-je à Madeleine.

Ce mot d'Ormesson sembla réveiller en elle une série de souvenirs déjà affaiblis ; elle suivit attentivement des yeux cette longue avenue plantée d'ormeaux, tous pliés de côté par les vents de mer, et sur laquelle il y avait au loin des chariots qui roulaient, les uns pour rentrer à Villeneuve, les autres pour s'en éloigner.

« Cette fois, reprit-elle, vous n'y voyagerez plus seul.

— En serai-je plus heureux ? répondis-je. Serais-je plus certain de ne rien regretter ? Où retrouverai-je ce que je laisse ici ? »

Madeleine alors me prit le bras, s'y appuya avec l'apparence d'un entier abandon, et me répondit un seul mot :

« Mon ami, vous êtes un ingrat ! »

Nous quittâmes les Trembles au milieu de novembre, par une froide matinée de gelée blanche. Les voitures suivirent l'avenue, traversèrent Villeneuve comme autrefois je l'avais fait. Et je regardais alternativement et la campagne, qui disparaissait derrière nous, et l'honnête visage de Madeleine assise en face de moi.

XII

J'en avais fini avec les jours heureux ; cette courte pastorale achevée, je retombai dans de grands soucis. A peine installés dans le petit hôtel qui devait leur servir de pied-à-terre à Paris, Madeleine et M. de Nièvres se mirent à recevoir, et le mouvement du monde fit irruption dans notre vie commune.

« Je serai chez moi une fois par semaine pour les étrangers, me dit Madeleine ; pour vous, j'y suis tous les jours. Je donne un bal la semaine prochaine ; y viendrez-vous ?

— Un bal !… Cela ne me tente guère.

— Pourquoi ? Le monde vous fait peur ?

— Absolument comme un ennemi.

— Et moi, reprit-elle, croyez-vous donc que j'en sois bien éprise ?

— Soit. Vous me donnez l'exemple, et je vous obéirai. »

Le soir indiqué, j'arrivai de bonne heure. Il n'y avait encore qu'un très petit nombre d'invités réunis autour de Madeleine, près de la cheminée du premier salon. Quand elle entendit annoncer mon nom, par un élan de familiarité qu'elle ne tenait nullement à réprimer, elle fit un mouvement vers moi qui l'isola de son entourage et me la montra de la tête aux pieds comme une image imprévue de toutes les séductions. C'était la première fois que je la voyais ainsi, dans la tenue splendide et indiscrète d'une femme en toilette de bal[177]. Je sentis que je changeais de couleur, et

qu'au lieu de répondre à son regard paisible, mes yeux
s'arrêtaient maladroitement sur un nœud de diamants
qui flamboyait à son corsage. Nous demeurâmes une
seconde en présence, elle interdite, moi fort troublé.
Personne assurément ne se douta du rapide échange
d'impressions qui nous apprit, je crois, de l'un à
l'autre que de délicates pudeurs étaient blessées. Elle
rougit un peu, sembla frissonner des épaules, comme
si subitement elle avait froid, puis, s'interrompant au
milieu d'une phrase qui ne voulait rien dire, elle se
rapprocha de son fauteuil, y prit une écharpe de
dentelles, et le plus naturellement du monde elle s'en
couvrit. Ce seul geste pouvait signifier bien des
choses; mais je voulus n'y voir qu'un acte ingénu de
condescendance et de bonté qui me la rendit plus
adorable que jamais et me bouleversa pour le reste de
la soirée. Elle-même en garda pendant quelques
minutes un peu d'embarras. Je la connaissais trop bien
aujourd'hui pour m'y tromper. Deux ou trois fois je la
surpris me regardant sans motif, comme si elle eût été
encore sous l'empire d'une sensation qui durait; puis
des obligations de politesse lui rendirent peu à peu son
aplomb. Le mouvement du bal agit sur elle et sur moi
en sens contraire : elle devint parfaitement libre et
presque joyeuse; quant à moi, je devins plus sombre à
mesure que je la voyais plus gaie, et plus troublé à
mesure que je trouvais en elle des attraits extérieurs
qui d'une créature presque angélique faisaient tout
simplement une femme accomplie.

Elle était admirablement belle, et l'idée que tant
d'autres le savaient aussi bien que moi ne fut pas
longue à me saisir le cœur aigrement. Jusque-là, mes
sentiments pour Madeleine avaient par miracle
échappé à la morsure des sensations venimeuses.
« Allons, me dis-je, un tourment de plus ! » Je croyais
avoir épuisé toutes les faiblesses. Mon amour apparemment n'était pas complet : il lui manquait un des
attributs de l'amour, non pas le plus dangereux, mais
le plus laid.

Je la vis entourée; je me rapprochai d'elle. J'entendis autour de moi des mots qui me brûlèrent ; j'étais jaloux.

Etre jaloux, on ne l'avoue guère ; ces sensations ne sont pas cependant de celles que je désavoue. Il est bon que toute humiliation profite, et celle-ci m'éclaira sur bien des vérités ; elle m'aurait rappelé, si j'avais pu l'oublier, que cet amour exalté, contrarié, malheureux, légèrement gourmé et tout près de se piquer d'orgueil, ne s'élevait pas de beaucoup au-dessus du niveau des passions communes, qu'il n'était ni pire ni meilleur, et que le seul point qui lui donnait l'air d'en différer, c'était d'être un peu moins possible que beaucoup d'autres. Quelques facilités de plus l'auraient infailliblement fait descendre de son piédestal ambitieux ; et comme tant de choses de ce monde dont l'unique supériorité vient d'un défaut de logique ou de plénitude, qui sait ce qu'il serait devenu, s'il avait été moins déraisonnable ou plus heureux ?

« Vous ne dansez pas, me dit Madeleine un peu plus tard en me rencontrant sur son passage, et je m'y trouvais souvent sans le vouloir.

— Non, je ne danserai pas, lui dis-je.

— Pas même avec moi ? reprit-elle avec un peu d'étonnement.

— Ni avec vous ni avec personne.

— Comme vous voudrez », dit-elle en répondant sèchement à mes airs bourrus.

Je ne lui parlai plus de la soirée, et je l'évitai, tout en la perdant de vue le moins possible.

Olivier n'arriva qu'après minuit. Je causais avec Julie, qui n'avait dansé qu'à contrecœur et ne dansait plus, quand il entra calme, aisé, souriant, les yeux armés de ce regard direct dont il se couvrait comme d'une épée tendue chaque fois qu'il se trouvait en présence de visages nouveaux, et surtout de visages de femmes. Il alla serrer la main de Madeleine. Je l'entendis s'excuser de ce qu'il arrivait si tard ; puis il fit le tour du salon, salua deux ou trois femmes dont il était connu, s'approcha de Julie, et s'asseyant familièrement à côté d'elle :

« Madeleine est très bien... Et toi aussi, tu es très bien, ma petite Julie, dit-il à sa cousine avant même d'avoir examiné sa toilette. Seulement, reprit-il sur le même ton de lassitude ennuyée, tu as là des nœuds roses qui te brunissent un peu trop. »

Julie ne bougea pas. D'abord elle eut l'air de ne pas entendre, puis elle fixa lentement sur Olivier l'émail bleu noir de ses prunelles sans flamme, et après quelques secondes d'un examen capable de déraciner même la ferme constance d'Olivier :

« Voulez-vous me conduire auprès de ma sœur ? » me dit-elle en se levant.

Je fis ce qu'elle voulait, après quoi je me hâtai de rejoindre Olivier.

« Tu as blessé Julie ? lui dis-je.

— C'est possible, mais Julie m'agace. » Et puis il me tourna le dos pour couper court à toute insistance.

J'eus le courage, était-ce un courage ? de rester jusqu'à la fin du bal. J'avais besoin de revoir Madeleine presque seul à seul, et de la posséder plus étroitement après le départ de tant de gens qui se l'étaient pour ainsi dire partagée. J'avais supplié Olivier de m'attendre en lui représentant qu'il avait d'ailleurs à réparer sa venue tardive. Bonne ou mauvaise, cette dernière raison, dont il n'était pas dupe, eut l'air de le décider. Nous étions, l'un vis-à-vis de l'autre, dans ces veines de cachotterie qui faisaient de notre amitié, toujours très clairvoyante, la chose la plus inégale et la plus bizarre. Depuis notre départ pour les Trembles, surtout depuis notre retour à Paris, quelque jugement qu'il portât sur ma conduite, il semblait avoir adopté le parti de me laisser agir sans tutelle. Il était trois ou quatre heures du matin. Nous nous étions comme oubliés dans un petit salon, où quelques joueurs obstinés s'attardaient encore. Quand enfin, n'entendant plus de bruit, nous en sortîmes, il n'y avait plus ni musiciens, ni danseurs, ni personne. Mme de Nièvres, assise au fond du grand salon vide, causait vivement avec Julie, pelotonnée comme une chatte dans un fauteuil. Elle fit une

exclamation de surprise en nous voyant apparaître au
milieu de ce désert, à pareille heure, après cette
interminable nuit si mal employée. Elle était lasse.
Des traces de fatigue entouraient ses beaux yeux et
leur donnaient cet éclat extraordinaire qui succède à
des soirées de fête. M. de Nièvres était au jeu,
M. d'Orsel y était aussi [178]. Elle était seule avec Julie ;
j'étais seul debout, appuyé sur le bras d'Olivier.
Les bougies s'éteignaient [179]. Un demi-jour rougeâtre tombant de haut ne formait plus qu'une sorte de
brouillard lumineux, composé de la fine poussière
odorante et des impalpables vapeurs du bal. Il y
avait sur les meubles, sur les tapis, des débris
de fleurs, des bouquets défaits, des éventails oubliés, avec des carnets sur lesquels on venait d'inscrire des contredanses. Les dernières voitures roulaient dans la cour de l'hôtel ; j'entendais relever les
marchepieds et le bruit sec des panneaux vitrés qu'on
fermait.

Je ne sais quel rapide retour vers une autre époque
où nous nous étions si souvent trouvés tous les quatre
en pareil rapprochement [180], mais dans des situations
si différentes et dans une simplicité de cœur à tout
jamais perdue, me fit jeter les yeux autour de moi et
résumer en une seule sensation tout ce que je vous dis
là. Je me détachai assez de moi-même pour envisager,
comme un spectateur au théâtre, ce tableau singulier
composé de quatre personnages groupés intimement à
la fin d'un bal, s'examinant, se taisant, donnant le
change à leurs pensées par un mot banal, voulant se
rapprocher dans l'ancienne union et trouvant un
obstacle, essayant de s'entendre comme autrefois et ne
le pouvant plus. Je sentis parfaitement le drame
obscur qui se jouait entre nous. Chacun y tenait un
rôle, dans quelle mesure ? Je l'ignorais ; mais j'avais
assez de sang-froid désormais pour affronter les dangers de mon propre rôle, le plus périlleux de tous, du
moins je le croyais, et j'allais avec audace rentrer dans
les souvenirs du passé en proposant de finir la nuit par
un des jeux qui nous amusaient chez ma tante [181],

quand, les derniers joueurs partis, M. d'Orsel et
M. de Nièvres revinrent au salon.

M. d'Orsel nous traitait tous comme des enfants, y
compris sa fille aînée, que par un calcul de tendresse il
se plaisait à rajeunir encore et remettait en minorité
par des noms qui rappelaient le couvent. M. de
Nièvres entra plus froidement, et la vue de ce quatuor
intime sembla produire sur lui un tout autre effet. Je
ne sais si ce fut imaginaire ou réel, mais je le trouvai
guindé, sec et tranchant. Son maintien me déplut.
Avec sa cravate un peu haute, sa mise irréprochable,
cet air toujours un peu particulier d'un homme en
tenue de cérémonie qui vient de recevoir et se sent
chez luï, il ressemblait encore moins au chasseur
aimable et négligé qui avait été mon hôte aux Trembles, que Madeleine, avec la rosace étincelante de son
corsage et sa magnifique chevelure étoilée de diamants, ne ressemblait à la modeste et intrépide
marcheuse qui nous suivait, un mois auparavant, sous
la pluie, les pieds dans la mer. Etait-ce seulement un
changement de costume ? Etait-ce plutôt un changement d'esprit ? Il avait repris cette allure un peu
compassée, surtout ce ton supérieur, qui m'avaient si
fortement frappé le soir où, pour la première fois,
dans le salon d'Orsel, je le surpris faisant solennelle-
ment sa cour à Madeleine. Je crus sentir en lui des
froideurs de coup d'œil que je ne connaissais pas, et je
ne sais quelle assurance orgueilleuse dans sa situation
de mari qui m'apprenait encore une fois que Madeleine était sa femme et que je n'étais rien. Que ce fût
ou non l'ingénieuse erreur d'un cœur malade, il y eut
un moment où cette dernière leçon me parut si claire
que je n'en doutai plus. Nos adieux furent brefs. Nous
sortîmes. Nous nous jetâmes dans une voiture. J'eus
l'air de dormir ; Olivier m'imita. Je récapitulai tout ce
qui s'était passé dans cette soirée, qui, je ne sais
pourquoi, me paraissait contenir le germe de beaucoup d'orages ; puis je pensai à M. de Nièvres, à qui je
croyais avoir pour toujours pardonné, et je m'aperçus
nettement que je le détestais.

Je fus plusieurs jours, une semaine au moins, sans donner signe de vie à Madeleine. Je profitai d'une circonstance où je la savais absente pour déposer ma carte chez elle. Cette dette de politesse réglée, je me crus quitte envers M. de Nièvres. Quant à Mme de Nièvres, je lui en voulais : de quoi ? je ne me l'avouai pas ; mais ce cruel dépit me donna momentanément la force de l'éviter.

A partir de ce jour, le mouvement de Paris nous saisit, et nous fûmes entraînés dans ce tourbillon où les plus fortes têtes risquent de s'étourdir, où les cœurs les plus robustes ont mille chances pour une de faire naufrage. Je ne savais presque rien du monde, et, après l'avoir fui pendant une année, je m'y trouvais introduit tout à coup dans le salon de Mme de Nièvres, c'est-à-dire avec toutes les raisons possibles de le subir. J'avais beau lui répéter que je n'étais pas fait pour une pareille vie ; elle n'aurait eu qu'une chose à me répondre : « Allez-vous-en » ; mais c'était un conseil qui peut-être lui aurait coûté, et que dans tous les cas je n'aurais pas suivi. Elle entendait me présenter dans la plupart des salons où elle allait. Elle souhaitait que je fusse aussi exact dans ces devoirs tout artificiels qu'on était en droit de l'exiger, disait-elle, d'un homme bien né, produit sous son patronage. Souvent elle exprimait seulement un désir poli dont mon imagination, habile à tout transformer, me faisait des ordres. Blessé partout, sans cesse malheureux, je la suivais toujours, ou, quand je ne la suivais plus, je la regrettais, je maudissais ceux qui me disputaient sa présence, et je me désespérais.

Quelquefois je me révoltais sincèrement contre des habitudes qui me dissipaient sans fruit, n'ajoutaient pas grand-chose à mon bonheur, et m'ôtaient un reste de raison. Je haïssais cordialement les gens dont je me servais cependant pour arriver jusqu'à Madeleine, quand la prudence ou d'autres motifs m'éloignaient de sa maison. Je sentais, et je n'avais pas tort, qu'ils étaient les ennemis de Madeleine autant que les miens. Cet éternel secret, ballotté dans de pareils milieux, devait, à n'en pas douter, jeter, comme un foyer en plein vent, des étincelles imprudentes qui le trahissaient. On devait le connaître, du moins on pouvait l'apprendre. Il y avait une foule de gens dont je me disais avec fureur : « Ceux-là, j'en suis sûr, sont mes confidents. » Que pouvais-je attendre d'eux ? Des conseils ? Je les connaissais pour les avoir reçus déjà de la seule personne dont l'amitié me les rendît supportables, d'Olivier. Des complicités et des complaisances ? Non, cent fois non. J'en étais plus effrayé que je ne l'eusse été d'une vaste inimitié conjurée contre mon bonheur, à supposer que ce triste et famélique bonheur eût pu faire envie à qui que ce fût.

À Madeleine, je ne disais que la moitié de la vérité. Je ne lui cachais rien de mon aversion pour le monde, sauf à lui déguiser le motif tout personnel de certains griefs. Quand il s'agissait de juger le monde d'une façon plus générale, indépendamment du perpétuel soupçon qui me le faisait considérer en masse comme un voleur de mon bien, alors je donnais cours à mes invectives avec une joie féroce. Je le dépeignais comme hostile à ce que j'aimais, comme indifférent pour tout ce qui est bien et plein de mépris pour ce qu'il y a de plus respectable en fait de sentiments comme en fait d'opinions. Je lui parlais de mille spectacles dont tout homme de sens devait être blessé, de la légèreté des maximes, de la légèreté plus grande encore des passions, de la facilité des consciences, pour quelque prix que ce fût d'ambition, de gloire ou de vanité. Je lui signalais cette façon libre d'envisager non seulement un devoir, mais tous les devoirs, cet abus de mots, cette confusion de toutes les mesures, qui fait qu'on pervertit les idées les plus simples, qu'on arrive à ne plus s'entendre sur rien, ni sur le bien, ni sur le vrai, ni sur le mauvais, ni sur le pire, et qu'il n'y a pas plus de distance appréciable entre la gloire et la vogue que de limite bien nette entre les scélératesses et les étourderies. Je lui disais que ce culte léger pour les femmes, ces adorations mêlées de badinages cachaient au fond un universel mépris, et

que les femmes avaient bien tort de garder vis-à-vis
des hommes des apparences de vertu, quand les
hommes ne gardaient plus vis-à-vis d'elles le moindre
semblant d'estime. « Tout cela est hideux, lui disais-
je, et si j'avais à sauver une seule maison dans cette
ville de réprouvés, il n'y en a qu'une que je marquerais
de blanc.

— Et la vôtre ? disait Madeleine.

— La mienne aussi, uniquement pour me sauver
avec vous. »

A la fin de ces longs anathèmes, Madeleine souriait
assez tristement. Je savais bien qu'elle était de mon
avis, elle qui était la sagesse, la droiture et la vérité
même, et cependant elle hésitait à me donner raison,
parce que depuis longtemps déjà elle se demandait si,
en disant beaucoup de choses vraies, je disais tout.
Depuis quelque temps, elle affectait de ne me parler
qu'avec retenue de cette autre portion de ma vie de
jeune homme [182] qui ne faisait pas partie de la sienne,
mais qui n'en était pas moins blanche de tout mystère.
Elle savait à peine où je demeurais, du moins elle avait
l'air ou de l'ignorer ou de l'oublier. Jamais elle ne me
questionnait sur l'emploi des soirées qui ne lui appartenaient pas, et sur lesquelles il lui convenait pour
ainsi dire de laisser planer quelques doutes. Au milieu
même de ces habitudes décousues, qui réduisaient
mon sommeil à peu de chose et me tenaient dans un
continuel état de fièvre, j'avais retrouvé une sorte
d'énergie maladive, et je dirai presque un insatiable
appétit d'esprit, qui m'avaient rendu le goût du travail
plus piquant. En quelques mois, j'avais réparé à peu
près le temps perdu, et sur ma table il y avait, comme
un tas de gerbes dans une aire, une nouvelle récolte
amassée, dont le produit seul était douteux. C'était le
seul point peut-être dont Madeleine me parlât avec
abandon ; mais ici c'était moi qui élevais des barrières.
De mes occupations d'esprit, de mes lectures, de mon
travail, et Dieu sait avec quelle orgueilleuse sollicitude
elle en suivait le cours ! je lui faisais connaître un seul
détail, toujours le même : j'étais mécontent. Ce

mécontentement absolu des autres et de moi-même en disait beaucoup plus qu'il ne fallait pour l'éclairer. Si quelque circonstance encore restait dans l'ombre, en dehors d'une amitié qui, sauf un secret immense, n'avait pas de secret, c'est que Madeleine en jugeait l'explication inutile ou peu prudente. Il y avait entre nous un point délicat, tantôt dans le doute et tantôt dans la lumière, qui demandait, comme toutes les vérités dangereuses, à n'être pas éclairci.

Madeleine était avertie, il était impossible qu'elle ne le fût pas ; depuis combien de temps ? Peut-être depuis le jour où, respirant elle-même un air plus agité, elle y avait senti passer des chaleurs qui n'étaient plus à la température de notre ancienne et calme amitié. Le jour où je crus avoir la certitude de ce fait, cela ne me suffit pas. Je voulus en tenir la preuve et forcer pour ainsi dire Madeleine elle-même à me la donner. Je ne m'arrêtai pas une seule minute à la pensée qu'un pareil manège était détestable, méchant et odieux. Je la pressai de questions muettes. A mille sous-entendus qui nous permettaient, comme aux gens qui se connaissent à fond, de nous comprendre à demi-mot, j'en ajoutai de plus précis. Nous marchions prudemment sur un terrain semé de pièges ; j'y dressai des embûches à tous les pas. Je ne sais quelle envie perverse me prit de la gêner, de l'assiéger, de la contraindre dans sa dernière réserve. Je voulais me venger de ce long silence imposé d'abord par timidité, puis par égard, puis par respect, enfin par pitié. Ce masque porté depuis trois ans m'était insupportable ; je le jetai. Je ne craignais pas que la lumière se fît entre nous. Je souhaitais presque une explosion qui devait la couvrir de terreur, et quant à son repos, que cette aveugle et homicide indiscrétion pouvait tuer, je l'oubliais.

Ce fut une crise humiliante, et dont j'aurais de la peine à vous rendre compte. Je ne souffrais presque plus, tant j'étais buté contre une idée fixe. J'agissais en sens direct, l'esprit clair, la conscience fermée, comme s'il se fût agi d'une partie d'escrime où je n'aurais joué que mon amour-propre.

A cette stratégie insensée, Madeleine opposa tout à coup des moyens de défense inattendus. Elle y répondit par un calme parfait, par une absence totale de finesse, par des ingénuités que rien ne pouvait plus entamer. Elle éleva doucement entre nous comme un mur d'acier d'une froideur et d'une résistance impénétrables. Je m'irritais contre ce nouvel obstacle et ne pouvais le vaincre. J'essayais de nouveau de me faire comprendre ; toute intelligence avait cessé. J'aiguisais des mots qui n'arrivaient pas jusqu'à elle. Elle les prenait, les relevait, les désarmait par une réponse sans réplique ; comme elle eût fait d'une flèche adroitement reçue, elle en ôtait le trait acéré qui pouvait blesser. Le résumé de son maintien, de son accueil, de ses poignées de main affectueuses, de ses regards excellents, mais courts et sans portée, en un mot le sens de toute sa conduite admirable et désespérante de force, de simplicité et de sagesse, était celui-ci : « Je ne sais rien, et si vous avez cru que je devinais quelque chose, vous vous êtes trompé. »

Je disparaissais alors pour quelque temps, honteux de moi-même, furieux d'impuissance, aigri, et, quand je revenais à elle avec des idées meilleures et des intentions de repentir, elle n'avait pas plus l'air de comprendre celles-ci qu'elle n'avait admis les autres.

Ceci se passait au milieu des entraînements mondains, qui s'étaient, cette année-là, prolongés jusqu'au milieu du printemps. Je comptais quelquefois sur les accidents de cette vie affaiblissante pour surprendre Madeleine en défaut et me rendre maître enfin de cet esprit si sûr de lui. Il n'en fut rien. J'étais à moitié malade d'impatience. Je ne savais presque plus si j'aimais Madeleine, tant cette idée d'antagonisme, qui me faisait sentir en elle un adversaire, se substituait à toute autre émotion et me remplissait le cœur de passions mauvaises. Il y a des journées de plein été poudreuses, nuageuses, avec des soleils blancs et des bises du nord, qui ressemblent à cette période violente, tantôt brûlante et tantôt glacée, où je crus un

moment que ma passion pour Madeleine allait finir, et
de la plus triste façon, par un dépit.

Il y avait plusieurs semaines que je ne l'avais vue.
J'avais usé mes rancunes dans un travail acharné [183].
J'attendais qu'elle me fît signe de reparaître. J'avais
rencontré M. de Nièvres une fois; il m'avait dit :
« Que devenez-vous ? » ou bien : « On ne vous voit
plus. » L'une ou l'autre de ces formules que j'oublie
n'était pas une invitation bien pressante à revenir. Je
tins bon pendant quelques jours encore; mais un
pareil éloignement devenait un état négatif qui pouvait
durer indéfiniment sans rien décider. Enfin je pris le
parti de brusquer les choses. Je courus chez Madeleine; elle était seule. J'entrai rapidement, sans avoir
d'idée bien arrêtée sur ce que j'allais dire ou faire,
mais avec le projet formel de briser cette armure de
glace et de chercher dessous si le cœur de mon
ancienne amie vivait toujours.

Je la trouvai dans son boudoir, dont le seul grand
luxe était des fleurs, près d'un petit guéridon, dans la
tenue la plus simple, assise et brodant. Elle était
sérieuse, elle avait les yeux un peu rouges, comme si
les nuits précédentes elle avait beaucoup veillé, ou
qu'elle eût pleuré quelques minutes auparavant. Elle
avait ces airs paisibles et recueillis qui lui revenaient
quelquefois dans ses moments de retour sur elle-même
et faisaient revivre en elle la pensionnaire d'autrefois. Avec sa robe montante, toutes ces fleurs qui
l'entouraient, les fenêtres ouvertes et donnant sur des
arbres, on l'eût dire encore dans son jardin d'Ormesson.

Cette transfiguration complète, cette attitude attristée, soumise, pour ainsi dire à moitié vaincue, m'ôta
toute idée de triomphe et fit tomber subitement mes
audaces.

« Je suis bien coupable envers vous, lui dis-je, et je
viens m'excuser.

— Coupable ? vous excuser ? dit-elle en cherchant à
se remettre un peu de sa surprise.

— Oui, je suis un fou, un ami cruel et désolé qui

vient se mettre à vos pieds, vous demander son pardon...

— Mais qu'ai-je donc à vous pardonner ? reprit-elle, un peu effrayée de cette chaleureuse invasion dans la tranquillité de sa retraite.

— Ma conduite passée, tout ce que j'ai fait, tout ce que j'ai dit, avec la stupide intention de vous blesser. »

Elle avait repris son calme.

« Vous vous imaginez des choses qui ne sont pas, ou du moins ce sont des torts si légers que je ne m'en souviendrai plus le jour où je sentirai que vous les oubliez. Savez-vous le seul tort que vous ayez eu ? C'est de m'abandonner depuis un mois. Il y a un mois aujourd'hui, je crois, dit-elle en ne me cachant pas qu'elle observait les dates, que nous nous sommes quittés un soir, vous me disant à demain.

— Je ne suis pas revenu, c'est vrai ; mais ce n'est pas de cela que je m'accuse avec chagrin, non, je m'accuse mortellement...

— De rien, dit-elle en m'interrompant impérieusement. Et depuis lors, reprit-elle aussitôt, qu'êtes-vous devenu ? Qu'avez-vous fait ?

— Beaucoup de choses et peu de chose ; cela dépendra du résultat.

— Et puis ?

— Et puis c'est tout », lui dis-je en voulant faire comme elle et rompre l'entretien où cela me convenait.

Il y eut quelques secondes d'un silence embarrassant, après quoi Madeleine se mit à me parler sur un ton tout à fait naturel et très doux.

« Vous êtes d'un caractère malheureux et difficile. On a de la peine à vous comprendre et plus de peine encore à vous assister. On voudrait vous encourager, vous soutenir, quelquefois vous plaindre ; on vous interroge, et vous vous renfermez.

— Que voulez-vous que je vous dise, sinon que celui en qui vous avez confiance n'émerveillera personne et trompera, j'en ai peur, l'espoir obligeant de ses amis ?

— Pourquoi tromperiez-vous l'espoir de ceux qui vous veulent une position digne de vous ? continua Madeleine en se rassurant tout à fait sur un terrain qui lui semblait beaucoup plus ferme.

— Oh ! pour une raison bien simple : c'est que je n'ai aucune ambition.

— Et ce beau feu de travail qui vous prend par accès ?

— Il dure un peu, flambe extraordinairement vite et fort, et puis s'éteint. Cela durera quelques années encore, après quoi, l'illusion ayant cessé, la jeunesse étant loin, je verrai nettement qu'il faut en finir avec ces duperies. Alors je mènerai la seule vie qui me convienne, une vie de dilettantisme agréable dans quelque coin retiré de la province, où les stimulants et les remords de Paris ne m'atteindront pas. J'y vivrai de l'admiration du génie ou du talent des autres, ce qui suffit amplement pour occuper les loisirs d'un homme modeste qui n'est pas un sot.

— Ce que vous dites là est insoutenable, reprit-elle avec beaucoup de vivacité ; vous prenez plaisir à tourmenter ceux qui vous estiment. Vous mentez.

— Rien n'est plus vrai, je vous le jure. Je vous ai dit autrefois, il n'y a pas longtemps, que je me sentais des velléités non pas d'être quelqu'un, ce qui est, selon moi, un non-sens, mais de produire, ce qui me paraît être la seule excuse de notre pauvre vie. Je vous l'ai dit, et je l'essayerai : ce ne sera pas, entendez-le bien, pour en faire profiter ni ma dignité d'homme, ni mon plaisir, ni ma vanité, ni les autres, ni moi-même, mais pour expulser de mon cerveau quelque chose qui me gêne. »

Elle sourit à cette bizarre et vulgaire explication d'un phénomène assez noble.

« Quel homme singulier vous faites avec vos paradoxes ! Vous analysez tout au point de changer le sens des phrases et la valeur des idées. J'aimais à croire que vous étiez un esprit mieux organisé que beaucoup d'autres, et meilleur par beaucoup de points. Je vous croyais peu de volonté, mais avec un certain don d'inspiration. Vous avouez que vous êtes sans volonté, et, de l'inspiration, voilà que vous faites un exorcisme.

— Appelez les choses du nom que vous voudrez »,
lui dis-je, et je la suppliai de changer de conversation.

Changer de conversation n'était pas possible; il
fallait revenir au point de départ ou continuer. Elle
crut plus sûr apparemment de parler raison. Je la
laissai dire, et ne répondis plus que par la formule
absolue du découragement total : — A quoi bon ?

« Vous parlez en ce moment comme Olivier, disait
Madeleine, et personne au contraire ne lui ressemble
moins.

— Le croyez-vous ? lui dis-je en la regardant tout à
coup assez passionnément pour la dominer de nouveau ; croyez-vous qu'en effet nous soyons si différents ? Je crois, au contraire, que nous nous ressem-
blons beaucoup. Nous obéissons l'un et l'autre exclusivement, aveuglément, à ce qui nous charme. Ce qui
nous charme est pour lui, comme pour moi, plus ou
moins impossible à saisir, ou chimérique, ou défendu.
Cela fait qu'en suivant des chemins très opposés nous
nous rencontrerons un jour au même but, tous deux
découragés et sans famille », ajoutai-je, en disant le
mot de famille au lieu d'un mot plus clair encore qui
me vint aux lèvres.

Madeleine avait les yeux baissés sur sa broderie,
qu'elle piquait un peu au hasard de son aiguille. Elle
avait complètement changé de visage, d'allure ; son
air, encore une fois soumis et désarmé, m'attendrit
jusqu'à me faire oublier le but insensé de ma visite.

« Comprenez-moi bien, reprit-elle avec un léger
trouble dans la voix. Il y a pour tout le monde, on le
dit, je le crois... (elle hésitait un peu sur le choix des
mots) il y a un moment difficile pendant lequel on
doute de soi, quand ce n'est pas des autres. Le tout est
d'éclaircir ses doutes et de se résoudre. Le cœur a
quelquefois besoin de dire : Je veux ! — du moins je
l'imagine ainsi pour l'avoir éprouvé déjà une fois —
dit-elle en hésitant encore davantage sur un souvenir
qui nous rappelait à tous les deux l'histoire entière de
son mariage. On cite une marquise du commencement

de ce siècle, qui prétendait qu'en le voulant bien on pouvait s'empêcher de mourir. Elle n'est peut-être morte que d'une distraction. Il en est ainsi de beaucoup d'accidents présumés involontaires. Qui sait même si le bonheur n'est pas en grande partie dans la volonté d'être heureux ?

— Dieu vous entende, chère Madeleine ! » m'écriai-je en l'appelant d'un nom que je n'avais pas prononcé depuis trois ans.

Et je me levai en disant ces derniers mots, empreints d'un attendrissement dont je n'étais plus maître. Le mouvement que je fis[184] fut si soudain, si imprévu, il ajoutait une telle ardeur à l'accent déjà si décisif de mes paroles, que Madeleine en reçut comme une secousse au cœur qui la fit pâlir. Et j'entendis au fond de sa poitrine comme une douloureuse exclamation de détresse qui cependant n'arriva pas jusqu'à ses lèvres.

Souvent je m'étais demandé ce qui arriverait, si, pour me débarrasser du poids trop lourd qui m'écrasait, très simplement, et comme si mon amie Madeleine pouvait entendre avec indulgence l'aveu des sentiments qui s'adressaient à Mme de Nièvres, je disais à Madeleine que je l'aimais. Je mettais en scène cette explication fort grave. Je la supposais seule, en état de m'écouter, et dans une situation qui supprimait tout danger. Je prenais alors la parole, et, sans préambule, sans adresse, sans faux-fuyants, sans phrases, aussi franchement que je l'aurais dite au confident le plus intime de ma jeunesse, je lui racontais l'histoire de mon affection, née d'une amitié d'enfant devenue subitement de l'amour. J'expliquais comment ces transitions insensibles m'avaient mené peu à peu de l'indifférence à l'attrait, de la peur à l'entraînement, du regret de son absence au besoin de ne plus la quitter, du sentiment que j'allais la perdre à la certitude que je l'adorais, du soin de sa tranquillité au mensonge, enfin de la nécessité de me taire à jamais, à l'irrésistible besoin de lui tout avouer et de lui demander pardon. Je lui disais que j'avais résisté, lutté, que j'avais beaucoup souffert ; ma conduite en était le meilleur témoignage. Je n'exagérais rien, je ne lui faisais au contraire qu'à demi le tableau de mes douleurs, pour la mieux convaincre que je mesurais mes paroles et que j'étais sincère. Je lui disais en un mot que je l'aimais avec désespoir, en d'autres termes, que je n'espérais rien que son absolution pour des faiblesses qui se punissaient elles-mêmes, et sa pitié pour des maux sans ressource.

Ma confiance en la bonté de Madeleine était si grande que l'idée d'un pareil aveu me semblait encore la plus naturelle au milieu des idées folles ou coupables qui m'assiégeaient. Je la voyais alors — du moins j'aimais à l'imaginer ainsi — triste et très sincèrement affligée, mais sans colère, m'écoutant avec la compassion d'une amie impuissante à consoler, et disposée, par hauteur d'âme et par indulgence, à me plaindre pour des maux qui, en effet, n'avaient pas de remède. Et, chose singulière, cette pensée d'être compris, qui m'avait jadis causé tant d'effroi, ne me causait aujourd'hui aucun embarras. J'aurais de la peine à vous expliquer comment une fantaisie aussi hardie pouvait naître dans un esprit que je vous ai montré d'abord si pusillanime ; mais bien des épreuves m'avaient aguerri. Je n'en étais plus à trembler devant Madeleine, au moins de peur comme autrefois, et toute irrésolution semblait devoir cesser dès que j'allais effontément au-devant de la vérité.

Pendant un court moment d'angoisse extrême, cette idée d'en finir se présenta de nouveau, comme une tentation plus forte et plus irrésistible que jamais. Je me rappelai tout à coup pourquoi j'étais venu. Je pensai qu'en aucun temps peut-être une pareille occasion ne me serait offerte. Nous étions seuls. Le hasard nous plaçait dans la situation exacte que j'avais choisie. La moitié des aveux étaient faits. L'un et l'autre nous arrivions à ce degré d'émotion qui nous permettait, à moi de beaucoup oser, à elle de tout entendre. Je n'avais plus qu'un mot à dire pour briser cet horrible écrou du silence qui m'étranglait chaque fois que je pensais à elle. Je cherchais seulement une

phrase, une première phrase ; j'étais très calme, je
croyais du moins me sentir tel : il me semblait même
que mon visage ne laissait pas trop apercevoir le débat
extraordinaire qui se passait en moi. Enfin j'allais
parler, quand, pour m'enhardir davantage, je levai les
yeux sur Madeleine.

Elle était dans l'humble attitude que je vous ai dite,
clouée sur son fauteuil, sa broderie tombée, les deux
mains croisées par un effort de volonté, qui sans doute
en diminuait le tremblement, tout le corps un peu
frissonnant, pâle à faire pitié, les joues comme un
linge, les yeux en larmes, grands ouverts, attachés sur
moi avec la fixité lumineuse de deux étoiles. Ce regard
étincelant et doux, mouillé de larmes, avait une
signification de reproche, de douceur, de perspicacité
indicible. On eût dit qu'elle était moins surprise
encore d'un aveu qui n'était plus à faire, qu'effrayée
de l'inutile anxiété qu'elle apercevait en moi. Et s'il lui
avait été possible de parler, dans un instant où toutes
les énergies de sa tendresse et de sa fierté me
suppliaient ou m'ordonnaient de me taire, elle m'eût
dit une seule chose que je savais trop bien : c'est que
les confidences étaient faites, et que je me conduisais
comme un lâche ! Mais elle demeurait immobile, sans
geste, sans voix, les lèvres fermées, les yeux rivés sur
moi, les joues en pleurs, sublime d'angoisse, de
douleur et de fermeté.

« Madeleine, m'écriai-je en tombant à ses genoux,
Madeleine, pardonnez-moi... »

Mais elle se leva à son tour, par un mouvement de
femme indignée que je n'oublierai jamais ; puis elle fit
quelques pas vers sa chambre ; et comme je me
traînais vers elle, la suivant, cherchant un mot qui ne
l'offensât plus, un dernier adieu pour lui dire au moins
qu'elle était un ange de prévoyance et de bonté, pour
la remercier de m'avoir épargné des folies — avec une
expression plus accablante encore de pitié, d'indulgence et d'autorité, la main levée comme si de loin elle
eût voulu la poser sur mes lèvres, elle fit encore le
geste de m'imposer silence et disparut.

XIII

Pendant plusieurs jours, je pourrais dire pendant plusieurs mois, l'image offensée et si pleine d'angoisse de Madeleine me poursuivit comme un remords, et me fit cruellement expier mes fautes. Je ne cessai pas de voir briller ces larmes qu'un oubli de toute sagesse avait fait couler, et je demeurai comme prosterné, dans une obéissance hébétée, devant la douceur impérieuse de ce geste qui m'ordonnait à jamais de sceller des lèvres indiscrètes qui avaient failli lui faire tant de mal. J'avais honte de moi. Je rachetai cette folle et coupable entreprise par un repentir sincère. Le lâche orgueil qui m'avait armé contre Madeleine et fait combattre contre mon propre amour, ce désir malfaisant de chercher un adversaire dans l'être inoffensif et généreux que j'adorais, les aigreurs, les révoltes d'un cœur malade, les duplicités d'un esprit chagrin, tout ce que cette crise malsaine avait pour ainsi dire extravasé dans mes sentiments les plus purs, tout cela se dissipa comme par enchantement. Je ne craignis plus de m'avouer vaincu, de me voir humilié, et de sentir le pied d'une femme se poser encore une fois sur le démon qui me possédait.

La première fois que je revis Madeleine, et je me contraignis à la revoir dès les premiers jours, elle reconnut en moi un tel changement qu'elle en fut aussitôt rassurée. Je n'eus pas de peine à lui prouver dans quelles intentions soumises je revenais à elle, elle les comprit au premier coup d'œil que nous échangeâmes. Elle attendit encore un peu pour s'assurer si vraiment ces intentions seraient solides ; et dès qu'elle m'eut vu persister et tenir bon devant certaines épreuves difficiles, elle quitta aussitôt son attitude défensive, et sembla ne plus se souvenir de rien, ce qui, de toutes les manières de me pardonner, était la plus charitable et la seule qui lui fût permise.

A quelque temps de là, un jour que, le calme revenu, tout danger passé et ne voyant plus grand inconvénient à lui parler du repentir qui ne me quittait pas, je lui disais : « Je vous ai fait bien du mal, et je l'expie ! — Assez, me dit-elle, ne parlons plus de cela ; guérissez-vous seulement, je vous y aiderai [185] ».

A partir de ce moment Madeleine eut l'air de s'oublier pour ne plus songer qu'à moi. Avec un courage, avec une charité sans bornes, elle me tolérait auprès d'elle, me surveillait, m'assistait de sa continuelle présence. Elle imaginait des moyens de me distraire, de m'étourdir, de m'intéresser à des occupations sérieuses et de m'y fixer. On eût dit qu'elle se sentait à moitié responsable des sentiments qu'elle avait fait naître, et qu'une sorte de devoir héroïque lui conseillait de les subir, lui recommandait surtout d'en chercher sans cesse la guérison. Toujours calme, discrète, résolue, devant des dangers qui en aucun cas ne devaient l'atteindre, elle m'encourageait à la lutte, et quand elle était contente de moi, c'est-à-dire quand je m'étais bien brisé le cœur pour le forcer à battre plus doucement, alors elle m'en récompensait par des mots calmants qui me faisaient fondre en larmes, ou par des consolations qui m'embrasaient. Elle vivait ainsi dans la flamme, à l'abri de tout contact avec les sensations les plus brûlantes, pour ainsi dire enveloppée d'un vêtement d'innocence et de loyauté qui la rendait invulnérable aux ardeurs qui lui venaient de moi, comme aux soupçons qui pouvaient lui venir du monde.

Rien n'était plus délicieux, plus navrant et plus

redoutable que cette complicité singulière où Madeleine usait à mon profit des forces qui ne me rendaient point la santé. Cela dura des mois, peut-être une année, car j'entre ici dans une époque tellement confuse et agitée, qu'il ne m'en est resté que le sentiment assez vague d'un grand trouble qui continuait, et qu'aucun accident notable ne mesurait plus.

Elle quitta Paris pour aller aux bains d'Allemagne.

« J'entends que vous ne me suiviez pas, dit-elle. Il y aurait là mille inconvénients pour vous et pour moi. »

C'était la première fois que je la voyais s'occuper du soin de sa propre sûreté. Huit jours après son départ, je recevais d'elle une lettre admirablement sage et bonne. Je ne lui répondis point d'après sa prière. « Je vous tiendrai compagnie de loin, m'écrivait-elle, autant que cela se pourra. » Et pendant tout le temps que dura son absence, à des intervalles réguliers, elle mit la même patience à m'écrire ; c'était ainsi qu'elle me récompensait de mon obéissance à ne pas la suivre. Elle savait bien que l'ennui et la solitude étaient de mauvais conseillers ; elle ne voulait pas me laisser seul avec son souvenir, sans intervenir de temps en temps par un signe évident de sa présence.

Je savais le jour de son retour. Je courus chez elle. Je fus reçu par M. de Nièvres, que je ne rencontrais plus sans un vif déplaisir. J'étais peut-être parfaitement injuste à son égard, et j'aime à croire que rien n'était fondé dans les suppositions désobligeantes que j'avais faites ; mais je voyais le mari de Mme de Nièvres à travers des imaginations peu lucides ; et, à tort ou à raison, ces imaginations me le montraient réservé, défiant, presque hostile. Ils étaient arrivés vers le matin. Julie, mal portante et fatiguée, dormait. Mme de Nièvres ne pouvait me recevoir. Elle parut au moment où j'écoutais ces explications, et M. de Nièvres nous quitta aussitôt.

Une idée subite me vint, et comme un conseil de prudence, en serrant la main de cette femme vaillante à qui je faisais courir tant de risques :

« J'aurais l'intention de voyager pendant quelque

temps, lui dis-je, après de courts remerciements pour ses bontés. Qu'en dites-vous ?

— Si vous croyez cela utile, faites-le, dit-elle en manifestant seulement un peu de surprise.

— Utile ! qui sait ? Dans tous les cas, c'est à essayer.

— C'est peut-être à essayer, reprit Madeleine assez gravement ; mais alors comment aurons-nous de nos nouvelles ?

— Comment ? mais par les mêmes moyens, si vous y consentez.

— Oh ! non, cela ne sera pas, cela ne peut pas être. Vous écrire d'Allemagne à Paris, c'était possible, mais de Paris... au hasard, dit-elle, vous comprendrez bien que ce serait déraisonnable. »

Cette dure pespective d'être pendant plusieurs mois absolument privé de tout contact, même indirect, avec Madeleine me fit d'abord hésiter. Une autre réflexion me décida pour l'épreuve la plus radicale, et je lui dis :

« Soit ; je n'entendrai plus parler de vous, sinon par Olivier, qui n'est pas le plus exact des correspondants. Vous m'avez donné mille preuves de générosité qui me font rougir. Je ne puis m'en montrer digne qu'en me résignant. Vous apprécierez ce que cet effort pourra me coûter.

— Ainsi vous partez sérieusement ? reprit Madeleine, qui voulait en douter encore.

— Demain, lui dis-je. Adieu !

— Allez ! me dit-elle avec un froncement de sourcil qui lui donna tout à coup une expression singulière, et que Dieu vous conseille ! »

Le lendemain, en effet, j'étais en voiture. Olivier, qui s'était engagé sur l'honneur à m'écrire, tint sa promesse aussi loyalement que son incurable inertie le lui permettait. Je sus par lui l'état de santé de Madeleine. Madeleine apprit sans doute aussi qu'elle n'avait rien à craindre pour la vie du voyageur ; mais ce fut tout.

Je ne vous dirai rien de ce voyage, le plus magnifique et le moins profitable que j'aie jamais fait. Il y a

des lieux dans le monde où je suis comme humilié
d'avoir promené des chagrins si ordinaires et versé des
larmes si peu viriles. Je me souviens d'un jour où je
pleurais sincèrement, amèrement, comme un enfant
que les larmes ne font point rougir, au bord d'une mer
qui a vu des miracles, non pas divins, mais humains.
J'étais seul, les pieds dans le sable, assis sur des roches
vives où l'on voyait des boucles d'airain qui jadis
avaient attaché des navires. Il n'y avait personne, ni
sur cette plage abandonnée par l'histoire, ni en mer,
où pas une voile ne passait [186]. Un oiseau blanc volait
entre le ciel et l'eau, dessinant sa grêle envergure sur le
ciel immuablement bleu et la reproduisant dans la mer
calme. J'étais seul pour représenter à cette heure-là,
dans un lieu unique, la petitesse et les grandeurs d'un
homme vivant. Je jetai au vent le nom de Madeleine,
je le criai de toutes mes forces pour qu'il se répétât à
l'infini dans les rochers sonores du rivage ; puis un
sanglot me coupa la voix, et je me demandai, la
confusion dans le cœur, si les hommes d'il y a deux
mille ans, si intrépides, si grands et si forts, avaient
aimé autant que nous !

J'avais annoncé plusieurs mois d'absence : je revins
au bout de quelques semaines. Rien au monde ne
m'aurait fait prolonger mon voyage un seul jour de
plus. Madeleine me croyait encore à quatre ou cinq
cents lieues d'elle [187] quand j'entrai, un soir, dans un
salon où je savais la trouver. Elle fit un mouvement de
toute imprudence en m'apercevant. Fort peu de gens
connaissaient mon absence. On disparaît si commodément dans ce grand Paris, qu'un homme aurait le
temps de faire le tour de la terre avant qu'on se fût
aperçu de son départ. Je saluai Madeleine comme si je
l'avais vue la veille. Au premier regard, elle comprit
que je revenais à elle épuisé, affamé de la voir et le
cœur intact.

« Vous m'avez beaucoup inquiétée », me dit-elle.

Et elle poussa un soupir de soulagement. On eût dit
que mon retour, au lieu de l'effrayer, la débarrassait
au contraire d'un souci plus amer que tous les autres.

Elle reprit audacieusement sa tâche écrasante. Tous les moyens employés pour me sauver (c'était le seul mot dont elle se servît pour définir une entreprise où il s'agissait en effet de mon salut et du sien), tous étaient mauvais, quand ils ne me venaient pas directement de son appui. Elle voulait seule intervenir désormais dans ce débat dont elle était cause.

« Ce que j'ai fait, je le déferai ! » me dit-elle, un jour, dans un accès de fier défi poussé jusqu'à la folie.

Tout son sang-froid l'avait abandonnée. Elle commit des étourderies sublimes et qui sentaient le désespoir. Ce n'était plus assez pour elle d'assister à ma vie d'aussi près que possible, de m'encourager si je faiblissais, de me calmer lorsque je m'exaspérais. Elle sentait que son souvenir même contenait des flammes ; elle imagina de les éteindre, en veillant pour ainsi dire heure par heure sur mes pensées les plus secrètes. Il aurait fallu, pour cela, multiplier à l'infini des visites qui déjà se répétaient trop souvent. C'est alors qu'elle osa inventer des moyens de me voir hors de sa maison. Elle y mit cette effrayante effronterie qui n'est permise qu'aux femmes qui risquent leur honneur, ou à la pure innocence. Bravement, elle me donna des rendez-vous. Le lieu désigné était désert, quoique peu éloigné de son hôtel. Et ne supposez pas qu'elle choisît, pour ces expéditions périlleuses, les occasions fréquentes où M. de Nièvres s'absentait. Non, c'était lui présent à Paris, au risque de le rencontrer, de se perdre, qu'elle accourait à heure dite et presque toujours aussi maîtresse d'elle-même, aussi résolue que si elle eût tout sacrifié.

Son premier coup d'œil était un examen. Elle m'enveloppait de ce large et éclatant regard qui voulait sonder ma conscience et reconnaître au fond de mon cœur les orages amassés ou dissipés depuis la veille. Son premier mot était une question : « Comment allez-vous ? » Ce *Comment allez-vous ?* signifiait : « Etes-vous plus sage ? » Quelquefois je lui répondais par un demi-mensonge courageux qui ne la trompait guère, mais qui alors éveillait en elle des curiosités et des inquiétudes d'un autre genre. Elle prenait mon bras, et nous marchions sous les arbres, nous taisant par intervalles, ou causant avec le calme apparent de deux amis qui se sont rencontrés par hasard. Elle me dévoilait, pendant ces heures de douce et brûlante étreinte, elle me révélait, comme autant de merveilles, des trésors de dévouement, d'abnégation, des ressources de prévoyance presque égales aux profondeurs de sa charité. Elle disciplinait ma vie mal réglée, ou plutôt déréglée et portée sans mesure à tous les excès contraires du travail acharné ou de la pure inertie. Elle gourmandait mes lâchetés, s'indignait de mes défaillances et me reprochait les invectives dont je m'accablais à plaisir, parce qu'elle y voyait, disait-elle, les inquiétudes d'un esprit mal équilibré et plus perplexe encore qu'équitable. Si j'avais été capable de concevoir les moindres ambitions un peu fortes, ce qu'elle me communiquait de vrai courage aurait dû les allumer en moi comme un incendie.

« Je vous veux heureux, me disait-elle ; si vous saviez avec quelle ferveur je le désire ! »

Elle hésitait ordinairement sur le mot d'avenir, qui cruellement nous blessait par des avis, hélas ! trop raisonnables. Quelle perspective, quelle issue envisageait-elle au-delà du lendemain qui bornait nos rêves ? Aucune sans doute. Elle y substituait je ne sais quoi de vague et de chimérique, comme ce dernier espoir qui reste aux gens qui n'espèrent plus.

Lorsqu'il lui arrivait de manquer à cette mission de presque tous les jours, qu'elle accomplissait avec l'enthousiasme d'un médecin qui se dévoue, le lendemain elle m'en demandait pardon comme d'une faute. J'en étais venu à ne plus savoir si je devais accepter ou non la douceur d'une assistance aussi terrible. Je sentais se glisser en moi de telles perfidies, que je ne discernais plus dans quelle mesure j'étais coupable ou seulement malheureux. Malgré moi, j'ourdissais des plans abominables ; et chaque jour Madeleine, à son insu peut-être, mettait le pied dans des trahisons. Je n'en étais plus à ignorer qu'il n'y a pas de courage au-dessus de certaines épreuves, que la plus invincible vertu, minée à toutes les minutes, court de grands risques, et que de toutes les maladies, celle dont on entreprenait de me guérir était certainement la plus contagieuse.

M. de Nièvres ayant brusquement quitté Paris, Madeleine me fit savoir que nos promenades devraient être suspendues. Nous les reprîmes aussitôt après le retour de son mari, avec plus d'exaltation et de décision. Ce perpétuel *me, me adsum, qui feci*, — c'est moi, moi seule qui en suis cause, — revenait sous toutes les formes dans des paroxysmes de générosité qui m'accablaient de honte et de bonheur.

Elle arriva ainsi jusqu'au point le plus escarpé d'une tentative où jamais femme héroïque ait pu parvenir sans se précipiter. Elle s'y maintint encore quelque temps intrépidement et sans trop de défaillance, comme un être, en possession de secours surnaturels, que le vertige a privé de sens et que l'excès du danger retient au bord de l'abîme, en paralysant tout à coup sa raison. A ce moment, je vis qu'elle était à bout de force. Cette miraculeuse organisation se détendit d'elle-même. Elle ne se plaignit pas, n'avoua rien qui pût trahir sa faiblesse. Se reconnaître impuissante et découragée, c'était tout remettre aux mains du hasard ; et le hasard lui faisait peur comme de tous les auxiliaires le plus incertain, le plus perfide et peut-être le plus menaçant. Se dire épuisée, c'était m'ouvrir son cœur à deux mains et me montrer le mal incurable que j'y avais fait. Elle ne jeta pas un cri de détresse. Elle tomba pour ainsi dire de lassitude ; ce fut le seul signe auquel je reconnus qu'elle n'en pouvait plus.

Un jour je lui dis :

« Vous m'avez guéri, Madeleine, je ne vous aime plus. »

Elle s'arrêta court, devint horriblement pâle, et hésita comme effrayée par une méchanceté qui la blessait jusqu'au fond de l'âme.

« Oh ! rassurez-vous, lui dis-je, le jour où cela serait...

— Le jour où cela serait ?... » reprit-elle, et la voix lui manquant, elle fondit en larmes.

Le lendemain pourtant, elle revint. Je la vis descendre de sa voiture si changée, si abattue, que j'en fus épouvanté.

« Qu'avez-vous ? » lui dis-je en courant à sa rencontre, tant j'avais peur qu'elle ne défaillît au premier pas.

Elle se remit un peu, grâce à de prodigieux efforts dont je ne fus pas dupe, et me répondit seulement :

« Je suis bien fatiguée. »

Alors je fus pris d'un remords horrible.

« Je suis un misérable sans cœur et sans honnêteté ! m'écriai-je. Je n'ai pas su me sauver ; vous venez à moi, et je vous perds ! Madeleine, je n'ai plus besoin de vous, je ne veux plus de secours, je ne veux plus rien... Je ne veux pas d'une assistance achetée si cher et d'une amitié que j'ai rendue trop lourde et qui vous tuerait. Que je souffre ou non, cela me regarde. Mon soulagement viendra de moi ; mes misères me concernent, et quelle qu'en soit la fin, elle n'atteindra plus personne. »

Elle m'écouta d'abord sans répondre, comme réduite à cet état de faiblesse maladive ou de fragilité enfantine qui nous rend incapables de comprendre certaines idées fortes et de nous résoudre.

« Séparons-nous, lui dis-je, pour tout à fait ! Oui, séparons-nous, cela vaudra mieux. Ne nous voyons plus, oublions-nous !... Paris nous désunira bien assez, sans que nous mettions entre nous des lieues de distance. Au premier mot de vous qui m'apprendrait que vous avez besoin de moi, vous me trouverez, je serai là. Autrement...

— Autrement ? » dit-elle en se réveillant lentement de sa torpeur.

Elle mit quelques secondes à retourner dans son esprit ce mot qui nous menaçait tous les deux d'un adieu définitif. D'abord, il n'eut pas l'air d'avoir un sens bien compréhensible.

« C'est vrai, reprit-elle, je suis un bien mauvais

soutien, n'est-ce pas ? un raisonneur fatigant, un ami peut-être inutile... »

Puis, elle eut l'air de chercher des issues différentes et des solutions moins vigoureuses. Et comme j'attendais une réponse dans une anxiété qui m'étouffait, elle fit le geste d'un malade épuisé qu'on tourmente en l'entretenant d'affaires trop sérieuses.

« Pourquoi donc êtes-vous venu, me dit-elle, me proposer des choses impossibles ?... Vous me persécutez à plaisir. Allez, mon ami, allez-vous-en, je vous en prie. Je suis souffrante aujourd'hui. Je n'ai pas le premier mot d'un bon conseil à vous donner. Vous savez mieux que moi quelle chance vous offre un pareil parti. Celui que vous prendrez sera le seul raisonnable : l'estime que je vous porte et l'amitié que vous avez pour moi ne me permettent pas d'en douter. »

Je la quittai bouleversé, et je renonçai bientôt à des extrémités sans retour, qui nous eussent séparés pour toujours, quand ni l'un ni l'autre nous n'en avions la volonté. Seulement, je réglai ma conduite en vue d'un détachement lent, continu, qui pouvait peut-être plus tard ramener entre nous des accords plus tièdes et tout pacifier sans trop de sacrifices. Je ne la menaçai plus de ce mot d'oubli, trop désespéré pour être sincère, et qui l'eût fait sourire de pitié, si elle avait eu elle-même un peu de bon sens le jour où je le lui proposais comme un moyen. Je continuai de vivre assez près d'elle pour lui prouver que j'adoptais un parti moins extrême, assez loin pour la laisser libre et ne plus lui imposer des complicités dont je rougissais.

Que se passa-t-il alors dans l'esprit de Madeleine ? Je vous en fais juge. A peine affranchie de ce rôle extraordinaire de confidente et de sauveur, tout à coup elle se transforma. Son humeur, son maintien, l'inaltérable douceur de son regard, la parfaite égalité de ce caractère composé d'or maniable et d'acier, c'est-à-dire d'indulgence et de pure vertu ; cette nature résistante et sans dureté, patiente, unie, toujours dans l'équilibre d'un lac abrité, cette consolatrice ingénieuse, cette bouche inépuisable en mots exquis, tout cela changea. Je vis paraître alors un être nouveau, bizarre, incohérent, inexplicable et fugace, aigri, chagrin, blessant et ombrageux, comme si elle eût été entourée de pièges, aujourd'hui que je me dévouais sans réserve au soin d'aplanir sa vie et d'en écarter l'ombre d'un souci. Quelquefois je la trouvais en larmes. Elle les dévorait aussitôt, passait la main sur ses yeux avec un geste indicible d'indignation ou de dégoût, et les essuyait, comme elle aurait fait d'une souillure. Elle rougissait sans cause et semblait prise au dépourvu dans la contemplation d'une idée mauvaise. Je la vis se rapprocher de sa sœur plus étroitement que jamais, sortir plus souvent au bras de son père, qui l'adorait, mais qui n'avait ni ses goûts ni tout à fait ses habitudes du monde. Un jour que j'allai chez elle, et mes visites étaient comptées :

« Voulez-vous voir M. de Nièvres ? me dit-elle. Il est dans son cabinet, je crois. »

Elle sonna, fit appeler M. de Nièvres, et le mit entre nous.

Elle fut extrêmement gaie pendant cette visite, la première peut-être que je lui eusse faite en attitude de cérémonie. M. de Nièvres se montra plus souple, sans se départir d'une certaine réserve, qui devenait de plus en plus évidente en devenant, je crois, plus systématique. Elle soutint presque à elle seule le poids d'une conversation qui menaçait à chaque instant de tomber et de nous laisser béants. Grâce à ce tour de force d'adresse et de volonté, la comédie qui se jouait entre nous arriva jusqu'à la fin sans se démentir, et rien ne parut qui la rendît trop choquante. Elle récapitula devant moi l'emploi des soirées qui devaient l'occuper pendant la semaine, et sans moi, bien entendu.

« M'accompagnerez-vous ce soir ? dit-elle à son mari.

— Vous me priez de faire une chose que je ne vous ai jamais refusée, je crois », répondit M. de Nièvres assez froidement.

Elle me suivit jusqu'à la porte de son boudoir,

appuyée au bras de son mari, droite, assurée sur ce ferme soutien. Je la saluai en répondant par un unisson parfait au ton cordial et froid de son adieu.

« Pauvre et chère femme! me disais-je en m'en allant. Chère conscience où j'ai fait entrer des terreurs! »

Et, par un de ces retours qui déshonorent en un moment les meilleurs élans, je pensai à ces statues accoudées sur un étai qui les met d'aplomb et qui tomberaient sans ce point d'appui.

XIV

C'est à cette époque que j'appris d'Augustin l'accomplissement d'un projet que cet honnête cœur nourrissait et poursuivait depuis longtemps; vous vous souvenez peut-être qu'il me l'avait donné à entendre.

Je continuais de voir Augustin, non pas à mes moments perdus; je le cherchais au contraire, et le trouvais à mes ordres chaque fois, et c'était souvent, que je me sentais un plus grand besoin de me retremper dans des eaux plus saines. Il n'avait point à me donner des conseils meilleurs, ni des consolations plus efficaces. Je ne lui parlais jamais de moi, quoique mon égoïste chagrin transpirât dans toutes mes paroles, mais sa vie même était un exemple plus fortifiant que beaucoup de leçons. Quand j'étais bien las, bien découragé, bien humilié d'une lâcheté nouvelle, je venais à lui, je le regardais vivre, comme on va prendre l'idée de la force physique en assistant à des assauts de lutteurs. Il n'était pas heureux. Le succès n'avait encore récompensé ce rigide et laborieux courage que par de maigres faveurs : mais il pouvait du moins avouer ses défaillances, et les difficultés qui l'exerçaient à des luttes si vives n'étaient pas de celles dont on rougit.

J'appris un jour qu'il n'était plus seul[188].

Augustin me fit part de cette nouvelle, qui, pour

beaucoup de raisons, avait la gravité d'un secret, pendant une longue nuit d'entretien qu'il passa tout entière à mon chevet. Je me souviens que c'était vers la fin de l'hiver : les nuits étaient encore longues et froides, et l'ennui de retourner chez lui si tard l'avait décidé à attendre le jour dans ma chambre. Olivier vint nous interrompre au milieu de la nuit. Il rentrait du bal ; il en rapportait dans ses habits comme une odeur de luxe, de bouquets de femmes et de plaisirs ; et sur son visage, un peu fatigué par les veilles, il y avait des lueurs de fête et comme une pâleur émue qui lui donnaient une élégance infiniment séduisante. Je me souviens que je l'examinai pendant le court moment qu'il resta debout près d'Augustin, achevant un cigare et comptant des louis qu'il avait gagnés entre deux valses ; et j'ai peut-être tort de vous avouer que le contraste de la tenue, de la mise et de la roideur un peu scolastique d'Augustin m'attrista par des côtés presque vulgaires. Je me rappelais ce qu'Olivier m'avait dit des gens qui n'ont que le travail et la volonté pour tout patrimoine, et derrière le spectacle incontestablement beau de l'héroïsme déployé par un homme qui veut, j'apercevais des médiocrités d'existence qui, malgré moi, me faisaient frémir. Heureusement pour lui, Augustin sentait peu ces différences, et l'ambition qu'il avait d'arriver à des positions élevées ne devait jamais se compliquer de l'ambition, nulle pour lui, de s'habiller, de vivre et de respirer les élégances de la vie comme Olivier.

Olivier parti, Augustin se remit à m'entretenir de sa situation. C'était la première fois qu'il me faisait des confidences aussi larges. Il ne me disait point qu'elle était la personne qu'il appelait dorénavant sa compagne et le but de sa vie, en attendant d'autres devoirs [189] que l'avenir lui faisait envisager, et auxquels il souriait d'avance avec convoitise. Il commença même en termes si vagues que je ne compris pas d'abord quelle était exactement la nature de ces liens qui le rendaient à la fois si précis dans ses espérances et si maritalement heureux.

« Je suis seul, me disait-il, seul au monde, de toute
une famille que la misère, le malheur, des morts
prématurées, ont dispersée ou détruite. Il ne me reste
que des parents éloignés qui n'habitent pas la France
et qui sont Dieu sait où. Votre Olivier, dans une
situation semblable, attendrait un jour un héritage ; il
l'escompterait d'avance sur la garantie de sa bonne
étoile, et l'héritage arriverait à heure fixe. Moi, je
n'attends rien, et je fais sagement. Bref, je n'avais
besoin de personne pour un consentement qui aurait
soulevé peut-être quelques difficultés. J'ai réfléchi,
j'ai calculé les chances, les charges, j'ai bien pesé
toutes les responsabilités, j'ai prévu les inconvénients,
et toute chose en a, même le bonheur ; je me suis tâté
le pouls pour savoir si ma bonne santé, si mon courage
suffiraient aussi bien à deux, un jour à trois, peut-être
à plusieurs ; je n'ai pas cru payer trop cher, au prix de
quelques efforts de plus, la tranquillité, la joie, la
plénitude de mon avenir, et je me suis décidé.

— Vous êtes donc marié ? lui dis-je, comprenant
enfin qu'il s'agissait d'une liaison sérieuse et définitive.

— Mais sans doute. Croyez-vous donc que je vous
parlais de ma maîtresse ? Mon cher ami, je n'ai ni assez
de temps, ni assez d'argent, ni assez d'esprit pour
suffire aux dépenses de pareilles liaisons. D'ailleurs,
avec la manie que vous me connaissez de prendre tout
au sérieux je les considère comme des mariages aussi
coûteux que les autres, moins satisfaisants, même
quand ils sont plus heureux, et souvent plus difficiles
à rompre, ce qui prouve une fois de plus combien nous
aimons les cercles vicieux. Beaucoup de gens se lient
pour éviter le mariage, qui devraient au contraire se
marier pour briser des chaînes. Je redoutais beaucoup
ce piège, où je me savais enclin à tomber, et j'ai pris,
vous le voyez, le bon parti. J'ai établi ma femme à la
campagne, tout près de Paris, — pauvrement, je dois
vous le dire, ajouta-t-il en ayant l'air de comparer son
intérieur avec le mien, qui cependant était très
modeste, — et un peu tristement, je le crains pour

elle. Aussi j'ose à peine vous inviter à venir nous voir.

— Quand vous voudrez, lui dis-je en lui serrant tendrement la main, aussitôt que vous consentirez à présenter un de vos plus anciens amis et des meilleurs à madame…, j'allais dire son nom.

— J'ai changé de nom, me dit-il en m'interrompant. J'ai demandé une autorisation qui me permît de prendre le nom de ma mère, une femme excellente et respectable dont le souvenir, car je l'ai perdue trop tôt, vaut mieux que celui de mon père, à qui je dois seulement l'accident de ma naissance [190]. »

Je n'avais jamais songé à m'informer si Augustin avait une famille, tant il avait les allures d'un orphelin, c'est-à-dire l'air indépendant et abandonné, en d'autres termes, le caractère de la vie individuelle, sans origines, ni liens, ni devoirs, ni douceurs. Il rougit légèrement en prononçant le mot d' « accident de naissance », et je compris qu'il était encore plus qu'orphelin.

Il se reprit et me dit :

« Je vous prierai, jusqu'à nouvel ordre, de ne pas m'amener votre ami Olivier. Il ne rencontrerait chez moi rien de ce qui lui plaît, sinon une femme très bonne et parfaitement dévouée, qui me remercie chaque jour de l'avoir épousée, qui voit, grâce à moi, l'avenir tout en rose, qui n'aura d'autre ambition que de me savoir heureux d'abord, et qui aimera mes succès le jour où je lui en aurai fait goûter. »

Le jour se levait qu'Augustin, dont ce fut assurément le plus long discours, parlait encore ; et à peine le premier crépuscule eut-il fait pâlir la lampe et rendu les objets visibles, qu'il alla vers la fenêtre se baigner le visage à l'air glacé du matin. Je voyais sa figure anguleuse et blême se dessiner comme un masque souffrant sur le champ du ciel, mal éclairé de lueurs incertaines. Il était vêtu de couleurs sombres ; toute sa personne avait cet air réduit, comprimé, pour ainsi dire diminué, des gens qui travaillent beaucoup sans agir, et quoiqu'il fût au-dessus de toute fatigue, il allongeait ses mains maigres et s'étirait les bras comme un ouvrier qui s'est assoupi entre deux tâches et qui se réveille au chant du coq.

« Dormez, me dit-il. J'ai trop abusé de votre complaisance à m'écouter. Laissez-moi seulement ici pour une heure encore. »

Et il se mit à ma table à préparer un travail qui devait être achevé le matin même.

Je ne l'entendis point sortir de ma chambre. Il se déroba sans bruit, au point qu'en m'éveillant, je crus avoir rêvé toute une histoire austère et touchante dont la moralité s'adressait à moi.

Dans la matinée il revint.

« Je suis libre aujourd'hui, me dit-il d'un air rayonnant, et j'en profite pour aller chez moi. Le temps est fort laid : vous sentez-vous de force à m'accompagner ? »

Il y avait plusieurs jours que je n'avais vu Madeleine. Tout écart entre des rencontres qui n'amenaient plus que des malentendus blessants ou des susceptibilités désolantes me paraissant une occasion bonne à saisir :

« Je n'ai rien qui me retienne à Paris aujourd'hui, dis-je à Augustin, et je suis à vous. »

Il habitait une maison isolée sur la limite d'un village, mais aussi près que possible des champs. La maison était fort exiguë, garnie de volets verts et d'espaliers disposés entre les fenêtres, le tout propre, simple, modeste comme le maître lui-même, avec cette absence de bien-être qui n'aurait rien fait préjuger chez Augustin garçon, mais qui, dans son ménage, annonçait immédiatement la gêne. Sa femme était, comme il me l'avait dit, une très agréable jeune femme ; je fus même étonné de la trouver beaucoup plus jolie que je ne l'avais supposé d'après les opinions systématiques d'Augustin sur les agréments extérieurs des choses. Elle sauta avec une surprise joyeuse au cou de son mari, qu'elle n'attendait pas ce jour-là, et me fit, dans ces formes gracieuses et timides d'une personne prise au dépourvu, les honneurs de son petit jardin où les jacinthes commençaient à peine à fleurir.

Il faisait froid. Je n'étais pas gai. Je ne sais quelle
tristesse empreinte dans les lieux, dans la saison, la
pauvreté manifeste de ce que je voyais, la prévision de
ce qu'on ne voyait pas, la difficulté même d'occuper
cette longue journée pluvieuse, dans un milieu si peu
fait pour nous mettre à l'aise, tout m'enveloppait
d'une atmosphère de glace. Je me souviens qu'on
voyait des fenêtres deux grands moulins à vent qui
dépassaient les murs de clôture, et dont les ailes grises,
rayées de baguettes sombres, tournaient sans cesse
devant les yeux avec une monotonie de mouvement
assoupissante. Augustin s'occupa lui-même d'une
foule de soins domestiques et de détails de ménage,
d'où je conclus que sa femme était peu servie, peut-
être pas servie du tout, et que la femme et le mari
faisaient au moins beaucoup de choses de leurs
propres mains. Il s'inquiéta des besoins de la maison
pour le lendemain, pour les jours suivants. « Tu sais,
disait-il à sa femme, que je ne reviendrai pas avant
dimanche. » Il donna un coup d'œil au bûcher : la
provision de bois coupé était épuisée. « Je vous
demande un quart d'heure », me dit-il. Il ôta sa
redingote, prit une scie et se mit à l'ouvrage. Je lui
proposai de l'aider ; il accepta l'aide que je lui offrais,
et me dit simplement : « Volontiers, mon cher ami, à
nous deux nous irons plus vite. » Je mis mon amour-
propre à ce travail, dans lequel j'étais fort maladroit.
Au bout de cinq minutes, j'étais exténué, mais il n'en
parut rien, et je donnais le dernier coup de scie quand
Augustin lui-même s'arrêta. J'ai accompli de plus
grands devoirs dans ma vie, je n'en connais pas qui
m'aient fait éprouver plus de vrai plaisir. Ce petit
effort musculaire m'apprit ce que peut la conscience,
exercée dans l'ordre des actes moraux, en se roidis-
sant.

Dans la soirée, il se fit une embellie qui nous permit
de sortir. Un sentier glissant, percé dans le taillis,
conduisait jusqu'à de grands bois qui couronnaient
une partie de l'horizon de leurs sombres couleurs
d'hiver. A l'opposé, et dans les brumes grisâtres, on

apercevait la masse immense, compacte, étendue en cercle entre des collines, de la ville entassée et fumeuse, agrandie encore d'une partie de ses faubourgs. Sur toutes les routes qui sillonnaient le pays et se dirigeaient vers ce grand centre comme les rayons d'une roue au même sommet, on entendait tinter des colliers de chevaux, rouler des chariots lourds, claquer des fouets et retentir des voix brutales. C'était la vilaine limite où l'on commence, par la laideur de la banlieue, à entrer dans l'activité du tourbillon de Paris.

« Tout ce que vous voyez là n'est pas beau, me disait Augustin ; que voulez-vous ? il ne faut pas considérer ceci comme un séjour d'agrément, mais seulement comme un lieu d'attente. »

Nous revînmes à la nuit, les nécessités de sa position le rappelant le soir même. Il nous fallut gagner à pied, par des routes embourbées, le lieu de la station de la voiture publique qui devait nous ramener à Paris. Chemin faisant, Augustin m'entretenait encore de ses espérances ; il disait « ma femme » avec un air de possession tranquille et assurée qui me faisait oublier toutes les duretés de sa carrière, et me représentait la plus parfaite expression du bonheur.

Je le conduisis, non pas à son appartement, situé dans cette partie de Paris qu'il appelait le quartier des livres, mais à l'hôtel même du personnage dont il était, je vous l'ai dit, le secrétaire. Il sonna en homme accoutumé à se considérer là comme un peu chez lui, et, quand je le vis s'engager dans la cour somptueuse, monter lentement le perron et disparaître dans une antichambre de petit palais, mieux que jamais je compris pourquoi ce maigre jeune homme aux airs modestes et résolus ne serait en aucun cas le valet de personne, et j'eus le sentiment net de sa destinée.

Je rentrai, moins attristé encore des plaies secrètes que je venais de toucher du doigt qu'humilié vis-à-vis de moi-même de mon impuissance à en rien conclure de pratique. Je trouvai Olivier qui m'attendait ; il était las et ennuyé.

« Je reviens de chez Augustin », lui dis-je.

Il examina mes vêtements tachés de boue, et comme il avait l'air de ne pas comprendre de quel lieu je pouvais sortir en pareil état :

« Augustin est marié, lui dis-je.

— Marié ! reprit Olivier, lui !

— Et pourquoi non ?

— Cela devait être. Un pareil homme devait infailliblement commencer par là. As-tu remarqué, continua-t-il sérieusement, qu'il y a deux catégories d'hommes qui ont la rage de se marier de bonne heure, quoique leur situation les mette dans l'impossibilité certaine soit de vivre avec leurs femmes, soit de les faire vivre ? Ce sont les marins et les gens qui n'ont pas le sou. Et Mme Augustin ? reprit-il.

— Sa femme, qui ne s'appelle point Mme Augustin, habite la campagne. Il a bien voulu me présenter à elle aujourd'hui. »

Et je le mis en quelques mots au courant de ce qu'il me convenait de lui faire connaître de la vie domestique d'Augustin.

« Ainsi tu as vu des choses qui t'ont édifié ? »

Cette résistance à se laisser toucher par un tel exemple de courageuse probité me déplut, et je ne lui répondis pas.

« Soit, reprit Olivier avec l'impertinence amère qu'il avait dans ses moments de mauvaise humeur ; mais qu'avez-vous pu faire entre ces quatre murs ?

— Nous avons scié du bois, lui dis-je en lui montrant nettement que je ne plaisantais pas.

— Tu as froid, reprit Olivier en se levant pour me quitter, tu as piétiné sous la pluie, tes habits mouillés transpirent les odieuses rigueurs de la vie nécessiteuse et de l'hiver, tu reviens tout imbibé de stoïcisme, de misère et d'orgueil : attendons à demain pour causer plus raisonnablement. »

Je le laissai sortir sans lui dire un mot de plus, et je l'entendis qui fermait la porte avec impatience. Je crus comprendre qu'il avait sans doute des ennuis particuliers qui le rendaient injuste, et ces ennuis, si je n'en connaissais pas l'objet positif, je pouvais du moins en deviner la nature. J'imaginai des aventures nouvelles ou des accidents dans une liaison déjà bien ancienne, et dont la durée était d'ailleurs peu probable. Je savais la facilité qu'il avait à se détacher des choses et l'impatience maladive qui le portait au contraire à se précipiter vers les nouveautés. Entre ces deux hypothèses d'une rupture ou d'une inconstance, je m'arrêtai donc plus volontiers à la seconde. J'étais en veine d'indulgence ; ma visite à Augustin m'avait mis, je puis le dire, en humeur de mansuétude. Aussi dès le lendemain matin j'entrai chez Olivier. Il dormait ou feignait de dormir.

« Qu'as-tu ? lui dis-je en lui prenant la main comme à un ami dont on veut briser les bouderies.

— Rien, me dit-il en me montrant son visage fatigué par une nuit d'insomnie ou de rêves pénibles.

— Tu t'ennuies ?

— Toujours.

— Et qu'est-ce qui t'ennuie ?

— Tout, répondit-il avec la plus évidente sincérité. J'arrive à détester tout le monde, et moi plus que personne. »

Il était en disposition de se taire, et je sentis que toute question n'amènerait que des faux-fuyants, et l'irriterait encore sans me satisfaire.

« Je croyais, lui dis-je, que tu avais quelques causes accidentelles de soucis ou d'embarras, et je venais mettre à ta disposition mes services ou mes avis. »

Il sourit à ce dernier mot, qui lui parut en effet dérisoire, tant les avis que nous nous étions mutuellement donnés avaient peu servi jusqu'à présent.

« Si tu consens à me rendre un service, je le veux bien, reprit-il. Tu le peux sans beaucoup de peine. Il suffit pour cela d'aller chez Madeleine, et de réparer de ton mieux une sottise que j'ai faite hier en me montrant dans un lieu public où Madeleine et Julie se trouvaient avec mon oncle. Je n'étais pas seul [191]. Il est possible qu'on m'ait vu, car Julie a des yeux qui me trouveraient là où je ne suis pas. Je te serais très obligé de t'assurer du fait en les questionnant l'une et l'autre adroitement. Si ce que je crains avait eu lieu, imagine alors une explication vraisemblable et qui ne compromette personne en supposant à celle que j'accompagnais un nom, des relations, des habitudes, un monde enfin qui la recommande, mais dont ni mon cher cousin ni Madeleine ne puissent vérifier l'exactitude, si par hasard l'envie leur en venait. »

Le soir même, je vis Mme de Nièvres. C'était un de ses vendredis, jour de visites. Je me donnai pour occupation de remplir uniquement la mission d'Olivier. Son nom ne fut pas prononcé. Je n'appris donc rien de positif. Julie était un peu souffrante. Elle avait eu la veille au soir un accès de fièvre léger dont il lui restait encore une suite de faiblesse et d'agitation nerveuse. Je dois vous dire ici que depuis longtemps l'état de Julie m'inquiétait. J'avais fait à son sujet beaucoup de réflexions que j'ai passées sous silence, parce que le souci de cette petite personne, si véritable que fût mon affection pour elle, disparaissait, je vous l'avoue, dans le mouvement égoïste de mes propres soucis.

Vous vous souvenez peut-être qu'un soir, à la veille même de son mariage, en m'entretenant avec solennité de ce qu'elle appelait ses dernières volontés de jeune fille, Madeleine avait introduit le nom de Julie et l'avait rapproché du mien dans des espérances communes dont le sens était clair [192]. Depuis lors, soit à Nièvres, soit à Paris, elle avait renouvelé la même insinuation sans que ni Julie ni moi nous eussions l'air de l'accueillir. Un jour entre autres et devant son père, qui souriait doucement de ces ingénieux enfantillages, elle prit le bras de sa sœur, le passa au mien, et nous considéra ainsi avec l'expression d'une joie véritable. Elle nous maintint devant elle dans cette attitude qui m'embarrassait extrêmement, et qui ne paraissait pas non plus du goût de Julie ; puis, sans deviner qu'il y eût entre sa sœur et moi plus d'un obstacle déjà formé qui déjouait ses projets d'union, elle prit Julie dans ses bras, comme aurait fait une mère, l'embrassa tendre-

ment, longuement, et lui dit : « Ne nous quittons pas,
ma chère petite sœur ; puissions-nous ne jamais nous
quitter ! »

Depuis, et cela datait du jour où l'attention de
Madeleine avait pu s'éveiller sur le véritable état de
mes sentiments, pas un mot n'avait été dit sur ce sujet,
et jamais le plus léger signe ne m'avait appris que
Madeleine y pensait encore. Au contraire, si le hasard
faisait naître l'idée d'un projet qui sans contredit
l'avait autrefois occupée, elle semblait l'avoir entièrement oublié ou ne l'avoir jamais eu. Quelquefois
seulement, elle regardait Julie d'un air plus tendre ou
plus attristé. J'en concluais qu'elle achevait de briser
des espérances devenues impossibles, et que l'avenir
de sa sœur, arrêté un moment d'après des combinaisons chimériques, l'inquiétait aujourd'hui comme une
difficulté à examiner de nouveau.

Quant à Julie, elle n'avait pas eu à revenir de si loin.
Ses sentiments, déterminés dès l'origine et invariablement attachés au même objet, n'avaient pas fléchi.
Seulement les susceptibilités dont se plaignait Olivier
s'accusaient tous les jours davantage, et coïncidaient
invariablement avec une absence trop longue, un mot
trop vif, un air plus distrait de son cousin. Sa santé
s'altérait. Elle avait les fiertés de sa sœur, qui l'empê-
chaient de se plaindre ; mais elle ne possédait pas ce
don merveilleux d'être secourable à ceux qui la
blessaient, qui des martyres de Madeleine devait faire
des dévouements. On eût dit que l'intérêt de qui que
ce fût lui faisait injure, excepté celui d'Olivier, qui, de
tous les intérêts qu'elle pouvait attendre, était le plus
rare. Elle eût plutôt accepté l'impitoyable dédain de
celui-ci que de se soumettre à des pitiés qui l'offen-
saient. Son caractère ombrageux à l'excès prenait de
jour en jour des angles plus vifs, son visage des airs
plus impénétrables, et toute sa personne un caractère
mieux dessiné d'entêtement et d'obstination dans une
idée fixe. Elle parlait de moins en moins ; ses yeux, qui
n'interrogeaient presque plus, pour éviter plus que
jamais de répondre, semblaient avoir replié la seule

flamme un peu vivante qui les mêlait à la pensée des autres.

« Je ne suis pas contente de la santé de Julie, m'avait dit Madeleine bien souvent [193]. Elle est décidément mal portante, et d'un caractère à se déplaire partout, même avec ceux qu'elle aime le plus. Dieu sait pourtant que ce n'est pas la force de s'attacher aux gens qui lui manque ! »

A une autre époque, Madeleine ne m'aurait certainement pas parlé de sa sœur en de pareils termes. De plus, cette idée de tendresse excessive et ces qualités affectueuses mises en relief par Madeleine ne s'accordaient pas très bien avec la froideur des enveloppes qui rendaient les abords de Julie si glacés.

J'en étais là de mes conjectures quand plusieurs incidents que je ne vous dis pas m'ouvrirent tout à fait les yeux. La démarche dont me chargeait Olivier avait donc pour moi la signification la plus grave, bien qu'il ne m'en eût révélé que la moitié, comme on fait avec un agent diplomatique qu'on ne veut pas mettre à fond dans ses secrets. Je m'informai avec un soin particulier de l'origine et de l'heure de l'indisposition subite de Julie. Ce que j'en appris s'accordait exactement avec les renseignements donnés par Olivier. Madeleine était imperturbablement maîtresse de ses réponses, et parlait de la fièvre de sa sœur comme un médecin du corps en eût parlé.

Je rentrai fort tard, et je trouvai Olivier debout et qui m'attendait.

« Eh bien ? me dit-il vivement, comme si son impatience avait tout à coup grandi pendant la durée de ma visite.

— Je n'ai rien appris, lui dis-je. Tout ce que je sais, c'est que Julie est revenue hier du concert avec la fièvre, que la fièvre continue, et qu'elle est malade.

— L'as-tu vue ? me demanda Olivier.

— Non », lui dis-je en faisant un mensonge dont j'avais besoin pour l'intéresser un peu plus à l'indisposition, d'ailleurs très légère, de Julie.

Il fit un mouvement de colère : « J'en étais certain, dit-il ; elle m'a vu !

— Je le crains », lui dis-je.

Il fit une ou deux fois le tour de sa chambre en marchant très vite ; puis il s'arrêta, frappa du pied en jurant :

« Eh bien ! tant pis ! s'écria-t-il, tant pis pour elle ! Je suis libre, et je fais ce qui me plaît [194]. »

Je connaissais toutes les nuances de l'esprit d'Olivier ; il était rare que le dépit montât chez lui jusqu'à l'exaspération de la colère. Je ne craignis donc point de me tromper en abordant une question où le cœur d'une honnête fille se trouvait engagé.

« Olivier, lui dis-je, que se passe-t-il entre Julie et toi ?

— Il se passe que Julie est amoureuse de moi, mon cher [195], et que je ne l'aime pas.

— Je le savais, repris-je, et par intérêt pour vous deux...

— Je te remercie. Tu n'as pas à te tourmenter pour moi d'une chose que je n'ai point voulue, que je n'ai ni encouragée, ni accueillie, qui ne m'atteindra jamais, et qui m'est indifférente comme ça, dit-il en secouant en l'air la cendre de son cigare. Quant à Julie, je te permets de la plaindre, car elle s'entête dans une idée folle... Elle fait son malheur à plaisir. »

Il était exaspéré, parlait très haut, et pour la première fois peut-être de sa vie mettait des hyperboles là où sans cesse il employait des diminutifs de mots ou d'idées.

« Que veux-tu que j'y fasse après tout ? continua-t-il. C'est une situation absurde ; il y a d'autres situations qui le sont au moins autant que celle-ci.

— Ne parlons pas de moi, lui dis-je en lui faisant comprendre que mes propres affaires n'étaient point en jeu, et que récriminer n'était pas se donner raison.

— Soit ; c'est à celui qui se trouve en peine de s'en tirer, sans prendre exemple sur autrui ni consulter personne. Eh bien ! moi, je n'ai qu'un moyen d'en sortir, c'est de dire non, non, toujours non !

— Ce qui ne remédiera à rien, car tu dis non depuis que je te connais, et depuis que je connais Julie, elle veut être ta femme. »

Ce dernier mot lui fit faire un soubresaut de véritable terreur ; puis il partit d'un éclat de rire, dont Julie serait morte, si elle l'eût entendu.

« Ma femme ! reprit-il avec une expression d'inconcevable mépris pour une idée qui lui semblait de la démence. Moi ! le mari de Julie ! Ah çà ! mais tu ne me connais donc pas, Dominique, pas plus que si nous nous étions rencontrés depuis une heure ? D'abord je vais te dire pourquoi je n'épouserai jamais Julie, et puis je te dirai pourquoi je n'épouserai jamais qui que ce soit. Julie est ma cousine, ce qui est peut-être une raison pour qu'elle me plaise un peu moins qu'une autre. Je l'ai toujours connue. Nous avons pour ainsi dire dormi dans le même berceau. Il y a des gens que cette quasi-fraternité pourrait séduire. Moi, cette seule pensée d'épouser quelqu'un que j'ai vue poupée me paraît comique comme l'idée d'accoupler deux joujoux. Elle est jolie, elle n'est pas sotte, elle a toutes les qualités que tu voudras. M'adorant quand même, et Dieu sait si je me rends adorable ! elle sera d'une constance à toute épreuve ; je serai son culte, elle sera la meilleure des femmes. Une fois satisfaite, elle en sera la plus douce ; heureuse, elle en deviendra la plus charmante... Je n'aime pas Julie ! je ne l'aime pas, je ne la veux pas. Si cela continue, je la haïrai, dit-il en s'exaspérant de nouveau. Je la rendrais malheureuse, d'ailleurs, horriblement malheureuse ; le beau profit ! Le lendemain de mes noces, elle serait jalouse, elle aurait tort. Six mois après, elle aurait raison. Je la planterais là, je serais impitoyable ; je me connais, et j'en suis sûr. Si cela dure, je m'en irai ; je fuirai plutôt au bout du monde. Ah ! l'on veut s'emparer de moi ! On me surveille, on m'épie, on découvre que j'ai des maîtresses, et ma future femme est mon espion !

— Tu déraisonnes, Olivier, lui dis-je en l'interrompant brusquement. Personne n'épie tes démarches. Personne ne conspire avec la pauvre Julie pour s'emparer de ta volonté et la lui amener pieds et poings liés. Tu veux parler de moi, n'est-ce pas ? Eh bien ! je n'ai formé qu'un vœu, c'est que Julie et toi vous vous entendissiez un jour ; j'y voyais pour elle un bonheur certain, et pour toi des chances que je ne vois nulle part ailleurs.

— Un bonheur certain pour Julie, pour moi des chances uniques ! à merveille ! Si cela pouvait être, tes conclusions seraient mon salut. Eh bien ! je te déclare encore une fois que tu te fais l'instrument du malheur de Julie, et que, pour lui épargner un mécompte, tu me rendrais un lâche criminel, et tu la tuerais. Je ne l'aime pas, est-ce assez clair ? Tu sais ce qu'on entend par aimer ou ne pas aimer ; tu sais bien que les deux contraires ont la même énergie, la même impuissance à se gouverner. Essaye donc d'oublier Madeleine ; moi, j'essayerai d'adorer Julie ; nous verrons lequel de nous deux y réussira le plus tôt. Retourne-moi le cœur sens dessus dessous, aie la curiosité d'y fouiller, ouvre-moi les veines, et si tu y trouves la moindre pulsation qui ressemble à de la sympathie, le moindre rudiment dont on puisse dire un jour : Ceci sera de l'amour ! conduis-moi droit à ta Julie, et je l'épouse, sinon ne me parle plus de cette enfant qui m'est insupportable et… »

Il s'arrêta ; non pas qu'il fût à bout d'arguments, car il les choisissait au hasard dans un arsenal inépuisable, mais comme s'il eût été calmé subitement par un retour instantané sur lui-même. Rien n'égalait chez Olivier la peur de se montrer ridicule, le soin de ne dire ni trop ni trop peu, le sens rigoureux des mesures. Il s'aperçut, en s'écoutant, que depuis un quart d'heure il divaguait.

« Ma parole d'honneur, s'écria-t-il, tu me rends imbécile, tu me fais perdre la tête. Tu es là devant moi avec le sang-froid d'un confident de théâtre, et j'ai l'air de te donner le spectacle d'une farce tragique [196]. »

Puis il alla s'asseoir dans un fauteuil ; il y prit la pose naturelle d'un homme qui s'apprête non plus à pérorer, mais à discourir sur des idées légères, et

changeant de ton aussi vite et aussi complètement
qu'il avait changé d'allures, les yeux un peu cligno-
tants, le sourire aux lèvres, il continua :

« Il est possible qu'un jour je me marie. Je ne le
crois pas, mais, pour parler sagement, je te dirai, si tu
veux, que l'avenir permet de tout admettre ; on a vu
des conversions plus étonnantes. Je cours après quelque chose que je ne trouve pas. Si jamais ce quelque
chose se montrait à moi dans les formes qui me
séduisent, orné d'un nom qui forme une alliance
agréable avec le mien, quelle que soit d'ailleurs la
fortune, il pourrait arriver que je fisse une folie, car
dans tous les cas c'en serait une ; mais celle-ci du
moins serait de mon choix, de mon goût et ne m'aurait
été inspirée que par ma fantaisie. Pour le moment,
j'entends vivre à ma guise. Toute la question est là :
trouver ce qui convient à sa nature et ne copier le
bonheur de personne. Si nous nous proposions
mutuellement de changer de rôle, tu ne voudrais
jamais de mon personnage, et je serais encore plus
embarrassé du tien. Quoi que tu en dises, tu aimes les
romans, les imbroglios, les situations scabreuses ; tu as
juste assez de force pour friser les difficultés sans
avaries, assez de faiblesse pour en savourer délicatement les transes. Tu te donnes à toi-même toutes les
émotions extrêmes, depuis la peur d'être un malhon-
nête homme jusqu'au plaisir orgueilleux de te sentir
quasiment un héros. Ta vie est tracée, je la vois d'ici ;
tu iras jusqu'au bout, tu mèneras ton aventure aussi
loin qu'on peut aller sans commettre une scélératesse,
tu caresseras cette idée délicieuse de te tenir à deux
doigts d'une faute et de l'éviter. Veux-tu que je te dise
tout ? Madeleine un jour tombera dans tes bras en te
demandant grâce ; tu auras la joie sans pareille de voir
une sainte créature s'évanouir de lassitude à tes pieds ;
tu l'épargneras, j'en suis sûr, et tu t'en iras, la mort
dans l'âme, pleurer sa perte pendant des années.

— Olivier, lui dis-je, Olivier, tais-toi par respect
pour Madeleine, si ce n'est par pitié pour moi.

— J'ai fini, me dit-il sans aucune émotion ; ce que

je te dis n'est point un reproche, ni une menace, ni
une prophétie, car il dépend de toi de me donner tort.
Je veux seulement te montrer en quoi nous différons
et te convaincre que la raison n'est d'aucun côté.
J'aime à voir très clair dans ma vie ; j'ai toujours su,
dans des circonstances pareilles, et ce qu'on risquait et
ce que je risquais moi-même. De part et d'autre
heureusement, on ne risquait rien de très précieux.
J'aime les choses qui se décident promptement et se
dénouent de même. Le bonheur, le vrai bonheur, est
un mot de légende. Le paradis de ce monde s'est
refermé sur les pas de nos premiers parents ; voilà
quarante-cinq mille ans qu'on se contente ici-bas de
demi-perfections, de demi-bonheurs et de demi-
moyens. Je suis dans la vérité des appétits et des joies
de mes semblables. Je suis modeste, profondément
humilié de n'être qu'un homme, mais je m'y résigne.
Sais-tu quel est mon plus grand souci ? c'est de tuer
l'ennui. Celui qui rendrait ce service à l'humanité
serait le vrai destructeur des monstres. Le vulgaire et
l'ennuyeux ! toute la mythologie des païens grossiers
n'a rien imaginé de plus subtil et de plus effrayant. Ils
se ressemblent beaucoup, en ce que l'un et l'autre ils
sont laids, plats et pâles, quoique multiformes, et
qu'ils donnent de la vie des idées à vous en dégoûter
dès le premier jour où l'on y met le pied. De plus, ils
sont inséparables, et c'est un couple hideux que tout le
monde ne voit pas. Malheur à ceux qui les aperçoivent
trop jeunes ! Moi, je les ai toujours connus. Ils étaient
au collège, et c'est là peut-être que tu as pu les
apercevoir ; ils n'ont pas cessé de l'habiter un seul jour
pendant les trois années de platitudes et de mesquine-
ries que j'y ai passées. Permets-moi de te le dire, ils
venaient quelquefois chez ta tante et aussi chez mes
deux cousines. J'avais presque oublié qu'ils habitaient
Paris, et je continue de les fuir, en me jetant dans le
bruit, dans l'imprévu, dans le luxe, avec l'idée que ces
deux petits spectres bourgeois, parcimonieux, crain-
tifs et routiniers ne m'y suivront pas. Ils ont fait plus
de victimes à eux deux que beaucoup de passions soi-

disant mortelles ; je connais leurs habitudes homicides et j'en ai peur... »

Il continua de la sorte sur un ton demi sérieux qui contenait l'aveu d'incurables erreurs, et me faisait vaguement redouter des découragements dont vous connaissez l'issue. Je le laissai dire, et quand il eut fini :

« Iras-tu prendre des nouvelles de Julie ? lui demandai-je.

— Oui, dans l'antichambre.

— La reverras-tu ?

— Le moins possible.

— As-tu prévu ce qui l'attend ?

— J'ai prévu qu'elle se mariera avec un autre, ou qu'elle restera fille.

— Adieu, lui dis-je, bien qu'il n'eût pas quitté ma chambre.

— Adieu », me dit-il.

Et nous nous séparâmes sur ce dernier mot, qui n'atteignit pas le fond de notre amitié, mais qui brisa toute confiance, sans autre éclat et sèchement comme on brise un verre.

XV

Il y avait plus d'un grand mois que je n'avais vu Madeleine cinq minutes de suite sans témoin, et plus longtemps encore que je n'avais obtenu d'elle quoi que ce fût qui ressemblât à ses aménités d'autrefois. Un jour je la rencontrai, par hasard, dans une rue déserte du quartier que j'habitais. Elle était seule et à pied. Tout le sang de son cœur reflua vers ses joues quand elle m'aperçut, et j'eus besoin, je crois, de toute ma résolution pour ne pas courir à sa rencontre et la serrer dans mes bras en pleine rue.

« D'où venez-vous et où allez-vous ? »

Ce fut la première question que je lui adressai, en la voyant ainsi égarée et comme aventurée dans une partie de Paris qui devait être le bout du monde pour Mme de Nièvres.

« Je vais à deux pas d'ici, me répondit-elle avec un peu d'embarras, faire une visite. »

Elle me nomma la personne chez qui elle allait.

« Que je sois reçue ou non, reprit-elle aussitôt, séparons-nous. Il est bon qu'on ne nous voie pas ensemble. Il n'y a plus rien d'innocent dans vos démarches. Vous avez fait de telles folies que désormais c'est à moi d'être prudente.

— Je vous quitte, lui dis-je en la saluant.

— A propos, reprit Madeleine au moment où je m'éloignais, je vais ce soir au théâtre avec mon père et ma sœur. Il y a une place pour vous, si vous la voulez.

— Permettez..., lui dis-je en ayant l'air de réfléchir

à des engagements que je n'avais pas, ce soir je ne suis pas libre.

— J'avais pensé..., ajouta-t-elle avec la douceur d'un enfant pris en faute, j'espérais...

— Cela me serait tout à fait impossible », répondis-je avec un sang-froid cruel.

On eût dit que je prenais plaisir à lui rendre caprice pour caprice et à la torturer.

Le soir, à huit heures et demie, j'entrai dans sa loge. Je poussai la porte aussi doucement que possible. Madeleine eut le sentiment que c'était moi, car elle affecta de ne pas même tourner la tête. Elle resta tout entière occupée de la musique, les yeux attachés sur la scène. Ce fut seulement au premier repos des chanteurs que je pus m'approcher d'elle et la forcer à recevoir mon salut.

« Je viens vous demander une place dans votre loge, lui dis-je en la mettant de moitié dans une fourberie, à moins que cette place ne soit réservée à M. de Nièvres.

— M. de Nièvres ne viendra pas », répondit Madeleine en se retournant du côté de la salle.

On donnait un immortel chef-d'œuvre [197]. La salle était splendide. Des chanteurs incomparables, disparus depuis, y causaient des transports de fête. L'auditoire éclatait en applaudissements frénétiques. Cette merveilleuse électricité de la musique passionnée remuait, comme avec la main, cette masse d'esprits lourds ou de cœurs distraits, et communiquait au plus insensible des spectateurs des airs d'inspiré. Un ténor, dont le nom seul était un prestige, vint tout près de la rampe, à deux pas de nous. Il s'y tint un moment dans l'attitude recueillie et un peu gauche d'un rossignol qui va chanter. Il était laid, gras, mal costumé et sans charme, autre ressemblance avec le virtuose ailé. Dès les premières notes, il y eut dans la salle un léger frémissement, comme dans un bois dont les feuilles palpitent. Jamais il ne me parut si extraordinaire que ce soir-là, soirée unique et la dernière où j'aie voulu l'entendre. Tout était exquis, jusqu'à cette langue fluide, voltigeante et rythmée, qui donne à l'idée des chocs sonores, et fait du vocabulaire italien un livre de musique. Il chantait l'hymne éternellement tendre et pitoyable des amants qui espèrent. Une à une et dans des mélodies inouïes, il déroulait toutes les tristesses, toutes les ardeurs et toutes les espérances des cœurs bien épris. On eût dit qu'il s'adressait à Madeleine, tant sa voix nous arrivait directement, pénétrante, émue, discrète, comme si ce chanteur sans entrailles eût été le confident de mes propres douleurs. J'aurais cherché cent ans dans le fond de mon cœur torturé et brûlant, avant d'y trouver un seul mot qui valût un soupir de ce mélodieux instrument qui disait tant de choses et n'en éprouvait aucune.

Madeleine écoutait, haletante. J'étais assis derrière elle, aussi près que le permettait le dossier de son fauteuil, où je m'appuyais. Elle s'y renversait aussi de temps en temps, au point que ses cheveux me balayaient les lèvres. Elle ne pouvait pas faire un geste de mon côté que je ne sentisse aussitôt son souffle inégal, et je le respirais comme une ardeur de plus. Elle avait les deux bras croisés sur sa poitrine, peut-être pour en comprimer les battements. Tout son corps, penché en arrière, obéissait à des palpitations irrésistibles, et chaque respiration de sa poitrine, en se communiquant du siège à mon bras, m'imprimait à moi-même un mouvement convulsif tout pareil à celui de ma propre vie. C'était à croire que le même souffle nous animait à la fois d'une existence indivisible, et que le sang de Madeleine et non plus le mien circulait dans mon cœur entièrement dépossédé par l'amour.

A ce moment, il se fit un peu de bruit dans une loge située de l'autre côté de la salle, où deux femmes entraient seules, en grand étalage, et fort tard pour produire plus d'effet. A peine assises, elles commencèrent à lorgner, et leurs yeux s'arrêtèrent sur la loge de Madeleine. Madeleine involontairement fit comme elles. Il y eut pendant une seconde un échange d'examen qui me glaça d'effroi, car au premier coup d'œil j'avais reconnu un visage témoin d'anciennes faiblesses et retrouvé des souvenirs détestés [198]. En voyant ce regard persistant fixé sur nous, Madeleine eut-elle un soupçon ? Je le crois, car elle se tourna tout à coup comme pour me surprendre. Je soutins le feu de ses yeux, le plus immédiat et le plus clairvoyant que j'aie jamais affronté. Il se serait agi de sa vie que je n'aurais pas été plus déterminé dans un acte de témérité qui me demanda le plus grand effort. Le reste de la soirée se passa mal. Madeleine parut moins occupée de la musique et distraite par une idée gênante, comme si ce vis-à-vis malencontreux l'importunait. Une ou deux fois encore, elle essaya d'éclairer ses doutes ; puis elle devint étrangère à tout ce qui se passait autour d'elle, et je compris qu'elle se retirait au fond de sa pensée.

Je la reconduisis jusqu'à sa voiture. Arrivé là, le marchepied baissé, Madeleine enfouie dans ses fourrures :

« Me permettez-vous de vous accompagner ? » lui dis-je.

Il n'y avait aucune réponse à me faire, surtout en présence de M. d'Orsel et de Julie. La demande était d'ailleurs des plus simples. Je montai avant même qu'on me l'eût permis.

Il n'y eut pas un mot de prononcé pendant ce trajet sur un pavé bruyant, au pas rapide et retentissant des chevaux. M. d'Orsel fredonnait en souvenir de la pièce. Julie m'examinait à la dérobée, puis se collait le visage aux vitres et regardait les rues. Madeleine à demi renversée, comme elle l'eût été sur un lit de repos, froissait par un geste nerveux un énorme bouquet de violettes qui toute la soirée m'avait enivré. Je voyais l'éclat bizarre et fiévreux de ses yeux fixes. J'étais dans un grand trouble, et je sentais distinctement qu'il y avait d'elle à moi je ne sais quoi de très grave, comme un débat décisif.

Elle descendit la dernière, et je tenais encore sa main que déjà M. d'Orsel et Julie montaient devant nous le perron de l'hôtel. Elle fit un pas pour les suivre, et laissa tomber son bouquet. Je feignis de ne pas m'en apercevoir.

« Mon bouquet, je vous prie ? » me dit-elle, comme si elle eût parlé à son valet de pied.

Je le lui tendis sans dire un seul mot ; j'aurais sangloté. Elle le prit, le porta rapidement à ses lèvres, y mordit avec fureur, comme si elle eût voulu le mettre en pièces.

« Vous me martyrisez et vous me déchirez », me dit-elle tout bas avec un suprême accent de désespoir ; puis, par un mouvement que je ne puis vous rendre, elle arracha son bouquet par moitié : elle en prit une, et me jeta pour ainsi dire l'autre au visage [199].

Je me mis à courir comme un fou, en pleine nuit, emportant, comme un lambeau du cœur de Madeleine, ce paquet de fleurs où elle avait mis ses lèvres et imprimé des morsures que je savourais comme des baisers. Je m'en allais au hasard, ivre de joie, me répétant un mot qui m'éblouissait comme un soleil levant. Je ne m'inquiétais ni de l'heure ni des rues. Après m'être égaré dix fois dans le quartier de Paris que je connaissais le mieux, j'arrivai sur les quais. Je n'y rencontrai personne. Paris tout entier dormait, comme il dort entre trois et six heures du matin. La lune éclairait les quais déserts et fuyants à perte de vue. Il ne faisait presque plus froid : c'était en mars. La rivière avait des frissons de lumière qui la blanchissaient, et coulait sans faire le moindre bruit entre ses hautes bordures d'arbres et de palais. Au loin s'enfonçait la ville populeuse, avec ses tours, ses dômes, ses flèches, où les étoiles avaient l'air d'être allumées comme des fanaux, et le Paris du centre sommeillait, confusément étendu sous des brumes. Ce silence et cette solitude portèrent au comble le sentiment subit qui me venait de la vie, de sa grandeur, de sa plénitude et de son intensité. Je me rappelais ce que j'avais souffert, soit dans les foules, soit chez moi, toujours dans l'isolement, en me sentant perdu, médiocre, et continuellement abandonné. Je compris que cette longue infirmité ne dépendait pas de moi, que toute petitesse était le fait d'un défaut de bonheur. « Un homme est tout ou n'est rien, me disais-je. Le plus petit devient le plus grand; le plus misérable peut faire envie ! » Et il me semblait que mon bonheur et mon orgueil remplissaient Paris.

Je fis des rêves insensés, des projets monstrueux, et qui seraient sans excuse s'ils n'avaient pas été conçus dans la fièvre. Je voulais voir Madeleine le lendemain, la voir à tout prix. « Il n'y aura plus, me disais-je, ni subterfuges, ni déguisements, ni habileté, ni barrières qui prévaudront contre ce que je veux et contre la certitude que je tiens. » J'avais toujours à la main ces fleurs brisées. Je les regardais; je les couvrais de baisers; je les interrogeais comme si elles avaient gardé le secret de Madeleine; je leur demandais ce que Madeleine avait dit en les déchirant, si c'étaient des caresses ou des insultes... Je ne sais quelle sensation effrénée me répondait que Madeleine était perdue et que je n'avais plus qu'à oser !

Dès le lendemain, je courus chez Mme de Nièvres. Elle était sortie. J'y revins les jours suivants : Madeleine était introuvable. J'en conclus qu'elle ne répondait plus d'elle-même, et qu'elle recourait aux seuls moyens de défense qui fussent à toute épreuve.

Trois semaines à peu près se passèrent ainsi, dans une lutte contre les portes fermées et dans des exaspérations qui faisaient de moi une sorte de brute égarée, entêtée contre des barrières. Un soir on me remit un billet. Je le tins un moment fermé, suspendu devant moi, comme s'il eût contenu ma destinée.

« Si vous avez la moindre amitié pour moi, me disait Madeleine, ne vous obstinez pas à me poursuivre; vous me faites mal inutilement. Tant que j'ai gardé l'espoir de vous sauver d'une erreur et d'une folie, je n'ai rien épargné qui pût réussir. Aujourd'hui je me dois à d'autres soins que j'ai trop oubliés. Faites comme si vous n'habitiez plus Paris, au moins pour quelque temps. Il dépend de vous que je vous dise adieu ou au revoir. »

Ce congé banal, d'une sécheresse parfaite, me produisit l'effet d'un écroulement. Puis à l'abattement succéda la colère. Ce fut peut-être la colère qui me sauva. Elle me donna l'énergie de réagir et de prendre un parti extrême. Ce jour-là même, j'écrivis un ou deux billets pour dire que je quittais Paris. Je changeai d'appartement, j'allai me cacher dans un quartier perdu, je fis appel à tout ce qui me restait de raison, d'intelligence et d'amour du bien, et je recommençai une nouvelle épreuve dont j'ignorais la durée, mais qui, dans tous les cas, devait être la dernière.

XVI

Ce changement s'opéra du jour au lendemain et fut
radical. Ce n'était plus le moment d'hésiter ni de se
morfondre. Maintenant j'avais horreur des demi-
mesures. J'aimais la lutte. L'énergie surabondait en
moi. Rebutée d'un côté, ma volonté avait besoin de se
retourner dans un autre sens, de chercher un nouvel
obstacle à vaincre, tout cela pour ainsi dire en
quelques heures, et de s'y ruer. Le temps me pressait.
Toute question d'âge à part, je me sentais sinon vieilli,
du moins très mûr. Je n'étais plus un adolescent que le
moindre chagrin cloue tout endolori sur les pentes
molles de la jeunesse. J'étais un homme orgueilleux,
impatient, blessé, traversé de désirs et de chagrins, et
qui tombait tout à coup au beau milieu de la vie, —
comme un soldat de fortune un jour d'action décisive à
midi, — le cœur plein de griefs, l'âme amère d'impuissance, et l'esprit en pleine explosion de projets.

Je ne mis plus les pieds dans le monde, au moins
dans cette partie de la société où je risquais de me faire
apercevoir et de rencontrer des souvenirs qui m'auraient tenté. Je ne m'enfermai pas trop à l'étroit, j'y
serais mort d'étouffement; mais je me circonscrivis
dans un cercle d'esprits actifs, studieux, spéciaux,
absorbés, ennemis des chimères, qui faisaient de la
science, de l'érudition ou de l'art, comme ce Florentin
ingénu qui créait la perspective, et la nuit réveillait sa

femme pour lui dire : « Quelle douce chose que la
perspective ! » Je me défiais des écarts de l'imagination : j'y mis bon ordre. Quant à mes nerfs, que j'avais
si voluptueusement ménagés jusqu'à présent, je les
châtiai, et de la plus rude manière, par le mépris de
tout ce qui est maladif et le parti pris de n'estimer que
ce qui est robuste et sain. Le clair de lune au bord de
la Seine, les soleils doux, les rêveries aux fenêtres, les
promenades sous les arbres, le malaise ou le bien-être
produit par un rayon de soleil ou par une goutte de
pluie, les aigreurs qui me venaient d'un air trop vif et
les bonnes pensées qui m'étaient inspirées par un écart
du vent, toutes ces mollesses du cœur, cet asservissement de l'esprit, cette petite raison, ces sensations
exorbitantes, — j'en fis l'objet d'un examen qui
décréta tout cela indigne d'un homme, et ces multiples
fils pernicieux qui m'enveloppaient d'un tissu d'influences et d'infirmités, je les brisai. Je menais une vie
très active. Je lisais énormément. Je ne me dépensais
pas, j'amassais. Le sentiment âpre d'un sacrifice se
combinait avec l'attrait d'un devoir à remplir envers
moi-même. J'y puisais je ne sais quelle satisfaction
sombre qui n'était pas de la joie, encore moins de la
plénitude, mais qui ressemblait à ce que doit être le
plaisir hautain d'un vœu monacal bien rempli. Je ne
jugeais pas qu'il y eût rien de puéril dans une réforme
qui avait une cause si grave, et qui pouvait avoir un
résultat très sérieux. Je fis de mes lectures ce que
j'avais fait de mille autres choses ; les considérant
comme un aliment d'esprit de toute importance, je les
expurgeai. Je ne me sentais plus aucun besoin d'être
éclairé sur les choses du cœur. Me reconnaître dans
des livres émouvants, ce n'était pas la peine au
moment même où je me fuyais. Je ne pouvais que m'y
retrouver meilleur ou pire : meilleur, c'était une leçon
superflue, et pire, c'était un exemple à ne point
chercher. Je me composais pour ainsi dire une sorte de
recueil salutaire parmi ce que l'esprit humain a laissé
de plus fortifiant, de plus pur au point de vue moral,
de plus exemplaire en fait de raison. Enfin j'avais

promis à Madeleine d'essayer mes forces, et ce
serment, je voulais le tenir, ne fût-ce que pour lui
prouver ce qu'il y avait en moi de puissance sans
emploi, et pour qu'elle pût bien mesurer la durée et
l'énergie d'une ambition qui n'était au fond que de
l'amour converti.

Au bout de quelques mois de ce régime inflexible,
j'arrivai à une sorte de santé artificielle et de solidité
d'esprit qui me parut propre à beaucoup entreprendre. Je réglai d'abord mes comptes avec le passé.
j'avais eu, vous le savez, la manie des vers. Soit
complaisance involontaire pour des jours aimables et
regrettés, soit avarice, je ne voulus pas que cette partie
vivante de ma jeunesse fût entièrement détruite. Je
m'imposai la tâche de fouiller ce vieux répertoire de
choses enfantines et de sensations à peine éveillées. Ce
fut comme une sorte de confession générale, indul-
gente, mais ferme, sans aucun danger pour une
conscience qui se juge. De ces innombrables péchés
d'un autre âge, je composai deux volumes. J'y mis un
titre qui en déterminait le caractère un peu trop
printanier. J'y joignis une préface ingénieuse qui
devait du moins les mettre à l'abri du ridicule, et je les
publiai sans signature. Ils parurent et disparurent. Je
n'en espérais pas plus. Il y a peut-être deux ou trois
jeunes gens de mes contemporains qui les ont lus. Je
ne fis rien pour les sauver d'un oubli total, bien
convaincu que toute chose est négligée qui mérite de
l'être, et qu'il n'y a pas un rayon de vrai soleil qui soit
perdu dans tout l'univers [200].

Ce balayage de conscience accompli [201], je m'occu-
pai de soins moins frivoles. On faisait beaucoup de
politique alors partout, et particulièrement dans le
monde observateur et un peu chagrin où je vivais [202]. Il
y avait dans l'air de cette époque une foule d'idées à
l'état nébuleux, de problèmes à l'état d'espérances, de
générosités en mouvement qui devaient se condenser
plus tard et former ce qu'on appelle aujourd'hui le ciel
orageux de la politique moderne. Mon imagination, à
demi matée, pas du tout éteinte, trouvait là de quoi se

laisser séduire. La situation d'homme d'Etat était, à l'époque dont je vous parle, le couronnement nécessaire, en quelque sorte l'avènement au titre d'homme utile, pour tout homme de génie, de talent, ou seulement d'esprit. Je m'épris de cette idée de devenir utile après avoir été si longtemps nuisible. Et quant à l'ambition d'être illustre, elle me vint aussi par moments, mais Dieu sait pour qui ! — Je fis d'abord une sorte de stage dans l'antichambre même des affaires publiques, je veux dire au milieu d'un petit parlement composé de jeunes volontés ambitieuses, de très jeunes dévouements tout prêts à s'offrir, où se reproduisait en diminutif une partie des débats qui agitaient alors l'Europe [203]. J'y eus des succès, je puis le dire sans orgueil aujourd'hui que notre parlement lui-même est oublié. Il me sembla que ma route était toute tracée. J'y trouvais à déployer l'activité dévorante qui me consumait. Je ne sais quel insurmontable espoir me restait de retrouver Madeleine. Ne m'avait-elle pas dit : « Adieu ou au revoir ? » J'entendais qu'elle me revît meilleur, transformé, avec un lustre de plus pour ennoblir ma passion. Tout se mêlait ainsi dans les stimulants qui m'aiguillonnaient. Le souvenir acharné de Madeleine bourdonnait au fond de mes soi-disant ambitions, et il y avait des moments où je ne savais plus distinguer, dans mes rêves anticipés de gouvernement, ce qui venait du philanthrope ou de l'amoureux [204].

Quoi qu'il en soit, je me résumai d'abord dans un livre qui parut sous un nom fictif. Quelques mois après, j'en lançai un second. Ils eurent l'un et l'autre beaucoup plus de retentissement que je ne le supposais. En très peu de temps, d'absolument obscur je faillis devenir célèbre. Je savourai délicatement ce plaisir vaniteux, furtif et tout particulier, de m'entendre louer dans la personne de mon pseudonyme. Le jour où le succès fut incontestable, je portai mes deux volumes à Augustin. Il m'embrassa de tout son cœur, me déclara que j'avais un grand talent, s'étonna qu'il se fût révélé si vite et du premier coup, et me prédit comme infaillibles des destinées à me faire tourner la tête [205]. Je voulus que Madeleine eût l'avant-goût de ma célébrité, et j'adressai mes livres à M. de Nièvres. Je le priais de ne pas me trahir ; je lui donnais de ma retraite une explication plausible ; elle devenait à peu près excusable depuis qu'il était avéré qu'elle avait un but. La réponse de M. de Nièvres ne contenait guère que des remerciements et des éloges calqués sur des bruits publics. Madeleine n'ajoutait pas un mot aux remerciements de son mari.

Le léger trouble d'esprit qui suivit ces heureux débuts de ma vie littéraire se dissipa très vite. A l'effervescence excitée par une production prompte, entraînante, presque irréfléchie, succéda un grand calme, je veux dire un moment de sang-froid et d'examen singulièrement lucide. Il y avait en moi un ancien moi-même dont je ne vous parle plus depuis longtemps, qui se taisait, mais qui survivait. Il profita de ce moment de répit pour reparaître et me tenir un langage sévère. Je m'en étais complètement affranchi dans mes entraînements de cœur. Il reprit le dessus dès qu'il s'agit de choses plus discutables, et se mit à délibérer froidement les intérêts plus positifs de mon esprit. En d'autres termes, j'examinai posément ce qu'il y avait de légitime au fond d'un pareil succès, ce qu'il fallait en conclure, s'il y avait là de quoi m'encourager. Je fis le bilan très clair de mon savoir, c'est-à-dire des ressources acquises, et de mes dons, c'est-à-dire de mes forces vives ; je comparai ce qui était factice et ce qui était natif, je pesai ce qui appartenait à tout le monde et le peu que j'avais en propre. Le résultat de cette critique impartiale, faite aussi méthodiquement qu'une liquidation d'affaires, fut que j'étais un homme distingué et médiocre.

J'avais eu d'autres déceptions plus cruelles ; celle-ci ne me causa pas la plus petite amertume. D'ailleurs c'était à peine une déception.

Beaucoup de gens auraient jugé cette situation plus que satisfaisante. Je la considérai tout différemment. Ce petit monstre moderne qu'Olivier nommait le vulgaire, qui lui faisait une si grande horreur, et qui le conduisit vous savez où, je le connaissais, tout comme lui, sous un autre nom. Il habitait aussi bien la région des idées que le monde inférieur des faits. Il avait été le génie malfaisant de tous les temps, il était la plaie du nôtre. Il y avait autour de moi des perversions d'idées dont je ne fus pas dupe. Je ne regimbai point contre des adulations qui ne pouvaient plus en aucun cas me faire changer d'avis ; je les accueillis comme la naïve expression du jugement public, à une époque où l'abondance du médiocre avait rendu le goût indulgent et émoussé le sens acéré des choses supérieures. Je trouvais l'opinion parfaitement équitable à mon égard, seulement je fis à la fois son procès et le mien.

Je me souviens qu'un jour j'essayai une épreuve plus convaincante encore que toutes les autres. Je pris dans ma bibliothèque un certain nombre de livres tous contemporains, et, procédant à peu près comme la postérité procédera certainement avant la fin du siècle, je demandai compte à chacun de ses titres à la durée, et surtout du droit qu'il avait de se dire utile [206]. Je m'aperçus que bien peu remplissaient la première condition qui fait vivre une œuvre, bien peu étaient nécessaires. Beaucoup avaient fait l'amusement passager de leurs contemporains, sans autre résultat que de plaire et d'être oubliés. Quelques-uns avaient un faux air de nécessité qui trompait, vus de près, mais que l'avenir se chargera de définir. Un tout petit nombre, et j'en fus effrayé, possédaient ce rare, absolu et indubitable caractère auquel on reconnaît toute création divine et humaine, de pouvoir être imitée, mais non suppléée, et de manquer aux besoins du monde, si on la suppose absente. Cette sorte de jugement posthume, exercé par le plus indigne sur tant d'esprits d'élite, me démontra que je ne serais jamais du nombre des épargnés. Celui qui prenait les ombres méritantes dans sa barque m'aurait certainement laissé de l'autre côté du fleuve. Et j'y restai.

Une fois encore j'entretins le public de mon nom, du moins de mon personnage imaginaire ; ce fut la

dernière. Alors je me demandai ce qui me restait à
faire, et je fus quelque temps à me résoudre. Il y avait
à cela une difficulté de premier ordre. Ma vie détachée
de bien des liens, comme vous voyez, et désabusée de
bien des erreurs, ne tenait plus qu'à un fil, mais ce fil,
horriblement tendu, plus résistant que jamais, me
garrottait toujours, et je n'imaginais point que rien pût
le briser.

Je n'entendais presque plus parler de Madeleine,
excepté par Olivier, que je voyais peu, ou par
Augustin, que Mme de Nièvres avait attiré chez elle,
surtout depuis l'époque où j'avais disparu. Je savais
vaguement quel était l'emploi de sa vie extérieure, je
savais qu'elle avait voyagé, puis habité Nièvres, puis
repris ses habitudes à Paris deux ou trois fois, pour les
quitter de nouveau, presque sans motif et comme sous
l'empire d'un malaise qui se serait traduit par une
perpétuelle instabilité d'humeur et par des besoins de
déplacement. Quelquefois je l'avais aperçue, mais si
furtivement et à travers un tel trouble, que chaque fois
j'avais cru faire une sorte de rêve pénible. Il m'était
resté de ces fugitives apparitions l'impression d'une
image bizarre, d'un visage défait, comme si les noires
couleurs de mon esprit eussent déteint sur cette
rayonnante physionomie.

A cette époque à peu près, j'eus une grande
émotion. Il y avait une exposition de peinture
moderne. Quoique très ignorant dans un art dont
j'avais l'instinct sans nulle culture, et dont je parlais
d'autant moins que je le respectais davantage, j'allais
quelquefois poursuivre, à propos de peinture, des
examens qui m'apprenaient à bien juger mon époque,
et chercher des comparaisons qui ne me réjouissaient
guère [207]. Un jour, je vis un petit nombre de gens qui
devaient être des connaisseurs arrêtés devant un
tableau et discourant. C'était un portrait coupé à mi-
corps, conçu dans un style ancien, avec un fond
sombre, un costume indécis, sans nul accessoire :
deux mains splendides, une chevelure à demi perdue,
la tête présentée de face, ferme de contours, gravée sur

la toile avec la précision d'un émail, et modelée je ne
sais dans quelle manière sobre, large et pourtant
voilée, qui donnait à la physionomie des incertitudes
extraordinaires, et faisait palpiter une âme émue dans
la vigoureuse incision de ce trait aussi résolu que celui
d'une médaille. Je restai anéanti devant cette effigie
effrayante de réalité et de tristesse. La signature était
celle d'un peintre illustre. Je recourus au livret : j'y
trouvai les initiales de Mme de Nièvres. Je n'avais pas
besoin de ce témoignage. Madeleine était là devant
moi qui me regardait, mais avec quels yeux ! dans
quelle attitude ! avec quelle pâleur et quelle mystérieuse expression d'attente et de déplaisir amer !

Je faillis jeter un cri, et je ne sais comment je
parvins à me contenir assez pour ne pas donner aux
gens qui m'entouraient le spectacle d'une folie. Je me
mis au premier rang ; j'écartai tous ces curieux
importuns qui n'avaient rien à faire entre ce portrait et
moi. Pour avoir le droit de l'observer de plus près et
plus longtemps, j'imitai le geste, l'allure, la façon de
regarder, et jusqu'aux petites exclamations approba-
tives des amateurs exercés. J'eus l'air d'être passionné
pour l'œuvre du peintre, tandis qu'en réalité je
n'appréciais et n'adorais passionnément que le
modèle. Je revins le lendemain, les jours suivants, je
me glissais de bonne heure à travers les galeries
désertes, j'apercevais le portrait de loin comme un
brouillard ; il ressuscitait à chaque pas que je faisais en
avant. J'arrivais : tout artifice appréciable disparaissait ; c'était Madeleine de plus en plus triste, de plus
en plus fixée dans je ne sais quelle anxiété terrible et
pleine de songes. Je lui parlais, je lui disais toutes les
choses déraisonnables qui me torturaient le cœur
depuis près de deux années ; je lui demandais grâce, et
pour elle, et pour moi. Je la suppliais de me recevoir,
de me laisser revenir à elle. Je lui racontais ma vie tout
entière avec le plus lamentable et le plus légitime des
orgueils. Il y avait des moments où le modelé fuyant
des joues, l'étincelle des yeux, l'indéfinissable dessin
de la bouche donnaient à cette muette effigie des

mobilités qui me faisaient peur. On eût dit qu'elle m'écoutait, me comprenait, et que l'impitoyable et savant burin qui l'avait emprisonnée dans un trait si rigide l'empêchait seul de s'émouvoir et de me répondre.

Quelquefois l'idée me venait que Madeleine avait prévu ce qui arrivait : c'est que je la reconnaîtrais, et que je deviendrais fou de douleur et de joie dans ce fantastique entretien d'un homme vivant et d'une peinture. Et, suivant que j'y voyais des compassions ou des malices, cette idée m'exaspérait de colère, ou me faisait fondre en larmes de reconnaissance.

Ce que je vous dis là dura près de deux grands mois ; après quoi, le lendemain d'un jour où je lui fis des adieux vraiment funèbres, les salles furent fermées, et le portrait disparu me laissa plus seul que jamais.

A quelque temps de là, je reçus la visite d'Olivier. Il était sérieux, embarrassé et comme chargé d'un cas de conscience qui lui pesait. Rien qu'à le voir, je me sentis trembler.

« Je ne sais ce qui se passe à Nièvres, me dit-il ; mais tout y va mal.

— Madeleine ?... lui dis-je avec épouvante.

— Julie est malade, me dit-il, assez malade pour qu'on s'inquiète. Madeleine elle-même n'est pas bien. Je voudrais y aller, mais la situation ne serait pas tenable. Mon oncle m'écrit des lettres fort désolées.

— Et Madeleine ?... lui dis-je encore, comme s'il y avait un autre malheur qu'il me cachât.

— Je te répète que Madeleine est dans un triste état de santé. Au reste, cet état n'a point empiré depuis quelque temps, mais il continue.

— Olivier, que tu ailles à Nièvres ou non, j'y serai demain. Personne ne m'a chassé de la maison de Madeleine, je m'en suis éloigné volontairement. J'avais dit à Madeleine de m'écrire le jour où elle aurait besoin de moi ; elle a des motifs pour se taire, j'en ai pour courir à elle.

— Tu feras absolument ce que tu voudras. En

pareil cas, j'agirais comme toi, sauf à m'en repentir, si
le remède était pire que le mal.

— Adieu.

— Adieu. »

XVII

Le lendemain, j'étais à Nièvres. J'y arrivai dans la
soirée, un peu avant la nuit. C'était en novembre. Je
me fis descendre à quelque distance de la grille, en
plein bois, je traversai la cour d'entrée sans être
aperçu. A l'extrémité des communs, à droite, un feu
brillait dans les cuisines. Deux fenêtres déjà éclairées
se détachaient en lumière sur la façade du château.
J'allai droit au vestibule, dont la porte était seulement
poussée ; quelqu'un le traversait au moment où j'y
entrais. Il faisait très sombre. « Madame de Nièvres ? » dis-je en croyant parler à une femme de
chambre. La personne à qui je m'adressais se retourna
brusquement, vint droit à moi et jeta un cri. C'était
Madeleine.

Elle resta pétrifiée de surprise, et je lui pris la main,
sans trouver la force d'articuler une seule parole. Le
peu de jour qui venait du dehors lui donnait la
blancheur inanimée d'une statue ; ses doigts, tout à
fait inertes et glacés, se détachaient insensiblement de
mon étreinte, comme la main d'une morte. Je la vis
chanceler, mais au geste que je fis pour la soutenir,
elle se dégagea par un mouvement d'inconcevable
terreur, ouvrit démesurément des yeux égarés, et me
dit : « Dominique !... » comme si elle se réveillait et
me reconnaissait après deux années d'un mauvais
sommeil ; puis elle fit quelques pas vers l'escalier,

m'entraînant avec elle et n'ayant plus ni conscience ni
idée. Nous montâmes ensemble côte à côte, nous
tenant toujours par la main. Arrivée dans l'antichambre du premier étage, une lueur de présence d'esprit
lui revint :

« Entrez ici, me dit-elle, je vais prévenir mon
père. »

Je l'entendis appeler son père et se diriger vers la
chambre de Julie.

Le premier mot de M. d'Orsel fut celui-ci :

« Mon cher fils, j'ai beaucoup de chagrin. »

Ce mot en disait plus que tous les reproches et se
planta dans mon cœur comme un coup d'épée.

« J'ai su que Julie était malade, lui dis-je sans faire
aucun effort pour déguiser le tremblement de ma voix
qui défaillait. J'ai su aussi que Mme de Nièvres était
souffrante, et je viens vous voir. Il y a si longtemps...

— C'est vrai, reprit M. d'Orsel, il y a longtemps...
La vie sépare ; chacun a ses devoirs et ses soucis... »

Il sonna, fit allumer les lampes, m'examina rapidement comme s'il eût voulu constater je ne sais quel
changement en moi, analogue aux altérations profondes que ces deux années avaient produites chez ses
enfants.

« Vous avez vieilli, vous aussi, reprit-il avec une
sorte de bienveillance et d'intérêt tout à fait affectueux. Vous avez beaucoup travaillé, nous en avons la
preuve... »

Puis il me parla de Julie, des vives inquiétudes
qu'ils avaient eues, mais qui heureusement étaient
dissipées depuis quelques jours. Julie entrait en
convalescence, ce n'était plus qu'une affaire de soins,
de ménagements et de quelques jours de repos. Il
passa encore une fois d'un sujet à un autre.

« Vous voilà un homme, continua-t-il, et déjà
célèbre. Nous avons suivi tout cela avec le plus sincère
intérêt[208]. »

Il marchait de long en large, me parlant ainsi, sans
suite et de la façon la plus décousue. Ses cheveux
étaient entièrement blancs, sa grande taille un peu

voûtée lui donnait un air singulièrement noble de
vieillesse anticipée ou de lassitude.

Madeleine vint nous interrompre au bout de cinq
minutes. Elle était habillée de couleurs sombres et
ressemblait, avec la vie de plus, au portrait qui m'avait
tant ému. Je me levai, j'allai à sa rencontre ; je
balbutiai deux ou trois phrases incohérentes qui
n'avaient aucun sens ; je ne savais plus, ni comment
expliquer ma venue, ni comment combler tout à coup
ce vide énorme de deux années qui mettait entre nous
comme un abîme de secrets, de réticences et d'obscurités. Je me remis pourtant en la voyant beaucoup plus
sûre d'elle-même, et je lui parlai aussi posément que
possible de l'alerte qui m'avait été donnée par Olivier.
Quand je prononçai ce nom, elle m'interrompit :

« Viendra-t-il ? me dit-elle.

— Je ne crois pas, répondis-je, du moins de
quelques jours. »

Elle fit un geste de découragement absolu, et nous
retombâmes tous les trois dans le plus pénible silence.

Je demandai où était M. de Nièvres, comme s'il
était possible d'admettre qu'Olivier ne m'eût pas
informé de son voyage, et je parus étonné de le savoir
absent.

« Oh ! nous sommes dans un grand abandon, reprit
Madeleine. Tous malades ou à peu près. Il y a dans
l'air de mauvaises influences, la saison est malsaine et
n'est pas gaie », ajouta-t-elle en jetant les yeux sur les
hautes fenêtres à fermeture ancienne, dont le jour aux
trois quarts éteint bleuissait encore imperceptiblement
les vitres.

Elle se mit alors, sans doute pour échapper à
l'embarras d'une conversation impossible, à parler des
misères des gens qui l'entouraient, de l'hiver qui
s'annonçait par des maladies chez les uns, chez les
autres par des détresses, d'un enfant qui se mourait
dans le village, que Julie avait assisté, soigné jusqu'au
jour où, grièvement atteinte elle-même, elle avait dû
remettre à d'autres son rôle, malheureusement
impuissant contre la mort, de sœur de charité. Made-

leine semblait se complaire dans ces récits pitoyables, et énumérer avec je ne sais quelle sombre avidité toutes ces calamités voisines qui formaient autour de sa vie un concours de conjonctures attristantes. Puis elle fit comme M. d'Orsel et me parla de moi tantôt avec réserve, tantôt au contraire avec un abandon admirablement calculé pour nous mettre tous à l'aise.

Mon intention était de lui faire une simple visite et de regagner dans la soirée l'auberge du village où j'avais retenu une chambre ; mais Madeleine en disposa autrement : je m'aperçus qu'elle avait donné des ordres pour qu'on m'établît au second étage du château, dans un petit appartement que j'avais occupé déjà, lors de mon premier séjour à Nièvres.

Le soir même, avant de nous séparer, moi présent, elle écrivit à son mari.

« J'apprends à M. de Nièvres que vous êtes ici », me dit-elle.

Et je compris ce qu'une pareille précaution, prise en ma présence, contenait de scrupules et de résolutions loyales.

Je n'avais pas vu Julie. Elle était faible et agitée. La nouvelle de mon arrivée, malgré tous les ménagements possibles, lui avait causé une secousse très vive. Quand il me fut permis le lendemain d'entrer dans sa chambre, je trouvai la malade étendue sur un long canapé, dans un ample peignoir qui dissimulait l'exiguïté de ses formes et lui donnait des airs de femme. Elle était très changée, beaucoup plus que ne pouvaient s'en apercevoir ceux qui l'approchaient à toutes les minutes du jour. Un petit épagneul dormait à ses pieds, la tête appuyée sur le bout de ses pantoufles. Il y avait à portée de sa main, sur un guéridon garni d'arbustes et de plantes en fleur, des oiseaux en cage qu'elle élevait, et qui chantaient gaiement au milieu de ce jardinet d'hiver. Je regardai ce mince visage, miné par la fièvre, amaigri et bleu autour des tempes, ces yeux creusés, plus ouverts et plus noirs que jamais, où flambait dans l'obscurité des prunelles un feu sombre, mais inextinguible ; et cette pauvre fille amoureuse et à demi morte sous le mépris d'Olivier me fit une peine horrible.

« Guérissez-la, sauvez-la, dis-je à Madeleine quand nous l'eûmes quittée ; mais ne l'abusez plus ! »

Madeleine eut l'air de douter encore, comme s'il lui fût resté un faible espoir dont elle ne voulait pas à toute force se séparer.

« Ne pensez plus à Olivier, repris-je résolument, et ne l'accusez pas plus que de raison. »

Je lui fis connaître les motifs bons ou mauvais qui décidaient du sort de sa sœur. J'expliquai le caractère d'Olivier, sa répugnance absolue pour tout mariage. J'insistai sur ce sentiment peut-être déraisonnable, mais sans réplique, qu'il rendrait une femme malheureuse, et non pas une, mais toutes sans exception. J'atténuais ainsi ce que sa résistance pouvait avoir de blessant.

« Il en fait une question de probité », dis-je à Madeleine comme dernier argument.

Elle sourit tristement à ce mot de probité, qui s'accordait si mal avec l'irréparable malheur dont la responsabilité pesait à ses yeux sur Olivier.

« Il est le plus heureux de nous tous », dit-elle.

Et de grosses larmes coulèrent sur ses joues.

Dès le surlendemain, Julie put faire quelques pas dans sa chambre. L'indomptable vigueur de ce petit être, exercée secrètement par tant de dures épreuves, se réveilla, non pas lentement, mais en quelques heures. A peine en convalescence, on la vit se roidir contre le souvenir humiliant d'avoir été pour ainsi dire surprise en faiblesse, se prendre de lutte avec le mal physique, le seul qu'elle pût vaincre, et le dominer. Deux jours plus tard, elle eut la force de descendre seule au salon, repoussant tout appui, quoiqu'une sueur de défaillance perlât sur son front à peau mince, et que de petites pâmoisons la fissent tressaillir à chaque pas. Ce jour-là même, elle voulut sortir en voiture. Nous la conduisîmes dans les allées les plus douces du bois. Il faisait beau. Elle en revint ranimée, rien que pour avoir respiré la senteur des chênes, dans de grands abatis chauffés par un soleil clair. Elle rentra méconnaissable, presque avec des rougeurs, tout émue d'un frisson fiévreux, mais de bon augure, qui n'était que le retour actif du sang dans ses veines appauvries. J'étais consterné de la voir renaître ainsi pour si peu, d'un rayon de soleil d'hiver et d'une odeur résineuse de bois coupé ; et je compris qu'elle s'acharnerait à vivre avec une obstination qui lui promettait de longs jours misérables.

« Parle-t-elle quelquefois d'Olivier ? demandai-je à Madeleine.

— Jamais.

— Elle pense à lui constamment ?

— Constamment.

— Et cela durera, vous le croyez ?

— Toujours », répondit Madeleine [209].

Aussitôt affranchie du trop réel souci qui depuis trois semaines l'attachait au chevet de Julie, Madeleine eut l'air de perdre tout à coup la raison. Je ne sais quel étourdissement la prit qui la rendit extraordinaire et positivement folle d'imprévoyance, d'exaltation et de hardiesse. Je reconnus ce regard foudroyant d'éclat qui m'avait appris le soir du théâtre que nous étions en péril, et portant toutes choses à outrance, morceau par morceau, elle me jeta pour ainsi dire son cœur à la tête, comme elle avait fait ce soir-là de son bouquet.

Nous passâmes ainsi trois jours en promenades, en courses téméraires, soit au château, soit dans les futaies, trois jours inouïs de bonheur, si le sentiment de je ne sais quelle enragée destruction de son repos peut s'appeler du bonheur, sorte de lune de miel effrontée et désespérée, sans exemple ni pour les émotions ni pour les repentirs, et qui ne ressemble à rien, sinon à ces heures de copieuses et funèbres satisfactions pendant lesquelles on permet tout aux gens condamnés à mourir le lendemain.

Le troisième jour, elle exigea, malgré mes refus, que je montasse un des chevaux de son mari.

« Vous m'accompagnerez, me dit-elle ; j'ai besoin d'aller vite et de me promener très loin [210]. »

Elle courut s'habiller, fit seller un cheval que M. de Nièvres avait dressé pour elle, et, comme s'il se fût agi de se faire audacieusement enlever devant ses domestiques, en plein jour :

« Partons », me dit-elle.

A peine arrivée sous bois, elle prit le galop. Je fis comme elle, et je la suivis. Elle hâta le pas dès qu'elle me sentit sur ses talons, cravacha son cheval, et sans motif le lança à fond de train. Je me mis à son allure, et j'allais l'atteindre quand elle fit un nouvel effort qui me laissa derrière. Cette poursuite irritante, effrénée, me mit hors de moi. Elle montait une bête légère et la maniait de façon à décupler sa vitesse. A peine assise, tout le corps soulevé pour diminuer encore le poids de sa frêle stature, sans un cri, sans un geste, elle filait éperdument et comme emportée par un oiseau. Je courais moi-même à toute allure, immobile, les lèvres sèches, avec la fixité machinale d'un jockey dans une course de fond. Elle tenait le milieu d'un sentier étroit, un peu encaissé, raviné par le bord, où deux chevaux ne pouvaient passer de front, à moins que l'un des deux ne se rangeât. La voyant obstinée à me barrer le passage, je grimpai sous bois, et je l'accompagnai quelque temps ainsi, au risque de me briser la tête cent fois pour une ; puis, le moment venu de lui couper la route, je franchis le talus, tombai dans le chemin creux et y mis mon cheval en travers. Elle vint s'arrêter court à deux pas de moi, et les deux bêtes, animées et tout écumantes, se cabrèrent un moment, comme si elles avaient eu le sentiment que leurs cavaliers voulaient combattre. Je crois vraiment que Madeleine et moi nous nous regardâmes avec colère, tant cette joute extravagante mêlait d'excitations et de défis à d'autres sentiments intraduisibles. Elle se tint devant moi, sa cravache à pommeau d'écaille entre les dents, les joues livides, les yeux injectés et m'éclaboussant de lueurs sanglantes ; puis elle fit entendre un ou deux éclats de rire convulsifs qui me glacèrent. Son cheval repartit ventre à terre.

Pendant une minute au moins, comme Bernard de

Mauprat attaché aux pas d'Edmée, je la regardai fuir sous la haute colonnade des chênes, son voile au vent, sa longue robe obscure soulevée avec la surnaturelle agilité d'un petit démon noir. Quand elle eut atteint l'extrémité du sentier et que je ne la vis plus que comme un point dans les rousseurs du bois, je repris ma course en poussant malgré moi un cri de désespoir. Arrivé juste à l'endroit où elle avait disparu, je la trouvai dans l'entrecroisement des deux routes, arrêtée, haletante, et m'attendant le sourire aux lèvres.

« Madeleine, lui dis-je en me ruant sur elle et lui prenant le bras, cessez ce jeu cruel ; arrêtez-vous ou je me fais tuer ! »

Elle me répondit seulement par un regard direct qui m'empourpra le visage, et reprit plus posément l'allée du château. Nous revînmes au pas, sans échanger une seule parole, nos chevaux marchant côte à côte, se frôlant des mâchoires et se couvrant mutuellement d'écume. Elle descendit à la grille, traversa la cour à pied tout en fouettant le sable avec sa cravache, monta droit à sa chambre et ne reparut que le soir.

A huit heures, on nous remis le courrier. Il y avait une lettre de M. de Nièvres. Madeleine, en la décachetant, changea de couleur.

« M. de Nièvres va bien, dit-elle ; il ne reviendra pas avant le mois prochain. »

Puis elle se plaignit d'une grande fatigue et se retira.

Il en fut de cette nuit comme des précédentes : je la passai debout et sans sommeil. Le billet de M. de Nièvres, tout insignifiant qu'il fût, intervenait entre nous comme une revendication de mille choses oubliées. Il eût écrit ce seul mot : « Je suis vivant », que l'avertissement n'eût pas été plus clair. Je résolus de quitter Nièvres le lendemain, absolument comme j'avais résolu d'y venir, sans autre réflexion ni calcul. A minuit, il y avait encore de la lumière dans la chambre de Madeleine. Un massif d'érables plantés près du château et directement en face de ses fenêtres recevait un reflet rougissant qui toutes les nuits m'apprenait à quelle heure Madeleine achevait sa veillée. Le plus souvent, c'était fort tard. Une heure après minuit, le reflet paraissait encore. Je pris une chaussure légère et je descendis l'escalier à tâtons. J'allai ainsi jusqu'à la porte de l'appartement de Madeleine, situé à l'opposé de celui de Julie, à l'extrémité d'un interminable corridor. Une seule femme de chambre couchait auprès d'elle en l'absence de son mari. J'écoutai : je crus entendre une ou deux fois résonner sèchement une petite toux nerveuse assez habituelle à Madeleine dans ses moments de dépit ou de vive contrariété. Je posai la main sur la serrure; la clef y était. Je m'éloignai, je revins, et je m'éloignai de nouveau. Mon cœur battait à se rompre. J'étais littéralement hébété, et je tremblais de tous mes membres. Je rôdai quelque temps encore dans le corridor, en pleines ténèbres; puis je restai cloué sur place sans aucune idée de ce que j'allais faire. Le même soubresaut qui m'avait un beau jour, sous le coup d'alarmes très vives, poussé machinalement à Nièvres et m'y avait fait tomber comme un accident, peut-être comme une catastrophe, me promenait encore, au milieu de la nuit, dans cette maison confiante et endormie, m'amenait jusqu'à la chambre à coucher de Madeleine, et m'y faisait buter comme un homme qui rêve. Etais-je un malheureux à bout de sacrifices, aveuglé de désirs, ni meilleur ni pire que tous mes semblables? étais-je un scélérat? Cette question capitale me travaillait vaguement l'esprit, mais sans y déterminer la moindre décision précise qui ressemblât, soit à de l'honnêteté, soit au projet formel de commettre une infamie. La seule chose dont je ne doutais pas, et qui cependant me laissait indécis, c'est qu'une faute tuerait Madeleine, et que sans contredit je ne lui survivrais par une heure.

Je ne saurais vous dire ce qui me sauva. Je me retrouvai dans le parc sans comprendre ni pourquoi ni comment j'y étais venu. Comparativement à l'obscurité totale des corridors, il y faisait clair, quoi qu'il n'y eût, je crois, ni lune ni étoiles. La masse entière des arbres ne formait que de longs escarpements mon-

tueux et noirs, au pied desquels on distinguait les
sinuosités blanchâtres des allées. J'allais au hasard, je
côtoyais les étangs. Des oiseaux s'éveillaient et glous-
saient dans les roseaux. Longtemps après, une sensation de froid intense me rappela un peu à moi-même.
Je rentrai ; je refermai les portes avec la dextérité des
somnambules ou des voleurs, et je me jetai tout habillé
sur mon lit.

J'étais debout avec le jour, me souvenant à peine du
cauchemar qui m'avait fait errer toute la nuit, et me
disant : « Je pars aujourd'hui. » J'en informai Madeleine aussitôt que je la vis.

« Comme vous voudrez », répondit-elle.

Elle était horriblement défaite et dans une agitation
de corps et d'esprit qui me faisait mal.

« Allons voir nos malades », me dit-elle un peu
après midi.

Je l'accompagnai, et nous nous rendîmes au village.
L'enfant que Julie soignait [211] et qu'elle avait pour
ainsi dire adopté était mort depuis la veille au soir.
Madeleine se fit conduire auprès du berceau qui
contenait le petit cadavre, et voulut l'embrasser ; puis
au retour elle pleura abondamment, et répéta le mot
enfant avec une douleur aiguë qui m'en apprenait bien
long sur un chagrin qui rongeait sa vie et dont j'étais
impitoyablement jaloux.

Je m'y pris de bonne heure pour faire mes adieux à
Julie et adresser à M. d'Orsel des remerciements qui
voulaient être dits de sang-froid ; après quoi, ne
sachant plus comment occuper ma journée et ne
tenant pour ainsi dire en aucune manière à l'emploi
d'une vie que je sentais se détacher de moi minute par
minute, j'allai m'accouder sur la balustrade qui dominait les fossés de ceinture, et j'y restai je ne sais
combien de temps dans des distractions de pur
idiotisme. Je ne savais plus où était Madeleine. De
temps en temps, je croyais entendre sa voix dans les
corridors ou la voir passer d'une cour à l'autre allant et
venant, se déplaçant, elle aussi, sans autre but que de
s'agiter.

Il y avait au tournant des douves, à la base d'une des tourelles, une sorte de cellule à moitié bouchée, qui servait autrefois de porte dérobée. Le pont qui la reliait aux allées du parc était détruit. Il n'en restait que trois piles, en partie submergées, et que l'eau marécageuse du fossé salissait incessamment de lies écumeuses. Je ne sais quelle envie me prit de me cacher là pour le reste du jour. Je passai d'un pilier sur l'autre, et je me tapis dans cette chambre en ruine, les pieds touchant au courant, dans le demi-jour lugubre de ce vaste et profond fossé où coulaient des eaux de lavoir. Deux ou trois fois, je vis Madeleine passer de l'autre côté des douves, et regarder vers les allées, comme si elle eût cherché quelqu'un. Elle disparut et revint encore ; elle hésita entre trois ou quatre routes qui menaient du parterre aux confins du parc, puis elle prit, sous un couvert d'ormeaux, l'allée des étangs. Je ne fis qu'un bond pour m'élancer d'un bord à l'autre, et je la suivis. Elle marchait vite, sa coiffure de campagne mal attachée sur ses oreilles, tout enveloppée d'un long cachemire qui l'emmaillotait comme si elle avait eu très froid. Elle tourna la tête en m'entendant venir, rebroussa chemin brusquement, passa près de moi sans me regarder, gagna le perron du parterre et se mit à escalader l'escalier. Je la rejoignis au moment où elle mettait le pied dans le petit salon qui lui servait de boudoir, et où elle se tenait le jour.

« Aidez-moi à plier mon châle », me dit-elle.

Elle avait l'esprit et les yeux ailleurs, et s'y prenait tout de travers. La longue étoffe chamarrée était entre nous, pliée dans le sens de sa longueur, et ne formait déjà plus qu'une bande étroite dont chacun de nous tenait une extrémité. Nous nous rapprochâmes ; il restait à joindre ensemble les deux bouts du châle. Soit maladresse, soit défaillance, la frange échappa tout à coup des mains de Madeleine. Elle fit un pas encore, chancela d'abord en arrière, puis en avant, et tomba dans mes bras tout d'une pièce. Je la saisis, je la tins quelques secondes ainsi collée contre ma poitrine, la

tête renversée, les yeux clos, les lèvres froides, à demi
morte et pâmée, la chère créature, sous mes baisers.
Puis une terrible contraction la fit tressaillir ; elle
ouvrit les yeux, se dressa sur la pointe des pieds pour
arriver à ma hauteur, et, se jetant à mon cou de toute
sa force, ce fut elle à son tour qui m'embrassa.

Je la saisis de nouveau ; je la réduisis à se défendre,
comme une proie se débat, contre un embrassement
désespéré. Elle eut le sentiment que nous étions
perdus ; elle poussa un cri. J'ai honte de vous le dire,
ce cri de véritable agonie réveilla en moi le seul
instinct qui me restât d'un homme, la pitié. Je
compris à peu près que je la tuais ; je ne distinguais pas
très bien s'il s'agissait de son honneur ou de sa vie. Je
n'ai pas à me vanter d'un acte de générosité qui fut
presque involontaire, tant la vraie conscience humaine
y eut peu de part ! Je lâchai prise comme une bête
aurait cessé de mordre. La chère victime fit un dernier
effort ; c'était peine inutile, je ne la tenais plus. Alors,
avec un effarement qui m'a fait comprendre ce que
c'est que le remords d'une honnête femme, avec un
effroi qui m'aurait prouvé, si j'avais été en état d'y
réfléchir, à quel degré d'abaissement elle me voyait
réduit, comme si instantanément elle eût senti qu'il
n'y avait plus entre nous ni discernement du devoir, ni
égards, ni respect, que cette commisération de pur
instinct n'était qu'un accident qui pouvait se démentir ; avec une pantomime effrayante qui répand encore
aujourd'hui sur ces anciens souvenirs toute sorte de
terreurs et de honte, Madeleine marcha lentement
vers la porte, et ne me quittant pas des yeux, comme
on agit avec un être malfaisant, elle gagna le corridor à
reculons. Là seulement elle se retourna et s'enfuit.

J'avais perdu connaissance, tout en me maintenant
encore debout. Je me traînai, comme je le pus, jusqu'à
mon appartement : je n'avais qu'une idée, c'est qu'on
ne me trouvât pas évanoui dans les escaliers. Arrivé
devant ma porte, même avant d'avoir pu l'ouvrir, il
me fut impossible de me soutenir davantage. Machinalement, je m'assurai qu'il n'y avait personne dans

les corridors. Le dernier sentiment qui subsista une seconde encore fut que Madeleine était en sûreté, et je tombai raide sur le carreau.

Ce fut là que je revins à moi, une ou deux heures après, tout à fait à la nuit, avec le souvenir incohérent d'une scène affreuse. On sonnait le dîner ; il me fallut descendre. J'agissais, j'avais les jambes libres ; il me semblait avoir reçu un choc violent sur la tête. Grâce à cette paralysie très réelle, j'éprouvais une sensation générale de grande souffrance, mais je ne pensais pas. La première glace où je m'aperçus me montra la figure étrangement bouleversée d'un fantôme à peu près semblable à moi, que j'eus de la peine à reconnaître. Madeleine ne parut point, et il m'était presque indifférent qu'elle fût là ou ailleurs. Julie, fatiguée, chagrine, ou inquiète de sa sœur et très probablement bourrelée de soupçons, — car, avec cette singulière fille clairvoyante et cachée, toutes les suppositions étaient permises, et cependant demeuraient douteuses, — Julie ne devait pas nous rejoindre au salon. Je me trouvai seul avec M. d'Orsel jusqu'au milieu de la soirée ; j'étais inerte, insensible et comme de sang-froid, tant il me restait peu de sens pour réfléchir et de force pour être agité.

Il était dix heures à peu près quand Madeleine entra, changée à faire peur et méconnaissable aussi, comme un convalescent que la mort a touché de près.

« Mon père, dit-elle sur un ton d'inflexible audace, j'ai besoin d'être seule un moment avec M. de Bray[212]. »

M. d'Orsel se leva sans hésiter, embrassa paternellement sa fille et sortit.

« Vous partez demain, me dit Madeleine en me parlant debout, et j'étais debout comme elle.

— Oui, lui dis-je.

— Et nous ne nous reverrons jamais ! »

Je ne répondis pas.

« Jamais, reprit-elle ; entendez-vous ? Jamais. J'ai mis entre nous le seul obstacle qui puisse nous séparer sans idée de retour. »

Je me jetai à ses pieds, je pris ses deux mains sans qu'elle y résistât ; je sanglotais. Elle eut une courte faiblesse qui lui coupa la voix ; elle retira ses mains, et me les rendit dès qu'elle eut repris sa fermeté.

« Je ferai tout mon possible pour vous oublier. Oubliez-moi, cela vous sera plus facile encore. Mariez-vous, plus tard, quand vous voudrez. Ne vous imaginez pas que votre femme puisse être jalouse de moi, car à ce moment-là je serai morte ou heureuse, ajouta-t-elle avec un tremblement qui faillit la renverser. Adieu. »

Je restai à genoux, les bras étendus, attendant un mot plus doux qu'elle ne disait pas. Un dernier retour de faiblesse ou de pitié le lui arracha.

« Mon pauvre ami ! me dit-elle ; il fallait en venir là. Si vous saviez combien je vous aime ! Je ne vous l'aurais pas dit hier ; aujourd'hui cela peut s'avouer, puisque c'et le mot défendu qui nous sépare[213]. »

Elle, exténuée tout à l'heure, elle avait retrouvé par miracle je ne sais quelle ressource de vertu qui la raffermissait à mesure. Je n'en avais plus aucune.

Elle ajouta, je crois, une ou deux paroles que je n'entendis pas ; puis elle s'éloigna doucement comme une vision qui s'évanouit, et je ne la revis plus, ni ce soir-là, ni le lendemain, ni jamais.

Je partis au lever du jour sans voir personne. J'évitai de traverser Paris, et je me fis conduire directement à la maison d'extrême banlieue qu'habitait Augustin. C'était un dimanche ; il était chez lui.

Au premier coup d'œil, il comprit qu'un malheur m'était arrivé. D'abord, il crut que Mme de Nièvres était morte, parce que, dans sa parfaite honnêteté d'homme et de mari, il n'imaginait pas de malheur plus grand. Quand je lui eus fait connaître le véritable accident qui me réduisait à l'un de ces veuvages qu'on n'avoue pas :

« J'ignore ces chagrins-là, me dit-il ; mais je vous plains de toute mon âme[214]. »

Et je ne doutais pas qu'il ne me plaignît en effet du

fond du cœur, pour peu qu'il raisonnât d'après les pires désastres qu'il pouvait envisager dans l'avenir incertain de sa propre vie.

Il travaillait quand je le surpris. Sa femme était auprès de lui, et elle avait sur ses genoux un petit enfant de six mois qui leur était né pendant mon exil. Ils étaient heureux. Leur situation prospérait, je pus m'en apercevoir à des signes de relative opulence. Ils me donnèrent à coucher. La nuit fut effroyable ; une tempête de fin d'automne régna sans discontinuité depuis le soir jusqu'après le soleil levé. Je ne fis pas autre chose, dans le morne bercement de ce long murmure de vent et de pluie, que de penser au tumulte que le vent devait produire autour de la chambre et du sommeil de Madeleine, si Madeleine dormait. Ma force de réfléchir n'allait pas au-delà de cette sensation puérile et toute physique. L'orage étant dissipé, Augustin m'obligea de sortir dès le matin. Il avait une heure à lui avant de se rendre à Paris. Il me conduisit dans les bois, ravagés par le vent de la nuit ; l'eau courait encore dans les sentiers plongeants, et roulait les dernières feuilles de l'année.

Nous marchâmes longtemps ainsi, avant que j'eusse pu recueillir l'ombre d'une idée lucide parmi les déterminations urgentes qui m'avaient amené chez Augustin. Je me rappelai enfin que j'avais des adieux à lui faire. Il crut d'abord que c'était un parti désespéré, pris seulement depuis la veille, et qui ne tiendrait pas contre de sages réflexions ; puis, quand il vit que ma résolution datait de plus loin, qu'elle était le résultat d'examens sans réplique, et que tôt ou tard elle serait accomplie, il ne discuta ni l'opinion que j'avais de moi-même, ni le jugement que je portais sur mon temps ; il me dit seulement :

« Je pense et je raisonne à peu près comme vous. Je me sens peu de chose, et ne me crois pas non plus de beaucoup inférieur au plus grand nombre ; seulement, je n'ai pas le droit que vous avez d'être conséquent jusqu'au bout. Vous désertez modestement ; moi je

reste, non par forfanterie, mais par nécessité, et
d'abord par devoir.

— Je suis bien las, lui dis-je, et de toutes les
manières, j'ai besoin de repos. »

Nous nous séparâmes à Paris en nous disant : Au
revoir ! comme on fait d'ordinaire quand il en coûte-
rait trop de se dire adieu, mais sans prévoir le lieu ni
l'époque où nous pourrions nous retrouver. J'avais de
courtes affaires à régler dont je chargeai mon domestique. J'allai seulement prendre congé d'Olivier. Il se
disposait à quitter la France. Il ne me questionna pas
sur mon séjour à Nièvres : en m'apercevant, il avait
deviné que tout était fini.

Je n'avais plus à lui parler de Julie, il n'avait plus à
me parler de Madeleine. Les liens qui nous avaient
unis depuis plus de dix années venaient de se rompre à
la fois, au moins pour longtemps.

« Tâche d'être heureux », me dit-il, comme s'il n'y
comptait pas plus pour moi que pour lui-même.

Trois jours après mon départ de Nièvres, j'étais à
Ormesson. J'y passai la nuit seulement auprès de
Mme Ceyssac, que mon retour éclaira sur bien des
choses, et qui me donna à entendre qu'elle avait
souvent déploré mes erreurs dans sa tendre pitié de
femme pieuse et de demi-mère. Le lendemain, sans
prendre une heure de véritable repos, dans cette
course lamentable qui me ramenait au gîte comme un
animal blessé qui perd du sang et ne veut pas défaillir
en route, le lendemain soir, à la nuit tombée, j'arrivais
en vue de Villeneuve. Je mis pied à terre aux abords
du village ; la voiture continua de suivre la route
pendant que je prenais un chemin de traverse qui me
conduisait chez moi par le marais.

Il y avait quatre jours et quatre nuits qu'une
douleur fixe me bridait le cœur et me tenait les yeux
aussi secs que si je n'eusse jamais pleuré. Au premier
pas que je fis sur le chemin des Trembles, il y eut en
moi un tressaillement de souvenirs qui rendit la
douleur plus cuisante et cependant un peu moins
tendue.

Il faisait très froid. La terre était dure, la nuit presque complète, au point que la ligne des côtes et la mer ne formaient plus qu'un horizon compact et tout noir. Un reste de rougeur s'éteignait à la base du ciel et blémissait de minute en minute. Un chariot passait au loin près de la falaise; on l'entendait cahoter et crier sur le pavé gelé. L'eau des marais était prise; par endroits seulement, de larges carrés d'eau douce, qui ne gelaient point, continuaient de se mouvoir doucement, et demeuraient blanchâtres. Six heures sonnèrent au clocher de Villeneuve. Le silence et l'obscurité devenaient si grands, qu'on aurait cru qu'il était minuit. Je marchais sur les levées, et je ne sais comment je me rappelai qu'à cet endroit-là même autrefois, dans de froides nuits pareilles, j'avais chassé des canards. J'entendais au-dessus de ma tête le susurrement rapide et singulier que font ces oiseaux en volant très vite. Un coup de fusil retentit. Je vis la lueur de la poudre, et l'explosion m'arrêta court. Un chasseur sortit de sa cachette, descendit vers la mare et se mit à y piétiner; un autre lui parla. Dans cet échange de paroles brèves dites assez bas, mais que la nuit rendait très distinctes, je saisis comme un son de voix qui me frappa.

« André ! » criai-je.

Il y eut un silence, après quoi je répétai de nouveau : « André !

— Quoi ? » dit une voix qui ne me laissa plus aucun doute.

André fit quelques pas à ma rencontre. Je le distinguais assez mal, quoiqu'il dépassât de toute la taille la levée obscure. Il avançait lentement, un peu à tâtons, sur ce chemin foulé par des pas d'animaux; il répétait : « Qui est là ? qui m'appelle ? » avec un émoi croissant, et comme s'il hésitait de moins en moins à reconnaître celui qui l'appelait et qu'il croyait si loin.

« André ! lui dis-je une troisième fois, quand il n'eut plus qu'un ou deux pas à faire.

— Comment ? quoi ?... Ah ! monsieur ! monsieur Dominique ! dit-il en laissant tomber son fusil.

— Oui, c'est moi, c'est bien moi, mon vieux André !... »

Je me jetai dans les bras de mon vieux domestique. Mon cœur, à la fin de ces contraintes, éclata de lui-même et se fondit librement en sanglots.

XVIII

Dominique avait achevé son récit. Il s'arrêta sur ces
dernières paroles dites avec la voix précipitée d'un
homme qui se hâte et cette expression de pudeur
attristée qui suit ordinairement des épanchements
trop intimes. Ce que de pareilles confidences avaient
dû coûter à une conscience ombrageuse et si longtemps fermée, je le devinais, et je le remerciai d'un
geste attendri auquel il ne répondit que par un
mouvement de tête. Il avait ouvert la lettre d'Olivier,
dont l'adieu funèbre présidait pour ainsi dire à ce
récit, et se tenait debout, les yeux tournés vers la
fenêtre où s'encadrait un tranquille horizon de plaine
et d'eau. Il demeura ainsi pendant quelque temps dans
un silence embarrassé que je ne voulus pas rompre. Il
était pâle. Sa physionomie, légèrement altérée par la
fatigue ou rajeunie par les lueurs passionnées d'une
autre époque, reprenait peu à peu son âge, ses
flétrissures et son caractère de grande sérénité. Le jour
baissait à mesure que la paix des souvenirs s'établissait
aussi sur son visage. L'ombre envahissait l'intérieur
poudreux et étouffé de la petite chambre où se
terminait cette longue série d'évocations dont plus
d'une avait été douloureuse. Des inscriptions des
murailles, on ne distinguait presque plus rien.
L'image extérieure et l'image intérieure pâlissaient
donc en même temps, comme si tout ce passé
ressuscité par hasard rentrait à la même minute, et

pour n'en plus sortir, dans le vague effacement du soir et de l'oubli.

Des voix de laboureurs qui longeaient les murs du parc nous tirèrent l'un et l'autre d'un embarras réel, celui de nous taire ou de reprendre un entretien brisé. « Voici l'heure de descendre », dit Dominique ; et je le suivis jusqu'à la ferme, où tous les soirs, à pareille heure, il avait quelques soins de surveillance à remplir.

Les bœufs rentraient du labour, et c'était le moment où la ferme s'animait. Accouplés par deux ou trois paires, — car à cause de la lourdeur des terres mouillées on avait dû tripler les attelage, — ils arrivaient traînant leur timon, le mufle soufflant, les cornes basses, les flancs émus, avec de la boue jusqu'au ventre. Les animaux de rechange qui n'avaient pas travaillé ce jour-là mugissaient au fond de l'étable en entendant revenir leurs actifs compagnons. Ailleurs, c'étaient les troupeaux déjà renfermés qui s'agitaient dans la bergerie ; et des chevaux piétinaient et hennissaient, parce qu'on remuait du fourrage au-dessus de leurs mangeoires.

Les gens de service vinrent se ranger autour du maître, tête nue, avec des gestes un peu las. Dominique s'enquit minutieusement si des instruments de labour d'un emploi nouveau avaient produit les résultats qu'il en attendait ; puis il donna ses ordres pour le lendemain ; il les multiplia surtout au sujet des semailles ; et je compris que toute la semence dont il indiquait ainsi la distribution n'était pas destinée à ses propres terres ; il y avait là beaucoup de prêts sans doute, des avances faites ou des aumônes.

Ces précautions prises, il me ramena sur la terrasse. Le temps s'était éclairci. La saison, alternée de soleil, de tiédeur et de pluie, et remarquablement douce, quoique nous eussions passé la mi-novembre, était bien faite pour mettre en joie tout esprit foncièrement campagnard. La journée, si maussade à midi, s'achevait par une soirée d'or. Les enfants jouaient dans le parc, pendant que Mme de Bray allait et venait dans

l'allée qui conduisait au bois[215], surveillant leurs jeux
à petite distance. Ils se poursuivaient, à travers les
fourrés, avec des cris imités de bêtes chimériques, et
les plus propres à les effrayer. Des merles, les derniers
oiseaux qui se fassent entendre à cette heure tardive,
leur répondaient par ce sifflement bizarre et saccadé,
pareil à de tumultueux éclats de rire. Un reste de jour
éclairait paisiblement la longue tonnelle ; les pampres
déjà clairsemés formaient sur le ciel très pâle autant de
découpures aiguës, et des rats pillards qui rôdaient le
long des poutrelles égrenaient avec précaution les
quelques raisins flétris qui restaient aux vignes. Ce
calme déclin d'une journée soucieuse menant à des
lendemains plus sereins, l'assurance du ciel qui s'embellissait, ces joies d'enfants pour animer le vieux parc
à demi dépouillé ; la mère confiante, heureuse, servant
de lien affectueux entre le père et les enfants ; celui-ci
grave, songeur, mais raffermi, parcourant à petits pas
la riche et féconde allée tendue de treilles ; cette
abondance avec cette paix, cet accomplissement dans
le bonheur : — tout cela formait, après notre entretien, une conclusion si noble, si légitime et si évidente,
que je pris le bras de Dominique et le serrai plus
affectueusement encore que de coutume.

« Oui, me dit-il, mon ami, me voici arrivé. A quel
prix ? vous le savez ; avec quelle certitude ? vous en
êtes témoin. »

Il y avait dans son esprit un mouvement d'idées qui
se continuait ; et, comme s'il eût voulu s'expliquer
plus clairement sur des résolutions qui se manifestaient d'ailleurs d'elles-mêmes, il reprit encore, lentement et sur un tout autre ton :

« Bien des années se sont passées depuis le jour où
je suis rentré au gîte. Si personne n'a oublié les
événements que je viens de vous raconter, personne ne
semble du moins se les rappeler ; le silence que
l'éloignement et le temps ont amené pour toujours
entre quelques personnages de cette histoire leur a
permis de se croire mutuellement pardonnés, réhabili-
tés et heureux. Olivier est le seul, j'aime à le supposer,

qui se soit obstiné jusqu'à la dernière heure dans ses systèmes et dans ses soucis. Il avait désigné, vous vous en souvenez, l'ennemi mortel qu'il redoutait plus que tous les autres ; on peut dire qu'il a succombé dans un duel avec l'ennui.

— Et Augustin ? lui demandai-je.

— Celui-ci est le seul survivant de mes vieilles amitiés. Il est au bout de sa tâche. Il y est arrivé en droite ligne, comme un rude marcheur au but d'un difficile et long voyage. Ce n'est point un grand homme, c'est une grande volonté. Il est aujourd'hui le point de mire de beaucoup de nos contemporains, chose rare qu'une pareille honnêteté parvenant assez haut pour donner aux braves gens l'envie de l'imiter [216].

— Pour moi, reprit M. de Bray, j'ai suivi très tard, avec moins de mérite, moins de courage, avec autant de bonheur, l'exemple que ce cœur solide m'avait donné presque au début de sa vie. Il avait commencé par le repos dans des affections sans trouble, et j'ai fini par là. Aussi, j'apporte dans mon existence nouvelle un sentiment qu'il n'a jamais connu, celui d'expier une ancienne vie certainement nuisible et de racheter des torts dont je me sens encore aujourd'hui responsable, parce qu'il y a, selon moi, entre toutes les femmes également respectables, une solidarité instinctive de droits, d'honneur et de vertus. Quant au parti que j'ai adopté de me retirer du monde, je ne m'en suis jamais repenti. Un homme qui prend sa retraite avant trente ans et y persiste témoigne assez ouvertement par là qu'il n'était pas né pour la vie publique, pas plus que pour les passions. Je ne crois pas d'ailleurs que l'activité réduite où je vis soit un mauvais point de vue pour juger les hommes en mouvement. Je m'aperçois que le temps a fait justice au profit de mes opinions de beaucoup d'apparences qui jadis auraient pu me causer l'ombre d'un doute, et comme il a vérifié la plupart de mes conjectures, il se pourrait qu'il eût aussi confirmé quelques-unes de mes amertumes. Je me rappelle avoir été sévère pour les autres à un âge où je considérais comme un devoir de l'être beaucoup pour moi-même. Chaque génération plus incertaine qui succède à des générations déjà fatiguées, chaque grand esprit qui meurt sans descendance, sont des signes auxquels on reconnaît, dit-on, un abaissement dans la température morale d'un pays[217]. J'entends dire qu'il n'y a pas grand espoir à tirer d'une époque où les ambitions ont tant de mobiles et si peu d'excuses, où l'on prend communément le viager pour le durable, où tout le monde se plaint de la rareté des œuvres, où personne n'ose avouer la rareté des hommes[218]...

— Et si la chose était vraie ! lui dis-je.

— Je serais disposé à le croire, mais je me tais sur ce point comme sur beaucoup d'autres. Il n'appartient pas à un déserteur de faire fi des innombrables courages qui luttent, là même où il n'a pas su demeurer[219]. D'ailleurs, il s'agit de moi, de moi seul, et pour en finir avec le principal personnage de ce récit, je vous dirai que ma vie commence. Il n'est jamais trop tard, car si une œuvre est longue à faire, un bon exemple est bientôt donné. J'ai le goût et la science de la terre, — mince amour-propre que je vous prie de me pardonner. — Je fertiliserai mes champs mieux que je n'ai fait de mon esprit, à moins de frais, avec moins d'angoisse et plus de rapport, pour le plus grand profit de ceux qui m'entourent. J'ai failli mêler l'inévitable prose de toutes les natures inférieures à des productions qui n'admettaient aucun élément vulgaire. Aujourd'hui, très heureusement pour les plaisirs d'un esprit qui n'est point usé, il me sera permis d'introduire quelque grain d'imagination dans cette bonne prose de l'agriculture et... »

Il cherchait un mot qui rendît modestement le véritable esprit de sa nouvelle mission.

« Et de la bienfaisance ? lui dis-je.

— Soit, dit-il, j'accepte le mot pour Mme de Bray, car ceci la regarde exclusivement[220]. »

En ce moment même, Mme de Bray ramenait ses enfants essoufflés et tout en nage. Il y eut un instant de complet silence pendant lequel, comme à la fin d'une symphonie qui expire en d'infiniment petits accords, on n'entendit plus que le chuchotement des merles branchés qui jasaient encore, mais ne riaient plus.

Très peu de jours après cette conversation, qui m'avait fait pénétrer dans l'intimité d'un esprit dont la plus réelle originalité était d'avoir strictement suivi la maxime ancienne de se connaître soi-même, une chaise de poste s'arrêta dans la cour des Trembles.

Il en descendit un homme à cheveux rares, gris et coupés court, petit, nerveux, avec tout l'extérieur, la physionomie, l'assiette et la précision d'un homme peu ordinaire et préoccupé d'affaires graves, même en voyage ; parfaitement mis d'ailleurs, et là encore on pouvait définir des habitudes élevées de situation, de monde et de rang. Il examina vivement ce qu'on apercevait du château, la tonnelle, un coin du parc ; il leva les yeux vers les tourelles et se retourna pour considérer les petites fenêtres en lucarne de l'ancien appartement de Dominique.

Dominique arrivait sur la terrasse ; ils se reconnurent.

« Ah ! quelle surprise, mon bien cher ami ! dit Dominique, en marchant au-devant du visiteur, les deux mains cordialement ouvertes.

— Bonjour, de Bray », dit celui-ci, avec l'accent net et franc d'un homme dont la vérité semblait avoir, pendant toute sa vie, rafraîchi les lèvres.

C'était Augustin[221].

NOTES, VARIANTES
ET COMMENTAIRES

1. Cette dédicace pose le problème des relations entre George Sand et Fromentin à propos de *Dominique*.

Fromentin n'oublia jamais que George Sand avait écrit en 1857 un article très laudatif sur *Un été dans le Sahara* (dans *La Presse*). Après la publication de *Dominique* en revue, Sand écrivit à Fromentin pour le féliciter mais aussi pour lui suggérer des corrections. Fromentin se rendit à Nohant, en juin 1862. De nouveau, Sand conseilla des corrections, mais Fromentin n'obtempéra pas, sauf sur un point (voir p. 176 et note). Il avait noté, directement, à Nohant, les observations de Sand. Ajoutées à celles de la correspondance antérieure, elles portaient pour l'essentiel sur les sept points suivants :

1. P. 176 « Expliquer qu'Olivier ne donne pas sa maîtresse à Dominique. » Donc, « faire tout simplement qu'il y a trois personnes dans la voiture, Olivier et deux femmes ».

2. A propos du séjour de Madeleine aux Trembles (p. 187) : « Introduire la tante aux Trembles par convenance et trouver le moyen de la nommer pendant le séjour. »

3. A propos de la course à cheval (p. 269) : « Ne pas laisser croire ici que Madeleine s'est donnée. »

4. A propos du bouquet de violettes déchiré et jeté à la face de Dominique (p. 251) : « à supprimer ou à changer ; cela compromet la vertu de Madeleine... »

5. A propos du mariage de Dominique : « que [Mme de Bray] soit tout le contraire de Madeleine. Qu'elle représente l'amour durable, comme Madeleine a représenté la passion [...] L'introduire au milieu du récit sous le nom de mademoiselle X... ».

6. Dénouement : « il ne faut pas laisser le moindre doute sur la parfaite guérison de cœur et d'esprit de Dominique ; et, pour le moment, le lecteur peut en douter [...] Ne pas le confiner toujours dans sa vie de gentilhomme campagnard. Laisser supposer que, tranquillisé de cœur, il l'est d'esprit et qu'il recommencera à produire. Un homme capable de se sentir ainsi et de se raconter de la sorte n'est pas médiocre. Là est la véritable contradiction du livre. »

7. Enfin, Sand proposait de développer le roman d'Olivier et de Julie, jusqu'à leur séparation.

On voit que Fromentin, sauf sur le point 1, n'a pas cédé. Voir *Introduction*.

2. « Avoir à se plaindre » suppose un droit méconnu, et, très précisément dans l'histoire, un droit aristocratique méconnu par le pouvoir royal, par l'Etat moderne. « Vous avez à vous plaindre », dit Arsinoé à Alceste (*Le Misanthrope*, III, 5) de ce « qu'on ne fait rien pour vous ». De même Saint-Simon, sans cesse, « se plaint » de se voir méconnu par le Roi et par ses bureaux, ministres, etc. Cette formule inscrit Dominique dans le registre traditionnel d'une certaine idéologie nobiliaire. Mais la suite va élargir le propos : ce sera bientôt l' « intellectuel » qui, méconnu par la réalité moderne du XIXe siècle, mais incapable de la changer, réfléchira sur ce genre de revendication.

3. Sans aventures, sans grands événements. C'était déjà la problématique de *René* (dont l'histoire, disait-il, se borne à celle de ses pensées et de ses sentiments). Il y a là, depuis longtemps, un nouveau type de romanesque.

4. Mot fortement polysémique. Julien Sorel, Rastignac, étaient des ambitieux. Frédéric Moreau en sera un autre. Mais *ambitieux* recouvre aussi, ici, l'idée prométhéenne de changer le monde, d'y être pour quelque chose, et pas seulement l'idée d'une réussite individuelle.

5. « Tous » et « quelques-uns » renvoient à une vieille problématique saint-simonienne et, si l'on veut, « socialiste ». Mais être utile à tous, est devenu une illusion. Il n'y a plus de « tous » depuis juin 1848 et depuis le Deux-Décembre.

6. A Paris, d'où vient le narrateur-écrivain et que Dominique a quitté pour toujours. Dominique semble ainsi vouloir plaider sa cause auprès d'une certaine opinion. Le fil avec le passé n'est pas complètement cassé. Fromentin semble tracer ici le programme de son livre : il s'agit de faire comprendre Dominique et ce qu'il représente.

7. Lueurs intellectuelles et *politiques*, comme la suite le montrera.

8. Equilibrant la demande de témoignage formulée plus haut, cette affirmation aplatissante complète la programmation du roman : l'après-48 et l'après-Deux-Décembre, la fin du romantisme, et notamment politique, ont tout raboté. Mais est-il sûr qu'on en prenne facilement son parti ? A la différence de ce qui se passait dans *Madame Bovary* et qui se retrouvera dans *L'Education sentimentale*, chez Fromentin la médiocratisation n'est ni masochiste ni complète. Et quelque chose survit.

9. Formule ambiguë : qu'est-ce que cette « société » ? Deux sens sont possibles, ainsi que la suite le montrera : 1. seuls certains

esprits supérieurs et énergiques comme Augustin, et qui ne se sont pas gaspillés dans certaines aventures sentimentales, ont droit à l'ambition, au projet ; ils ne trichent pas, eux, avec la société, et il est juste qu'elle les reconnaisse ; 2. la société s'est aujourd'hui comme immobilisée en essence ; on n'y peut rien. Mais la « première » société n'est peut-être pas morte.

10. Apparition d'un thème qui marque certes la fin d'un certain romantisme, mais qui, aussi, faisait déjà partie du romantisme. Que ce soit chez Stendhal ou chez Balzac, le retrait loin des illusions du monde fait partie de l'arsenal critique. Julien Sorel, Lucien Leuwen, Fabrice sont des hommes qui s'en vont, comme Benassis (*Le Médecin de campagne*) et David Séchard (*Illusions perdues*). La *Vie de Rancé* de Chateaubriand, en 1846, avait donné toute son ampleur au thème, en allant chercher des exemples et des illustrations dans le XVIIe siècle janséniste et circum voisin.

11. Dédoublement classique : Fromentin est à la fois son héros et celui qui en raconte l'histoire (voir le *Werther* de Goethe, *Le Rouge et le Noir* de Stendhal et le *Louis Lambert* de Balzac). A noter que le narrateur-présentateur parle beaucoup plus au début du roman qu'à la fin, ou il s'efface derrière Dominique et, peut-être, ironiquement, derrière Augustin. Voir les notes suivantes pour certains éléments de sa caractérisation.

12. Justification traditionnelle du projet littéraire descriptif et réaliste : ce que je présente a valeur universelle. Mais « se reconnaître en ces pages », comme bien d'autres remarques du roman, doit d'abord être lu en 1862, comme une remarque d'actualité. Aujourd'hui, sous l'Empire, beaucoup de gens, comme Dominique, sont partis et ont renoncé. Seul le temps écoulé a pu, en apparence, installer une phrase comme celle-là dans un universel illusoire. Il convient de la restituer à son moment d'énonciation.

13. Il y a, en littérature, trois automnes : celui de la richesse et de la maturation des fruits ; celui des tempêtes ; celui de la douceur triste. Toute une tradition poétique venue de l'Antiquité a illustré le premier (la thématique dionysiaque). Le *René* de Chateaubriand avait illustré la seconde (« J'entrais avec ravissement dans le mois des tempêtes »). Lamartine et un romantisme élégiaque plus calme avaient illustré le troisième. Les vendanges du *Lys dans la vallée* (après celles de *La Nouvelle Héloïse*) avaient repris le premier, mais en y mêlant des éléments de tristesse et de regret (Julie, comme Mme de Mortsauf demeurant interdites, inaccessibles). L'automne de *Dominique* sera emblématique d'une certaine résignation, mais liée à une certaine efficacité : automne d'avant l'hiver plus qu'automne d'après l'été. Le choix littéraire en faveur de l'une ou l'autre image de l'automne est toujours profondément lié au projet idéologique du livre à écrire.

14. Indice de notabilité et d'aristocratie. Augustin, l'intellectuel, sera parfaitement étranger à l'univers de la chasse, et l'intellectuel Dominique n'y sera initié que tardivement par M. de Nièvres. La

chasse est un élément d'intégration à un certain ordre. Mais un passage supprimé de MS permet d'aller dans un autre sens : le docteur *** était présenté comme le « médecin du canton, et passablement chasseur comme tous les habitants de cette contrée trop heureuse ou, si les distractions sont rares, les maladies le sont aussi ». Chasser est donc aussi faire comme tout le monde.

15. La suite permettra de préciser qu'il a, en fait, quarante-cinq ans.

16. On n'aura pas droit à la description complète des vendanges, à leur préparation, comme chez Rousseau, mais seulement à leur fin. Pourquoi ?

17. Eléments classiques d'architecture aristocratique, mais dans un registre modeste. Rien à voir avec la « forteresse » dont parle Chateaubriand à propos de Combourg. Et l'une des tourelles sera le cabinet de travail où Dominique enferme son secret. Les Trembles n'ont absolument rien de féodal.

18. Le lecteur ne peut oublier la robe blanche de Mme de Mortsauf dans *Le Lys dans la vallée*. Mais la toilette de Mme de Mortsauf est un signe du désir, alors que celle de Mme de Bray est un signe de conformité sociale.

19. Double sens : la paix des champs et des familles, mais aussi l'exclusion du héros qui a son secret. Le second se trouve déjà dans *René* (mais à la ville) et dans *L'Isolement* de Lamartine (le poète inquiet et solitaire alors que les paysans vivent dans la paix). Il n'y aura pas de réelle communication entre Dominique et son entourage rural.

20. Esquisse d'une image de vie communautaire dans un cadre patriarcal, qui s'oppose aux futures images du monde parisien et de son individualisme.

21. Voir plus bas pour une autre remarque relative aux « garçons ». Leur désir est naturel, innocent, et doit être lu en relation critique avec celui de Dominique, qui est rupteur et qui l'isole.

22. « Corvée » porte un double sens : rappel discret des pratiques féodales, mais aussi désignation de groupes et d'équipes (comme plus haut, p. 64 : les « brigades »). Le second sens l'emporte évidemment, mais la permanence du premier marque le maintien de rapports sociaux de subordination. L' « utopie » de Dominique ne gomme nullement cette réalité. On est loin du « socialisme » pré-quarante-huitard.

23. On disposait à nouveau la vendange en parallélépipèdes avant de lui faire subir une seconde pression. Il y a plus de précision technique chez Fromentin que chez Rousseau ou chez Balzac.

24. Plutôt que d'insister sur le premier jus (qui renvoie à une thématique de l'abondance), le texte insiste sur le *dernier* (qui renvoie à une thématique de la fin des choses).

25. Jean est un prénom volontairement non romantique et non distingué (à la différence d'Olivier, de Dominique, qui consonnent avec les Adolphe et les Alfred de la tradition mondaine).

26. Mme de Bray n'est ici que seconde, alors que chez Rousseau comme chez Balzac la femme-Cérès préside aux destinées de l'entreprise modèle.

27. Apparition d'une figure canonique du roman rural depuis la Révolution : le vieil intendant demeuré fidèle au travers des orages de l'émigration, de la vente des biens nationaux, etc. Mais Fromentin atténuera considérablement le caractère héroïque d'André et sa signification politique. On s'éloigne nettement de thématiques encore très vivantes sous la Restauration.

28. Cette remarque atténue le fait que Dominique a été nommé maire par le pouvoir impérial (voir *Introduction*). Le pouvoir s'appuie sur les notables.

29. MS avait d'abord mis « école publique » (le mot n'étant qu'à demi écrit). Il s'agit des écoles de la loi Guizot (1833).

30. L'écharpe est *tricolore*, ce qui n'entraîne alors aucune connotation « républicaine », mais une compromission.

31. Pays : au sens de petit pays, de commune, qui s'oppose au « grand » pays, à la nation, dans laquelle Dominique avait rêvé de jouer un rôle.

32. Reprise, ici encore, d'un thème très ancien du roman rural depuis la Restauration : celui des « améliorations ». Les composantes en étaient multiples : condamnation de l'absentéisme aristocratique traditionnel ; critique de la simple propriété pour le plaisir ; influence des idéologies organisationnelles comme le saint-simonisme. Mais il ne s'agit plus ici que de « bons exemples », non de méthodes révolutionnantes comme, par exemple, dans *Le Médecin de campagne* ou *Le Curé de village* de Balzac. La pédagogie est douce.

33. Première indication chronologique précise, qui nous ramène à une date origine : 1827.

34. Seconde indication chronologique : en 1842, date du séjour de Madeleine aux Trembles, la vendange était excellente. Qu'elle le soit à nouveau, aujourd'hui, produit un effet d'ironie, et la réaction agacée qui suit de Dominique met en question sa résignation et son calme. La réintégration n'est pas parfaite.

35. Le lecteur peut penser au perron de Combourg (héroïsé par M. de Chateaubriand) ou celui de Clochegourde (poétisé par Mme de Mortsauf). Celui-ci est neutre.

36. Les saisons ont remplacé l'HISTOIRE.

37. MS : « situé dans le voisinage de la chambre qu'il avait conservée de son appartement de jeune homme ». Fromentin a réduit l'importance de l'enclave préservée par Dominique.

38. « Ancienne » et « moderne » portent sur les livres non sur les meubles. Mais la fin de la phrase n'est pas claire.

39. La mappemonde date donc de l'Empire (le premier). A moins qu'elle ne « date » de Baudelaire (« Pour l'enfant amoureux de cartes et d'estampes »).

40. L'un de ces voyages imaginaires, au moins, sera réalisé (voir p. 219).

41. Ce qu'on sait de Fromentin permet de penser qu'il s'agit ici de signes maçonniques. Mais le triangle et le cercle sont des figures de l'équilibre, qui s'opposent au vecteur du « progrès ».

42. Vérification de la note précédente.

43. Le M qui manque apparaîtra dans la chambre de Madeleine (voir note 101).

44. « Toujours plus haut ! », ce qui contredit la symbolique du cercle et du triangle.

45. Ces remarques s'inscrivent dans le cadre d'une certaine désaffection pour la poésie sous le second Empire.

46. Voir p. 84 et note 47.

47. Précision capitale : ces livres de politique datent de la période 1842-1847, soit de la période de bouillonnement qui conduira à la révolution de 1848.

48. Cette « inconcevable solitude » s'oppose à la retraite, *expliquée* et théorisée, de Dominique. Le dispositif sera complet avec la présentation d'Augustin.

49. La suite expliquera, et nuancera, cette opinion d'Olivier sur le mariage.

50. « Familial », « conjugal ». Le mot, également, rappelle le dénouement faussement « héroïque » et non bourgeois de l'histoire d'Olivier.

51. Voir p. 286, note 218.

52. Reprise presque stéréotypée d'un thème du roman romantique (*René*). Mais René avait tué sa mère en naissant. Plus simplement, Dominique *n'a pas eu* de mère. Le thème de l'orphelinat sera repris à propos d'Augustin.

53. Cet âge semble mettre en facteur commun tout le paragraphe et permet par conséquent de dater l'événement qui fait l'objet de la note suivante.

54. Cet événement (l'épisode des pièges) peut être daté, compte tenu de la date plancher de 1862, de 1827. Régressivement, cela permet de dater la naissance de Dominique de 1817.

55. Pour l'année, voir note ci-dessus. Dominique insiste : il compte *exactement*, et la qualité de la mémoire affective n'exclut nullement (le texte est formel) sa pertinence historique.

56. Le précepteur est depuis longtemps un indice de notabilité (voir *Le Rouge et le Noir*). Il manifeste, dans l'aristocratie, un refus de l'école et de sa règle commune pour tous.

57. « Sang-froid » fait comprendre « idéal » : idéalisme, irréalisme.

58. Les neuf ou dix ans qui séparent Augustin de Dominique font de lui le représentant d'une autre génération. Dominique a dix ans lors de l'épisode des pièges ; il en aura seize lorsque Augustin le quittera, et ses études auront duré quatre ans. Il s'est écoulé deux ans entre l'épisode des pièges (en 1827) et l'arrivée d'Augustin aux Trembles (voir également note 67) ; celle-ci est donc de 1829. Augustin étant âgé de vingt-quatre ans à cette date, il est donc né en 1805.

59. On apprendra plus tard qu'Augustin n'a pas de père (voir p. 130). L'appellation par le prénom ne se justifie donc pas seulement par la manière habituelle d'appeler domestiques et précepteurs (on appelait Julien Sorel *Julien* ou *M. Julien* chez les Rênal). Dominique, qui sait, réserve le moment où il parlera plus en détail d'Augustin.

60. Il n'y a donc pas conversion mais superposition des habitudes et règles de vie. C'est ce qui va empêcher toute identification de Dominique à Augustin. Cette négation de la règle et de l'institution scolaire fonctionne dans deux directions et avec deux conséquences : l'école n'est plus celle de *Louis Lambert* (lieu d'éclosion et de manifestation du génie), et elle n'est pas plus intéressante en tant que lieu de préparation aux carrières et à « la vie » (point de vue futur d'Augustin). Il n'y a plus de génie (vérification dans *Madame Bovary* avec le collège de Rouen) et se préparer à la vie ne présente aucun intérêt, ni pour l'aristocrate ni pour l'intellectuel. Ce qui fait de l'intellectuel un nouvel aristocrate.

61. Ce qui nous ramène à 1802 et à la stabilisation de la société sous le Consulat.

62. Souvenir (?) affaibli des *Mémoires d'outre-tombe* et du perron de Combourg.

63. Ce n'est pas le temps de l'HISTOIRE...

64. Amorce de l'un des thèmes majeurs du roman : Augustin, plébéien, ne comprend pas ce nouveau petit René.

65. Les premières tentations d'Augustin sont donc des tentations théâtrales.

66. La froideur, le positivisme d'Augustin ne sont pas tant condamnés qu'incompris. La signification est ambiguë : réaction d'aristocrate non concerné par le monde moderne, mais aussi rejet par l'intellectuel idéologiquement dépossédé d'un espoir qui se maintient chez certains.

67. L'entrée au collège de Villeneuve se situant en 1833, lorsque Dominique a seize ans, les études sous l'autorité d'Augustin se

situent donc de 1829 à 1833, et, régressivement, l'arrivée d'Augustin aux Trembles est très précisément de 1829. La révolution de Juillet se produira alors que Dominique est encore aux Trembles.

68. Dominique retient Zama et non Cannes, la défaite et non la victoire. Il se rendra plus tard à Carthage (voir p. 221).

69. L'existentiel l'emporte ici de manière invincible sur le conceptuel et sur l'appris. La « résistance » de Dominique à l'enseignement d'Augustin ne relève pas d'une idéologie claire mais d'une exigence profonde incapable de se reconnaître dans certaines « réussites » et dans certaines performances.

70. Le contresens est complet. Augustin raisonne et projette, Dominique éprouve. Le démocrate Augustin croit en l'école, en la morale. Dominique est déjà fasciné par la défaite. Augustin est pion. Mais aussi il luttera et s'imposera. Ce passage montre bien quel peut être le rôle de la formation classique dans l'élaboration d'une certaine idéologie « républicaine ». Il dit aussi la résistance à un positivisme menacé par certaines récupérations bourgeoises. Dominique n'est pas récupérable : ni pour les illusions d'Augustin, ni pour ce que, malgré tout, il représente d'authentique.

71. Le collège ne conduira Dominique à rien. Mais Paris demeure pour Augustin le champ d'un combat à gagner.

72. Le texte est fermement balisé et rien n'est laissé au hasard. Compte tenu des autres éléments déjà fournis, on est en 1833.

73. Toute cette description est construite selon un système d'horizontalité qu'on retrouvera dans la description de Villeneuve. Alors que les campagnes et les villes balzaciennes et stendhaliennes étaient construites selon un système de verticalité ville haute / ville basse, montagne où rêve Julien Sorel, le système de Fromentin, comme celui de Flaubert dans *Madame Bovary* est celui de la platitude. Le référent normand comme le référent rochelais ne sauraient être une explication suffisante. Dans *Madame Bovary* comme dans *Dominique*, il n'y a plus de lignes ascensionnelles qui ordonnent une conquête. De même Paris sera-t-il vu à ras de rues, et jamais d'une hauteur, comme dans tant de romans balzaciens (*La Fille aux yeux d'or*, *Le Père Goriot*, p. 164).

74. Élément capital d'une vision aristocratique des choses : le jeune héros noble n'adhère pas aux valeurs de son monde, mais il est incapable de leur en substituer d'autres. L'impasse, cependant, de l'aristocrate deviendra celle de l'intellectuel.

75. Le thème du « nouveau » (voir *Louis Lambert* et *Madame Bovary*) porte un double sens : l'école comme lieu d'exclusion du jeune noble, mais aussi l'école comme microcosme de la vie sociale et de sa loi de la jungle. Le génial « nouveau » Louis Lambert, était cependant reconnu par ses camarades.

76. Le jeune héros découvre ici les lois de l' « égalité » moderne, telle qu'elle se manifeste à l'école. Mais, à la différence de Vigny, par exemple (*Mémoires inédits*), il ne se révolte pas ; il se contente de se refuser.

77. Toujours la même ambiguïté : refus aristocratique, mais aussi refus intellectuel d'un jeu dont l'intérêt échappe.

78. Esquisse d'une solidarité, qui ne durera pas avec Olivier, dont l'aristocratisme, agressif (voir note suivante) se dégradera en dandysme purement négatif alors que celui de Dominique s'intellectualisera.

79. Emergence la plus claire dans tout le roman des motivations de classe. Mais elles sont le fait d'un personnage appelé à se négativiser. Dominique ne les partage pas.

80. Les études au collège se termineront donc en 1836 (voir note 72).

81. Cette rapide analyse socio-économique de Villeneuve, aussi plate économiquement que géographiquement, est bien intéressante dans ce roman « psychologique ». Elle prouve que ni le langage ni les idées ne manquent en ce domaine, ni à Fromentin ni à Dominique (qui écrira plus tard des livres de politique et qui peut ici surimposer sur des impressions d'enfance les capacités d'analyse et d'expression de l'homme mûr). L'absence de tensions sociales à Villeneuve, la passivité de la bourgeoisie rentière, l'abstention de l'aristocratie (également rentière) depuis 1830 constituent une rupture vive avec l'image stendhalienne et balzacienne de la France.

82. Notation historique précise. On est au lendemain de la révolution de 1830 et la monarchie légitime est tombée pour la seconde fois. L'aristocratie boude.

83. Souvenirs quasi stéréotypés de l'émigration. Mais Fromentin dédramatise ce qui, dans une certaine vision légitimiste des choses, avait eu souvent des couleurs de désastres et de catastrophes. Le temps (au niveau de l'énonciation plus qu'à celui de l'énoncé) a fait son œuvre. Que signifient encore ces chères vieilles choses en 1862 ?

84. Comparer avec le *Lucien Leuwen* de Stendhal et sa société légitimiste de Nancy. « On ne conspirait point » est une allusion à l'entreprise de la duchesse de Berry en Vendée en 1832.

85. On ne saurait plus nettement marquer ses distances avec la pensée légitimiste. La « jeunesse » et l' « avenir » acquièrent leur indépendance et leur spécificité par rapport aux catégories de classe. Le jeune noble est disponible pour l'intellectualisation.

86. Mise en place de l'essentiel de la figure de Madeleine, femme inaccomplie.

87. La référence à Ovide est canonique depuis longtemps (Chateaubriand) dans une certaine littérature de droite ; elle unit l'exil politique à l'exil intellectuel. Mais elle perd ici de sa force à être le fait d'Olivier.

88. Amorce d'une description des « passions » juvéniles qui doit sans doute à *René* ; voir note 98.

89. Mise en relation importante des émois sexuels (discrètement allégués) et de l'écriture cryptique. Voir déjà dans *Armance* de

Stendhal, le célèbre chapitre des miroirs où Octave s'enferme pour écrire en secret et se livrer à sa « folie » l'écriture, substitut de la masturbation ?

90. Thème canonique des livres qui apprennent au jeune homme ce qui se passe en lui. On le trouve dans les *Mémoires d'outre-tombe*.

91. La crise sexuelle qui s'annonce est indépendante de Madeleine. Elle se situe presque à la fin de la première année au collège de Villeneuve.

92. Olivier ne connaîtra jamais ce genre de transes. La précocité de ses relations amoureuses l'explique suffisamment.

93. Souvenir très probable de René et de sa « sylphide » (« N'ayant point encore aimé et cherchant à aimer »).

94. La crise sexuelle isole. Mais aussi Dominique n'a personne à qui parler.

95. Valeur relativement résolutive et substitutive de l'écriture pour ce qui est des pulsions sexuelles. MS était beaucoup plus explicite (voir note 96 MS).

96. Retombée (classique) après l'exaltation. Masturbation ou pollutions, le résultat est le même. Voir René et les branches de saule qu'il regarde emportées par l'eau du ruisseau après ses folies avec la sylphide.
   MS : « cette floraison subite au milieu de l'épanouissement [universel] printanier des [choses] arbres et des prairies, ma course folle à travers la campagne, puis ces vers qui m'étaient venus, comment, à quel propos, quand je n'en avais jamais écrit, sorte de possession singulière et d'ensorcellement dont j'avais trouvé le matin même à mon réveil le témoignage écrit sur de mystérieux feuillets de papier, tout d'une langue bizarre, avec des idées qui n'étaient pas les miennes, écrit d'une écriture bizarre, où tout me semblait surnaturel, depuis la langue qui m'était étrangère jusqu'à l'écriture rapide et désordonnée [N.B. Fromentin avait d'abord mis : rapide, régulière] qu'on eût dit tracée dans un accès de somnambulisme [ou de fièvre]. Il y avait là mille bizarreries que je ne pouvais expliquer. »

97. MS : « qui ne regardent plus une fille de son âge ». Allusion au mariage projeté et dont Olivier a pu avoir connaissance (il est en avance sur Dominique, en tout), ou simple allusion au fait que Madeleine, devenant femme, n'est plus concernée par des histoires d'adolescents.

98. Texte archétypique de saint Augustin : « Amare amabam ». La référence aux exercices scolaires souligne le décalage entre l'école et la vie : *aimer* n'est qu'un verbe dans les grammaires. Première trace dans *René*.

99. Outre le décalage par rapport à l'âge de Dominique importe le fait que dix-huit ans est un âge relativement avancé, à l'époque, pour une jeune fille non encore mariée. Elle est en attente ; lui, non.

100. Cette affaire ne sera pas la seule du genre (voir note 132). « Tentation véritable » doit se lire : ce qui était une véritable tentation, un mouvement de folie.

101. Ici suppression d'un passage surprenant de MS : « J'allais me retirer quand l'idée me vint de laisser ici une petite marque à peine visible que je retrouverais un jour et qui n'aurait de sens pour personne mais qui me rappellerait à moi tout seul cette minute à ne pas oublier. Alors, avec un des ciseaux que je pris sur la table, sur une des boiseries de la fenêtre, imperceptiblement, je gravai mes initiales, accompagnées d'un mot que vous trouverez souvent ici : *Remember*. » On verra que cette suppression en entraînera une autre (voir p. 150 et note 135).

102. Autre affleurement du thème de l'orphelinat.

103. Olivier est déjà comme installé dans la vie amoureuse et dans sa stratégie. Il n'a plus rien à apprendre. Il est fini.

104. MS : après une discussion sur cette liaison naissante, Dominique demandait à Olivier : « Mais enfin, est-elle mariée ? — Je n'en sais rien, reprit Olivier sèchement. — Le tout fut dit. »

105. Le dilemme situe Olivier aux yeux de Dominique : satisfaction sexuelle ou satisfaction de l'orgueil. Olivier est un aristocrate, et cela sert à situer Dominique : même s'il parle et pense, parfois, en aristocrate, il pense et parle surtout autrement. Il ne peut ainsi ne se reconnaître ni en Olivier ni en Augustin.

106. MS : long passage supprimé dans lequel Olivier s'expliquait sur sa sincérité : « Je dis vrai quand je mens, je mens quand je dis vrai [...] Ne t'effraie pas de tout cela. N'attache aucun sens absolu à certaines paroles dites en l'air que l'instant d'après je désavoue [...] » A la suite de quoi, Olivier proposait à Dominique de communiquer à Madeleine ses essais en vers. Il y avait là tous les éléments nécessaires au développement d'un roman secondaire dans le roman principal : le roman d'Olivier. Peut-être Fromentin avait-il en tête le dialogue Octave-Cœlio dans *Les Caprices de Marianne* de Musset. Mais il écrivait un roman, et il devait le centrer sur un personnage principal. Olivier ne devait donc pas trop déborder.

107. L'un des très rares moments où Dominique se « virilise » et se conforme au modèle dominant. Olivier est pour lui la tentation du diable. Mais il ne parvient que très peu à y obéir. Les vraies tentations de Dominique lui sont rigoureusement personnelles.

108. Dominique n'est encore allé nulle part. Et une jeune fille ne voyage pas.

109. Madeleine redeviendra pâle lorsqu'elle sera mariée et malheureuse. Elle sera alors d'un blanc mortuaire. Elle échappe ici à l'image convenue de la jeune fille.

110. Madeleine n'a aucune supériorité intellectuelle sur Dominique. « Preuve », dans l'économie générale du roman, de la vanité des supériorités acquises à l'école.

111. MS : « seize ans ».

112. Passage beaucoup plus développé dans MS : on plante les rhododendrons au milieu d'un massif qu'on appelle « la montagne », on parle du plaisir qu'aurait le donateur à le voir ainsi replanté et soigné, etc. Le rhododendron est une fleur de l'amour, du désir, de la chair.

113. L'une des nombreuses « maximes » qui parsèment le texte, conformément à toute une tradition du roman « psychologique ». Il s'agit de faire « connaisseur du cœur humain ». C'est un signe culturel (qu'aurait refusé Flaubert comme idées reçues). Mais c'est aussi une forme de lyrisme.

114. MS [en marge] : « soirée allemande ». Cette scène de main non prise fait évidemment penser à la scène de la main prise dans *Le Rouge et le Noir*.

115. Pour l'équivalence érotisme/écriture, voir note 89.

116. « Petit jeune homme » parce que ces « hauteurs de sentiment » le désarment. Mais « cœur si grand » parce qu'il se suppose un destinataire possible.

117. « La vie », en général, implique ici la fin des relativisations historiques d'une autre époque.

118. De même : les « ambitions », sans préciser le contenu ni les implications du mot, concourent à une vision désormais moraliste et non plus politique de « la vie ».

119. Augustin continue à penser sur le modèle vectoriel et ascensionnel du romantisme (même renouvelé et « laïcisé ») : on passe toujours d'un plus à un moins. Pour Dominique, Paris ne fera que reproduire et continuer l'univers négatif de Villeneuve.

120. « Ingénue » : initiale, enfantine.

121. Prise de conscience intéressante de l'impasse libérale : il n'y a pas de place pour tous, mais tous désirent arriver. Démocrate, Augustin est quand même sorti de l'idéal démocratique de la promotion de tous et rejoint l'idéologie libérale.

122. Autre élément du « roman d'Augustin », comme il y a eu des éléments du « roman d'Olivier ». L'intellectuel de province à Paris est un lieu commun du roman d'éducation depuis Balzac. Mais Augustin demeure vu de l'extérieur, et ses lettres servent surtout à faire voir Dominique.

123. Toujours l'idéologie positiviste. Un déplacement s'est opéré : Augustin parle un peu comme son propre Vautrin.

124. Le monde imaginaire n'est donc pas celui d'Augustin mais celui de Dominique. Le découvreur de Paris s'est singulièrement prosaïsé depuis Balzac.

125. « des hommes » : comme il y avait « la vie » (voir note 117).

126. L'ennui est étranger à Augustin ; mais il est capable de l'analyser.

127. « Parce que vous êtes riche » : toujours la différence plébéien/patricien.

128. Ce qui suit désigne évidemment le quartier Latin, la montagne Sainte-Geneviève. Traces importantes de la mythologie romantique (voir les débuts de Rastignac).

129. Stade dépassé, et sans doute ignoré d'Augustin, surtout si l'on tient compte de MS : « Vous écrivez *des vers.* »

130. Augustin est un peu, ici, Bianchon face à Rastignac. MS : « Il peut arriver vite et loin. Il y a tant de chemins. »

131. Intéressante remarque sur la culture scolaire : *Le Mariage de Figaro* et *Don Juan* ne sont pas encore « naturalisés » par l'institution. Mais Augustin ne les considère que comme des textes, qu'il a, lui, dépassés.

132. Autre scène de voyeurisme et d'effraction (voir note 100), mais non suivie d'action.

133. Situation canonique de la jeune fille à marier. Mais nulle révolte n'anime Dominique.

134. Le mot « intérêts » est le mot clé. Il suggère sans doute que Madeleine elle-même n'est pas « contre ».

135. A la limite de l'impudeur : les mains dégantées signent une promesse et un don. Voir note 177 pour la toilette de bal de Madeleine mariée.

136. Ici, suppression d'un passage de MS qui s'explique par la suppression d'un passage antérieur (voir p. 107 et note 73). Madeleine demandait à Dominique ce que signifiaient ses initiales qu'elle avait trouvées gravées sur une boiserie de sa chambre : « Le tout est de votre écriture et sans doute. Et comme cette inscription très peu visible a bien pu m'échapper depuis qu'elle est là, je voulais vous demander quand et pourquoi vous l'avez écrite ; car elle est destinée, je suppose, à fixer des souvenirs importants. » Dominique répondait de manière vague. « Je ne crois pas tout à fait ce que vous me dites », répondait Madeleine. « Mais n'importe, le signe est de vous, et je le respecte. Et ce mot *Remember*, quelle qu'en puisse être l'application, n'a pas un sens qui me déplaise. Il pouvait être superflu de l'écrire. Il est toujours très bon d'en trouver l'empreinte. Et je veux qu'elle reste où vous l'avez mise, ajouta-t-elle en donnant à ses paroles un ton de reproche enjoué. Oui, je le veux, ne serait-ce que pour témoigner que vous avez pu douter de la mémoire des autres ou de la vôtre. »

137. Première allusion à l'idée de marier Julie avec Dominique. Voir note 143.

138. La mise en relation du mariage avec l'hiver (saison des bals et des fêtes à la ville) n'est pas gratuite. Elle sera également exploitée plus loin.

139. Le couplage féminité-mariage-mort, avec toutes les connotations d'un érotisme frustré mais aussi mortel, se trouve proclamé par le mot « spectre ».

140. MS (supprimé) : « J'entendis je crois : cher enfant. »

141. Voir notes 100 et 132.

142. Tentation « classique » du suicide.

143. Cette extraordinaire représentation métaphorique de la nuit de noces de Madeleine (le cri répété, les étoiles, le silence et l'immobilité) va infiniment plus loin, par des moyens littéraires, que les violentes phrases délibérément choquantes de Balzac (« Ne commencez jamais un mariage par un viol », *Physiologie du mariage*) ou de Musset (« Cet homme la jette dans un lit et la viole », *Confession d'un enfant du siècle*). Dominique est à nouveau en situation de voyeur.

144. Relation fortement explicitée entre la discipline scolaire (la férule) et la loi du monde dont vient d'être victime Madeleine.

145. Toujours la distance d'Augustin vis-à-vis des « maux » des gens du monde dont il n'est pas. Mais le texte refuse de prendre le parti d'Augustin.

146. Retour de l'idéologie positiviste et néo-stoïcienne.

147. MS : « Puisque tu sais tout, mon cher Olivier, je t'en ai prié, n'en parlons jamais. — Tu te trompes beaucoup, reprit Olivier, si tu crois que je vais me taire. Madeleine est partie dans la persuasion partagée par tout le monde ici que tu es un enfant très timide, intéressant et vertueux. De ce côté-là tout est pour le mieux. Mais elle reviendra. Tu la verras longtemps toujours. Il faut tout prévoir. Elle est presque ma sœur, tu es plus que mon ami. La chose est sérieuse. »

148. « Romantique » : romanesque, au sens qu'avait le mot à la fin du XVIIᵉ siècle pour un lieu ou un paysage.

149. MS : « Je le pliai, le fermai sous trois enveloppes et le mit dans ma poche du côté du cœur, afin de me rappeler constamment, en le sentant là, que Madeleine et M. de Nièvres ne faisaient plus qu'un. »

150. MS : « Dis à Dominique, écrivait Madeleine à Julie, que nous y assisterons ensemble tous ensemble, et que je veux être témoin de ses succès. »

151. MS : « Olivier, qui n'avait pas autant que moi cette seconde obligation d'y paraître [N.B. cette seconde obligation de paraître à la distribution des prix pour Dominique était qu'il était lauréat] s'était tenu hors de nos rangs. » Olivier est donc un cancre.

152. Equivalence appuyée entre institution scolaire et institution militaire, conformément à l'un des principes de l'Université impériale.

153. MS : « de Madeleine ».

154. A nouveau mépris aristocratique pour un enseignement « bourgeois » ? Mépris d'intellectuel pour un enseignement inutile ? Mais ici l'affaire avance : de quoi servent à Dominique ces couronnes compte tenu, désormais, du rôle que joue Madeleine dans sa vie ? Et comme ces couronnes de cartons jetées dans la cour des classes peuvent faire penser au bouquet de mariage qu'Emma Bovary jette au feu, on peut pousser assez loin cette conjonction (que construit la lecture) de deux *rejets* : rejet de l'institution scolaire, rejet de l'institution conjugale, et ce (ici) un an après le mariage de Madeleine. Deux différences cependant, entre Fromentin et Flaubert : Madeleine ne jettera pas son bouquet de mariée au feu, et *dans le texte* de *Dominique*, les couronnes ne sont pas précisément décrites comme étant en carton monté sur du fil de fer ou de laiton. La dérision reste symbolique et ne s'attache pas au détail matériel et kitch de l'objet.

155. Formellement : l'uniforme. Symboliquement, il s'agit du passage de la servitude à la liberté. Mais laquelle ?

156. MS : « et cependant, cette idée de travail, de destination, de but à poursuivre, dans les circonstances que je vous ai fait connaître surtout, cette idée n'avait pas encore de sens bien déterminé ni pour Olivier, ni pour moi. — Avez-vous des ambitions me disait Madeleine à ce propos. — Aucune lui dis-je. — Pas même celle d'être heureux. » [N.B. on suppose qu'il manque un point d'interrogation dans MS, ce qui permettrait d'attribuer cette réplique à Madeleine.]

157. On « attend » Fromentin sur ce thème, rendu fameux par toute une tradition romanesque ancienne (Balzac, Stendhal) et qui se retrouvera dans *L'Education sentimentale*.

158. Cette apparition de Louis-Philippe est capitale. En 1862, Louis-Philippe n'est plus qu'un souvenir lointain, dépassé, et c'est sans doute un premier effet. Mais, de plus, Louis-Philippe est présenté sous un double éclairage : force militaire (ce qui rappelle les émeutes contre ce roi sorti pourtant des barricades) et futilité (le roi qui se rend aux Italiens, c'est-à-dire à l'Opéra). La plus nette image du pouvoir politique dans le roman est ainsi fortement négativisée.

159. L'un des ponts-aux-ânes de la critique fromentinienne. R.D.M. portait « pédant et en sueur ». H. corrigea (?) en « pédant et censeur », que l'auteur fit corriger sur cartons. MS donne comme leçon « en sueurs », ce qui condamne à jamais le « censeur » de H. La critique d'Olivier s'inscrit de droit fil dans une tradition aristocratique de mépris du travail.

160. Comme un écho affaibli d'*Illusions perdues*... Mais Dominique ne dramatise *plus*.

161. Quel lecteur ne reconnaissait ici une quasi-citation du fameux sonnet de Félix d'Arvers : « Mon cœur a son secret, mon âme a son mystère [...] Ainsi j'aurai passé près d'elle inaperçu... » ?

162. Cette phrase pourrait être dans *René*. Mais la suite, non.

163. Les réalités industrielles ici dénotées constituent une nouveauté dans le roman d'éducation parisienne. Elles contribuent à négativiser une ville par ailleurs déjà négative par sa mondanité. L'incompréhension de Dominique, une fois encore, relève aussi bien de la réaction aristocratique que de la réaction intellectuelle.

164. Première notation relative à un problème qu'il est encore évidemment trop tôt pour poser : Madeleine n'aura pas d'enfant (voir note 211).

165. Cette longue leçon d'Olivier à Dominique ressemble beaucoup à celle que fait Desgenais à Octave dans la *Confession d'un enfant du siècle* de Musset.

166. Parcours classique depuis *Illusions perdues* et Lousteau. A noter l'absence du roman parmi les projets possibles.

167. Rien ne permet de préciser, au niveau du texte, de quel type d'homme politique il peut s'agir. Mais, de toute façon, en 1862, il y a là un effet d'archaïsme signifiant : sous l'Empire, l'ambition politique « traditionnelle » est devenue impossible.

168. MS : « et peut faire éclater d'un moment à l'autre des faits si considérables ». Première notation sur le bouillonnement qui conduira à la révolution de 1848. Il s'agit probablement du mouvement réformiste. Mais Fromentin ne se soucie guère de cadrer cet élément avec exactitude. La « distance », en 1862, suffit.

169. Augustin est bien confirmé dans son état de juge et d'analyste objectif, peu concerné par les tempêtes du monde, alors qu'Olivier y est entraîné.

170. Dans MS et R.D.M., il n'y avait qu'*une* femme avec Olivier. Comme elle devait devenir la maîtresse de Dominique, George Sand demanda à Fromentin de mettre « deux femmes », de manière à ce qu'Olivier n'ait pas l'air de céder sa propre maîtresse à son ami...

171. L'héroïne de cet « inutile égarement », et dont le statut social est obscur (une actrice ?) n'est pas un monstre, et elle ne constitue nullement un danger pour Dominique. Ici encore, Fromentin évite toute dramatisation.

172. MS : « et je n'ai nulle envie de faire tort à personne ».

173. MS comportait un assez long passage dans lequel Madeleine avouait à Dominique qu'elle savait, depuis longtemps par Olivier, qu'il écrivait des vers. « Cet aveu mit entre nous non pas un lien de plus, mais des facilités nouvelles de nous exprimer, de nous entendre. Elle nous permit de parler plus librement sur beaucoup de choses que j'aurais affecté de ne pas entendre... »

174. Autre roman secondaire « possible ».

175 Voir p. 169 pour les relectures de Fromentin et sa découverte de lui-même dans les œuvres romantiques.

176. Ce salut en clair à l'une des œuvres phares du romantisme (*Le Lac* de Lamartine), prouve que certains rayonnements ne sont pas éteints. Malgré le « je crois », on peut inférer de la citation une complicité, par texte interposé (voir la note 173), entre Madeleine et Dominique. Inutile de parler... On notera que, dans *Madame Bovary*, c'est sur le mode dérisoire que, lors de la promenade en bateau à Rouen, Flaubert avait allégué *Le Lac* pour faire tomber sous le coup de la dérision les amours d'Emma et de Léon : « Une fois, la lune parut ; alors, ils ne manquèrent pas de faire des phrases, trouvant l'astre mélancolique et plein de poésie ; même elle se mit à chanter : *Un soir, t'en souvient-il ? nous voguions*, etc. » (fin du chapitre III de la dernière partie).

177. La toilette de bal est, au XIX\ siècle, la seule qui dénude le corps de la femme (voir le début du *Lys dans la vallée*). MS allait plus loin : « Ce que je vis d'abord c'est que ses bras étaient nus jusqu'aux épaules. Et malgré moi mes yeux s'arrêtèrent sur sa poitrine éblouissante » ; voir déjà note 135.

178. Le rituel mondain du jeu (réservé aux hommes, ce qui est une innovation par rapport aux XVII\ et XVIII\ siècles) accentue la séparation des époux. On verra qu'Olivier gagne au jeu. Dominique, lui, ne joue pas.

179. Texte supprimé de l'édition Hachette : « en répandant une odeur de cire ». L'indication mortuaire était sans doute trop forte.

180. La ségrégation se renforce : à M. de Nièvres ne s'oppose pas seulement le couple Madeleine-Dominique, mais les souvenirs d'enfance qui débordent le couple — et le justifient.

181. Autre complicité muette recherchée ici dans un souvenir commun que ne peut partager M. de Nièvres.

182. « De célibataire. » Il n'y a *plus* de mystère dans cette vie de garçon, mais il y en a eu, et cela reviendra.

183. Il ne peut plus s'agir de vers. Il s'agit nécessairement d'autre chose, que la suite expliquera.

184. MS : « pour me rapprocher de la cheminée près de laquelle elle était assise ». Le mouvement corporel précis, qui induisait la possibilité d'une hardiesse amoureuse a été gommé.

185. Subterfuge classique dans ce genre de situation romanesque : l'amoureux est assimilé à l'enfant ou au malade. La maternisation de la femme est un moyen, pour elle, de conjurer les périls de sa propre féminité.

186. MS ne permet pas de préciser quel pays a visité Dominique. Il comporte seulement une allusion aux rêveries de la quinzième année (voir p. 80 pour la mappemonde du cabinet de travail). Mais la mer qui a vu des miracles non pas divins mais humains est-elle la Méditerranée ? Les boucles d'airains qui servaient à attacher des

navires renvoient à des souvenirs romains et/ou carthaginois. Rappelons-nous Annibal. Dominique est sans doute allé à Carthage.

187. Soit à deux mille kilomètres. Simple figure de style ? Mais le compte est bon pour Carthage.

188. Voir p. 175 (« Y vas-tu seul ? ») Ces litotes récurrentes signent la mondanité du texte.

189. « D'autres devoirs » désignent sans doute des enfants à avoir un jour, lorsque la fortune sera assurée. Augustin, à la différence d'Olivier, est un homme de famille et de fondation. Sa « compagne » est d'ailleurs (voir un peu plus loin) son épouse légitime.

190. Augustin est un bâtard, et non seulement un plébéien.

191. Voir note 188.

192. L'un des impossibles secondaires du roman se précise ici : Madeleine aurait voulu marier Dominique avec sa sœur, mais cette sœur aimait Olivier.

193. Si l'on songe au couple que forment chez Rousseau l'autre Julie avec sa cousine Claire, on notera qu'il est placé sous le signe d'une santé éclatante, utopique ou suisse comme on veut. Ici, la maladie est au cœur du réel.

194. R.D.M. : « Je m'en lave les mains, je suis libre... » « Secouer en l'air la cendre de son cigare », comme il est dit plus loin a dû paraître suffisant à Fromentin. Mais le « Je m'en lave les mains » permettait de mieux définir la « théorie » de la liberté d'Olivier (voir note suivante).

195. Par contre « mon cher » est ajouté dans H. ce qui accentue la distance entre l'encore naïf ou supposé tel Dominique et le dandy Olivier.

196. Ce passage dans lequel c'est Dominique qui fait la leçon à Olivier, est symétrique de celui des p. 173 à 175 où c'était Olivier qui faisait la leçon à Dominique.

197. MS ne permet absolument pas d'identifier cet opéra. On pourra du moins faire la comparaison avec la représentation de *Lucia di Lamermoor* dans *Madame Bovary*. On s'attachera au ténor et, ici, à sa transfiguration par l'art (et par la qualité des auditeurs).

198. « Anciennes faiblesses », « souvenirs détestés » : expressions nobles qui inscrivent résolument Dominique dans le registre anti-Flaubert. Il s'agit de faire passer, et non pas de choquer.

199. Ce passage scandalisa George Sand, devenue bien pudibonde. Fromentin le maintint quand même.

200. Bouclage de l'œuvre poétique. L'œuvre politique aura un meilleur sort.

201. Ce « balayage » de conscience sera repris dans MS par un autre « nettoyage » (voir note 219 p. 286).

202. Passage capital. De quelle politique s'agit-il ? « Un peu chagrin » pouvait faire penser à un légitimisme. Mais « observateur » et le « petit parlement » d'un peu plus bas iraient dans un autre sens. Toute la phrase qui suit semble bien renvoyer à un certain idéalisme démocratique pré-quarante-huitard.

203. On pense au Cénacle d'*Illusions perdues*, ou (dans un registre moins positif) à l'autre cénacle qui se constituera autour de Frédéric Moreau dans *L'Education sentimentale*. Rien dans MS ne permet d'aller plus loin. Mais qui, à la veille de la révolution de Février, n'a rêvé de politique généreuse ? L'oubli, ici encore, est venu de Juin 48 et de ses conséquences.

204. Union, provisoire, des ambitions et idées politiques et de l'amour. C'est un « reste » de romantisme pré-quarante-huitard.

205. L'approbation d'Augustin importe. Laïc, positiviste, il serait plutôt républicain ou quelque chose de ce genre, ce qui ne l'empêche pas d'avoir de l'ambition. Son salut au livre de Dominique situe celui-ci assez clairement du côté des réformateurs.

206. On aimerait savoir quels sont les livres (politiques sans doute) qui subirons de manière positive l'épreuve qui suit. Retenons pourtant deux choses : 1. l'évolution historique et politique (le second Empire comme suite logique des erreurs de 48) a déclassé la quasi-totalité de la pensée politique du siècle ; mais, 2. il en subsiste quand même quelque chose. Le scepticisme n'est pas aussi absolu que chez Flaubert. L'un des bénéficiaires ne serait-il pas Augustin ?

207. Il est trop facile de dire que Fromentin, peintre, travestit la réalité en ce qui le concerne. Il existe une explication peut-être, à cet étrange passage : Fromentin était un peintre de paysages et d'extérieur, non un portraitiste mondain. M. de Nièvres s'était payé le portrait de sa femme par un peintre célèbre (et cher). Fromentin ne marque-t-il pas ici ce qui le sépare de peintres en qui il ne se reconnaît pas ? Le portrait est conçu « dans un style ancien... » Dominique lui donne certes des éloges. Mais l'émotion qui suit porte sur Madeleine beaucoup plus que sur le tableau en tant que performance d'art.

208. M. d'Orsel n'est pas une tête bien forte, et, plus que les idées, il voit le succès de Dominique. Mais il y a peut-être plus : l'engouement général, à la veille de 48, pour les idées généreuses. Même le vieux gentilhomme...

209. L'effet est un peu facile : le « toujours » visant Julie concerne en fait Madeleine elle-même.

210. Comparer avec deux autres promenades à cheval célèbres : celle de la *Confession d'un enfant du siècle* de Musset et celle de *Madame Bovary*. Les substituts érotiques sont les mêmes. Mais ils signifient de manière très différente dans les trois textes.

211. L'un des affleurements, extrêmement rares, du motif de l'enfant dans le roman. Et, ici, l'enfant est mort. La phrase qui suit dit clairement que Madeleine ne peut avoir d'enfant. Conséquence de la nuit de noces ? Dominique est un roman sans enfant tant qu'il est un roman de l'intense. Les enfants n'y apparaissent qu'avec la retraite du héros.

212. Dominique devient M. de Bray. Il ne s'agit nullement du signe d'une promotion. La retraite aux Trembles est ici textuellement programmée, et c'est par un « de Bray » qu'Augustin saluera Dominique aux dernières lignes du roman (p. 287).

213. Reprise d'un thème traditionnel depuis la tragédie racinienne et depuis la dernière lettre de Julie à Saint-Preux dans *La Nouvelle Héloïse*.

214. Insistance sur le caractère et la personnalité d'Augustin, tout entier du côté de l'entreprise et de l'action. Pour lui, plébéien, il s'agit là de chagrins de luxe.

215. Dans MS l'allée est « sablée ». On pense à l'allée que Mme de Rênal a fait faire à Vergy dans *Le Rouge et le Noir*. Il s'agit d'humaniser, pour femme et enfants, ce qu'un domaine rustique peut avoir de rude. L'allée sablée, c'est la fin de ce que les Trembles avaient de sauvages, et qui n'appartient plus qu'à Dominique.

216. Que peut bien signifier cette notoriété d'Augustin en 1862 ? Où et comment, avec qui est-il devenu quelqu'un ? On le voit mal rallié à l'Empire. Il n'est le point de mire que de « *beaucoup* de nos contemporains », non de *tous*. La suite permettra peut-être de préciser.

217. Condamnation assez claire semble-t-il de l'atmosphère morale de l'Empire.

218. Même remarque. Que signifie, en 1862, que « les hommes sont rares » ?

219. Voici sans doute la clé. Ceux qui luttent, en 1862, là ou d'autres ont déserté (ou n'ont pas fait le poids) pourraient-ils être autre chose que des opposants, des fidèles ? Il ne faut pas oublier que ce texte a d'abord été lu par les lecteurs d'une revue, et qu'ainsi son actualité immédiate était très forte (de même pour *Madame Bovary*, six ans auparavant). « Les innombrables courages qui luttent » fut lu, comme le « Il vient de recevoir la croix d'honneur » de Flaubert, *sans recul*. En 1876, par contre, le recul pouvait lui donner un autre sens : Augustin avait été, sous l'Empire, de ceux qui avaient su *tenir*, peut-être pas de manière aussi spectaculaire que Hugo, mais quand même. Sans pouvoir le situer avec trop de précision, on peut fort bien l'imaginer, alors que l'Empire connaît déjà de sérieuses difficultés parmi ces libéraux, ces démocrates modérés, qui préparaient la relève républicaine, et dont l'Empire libéral (depuis peu...) devait tenir compte.

220. A cet endroit figurait dans MS un passage de la plus grande importance que Fromentin a supprimé dès RDM : « Puis il appela

son intendant, le septuagénaire André dont la tête toute blanche apparaissait à l'entrée du vestibule. Mon vieux André lui dit-il je te recommande une chose demain. Je te prie de faire venir les ouvriers, et de les mettre à réparer la tourelle. Il y a vingt ans qu'on y respecte la poussière ; tu feras nettoyer tout et surtout recrépir les murs. Encore un nettoyage dit-il quand son vieux André eut reçu cet ordre — et le dernier reprit-il avec un sourire. » Ainsi Dominique entendait-il faire disparaître les graffiti, et, par ce dernier « nettoyage » (complémentaire du « balayage » de la p. 256) effacer toute trace de son passé. *Finalement, Fromentin a sauvé les graffiti de la tourelle*, et Dominique a décidé de garder quand même cette trace de sa jeunesse, comme il conserve ses livres. Un fil demeure donc, dans le roman tel qu'il fut donné à lire, qui unit l'aujourd'hui du retraité, du « déserteur », à tout un passé juvénile et romantique. La grande toilette n'est quand même pas complète, et Dominique pourra retourner dans son cabinet de travail, là ou n'entre pas Mme de Bray, pour y relire et y revivre le début de son histoire.

221. I-N-E-V-I-T-A-B-L-E... Mais en quel sens ?

CHAMPS DE LECTURES [1]

1. Dossier établi par Marion MÉARY, agrégée de Lettres modernes.

Dominique est aujourd'hui encore un roman injustement méconnu. Bien sûr on le trouve cité dans tous les dictionnaires et anthologies, classé rapidement comme chef-d'œuvre du « roman psychologique », ou « chef-d'œuvre unique dans l'œuvre de Fromentin », mais il s'avère que bien peu l'ont lu.

C'est certainement dommage, mais non moins significatif.

Ce roman a été décrié, mal lu, catalogué comme démodé, ou peut-être même délaissé parce qu'il risquerait de surprendre ou de déranger.

A-t-on sciemment occulté certaines significations de cette œuvre ? Des critiques ont tenté de classer *Dominique* définitivement et commodément comme un simple repère dans une chronologie de l'évolution de la littérature du XIXᵉ siècle qui irait de *René* de Chateaubriand à *Madame Bovary* de Flaubert, en passant par *Volupté* de Sainte-Beuve.

Ce roman a aussi souvent été disséqué sous le prétexte d'y retrouver les grands thèmes chers à l'esthétique romantique dont il serait d'ailleurs l'une des dernières illustrations (thème de l'adolescence, de l'esthétique du souvenir, ou images de la femme [voir les pages sur Madeleine], de la nature, de la province, de la ville...). Un dictionnaire donne même cette définition de *Dominique* :

« Ce roman reflète une sorte d'exténuation de l'âme romantique que l'on retrouve dans *L'Education sentimentale*. » On l'a enfin défini comme précurseur d'une nouvelle manière de voir et d'être, comme proustien avant l'heure. Aussi enfermer *Dominique* dans une série quelconque c'est toujours le stériliser.

Dominique exige un lecteur. La confession douloureuse de

son héros réclame un auditoire attentif : « Ce que de pareilles confidences avaient dû coûter à une conscience ombrageuse et si longtemps fermée, je le devinais, et je le remerciai d'un geste attendri auquel il ne répondit que par un mouvement de tête. » (p. 282)

Ce que nous proposons ne constitue en aucun cas la lecture de l'œuvre, mais tout au plus des directions, des axes, des points d'appui.

DOMINIQUE
ROMAN AUTOBIOGRAPHIQUE?

Une nouvelle confession ?

« Dominique c'est moi ! » Jamais Fromentin n'a employé une telle formule et pourtant, très vite, on a cherché au roman des *références autobiographiques*, confirmées dès le départ par une lettre de l'auteur à George Sand : « Ce qu'il y a de plus clair pour moi, c'est que j'ai voulu me plaire, m'émouvoir encore avec des souvenirs, retrouver ma jeunesse à mesure que je m'en éloigne, et exprimer sous forme de livre, une bonne partie de moi, la meilleure, qui ne trouvera jamais place dans mes tableaux » (19 avril 1862, Bibliothèque de la Pléiade, p. 1403).

Ainsi, plutôt que d'autobiographie, on peut parler d'une confession, d'un désir de retour vers le passé pour revivre des sensations anciennes ; mais, de fait, Fromentin a puisé son inspiration dans les paysages de son enfance, dans des émotions éprouvées alors et, probablement, dans l'histoire d'un premier amour.

En effet, la famille Fromentin possédait près de La Rochelle une maison d'été dont la topographie, l'étendue, l'atmosphère, paraissent recrées dans les descriptions des Trembles, propriété qui avait aussi inspiré au jeune peintre un de ses premiers tableaux, récemment retrouvé en Angleterre, *Une ferme aux environs de La Rochelle* (1847). Fromentin commençant la rédaction de son roman pouvait donc toujours, en 1859, contempler ce même paysage.

Dans la maison voisine, vivaient Mme Chessé et sa fille Jenny-Léocadie, mariée en 1834, à dix-sept ans, et dont l'un des témoins fut justement le docteur Fromentin. Eugène avait alors quatorze ans. Les deux familles se connaissaient, se fréquentaient. Comment et quand la jeune mariée et l'adolescent passèrent-ils insensiblement de l'amitié, puis de la tendresse à l'amour, à quoi bon s'interroger ? Sans doute devinrent-ils amants et leurs sentiments furent-ils assez violents et manifestes pour que les deux familles tentent de les contrarier. On sépara les deux jeunes gens, Eugène fut envoyé à Paris à la rentrée de novembre 1841. Il continuait cependant à vouloir recevoir des nouvelles de Léocadie. Mais, très vite, celle-ci tombe malade et, en juin 1844, elle subit à Paris deux opérations ; elle meurt le 4 juillet à l'âge de 27 ans. « Elle a expiré hier soir à huit heures et demie. J'ai eu le bonheur d'entendre son dernier soupir, et d'être à genoux dans ce suprême instant » (lettre à sa mère). Pendant qu'on enterrait celle dont il disait « J'avais obtenu d'elle l'amitié dans l'amour », il écrivait :

« A Meudon, jeudi soir 18 juillet,

« Je pense à toi qui dors là-bas sous l'herbe mouillée du cimetière, pauvre tête si belle, aux yeux si doux, au teint si blanc, aux cheveux si noirs [...]. Amie, ma divine et sainte amie, je veux et vais écrire notre histoire commune. Depuis le premier jour jusqu'au dernier. »

Pourtant, comme l'écrit Guy Sagnes dans l'édition de la Bibliothèque de la Pléiade : « *L'autobiographie véritable, on le voit déjà, n'est pas à rechercher au plan de l'anecdote.* » (P. 1407.) Fromentin compose son livre quinze ans après ces événements, et d'ailleurs il ne subsiste pas grand-chose dans l'œuvre des faits, du pittoresque, des anecdotes d'une telle passion. Refus conscient de tout ce qui paraît contingent. Ainsi a-t-on souvent classé *Dominique* dans la catégorie des « romans idéalistes » avec Huysmans [1]. Seuls les sentiments et surtout ceux de Dominique, intéressent Fromentin. En effet, Madeleine, surtout aux yeux d'une lectrice, apparaît parfois bien falote. L'auteur parle de ce qu'il connaît et les amis du héros, surtout Olivier, ont eu aussi des modèles bien vivants. « Imaginez-vous qu'hier, j'ai revu ici chez moi, entrant comme un revenant, mon vieil ami de jeunesse, l'Olivier de *Dominique*. Il y avait vingt-sept ans que nous ne nous étions vus [...]. Il a quitté la Vendée, vendu toutes ses terres, et s'est retiré pour y mourir en paix, m'a-t-il dit, au fond de la Bretagne [...]. Toujours le même, mais c'est la même solitude morale. Au fond, le même ennui, la même douceur élégante et désabusée, finalement la même fausse

---

1. *A rebours* et *Là-bas*, GF Flammarion 298 et 302.

idée de la vie. » (Bibliothèque de la Pléiade, p. 1410.) Original et portrait se ressemblent, même image dans le cœur de Fromentin.

Refus de l'anecdote, souvenirs donc, mais *choisis, voilés, ennoblis.* Ainsi, par exemple, Paris n'apparaît pas décrit pour lui-même, métropole inquiétante et fascinante comme dans Balzac, mais uniquement comme « entrevu » au chapitre XV à travers les impressions, les sensations lors de la course errante d'un « fou d'amour » comme chez André Breton (se référer à *Un adolescent d'autrefois* de François Mauriac — GF Flammarion 387 — Champs de lectures, p. 248-249).

Pour en terminer avec ce thème, et avant d'examiner la structure narrative du roman, revenons à Guy Sagnes : « Le Dominique qui nous émeut n'est pas le jeune homme qui vivait à Paris en 1840, ni même exactement l'amoureux de Madeleine, mais le personnage qui s'en souvient et se définit d'une voix lente. *La substance du récit n'est pas tant dans les événements que dans les analyses qui les accompagnent.* Et ces analyses portent beaucoup moins sur la situation sentimentale — qui n'est pas en définitive très complexe — que sur les habitudes intérieures de l'être chez lequel elle survient et sur le fonctionnement de cette solitude. » (Pléiade, p. 1411.)

UNE STRUCTURE NARRATIVE

Le roman du temps

Avant, il y avait le silence, ensuite il y aura le silence : « Il avait ouvert la lettre d'Olivier, dont l'adieu funèbre présidait pour ainsi dire à ce récit, et se tenait debout, les yeux tournés vers la fenêtre où s'encadrait un tranquille horizon de plaine et d'eau. Il demeura ainsi quelque temps dans un silence embarrassé que je ne voulus pas rompre. » (P. 282.)

Entre-temps un roman à deux voix : un préambule puis une confidence, une confession presque faite par une voix off, ou, comme l'écrit Fromentin à un ami : « *Une introduction un peu longue suivie d'un récit.* » On ressent l'originalité de cette structure presque avec agacement à la lecture, car on se demande quand le récit commence. Pourtant ce long début où le temps s'étire, où les habitudes s'installent, où les

silences pèsent, nous permet peu à peu, en même temps que
le narrateur, d'apprivoiser M. Dominique. « J'étais un hôte
attendu qui revenait, qui devait revenir, et qu'un usage
ancien avait rendu le familier de la maison. Ne m'y trouvai-
je pas moi-même on ne peut plus à l'aise ? Cette intimité qui
commençait à peine était-elle ancienne ou nouvelle ? »
(P. 72.) Les deux premiers chapitres vont donc rendre
plausible, voire nécessaire, le monologue du héros, ce récit
qui commence après l'accident d'Olivier. « Je ne lui demandais point ses confidences ; il me les offrit. » (P. 90.) La
narration passe alors à la première personne, mais on ressent
bien une continuité car ces deux hommes ressentent les
choses et les êtres de la même façon ; *ces deux voix n'en font
qu'une.*

Durée romanesque

Si cette structure-là paraît évidente, la *durée romanesque*
dans Dominique charpente singulièrement l'œuvre. Rien ne
se passe ou presque, *seul le temps passe.* L'histoire commence
par ne pas en être une : aucun accident ; des incidents que
l'on s'empresse d'effacer : « On n'eut plus à parler de cet
incident qui fut oublié sans doute comme beaucoup d'autres. » (P. 192.) Le lecteur partage avec le narrateur des
prémonitions et un sentiment — souvent renouvelé, que
quelque chose va se passer. Cependant l'imparfait de la
narration nous fait vivre dans un temps suspendu, dans *une
durée indéfinie.* « Rien n'était plus délicieux, plus navrant et
plus redoutable que cette complicité singulière où Madeleine
usait à mon profit des forces qui ne me rendaient point la
santé. Cela dura des mois, peut-être une année, car j'entre
ici dans une époque tellement confuse et agitée, qu'il ne
m'en est resté que le sentiment assez vague d'un grand
trouble qui continuait, et qu'aucun accident notable ne
mesurait plus. » (P. 218-219.)
   Bien sûr, il y aura des *épisodes*, quelques *événements*, mais
si rares, comme réduits aux mouvements mêmes du cœur.
Même quand l'histoire intervient, lorsque Dominique arrivé
à Paris aperçoit le roi, l'aventure est magnifiée en un
éblouissement de lumières, de bruits, de sensations. « Je vis
passer au-dessous de moi, dans la rue étroite, une double file
de cavaliers portant des torches, et escortant une suite de
voitures aux lanternes flamboyantes... Confusément je vis

miroiter des casques et des lames de sabres. Ce défilé retentissant d'hommes armés et de grands chevaux chaussés de fer fit rendre au pavé sonore un bruit de métal, et tout se confondit au loin dans le brouillard lumineux des torches. » (P. 164-165.) Il semblerait que seul le *temps* compte et crée la narration à la fois *comme marque du récit, comme marque de l'homme, comme marque de la vie.*

En effet l'histoire de cet amour impossible, l'aventure de Dominique, s'inscrit dans une *chronologie* même si celle-ci reste voilée et si Fromentin a évité détails, repères, notations qui auraient pu aider à situer précisément le récit dans une époque donnée. « On pourrait oublier, écrit Guy Sagnes, que l'action se passe au temps où Balzac publiait *Illusions perdues* et dans les mêmes années que la première partie de *L'Education sentimentale.* » (Pléiade, p. 1411.) Mais justement on n'oublie pas car certains indices temporels ponctuent la confession du héros. Le temps de l'horloge, l' « heure monotone », rythme la vie des personnages. « Il était impossible de se soustraire à ce bruit, qui nous réveillait la nuit, en plein sommeil, non plus qu'à la mesure battue bruyamment par le balancier, et quelquefois nous nous surprenions, Dominique et moi, écoutant sans mot dire ce murmure sévère qui, de seconde en seconde, nous entraînait d'un jour dans un autre. » (P. 79.) De même la réapparition finale d'Augustin suggère forcément une durée historique. Seul le héros continue volontairement d'échapper à une chronologie évidente ; bien plus à la fin du livre, après avoir, par ses confidences, ancré sa vie dans le passé, après s'être défini par ses souvenirs, il se projette soudain très curieusement dans le futur, brouillant ainsi les cartes du temps. « D'ailleurs, il s'agit de moi, de moi seul, et, pour en finir avec le principal personnage de ce récit, je vous dirai que ma vie commence. » (P. 286.)

M. Dominique échapperait-il donc à une durée logique ? Là aussi le problème reste complexe. *Pas de dates, pas de chronologie, et pourtant...* Dans le deuxième chapitre du roman, le narrateur pénètre dans le fameux cabinet où le héros a soigneusement inscrit une chronologie, secrète peut-être, mais bien réelle. « On y lisait surtout des dates, des noms de jours, avec la mention précise du mois et de l'année [...] Sa signature était ce qu'il y avait de plus rare, mais, pour demeurer anonyme, la personnalité qui présidait à ces sortes d'inscriptions chiffrées n'en était pas moins évidente. » (P. 80-81.) La longue et douloureuse confession a précisément lieu là, ces dates il les a constamment sous les yeux, même si à la fin du roman, toujours pour égarer le lecteur, Fromentin écrit : « Des inscriptions des murailles, on ne distinguait presque plus rien. » (P. 282.) *Dominique a bien vécu dans son siècle, il a participé à l'histoire*, et là encore les doubles itinéraires d'Olivier et d'Augustin nous le rappellent. Augustin fait l'histoire, il joue un rôle social et politique. « Un homme peu ordinaire et préoccupé d'affaires graves, même en voyage ; parfaitement mis d'ailleurs, et là encore on pourrait définir des habitudes élevées de situation, de monde et de rang. » (P. 287.) La phrase finale : « C'était Augustin » marque son triomphe, sa présence dans le siècle, son poids sur les événements. Et Dominique ? M. de Bray renonce-t-il comme le regrettait George Sand qui aurait souhaité une autre fin : « Modifier seulement la fin : 1° il ne faut pas laisser le moindre doute sur la parfaite guérison de cœur et d'esprit de Dominique ; et, pour le moment, le lecteur peut en douter. 2° Ne pas le confiner à rester toujours dans sa vie de gentilhomme campagnard. Laisser supposer que, tranquillisé de cœur, il l'est d'esprit et qu'il recommencera à produire. » (Observations de G. Sand, Pléiade, p. 1512.) Or Fromentin ne change pas la fin du texte, *Dominique ne rentre ni dans le siècle ni dans le rang, il choisit là encore une autre durée, celle de la vie.*

Dominique se propose aussi comme un éternel retour dans un *temps cyclique : Retour sur soi, retour dans un décor où la permanence crée l'identité.* Dominique se jette dans les bras de son vieil ami André : « Oui, c'est moi, c'est bien moi, mon vieux André !... » (P. 281.) Rien ne change, les saisons, les sensations, les sentiments, tout est immuable. « Peut-être vous paraîtra-t-il assez puéril de me rappeler qu'il y a trente-cinq ans tout à l'heure, un soir que je relevais mes pièges dans un guéret labouré de la veille, il faisait tel temps, tel vent, que l'air était calme, le ciel gris... Vous dire comment une particularité de si peu de valeur a pu se fixer dans ma mémoire, avec la date précise de l'année et peut-être bien du jour, au point de trouver sa place dans la conversation d'un homme plus que mûr, je l'ignore. » (P. 94.)

Dominique roman du temps perdu, du temps retrouvé, du souvenir ?

ROMAN DU SOUVENIR
TEMPS PERDU — TEMPS RETROUVÉ

Dès le début, alors même qu'il s'agit de la naissance d'une amitié nouvelle, le roman est placé sous le signe du souvenir. Comme un *leitmotiv lancinant* reviennent les « *souvenez-vous...* » du vieux gardeur de moutons. « Presque toujours il se mettait devant nos chevaux, leur barrait le passage et très ingénument nous obligeait à l'écouter. Il avait lui aussi, mais plus que tous les autres, la manie des « souvenez-vous ? » comme si sa longue vie de gardeur de moutons ne formait qu'un chapelet de bonheurs sans mélange. Ce n'était pas, je l'avais remarqué dès le premier jour, la rencontre qui plaisait le plus à Dominique. » (P. 77.)

Pourtant peut-on rapprocher *Dominique* des grands textes du souvenir romantique, du *Lac* de Lamartine à *Olympio* de Hugo en passant par Musset ? De quel souvenir s'agit-il ?

Les poètes romantiques sollicitaient la mémoire, apostrophaient le temps jaloux, ressuscitaient volontairement le passé pour faire revivre « les plus beaux jours ». Rien de tel chez Fromentin, bien au contraire.

Par exemple, M. de Bray ne veut pas se souvenir, il refuse le passé, et l'un des rares moments d'humeur qu'on lui reconnaît sera une manifestation de colère devant cet indiscret témoin du temps révolu. Il veut passer outre le vieux berger, surtout ne plus « en entendre parler ».

« Dominique écoutait impatiemment, et son cheval se tourmentait sous lui comme s'il eût été piqué par les mouches.

« C'était l'année où il y avait tout ce monde au château, vous savez... Ah ! comme... » Mais un écart du cheval de Dominique coupa la phrase et laissa le père Jacques tout ébahi. Dominique cette fois avait passé quand même. » (P. 78.)

Le retour dans le passé, la longue confession apparaissent comme une fatalité subie et non comme un rêve désiré. Il ne s'agit pas de revivre les heures disparues, mais de faire renaître une dernière fois des souvenirs pour mieux les enterrer définitivement. M. de Bray raconte parce que la lettre d'Olivier le lui impose : « Tu es l'excuse de ma vie. Tu témoigneras pour elle. » (P. 90.) *Ces confidences offertes rejettent le passé dans un silence éternel.*

Mais cette histoire, que raconte-t-elle ? *Comment se souvient-on ? et de quoi ?*

Dominique semble bien avoir éprouvé la tentation du souvenir romantique. « Ce que je vous raconte, jadis quand j'étais jeune, plus d'une fois il m'a passé par la tête de l'écrire, ou, comme on disait alors, de le chanter. A cette époque, il me semblait qu'il n'y avait qu'une langue pour fixer dignement ce que de pareils souvenirs avaient, selon moi, d'inexprimable. » (P. 194.) Dans ses recueils de poésies, qu'a-t-il écrit ? On ne sait ; rien qui vaille selon lui d'être noté. De toute façon il avoue à son interlocuteur ne plus croire à cette résurrection de moments disparus. « Aujourd'hui que j'ai retrouvé mon histoire dans les livres des autres, dont quelques-uns sont immortels, que vous dirais-je ? » (P. 194.)

Pourtant Fromentin *n'a pas une conception romantique du souvenir,* on a pu même parler de liquidation du romantisme. Des réminiscences, des sensations retrouvées, des impressions ressenties à nouveau rappellent l'être que l'on a été. « Je m'en souviens surtout à cause d'un certain accord d'impressions qui fixe à la fois les souvenirs, même les moins frappants, sur tous les points sensibles de la mémoire. » (P. 66.) On a parlé souvent d'une mémoire déjà proustienne, et il semble bien, en effet, que le mécanisme du souvenir chez Fromentin fonctionne à partir de sons, de bruits, d'odeurs, d'impressions colorées, de visions. Ainsi pendant toute une nuit dans le Sahel, entendant aboyer des chiens, il se remémore certains épisodes de son existence.

« Ce que j'ai récapitulé de souvenirs, le nombre des lieux que j'ai revus, le nombre aussi des années écoulées qu'il m'a semblé revivre, je ne saurais l'écrire, car je n'aurais pu les noter même au passage. C'étaient des impressions instantanées, rapides, mais d'une vivacité qui m'allait au cœur comme un aiguillon. Elles se succédaient aussi précipitamment que les bruits et, chose bizarre, au milieu de tous ces aboiements à peu près pareils, je distinguais des notes très diverses et des tonalités particulières dont chacune avait pour ma mémoire une signification précise et correspondait à des réminiscences... Que de coins de pays dans l'Ouest, vers la Manche ou vers le Midi, que de petits villages dont je n'ai pas gardé le nom, et que j'ai ainsi habités cette nuit pendant quelques secondes, grâce à ce mécanisme prodigieux de la mémoire appliquée aux sons...

« Il m'est arrivé d'attendre avec anxiété la voix correspondante à tel souvenir, soit pour me pénétrer mieux du plaisir que j'en éprouvais, soit pour le continuer si d'autres l'avaient interrompu. » (*Une année dans le Sahel*, Bibliothèque de la Pléiade, p. 234-235.)

L'essentiel de la vie serait donc dans cette manière de sentir, d'appréhender le réel, de le saisir ; « il se formait en moi je ne sais quelle mémoire assez peu sensible aux faits, mais d'une *aptitude singulière à se pénétrer des impressions.* » (P. 94.)

Dominique se lirait alors aussi comme un *roman de l'existence, de l'identité, du plaisir d'être.*

« L'analyse des sensations, dans lesquelles il éprouve sa permanence, prend autant de place que l'analyse des sentiments. A l'occasion du récit de sa jeunesse, c'est tout une personnalité qui se définit, se juge, et cherche sa mesure. » (Guy Sagnes, Notice, p. 1403, Bibliothèque de la Pléiade.) De plus, certains passages font penser au Rousseau des *Rêveries.* Le héros s'abandonne au seul et dangereux plaisir d'être ; plus de mouvements, plus d'actions ; seul le sentiment de l'immobilité, de l'identité.

« Rien n'était plus innocent pour tous, et cependant je me rappelle aujourd'hui ces heures de prétendu repos et de langueur comme les plus belles et les plus dangereuses que j'ai traversées dans ma vie. Un jour entre autres le bateau ne marchait presque plus. D'insensibles courants le conduisaient en le faisant à peine osciller... Je ne sais combien de temps dura ce véritable enchantement, peut-être plusieurs heures, peut-être seulement plusieurs minutes. » (P. 193.)

Alors doit-on renoncer à vivre, comme Olivier vaincu par l'ennui qui le condamne à disparaître ; doit-on agir avec bonne conscience et ténacité, comme Augustin ; doit-on prendre sa retraite, renoncer au monde, se réfugier avec mélancolie dans un présent où résonne encore « l'écho des rumeurs anciennes » ? Y a-t-il d'ailleurs une voie juste ? Fromentin ne donne assurément pas une réponse unique et autorise les interprétations les plus diverses. Choisissons l'une des plus séduisantes et en tout cas des plus optimistes. « Ce qui compte c'est la nécessité à l'intérieur de laquelle *Dominique,* en tant que manifestation littéraire, élabore comme il peut une liberté... La littérature continue. » (Pierre Barbéris.) Seule continue la littérature.

MANIÈRE DE VOIR — MANIÈRE D'ÉCRIRE

Fromentin peintre, tout comme Fromentin écrivain, possédait au plus haut point cette *qualité particulière* qui faisait dire de Picasso : « *c'est un œil* ». Ce don, Fromentin l'attribue à son héros : « Mes yeux toujours en éveil s'exerçaient encore à percer les brouillards de décembre et les immenses rideaux de pluie qui couvraient la campagne d'un deuil plus sombre que les frimas. » (P. 100). D'ailleurs, cette faculté de bien voir était reconnue puisque, bien avant *Les Maîtres d'autrefois*, François Buloz, l'éditeur de Fromentin, essayait de l'encourager à écrire à nouveau :

« Mon cher Monsieur, vous deviez faire quelque chose sur le paysage dans le roman sous forme de lettre à Mme Sand. Exécutez cette bonne intention. Je vous ai entendu un jour aussi développer de bonnes idées sur la peinture et l'art. » (Lettre du 1er août 1862.) Ainsi, dans toute son œuvre Fromentin se distingue par *sa manière de voir* qui lui dicte même parfois sa manière d'écrire.

Examinons d'abord pour reprendre un terme pictural, *les sujets*. Comme dans la peinture hollandaise du XVIIe siècle, qu'il adorait, on trouve dans *Dominique* des tableaux de *scènes de genre*. Scène du bonheur familial, comme la première vision de la mère et de ses enfants lors de la rencontre du narrateur avec le héros : « Deux enfants dont on entendait les voix riantes, une jeune femme dont on voyait seulement la robe d'étoffe légère et l'écharpe rouge, venaient au-devant du chasseur. Les enfants lui faisaient des gestes joyeux et se précipitaient de toute la vitesse de leurs petites jambes ; la mère arrivait plus lentement et de la main agitait un des bouts de son écharpe couleur de pourpre. Nous vîmes M. Dominique prendre à son tour chacun de ses enfants dans ses bras. Ce groupe animé de couleurs brillantes demeura un moment arrêté dans le sentier vert, debout au milieu de la campagne tranquille, illuminé des feux du soir. » (P. 65.) Scènes réalistes à la Millet de bal paysan, de vendanges, scènes intimistes de salon, de jeux, ou plus grandioses scènes de bal, comme dans certaines esquisses de Carpeaux, assurément toujours scènes de genre.

Les *paysages* aussi, sont fort nombreux, car le héros regarde la nature comme un tableau et encourage Madeleine à faire de même : « Je la mettais en face de certains tableaux de la campagne choisis parmi ceux qui, invariablement composés d'un peu de verdure, de beaucoup de soleil et d'une immense étendue de mer, avaient le don infaillible de m'émouvoir. » (P. 188.) Bien plus, il compose ses descriptions avec les méthodes de cadrage, avec des touches de lumière et la palette d'un peintre. Il aime les paysages plats et veut en faire des descriptions exactes, insistant sur l'étendue, les couleurs, définissant les contours, dépeignant précisément certains motifs pour donner de la profondeur. (Début du chapitre IV.)

Les *portraits* enfin sont dans la grande tradition classique, car, pour « faire voir » ses personnages, Fromentin précise les contours des visages, utilise cette vigoureuse incision du trait qu'il remarque dans le portrait de Madeleine. « La signature était celle d'un peintre illustre. » (P. 261.) Ainsi Julie, au chapitre XVII, est-elle présentée dans son cadre, mise en scène avec ses objets familiers, son visage décrit, peint ou plutôt sculpté par la couleur. « Je regardai ce mince visage, miné par la fièvre, amaigri et bleu autour des tempes, ces yeux creusés, plus ouverts et plus noirs que jamais, où flambait dans l'obscurité des prunelles un feu sombre, mais inextinguible. » (P. 267.)

Sujets de peintre donc, mais bien plus, *habitudes de peintre* dans la façon de composer l'espace, de jouer avec les lumières et de travailler le motif. Pour donner des choses qu'il voit « une idée simple, claire et vraie » (*Carnet du voyage en Égypte*, p. 1110-1111), Fromentin découpe et *cadre* de petits tableaux comme dans les compositions picturales ; ici ou là des fenêtres ouvertes sur un paysage le délimitent, le cernent. « A travers la fenêtre à petits carreaux, je voyais des arbres agités par le vent et dont les rameaux trop à l'étroit se frottaient contre les murs noirâtres du préau. » (P. 109 ou p. 233.) De plus la *lumière*, elle aussi, sert à construire le tableau ; lumière décomposée, diffractée, ou point lumineux comme l'écharpe pourpre sur le chemin vert (p. 65) qui, par contraste, rehausse les autres couleurs, tout comme dans les tableaux de Corot qui insistait toujours sur « la petite tache rouge ». Lumière caravagesque (p. 68) lorsque, seule, une faible source lumineuse éclaire la scène. Enfin, toujours dans cette façon de traiter la couleur, on peut presque parler d'un *Fromentin pré-impressionniste* puisqu'il préfigure avec son « ombre bleue » (p. 79) ces peintres révolutionnaires qui affirmaient que, dans la nature, aucune ombre n'est noire.

Enfin, toujours soucieux de composition, Fromentin
excelle dans l'art de rendre un *motif*, un détail précis qui
donne à la composition sa perspective ; ici (p. 116), un paon
donne une idée de l'espace, de la profondeur du champ ; là,
des cerfs-volants, longues obliques colorées, suggèrent des
horizons infiniment lointains : « et dans les endroits plus
ouverts au vent, des troupes d'enfants lançaient des cerfs-
volants à longues banderoles frissonnantes, et les regardaient
à perte de vue, fixés dans le clair azur comme des écussons
blancs, ponctués de couleurs vives » (p. 119).

Cette combinaison de tous ces savoir-faire picturaux
permettait à Fromentin de rendre ses impressions, de faire
sentir en donnant à voir.

TEXTES PARALLÈLES

Roman « psychologique », roman d'apprentissage.
— Mme de La Fayette, *La Princesse de Clèves*, 1678 (GF 82).
— Benjamin Constant, *Adolphe*, 1816 (GF 80).
— Chateaubriand, *René*, 1802 (GF 25).
— Stendhal, *Le Rouge et le Noir*, 1830 (GF 11).
— Sainte-Beuve, *Volupté*, 1834.
— Balzac, *Le Lys dans la vallée*, 1835.
— Musset, *La Confession d'un enfant du siècle*, 1836.
— Flaubert, *L'Education sentimentale*, 1869.

Pour le thème de « Monsieur le Maire » et pour l'image de la ville (verticale, comme plus tard dans *Illusions perdues* de Balzac, lieu du désir, de la conquête et de l'ascension, alors que la ville de *Dominique*, comme celle de *Madame Bovary* est une ville horizontale qui ne structure plus le désir).
— Stendhal, *Le Rouge et le noir*.

Pour le thème de la retraite lié au thème de la vie privée et pour l'utopie rurale. Sur ces deux romans, voir Pierre Barbéris, « Mythes balzaciens » dans *Lectures du réel*, Editions sociales, 1973.
— Balzac, *Le Médecin de campagne. Le Curé de village*.
— Musset, *La Confession d'un enfant du siècle*, 1836.
— Flaubert, *Madame Bovary*, 1856 (GF 86).

Pour la question de la chronologie occultée, voir Pierre Barbéris, *Le Prince et le Marchand*, Fayard, 1980. Sur la chronologie de *Madame Bovary*, voir *La Production du sens chez Flaubert*, colloque de Cérisy, 1970 (article de Jacques Seebacher).

CHRONOLOGIE[1]

1. Simplifiée (d'après la chronologie établie par Guy Sagnes, Bibliothèque de la Pléiade). On a ajouté quelques rapprochements avec *Dominique*.

1817. — Naissance de Jenny-Léocadie Chessé.

1820. — Naissance de Fromentin.

1830. — Fromentin termine sa huitième au collège de La Rochelle (il n'a donc pas eu de précepteur, et il est allé au collège dès les petites classes, alors que Dominique n'entrera au collège qu'en seconde).

1834. — Mariage de Léocadie Chessé et d'Emile Béraud (qui n'est pas noble et n'a rien de commun avec M. de Nièvres).

1837. — Début de l'amour de Fromentin et de Léocadie (il est donc postérieur au mariage de Léocadie, contrairement à ce qui se passe dans *Dominique*).

1838. — Fromentin bachelier et premier prix au collège de La Rochelle ; Léocadie a vingt et un ans, Fromentin dix-huit (comparer avec *Dominique*).

1839. — Fromentin devient l'amant de Léocadie à l'automne. (Dans *Dominique* les amours sont chastes.) Il part pour Paris.

1840. — Début des relations avec Paul Bataillard, rencontré dans un cercle de « chrétiens de gauche ». Etudes de droit.

1841. — Avec Bataillard, rédaction d'un travail sur Quinet (*Ahasvérus*). Depuis 1838, Fromentin écrit des poèmes (qu'il ne publiera pas). Amitié avec Emile Beltrémieux, carabin, philosophe, de tendances républicaines (Beltrémieux est, avec Bataillard, à l'origine d'Augustin ; il sera un moment collaborateur d'Armand Marrast, ex-direc-

teur de *La Tribune* sous la Restauration, directeur du
National sous la monarchie de Juillet, et ardent républicain). Sa famille pousse Fromentin à rompre avec Léocadie. Série de poèmes inspirés par la séparation.

1842. — Liaison passagère avec une femme légère ; série
nouvelle de poèmes dictés par la mauvaise conscience de
cette « trahison ». C'est l' « inutile égarement » et les
« souvenirs détestés » de *Dominique*.

1843. — Fromentin licencié en droit. Il peint.

1844. — Echec au doctorat en droit. Fromentin décide,
contre sa famille, de se consacrer à la peinture.
Mort de Léocadie (dans *Dominique*, Madeleine ne « meurt »
pas).

1846. — Premier voyage en Algérie.

1847. — Première exposition au Salon.
Fromentin lit *Volupté* et *Le Lys dans la vallée*. Il repense à ses
souvenirs et découvre qu'il comprend « plus avant que
jamais ces intimes douleurs » (pré-genèse de *Dominique*).
En septembre, deuxième départ pour l'Algérie, où il restera
jusqu'en mai 1848. Il était donc absent lors de la
révolution de février. Il en apprend la nouvelle en
Algérie : « Je ne vois qu'une bataille engagée pour la
sainte cause » (Lettre à son ami Du Ménil ; Les sym-
pathies de gauche de Fromentin ne font donc aucun doute
en 1848, et avant).

1849. — Exposition au Salon de cinq toiles « algériennes ».

1851. — Mariage avec Marie Cavallet, que Fromentin
« aime » depuis 1847.

1852. — Troisième voyage en Algérie.

1854. — *Un été dans le Sahara* paraît dans la *Revue de
Paris*.

1859. — Publication d'*Une année dans le Sahel*. Gautier et
Baudelaire parlent de sa peinture.
Légion d'honneur.
Début de la rédaction de *Dominique*, demandé par la *Revue
des Deux Mondes*.

1862. — Fréquentation du salon de la princesse Mathilde.
Avril-mai, publication de *Dominique* dans la *Revue des Deux
Mondes*.
Juin : séjour à Nohant chez George Sand, qui lui conseille
quelques modifications au roman.

1863. — *Dominique* paraît en volume chez Hachette. L'Etat achète 10 000 francs *La Chasse au faucon en Algérie*.

1869. — Invitation à l'inauguration du canal de Suez.

1870. — Membre du jury du Salon, il fait des réserves sur l'attribution éventuelle de la Légion d'honneur à Courbet, dont il n'aime pas le « réalisme » même s'il en admire le talent. Depuis longtemps Fromentin a de graves ennuis d'argent et peint pour vivre.

1875. — Voyage en Hollande et rédaction des *Maîtres d'autrefois*.

1876. — Echec à l'Académie française.
Deuxième édition de *Dominique*, chez Plon. L'auteur n'a pas le temps de corriger les épreuves.
Mort le 27 août.

TABLE

TITRES RÉCEMMENT PARUS

GF GRAND-FORMAT

Vous trouverez chez votre libraire le catalogue complet de notre collection

GF — TEXTE INTÉGRAL — GF

2204-XI-1987. — Imp. Bussière, St-Amand (Cher).
N° d'édition 11427. — Novembre 1987. — Printed in France.